TORBJÖRN FLYGT
UNDERDOG

MånPocket

Omslag av Sara R. Acedo/Ateljén
Omslagsfoto: Karl Erik Granath, Nordiska museet. Bilden är manipulerad
Författarfoto: Peo Olsson
© Torbjörn Flygt 2001

www.manpocket.com

Denna MånPocket är utgiven enligt överenskommelse
med Norstedts Förlag, Stockholm

Tryckt i Danmark hos
Nørhaven Paperback A/S 2002

ISBN 91-7643-839-2

DET ÄR NÅT VISST med att ha syskon. Det är som att alltid kunna dra upp två strumpor ur byrålådan och även om de inte är ett par så är det i varje fall bättre än att gå bar på ena foten.

Min syrra, Monika, är femton, fem år äldre än jag. Hon är vresig och lite kantig och ser liksom plågad ut i ansiktet när hon kommer hem på eftermiddan och brygger te, häller upp saft och brer mackor till oss. Det är först flera år senare som jag ska förstå ursprunget till den där dysterheten och den undvikande blicken. Jag skulle så klart kunna fråga henne om det nu, men Monika säger inte så mycket av fri vilja, inte sådär spontant som vissa kan pladdra på i timmar om nästan ingenting, killar eller kläder eller musik eller vad som hände i plugget, Monikas kompis Hanne är bra på det, och morsan, för att inte snacka om mormor som bara kan pågå, fast inte om just de ämnena.

Monika lyfter muggen med engelska flaggan på till läpparna och blåser försiktigt över ytan, och när hon så småningom fått i sig ungefär hälften börjar stramheten att rinna av henne och hon hämtar sin väska och tar med sig den och muggen in på vårt rum, plockar fram franska grammatiken och fysikboken, vilket är detsamma som min sista chans att säga nåt och få svar.

Får jag mata fiskarna?

Ge dom inte för mycket.

Vad får jag om jag gör rent akvariet?

Ingenting.

Vad händer om man släpper ut dom i havet?

Dom dör väl, antar jag. Eller äts upp.

Det är plågeri att ha dom i ett så litet akvarium.

Låt dom vara. Gå bort därifrån.

Jag har inte rört nåt!

Gå bort. Dom trivs där.

Hur vet du det?

Men nu har Monika fått upp böckerna och det går inte att få kontakt med henne, hon vänder sig ner i dem och läser så som bara hon kan timmar i sträck, en hel helg om hon inte har nåt bättre för sig, bäst i klassen på alla prov, med en begåvning som man hade blivit ganska irriterad på i längden om det inte vore för att hon är min syrra, räcker upp handen och rättar lärarna, ställer frågor som kräver uttömmande svar *en* minut innan det ringer ut.

Hon sitter lutad över skrivbordet i lampans ljuskägla, och om jag nån gång skulle råka avbryta henne är det av ren omtänksamhet, för att hon kan må bra av att koppla av en stund. Men Monika uppskattar inte såna omsorger, så morsan hinner inte innanför dörren förrän det hörs ett tjut.

Säj till honom morsan!

Vad är det?

Han har min anteckningsbok.

Har jag inte alls.

Ge tillbaka den, Johan.

Jag har inte rört Monkans grejor.

Säj inte så när hon har ett så vackert namn. Säj Monika.

Hon är trött när hon kommer hem, morsan, hela hon tyngs av matkassarna som hon släpar från Solidar och de andra affärerna som utgör mittpunkten på bostadsområdet, Borgmästargården, ja, det kan inte kallas för en stadsdel, för det är inte en naturlig del av stan, det är för avskärmat och rymmer inte stadsliv, men inte heller utkastat långt nog på slätten för att kvalificera sig som förort, ordboken har ingen synonym för miljonprogrammets första friska satsningar i sextiotalets mitt, de utgör en egen historia, tre- och åttavåningshus, två sjutton-, varav vi bor på andra våningen i det ena, snarlika gårdar kring ett köpcentrum "med allt" och stora gräsmattor som ej får beträdas, bostadsrätter för dem som är på väg att ta ett steg upp ur knegandets lägre divisioner och kan investera, och har man lyft ena foten måste man sätta ner den nån annanstans, och man har börjat gå...

Morsan ställer ner kassarna i hallen med en utandning:

När Monika kommer hem direkt från skolan för din skull, kan du väl vara snäll tillbaka.

Okej då. Här är den.

Och Monika:

Men kasta inte boken sådär!

Morsan har ju faktiskt en poäng, även om hon inte för en sekund får mig att tro att Monika slår i sig fysikaliska lagar och franska oregelbundna verb för min skull. Men med tanke på vilka alternativ som står till buds för de andra på gården, Lasse t ex, vars syskon, en storebrorsa, Thomas, aldrig gjort nåt för honom, inte nåt gott i varje fall, eller Roger som stannar på fritis och klistrar speglar kantade av klädnypor som han målat eller gör vad som helst för att slippa gå hem, så är jag glad att jag har Monika, att hon finns där, dämpad men där.

Morsan slår igen dörren och hänger upp kappan på galge och lyfter ena benet framför sig och drar av skon, sen den andra, och när hon gjort det och långsamt rätat sig och sträckt på ryggen med ett lågt, utdraget ååh! lägger hon sig på soffan, sjunker samman och blundar med en kudde under nacken, benen utanför och strumporna i mattan – för hon lägger sig inte på riktigt, nej då, hon kopplar inte av mitt på dan av ren lättja, morsan, även om hon blir liggande i en timme måste det se ut som om hon hasat ner från sittande och just är på väg upp ur soffan. Hon ropar:

Monika, snälla, kan du sätta in maten i kylen?

Monika som skjuter ut stolen så det skrapar i parketten och går ut i köket och stuvar in varorna. Morsan som ogillar att man frågar hur det är med axlarna, hur hon mår, att man påminner henne om värken eller låtsas att den syns i hennes ögon som blir blanka och vattniga.

Varför vill hon inte prata om det? frågade jag Monika en morron när hon gjorde i ordning frukosten.

Det gör det inte bättre.

Det gör väl inte det sämre heller?

Nä, så varför ska hon då prata om det, när det gör varken till eller från?

Och så kan man kanske också se på saken.

Morsan ja – det är inte så konstigt att jag började hela den här historien med att nämna strumpor, för om det är nåt vi har gott om i vår familj så är det strumpor. Överallt. Det går inte att dra ut en låda, öppna ett skåp, titta i garderoben utan att ett par strumpor dyker upp. Morsan har med sig dem hem, efter arbetsdar som inleds med att hon cyklar till Malmö Strumpfabrik på Trelleborgsvägen, och medan ena handen döljer en gäspning trycker hon med den andra ner tidkortet i stämpelklockan 06.00, hårnät, tunna handskar, arbetsrock, en symaskin av märket Union Special och åtta timmar i ett svep fördelade på de två och en halv sekunder det ska ta att sy en tåsöm, dra i räkneverket, en svart arm på sidan av en grå låda som sitter monterad i bänkskivan, ungefär som en enarmad bandit, fast här finns inga vinster, bara insatser, och speeda upp tempot för att ha råd att gå på toa – ackord, alltså – medan strumporna transporteras vidare i ett rörledningssystem upp i taket och sprutas ut över en metallställning i väntan på att föras till färgningen.

Det är alldeles tyst i lägenheten, om man undantar suset i väggarna när nån i huset vrider på vattnet och grannen ovanför som går med hälarna hårt i parketten och Havliceks knotiga språk från lägenheten intill. Jag rycker till mig ett par Tintin till köket, eller så sätter jag mig på toa och läser, där jag får vara ifred tills Monika ska in och kamma sig och kolla i spegeln att halsduken sitter rätt, på väg till scouterna och Patrull Humlan.

Och ska hon inte iväg, så ropar morsan:

Ska du inte gå ut, Monika?

Nä, inte i kväll.

Vad gör Hanne, då?

Vet inte.

Jag såg Thomas och Anki där nere.

8

Nä, jag har ingen lust.

Galaxer i mina braxer! Det är bara Monika som kan svara så en fredag. Ibland fattar jag inte att vi har samma morsa, och jag undrar hur Monika tänker och funkar och vad hon har för sig i sin världsdel, men det är som morsan brukar säga, att man måste inte begripa sig på henne för att gilla henne, och jag gillar Monika, tro inget annat. Som när hon förhör mig på läxorna, när hon har tålamod att öva rättstavning med en lillebrorsa som inte har det så lätt med bokstäverna och att få ihop dem till ord, dela in vokaler i hårda och mjuka efter en systematik som han inte är mottaglig för. Sånt är Monika bra på. Och att låna mig av sitt godis när min veckopeng tagit slut redan på tisdan.

Ja, så då erbjuder jag mig i stället:

Jag kan gå ut.

Nä du, unge man, du får allt stanna inne såhär dags.

Morsan som den här våren föreslagit Monika att hon ska skaffa sig ett sommarjobb, få lite mer pengar att röra sig med, nåt som Monika gått och funderat på ett slag, vilket hon är en mästare på, så mästerlig att ingenting mer blir sagt förrän hon tänkt efter noga och själv tar upp det igen.

Kan du skaffa mej ett jobb på Strumpan då?

Morsan vars ansiktsuttryck, ja hela hennes kroppsspråk förvrängs.

Aldrig i livet!

Men du föreslog att jag skulle börja jobba.

Ja, men inte där.

Varför inte?

Morsan suckar, vill inte diskutera detta, förmodligen inte Monika heller, äldsta syskonet som alltid får stånga sig blodigt, eftersom allt är första gången för både dotter och mor.

Du kan lugnt glida fram bakom mej, anklagade Monika mig en gång sen hon flyttat hemifrån.

Du har inte tänkt på att jag aldrig får vara först om nåt? kontrade jag.

Som om det skulle vara en fördel, sa hon.

Morsan samlar sig, för nästa mening kostar på:

Vet du vad jag tänker på hela dagarna på Strumpan? Jag tänker på er, på att ni ska slippa det.

Men det är bara över sommaren, säger Monika upprört. Jag väljer det själv.

Väljer? Tror du verkligen man väljer det?

Vad är det med dej?

Du ska läsa, Monika. Skaffa en utbildning. Inte fastna på Strumpan.

Men Monika är den envisaste jag känner. Det hon en gång fått för sig släpper hon inte, och kan inte morsan hjälpa henne så får hon ordna det själv. Dan efter har hon skaffat sig ett jobb, köra fram läskbackar och fylla på i mjölkkylen på Reveny uppe på supermarketen Mobilia fem veckor på raken i sommar och fram till dess två kvällar i veckan och varannan helg. Morsan kan inte säga så mycket om extraknäcket under terminen, men en sak säger hon, när Monika avverkat sitt första pass i butiksrocken:

Scouterna då?

Jag hinner med båda.

Men hur ska du…?

Var inte så orolig, morsan, säger Monika och ger henne en klapp. Annars får jag väl äta i bilen.

Och morsan kan inte hålla sig för skratt, och Monika och jag skrattar också. Ett skämt som hör till de egenheter och hemligheter som smälter samman tre personer till en familj, en skärva av de gemensamma erfarenheter och poänglösa historier och språk som en familj utgörs av. I höstas såg vi Palme valtala på stadion, mässingsorkester och Internationalen och ett podium på planen och bostadsområdet bänkat runt om oss på sittplatsläktarens träribbor. Monika med tuggummi i munnen som hon smäller och smackar med och drar ut med pekfingret till en lång salivdrypande tråd som hon snurrar som en jojo och försöker se cool ut med. Slipsen fladdrar över axeln på Palme i vindarna som rullar ner i grytan. Morsan som blänger på Monika, avskyr idisslandet, och Monika vet det, tuggar ändå, morsan kniper igen, blänger, säger nåt först när vi kommer hem, och hon och Monika kommer ihop sig och Monika ut genom dörren, får av misstag med sig bilnycklarna på vägen. Morsan är framme vid sitt sovrumsfönster och ser efter henne. Där nere står grannarna kvar efter valmötet och småpratar i grupper, kvinnorna för sig, männen klungar intill, och de tittar mot Monika som skyndar över parkeringen och låser upp folkan och sätter sig i passagerarsätet, trycker ner låsploppen, tuggar. Sitter där, morsan som är framme vid fönstret igen, vill ner och hämta dottern, tala henne till rätta, men inte när hela huset har fönster åt parkeringen. Morsan och jag äter. Morsan vid rutan på nytt. Tvekar. Vill inte blamera sig. Det blir kväll. Till slut säger morsan: Nä, nu svälter hon ihjäl. Värmer maten som blivit över och lägger upp på en tallrik, som hon ställer på en bricka tillsammans med ett glas mjölk och tar med ner i hissen. Men Monika låser inte upp. Morsan står där med brickan i famnen och ser Monika blåsa en bubbla, innan hon sätter ner den på asfalten och vänder om. Och när morsan kommit in i porten öppnar Monika bildörren, lyfter in brickan på knät och äter middan i bilen.

Lördag eftermiddag. Tyst i huset, så tyst som det bara kan bli i en bostadsrättsförening i mitten av sjuttiotalet, och en helg då morsan njuter av ledigheten, kopplar av med att våttorka golven, diska finporslinet som vi aldrig använder, köra ett par maskiner i tvättstugan och stanna och snacka med nån annans morsa med tvättkorgen under armen, blir borta så länge att hon glömmer middan, nästan, medan gårdens farsor tvättar bilen eller läser kvällstidningen eller lyssnar på nyheterna eller gör nåt annat viktigt som farsor gör. Vi ungar hänger nere på gården tills Lasses morsa klämmer fast en handduk i köksfönstret och Lasse försvinner med hissen upp till sjuttonde våningen, och därefter hämtas vi hem en efter en med en signal – visselpipa, harskramla, kobjällra eller, mest hjärtskärande, ett skrik rakt ut från balkongen: *Åsa!* – till en kväll som måste tillbringas inomhus, och morsan lagar en middag som är lite finare än annars, pannbiff med lök t ex, och det blir efterrätt.

EFTER SIN TIMME på soffan vaknar morsan till liv och kommer ut till mig i köket. Det är fina stunder. Jag får ha henne för mig själv, och jag har ingenting emot att titta upp från kapten Haddock och dupontarna när hon berättar om hur det varit på jobbet, om vad Bogdans morsa sagt om Bogdans farsa och annat hon fått höra i kaffeburen – sånt som hon också måste ha nån att prata med om där hon står vid spisen i sitt rutiga förkläde och steker fattiga riddare på gammalt vetebröd som hon fått till halva priset nere i konditoriet eller gräddar pannkakor och är bra på det, så bra att Lasse och Janis brukar ringa på när de känner dofterna och inte fråga om jag vill komma ut utan om de får komma in, vilket de får för morsan som gärna sätter fram ett par tallrikar extra även om hon tycker att jag nån gång kunde få käka hos dem, men hade hon smakat Lasses morsas redda grönsakssoppa hade hon förstått, och hos Janis släpps ingen in av hans farsa som ställer sig längst in i deras långa mörka hall, med skjortan uppknäppt till naveln, och undrar vad man är för en typ även om det är den sjuttioåttonde gången man ringer på.

Morsan, varför blir du aldrig arg som Rogers farsa? frågar jag.

Blir han arg?

Som bara den.

Vet du varför jag inte blir det?

Varför då?

För att jag älskar er.

Svarar morsan, och sen har man inget att sätta emot den fråga hon har på lut, som egentligen inte är nån fråga alls utan en förklädd uppmaning avrundad med ett frågetecken. Hon sneglar mot våra uppmagnetade scheman på kylskåpsdörren.

Har du inte läxor?

Lite matte.

Ska du ta och göra dom innan vi äter?

Jag var på väg.

Upp med Monikas noggrant inplastade böcker på hyllan bredvid Che-planschen. Böcker som fortfarande hade sett oanvända ut om det inte vore för de tunna blyertsunderstrykningarna gjorda med linjal. Matte är jag rätt skaplig i och gör klar snabbt, sitter sen och glor på guppiesarna. Akvariet måste stå i fönstret eftersom det saknar belysning. Lutar man sig fram över det ser man parkeringsplatsen och på andra sidan Pildammsvägen ligger långvården och längre bort den stora grusplanen som sträcker sig ända till Mobilia och där cirkusarna slår upp tälten två gånger om året och vi ungar från gården hjälper till med att mata elefanterna. Åt andra hållet, från köket, ser man ut över den jättelika gräsmattan på gården. Det är inte mycket till utsikt från andra våningen. Men det är i vårt sovrums-fönster jag står och ser Monika återvända från mjölkdisken på Reveny med huvudet tungt hängande som en hästs, det måste vara alla tankar som tynger henne, allt vetande som hon pressar in i skallen.

Men hon kvicknar till när hon kommer in i rummet.

Morsan! Kom fort!

Men käften på dej. Måste du alltid sladdra?

Vad är det nu? hörs morsans uppgivna röst.

Johan har tagit upp fiskarna.

Svärdbärarn också? Johan, kom hit!

Det är en tävling.

Kom hit sa jag.

Så jag lunkar ut i köket för att få höra det vanliga:

Du ska vara snäll mot Monika.

Det var ett experiment. För att se vilken som klarar sej längst på land.

Men du vet att dom skadas om du tar upp dom.

Jag la dasspapper under.

Sucken. Och:

Nu måste vi klippa dej.

Aldrig! Ralf Edström har längre.

Monika som är så fin i håret. Då kan väl du också vara det.

Alltid denna jämförelse med Monika. Som kommer dragandes efter ett slag, slänger sig ner på sin plats närmast väggen, jag bredvid och morsan på andra sidan furubordet. Efteråt hjälper jag morsan med att duka av och torka vaxduken på smulor, och hon kollar att jag gjort läxan. Monika läser en bok. Morsan ser på Rapport, och jag med. Vi blir sittande framför teven tills morsan säger:

Johan, ska du gå och borsta tänderna?

Inte redan.

Jo. Nu. Bums.

Så jag gör mig klar, får på mig pyjamasen, klättrar upp i min slaf, stoppar en ficklampa under kudden ifall jag skulle vakna under natten och måste ner. Monika släcker i taket när hon kommer in och jag kan höra hur hon kryper upp i sin säng under min och kränger av sig kläderna, korvar av sig dem som om jag skulle kunna se nåt i det svaga skenet från gatlyktan som strimmar in genom persiennerna (det kan jag!), och trär nattlinnet över sig. Hon tänder sin sänglampa och ligger länge och läser. Medan morsan känner efter att ytterdörren är låst – klicket från låskolven som gör att man kan komma till ro, vända sig in mot väggen och somna. Men det funkar inte.

Du?

Mm.

Det där med fiskarna, det var inte meningen. Förlåt.

Fattar du inte att dom kunde ha dött.

Jag har bett om ursäkt.

Gör du om det så…

Vadå? Hämtar du din farsa?

Morsan! Kom snabbt!

Uppgivet, från andra sidan dörren:

Vad är det *nu*?

Nä, ingenting.

MORSAN, MONIKA OCH SÅ JAG, Johan. Som inte kan sitta stilla en hel dag och läsa som Monika. Från det att snöslasket börjar sippra undan på våren och några fläckar av sumpigt, tungtrampat gräs frilagts är det fotboll som gäller, Jerry Williams vita matchboll som pumpas med cykelpump efter en kort tids vinterdvala, femmans storlek, stämplad godkänd av en mängd förbund, och som vi står i ring och trixar med, upp med den sura läderkulan på foten, två tillslag, tre, upp på knät, stänk stänk, andra knät, det enklaste trixet men också det snyggaste, att ha kontroll, och passa vidare – tånaglarna som blir blåa och svarta och trillar av i början av säsongen och nya som växer ut under våren. Sen blir det uppehåll för industrisemester, då gården är fullkomligt blåst på ungar, ödelagd som en röd dag i flera veckor, men i sommarens bortre ände återvänder alla från morföräldrar och bilsemestrar och campingar, och Rolle har varit på ett politiskt ungdomsläger i Östtyskland där han tältat på en leråker och fått lära sig marschera efter att varje morron ha väckts med revelj blåst av en fåne från Södertälje som släpat med sin trumpet, undervisning utomhus och skithustömning som extrasyssla – historier som han drar medan han snörar på sig dojorna, riktiga fotbollsdojor med skruvdobbar och skosnören som räcker två varv under sulan och blir över till en dubbelknut, Rolle som spelar i Malmö FFs pojklag.

Ska vi dela upp, eller?

Jag skulle precis börja, svarar Micke.

Och efter en stunds ordergivning och domderande får Micke alla att sitta ner på vallen som omger gräsmattan. Han är den som tar på sig såna uppgifter, den borne ordningsmannen, men så är hans farsa också nästan snut, väktare, och f ö också brottare, bronsmatch i ett distriktsmästerskap nån gång långt tillbaka i trikåhistoriens annaler, en merit Micke lutar sig mot om nån inte kommer på plats snabbt nog, har tutats i ordning och reda, rätt och fel, att stå för sin sak och att anlägga den rätta myndiga stämman:

Janis och Cissi väljer.

Men det gjorde dom inte förra gången!

Just därför, pucko.

Janis som när det kommer till kritan inte är nån dålig lirare, kvick och oförutsägbar, men med en oberäknelighet som också innebär att han när som helst kan lämna planen utan ett ord, utan en blick över axeln, sticka för att han plötsligt tröttnat, medan Cissi är den uthålliga, teknikern, dribblern, har de överlägset bästa finterna, tvåstegs, tunnlar, klackar, och lägger inte av förrän alla andra gett upp.

Och Janis och Cissi gör sina val, rätt förutsägbara val faktiskt – och så detta med att alltid väljas sist, jag *väljs* sist, vilket i klartext innebär näst sist, för Roger och Carina och Åsa blir över, och eftersom det inte kan vara tre tjejer i samma lag får Cissi Roger och Janis Carina och Åsa. Åsa som enbart är med i uttagningen för att få bekräftat att hon är sist i dag också. Hon sätter sig på vallen:

Jag ska inte spela.

Det står en skylt som förbjuder bollspel i vardera änden av planen. Bogdan riggar målen genom att lägga sin träningsjacka och sina träningsbrallor tio steg från vardera stolpen. Vi är klara för avspark, nej, inte riktigt, för de här åren är det Ralf Edström, Roland Sandberg, Beckenbauer, Cruyff och Neeskens, Bosse Larsson och Staffan Tapper och en handfull andra spelare som är hjältar och skrapar knäna blodiga på bostadsrättsföreningens gräsmatta.

Jag är Gerd Müller, ropar Roger.

Det är *jag*, fastslår Janis. Det är jag alltid.

Men jag sa det först.

Du är för lång. Du får vara Bosse.

Bosse?

Ja, Pelé då, han var skitbra. Det *är* jag som är likast Müller.

Svårt att argumentera emot, eftersom Janis tveklöst är kortast,

t o m kortare än Åsas lillasyrra, och stannar i växten vid topp-
noteringen en och femtio lagom till att han får en moped, en Zün-
dapp som hans farsa monterar lägre styre på.

Den enda som inte tar sig ett artistnamn är Cissi, hon behöver
ändå inget, dominerar mittfältet, rycker förbi Beckenbauer och
lurar Ronnie Hellström Ett att gå åt fel håll, Ronnie Hellström Ett
som den här sommaren börjat få nåt som putar ut under tröjan, kas-
tar sig med händerna som skydd för ansiktet när Cissi slår in 1–0
med sträckt vrist.

Sen vill Carina inte stå längre och Jerry William får byta med
henne.

Vem är jag nu?

Du är ju Neeskens! Spring upp nu, ger den nye Ronnie Hellström
Ett order och rullar ut bollen till Müller som gör ett ryck på väns-
terkanten, väggspelar med en förskräckt Neeskens, slår en cross till
Beckenbauer som avancerar till straffområdet, ner mot kortlinjen,
lyfter in, och Müller möter med pannan och nätar. 1–1.

Ronnie Hellström Två sätter genast bollen i spel, fram till Ralf
Edström, som ställt upp laget som han lärt sig i pojklagsträningen,
slår en bredsida till Cruyff, mig, som fått en defensiv roll och vet att
man måste passera Beckenbauer på avstånd och absolut inte slå
tunnlar, för Beckenbauer är en otäck ångvältstyp som inte drar sig
för att slänga ut ett ben, trycka till i en tackling, men man slår ändå
en tunnel för att det är så kul, för att knäkrossaren Beckenbauer
aldrig hinner med, måste tänka en stund innan han får fart på sina
jugoslaviska ben, och som tack får man en uppsättning dobbar över
lårets baksida.

Frispark!

Jag gick efter bollen!

Jag hade inte bollen!

Jag rörde dej inte. Res dej nu.

Jag ska ha frispark.

Ska du ha en sula till?

–

Att komma hem haltande och med lårkaka, gräsfläckar på den gula landslagströjan med långa ärmar och 9 på ryggen och brallorna, strumporna som är skitiga av jord, och mötas av den fräna lukten av läggningsvätska och morsans:

Men hur ser du ut! Hur ska jag få det rent?

Sen får hon syn på låret.

Gör det ont?

Lite grann.

Morsan som står på toa och rullar upp håret på papiljotter, fäster en rulle i nacken med en gulnad plastnål, tätt intill spegeln för att se ordentligt.

Du måste vara försiktig.

Det var Bogdan som råade sej.

Ni måste väl ha varit två om det? Ta av dej kläderna.

Jag byter om och när morsan är klar med håret spolar hon vatten i en balja och lägger i mina kläder och vattnet färgas grått och dyigt och hon säger:

Är du hungrig?

Det är det fina med morsan. Hon fattar precis hur man känner sig när man kommer hem söndersparkad och snorig och vill bli ompysslad men inte prata för mycket om sina blessyrer, de är samtidigt troféer, jag gick inte undan, stod pall, de ska visas för och beundras av gänget i morron, inget daltande nu men gärna ett stort glas chokladmjölk och mackor med ett tjockt lager av morsans jordgubbsmarmelad, en fighter har slagit sig ner. Morsan stryker honom över håret och lyssnar när han redogör för matchen, sitter på andra sidan bordet och lyssnar som på en vuxen. Han tuggar och dricker djupa klunkar och får måne på överläppen och pendlar med benen.

Vill du ha mer chokladmjölk? En smörgås till?

Han nickar och hon kramar honom. Läggningsvätskelukten får honom att fryna och må lite illa och inte vilja sjunka in i kramen, men den här gången... än sen? Håll om mig, morsan.

–

Offside!

Kör vi inte med.

Gör vi visst!

Sa vi inte innan.

Tror du att dom säjer sånt innan VM?

Det slutar med att Ronnie Hellström Två gör en utspark, Cissi tar ner med bröstet, nåja magen, pangar den vidare... och bollen rullar fram till Pelé som bara har att sätta till en bredsida, en tåfjutt, smörläge, Ronnie Hellström Ett är ute i buskarna och pinkar, Pelé tar omåttlig sats, lyfter högerbenet bakom sig, ser mot målet, bortre krysset, benet skjuter fart, svänger i en pendelrörelse, och bollen rinner sakta över sidlinjen samtidigt som Pelés högerdoja, en Adidas Biafra med genomsliten sula, beskriver en båge och singlande med skruv försvinner på andra sidan vallen och Pelé själv landar på rygg, slår i marken så hårt att luften stöts ur lungorna.

För helvete! Din knast! vill man skrika – och gör det också.

Lägg av. Det gör inget, Roger, ropar Cissi. Jag hämtar skon.

Avbrott. Och det finns andra störningsmoment också, det finns det alltid, det finns alltid gubbar och kärringar som vill härska, som har beslutat att trettio gånger åttio meter gräsmatta mellan bostadshusen är till för att sitta och glo på, stirra sig grönögda på från balkongerna, inget annat, och som gjort det till sin livsuppgift att tala om det för alla ungar och banka in förbud och regelverk i deras oskuldsfulla kroppar, och på vår gård heter den påven Persgård och kommer ner från sin fridsamma pelargoniebalkong i trevåningshuset där han satt eftermiddagskaffet i luftstrupen av pur förvåning över att ungar ger ljud ifrån sig.

Har ni inte lärt er läsa?

Jo.

Då slutar ni spela ögonblickligen.

Persgård läser föreskrifterna för oss, och han gör det inte för att det angår honom eller för att han *egentligen* far illa av att vi spelar, det är fascisten i honom som fått för sig att det ska vara på ett visst sätt, *måste* vara det, finns det ett förbud ska det efterlevas hur idiotiskt det än är, aldrig ifrågasättas eller diskuteras, bostadsområdets gränser är dragna för att levas inom och de är satta av nån som inte kan tänka unge, lek, glädje, barndom, och jag lovar er att när jag möter honom i dag, Persgård, tjugofem senare, när jag och min hustru Helena är på väg till söndagsmiddag hos min mor och våra ungar Agnes och Hannes springer före och själva tar hissen upp till farmor, Helena och jag hand i hand men lite stressade så som det kan vara en söndag, sista utandningen efter en helg då inget av det planerade blev av, inför måndagens tidiga väckarklocka, rutinerna, down the road again, och jag är en efter omständigheterna lycklig man mitt uppe i livet, med karriär och amorteringsplaner, månatligt pensionssparande och tjänstebil, tilltagande övervikt och allt mindre tid över för umgänge med vänner, om vi då möter Persgård väcks på bråkdelen av en sekund samma ilska, vrede, till liv inom mig som då, längtan efter hämnd och revansch, och jag måste trycka ner båda händerna hårt i rockfickorna och bita samman för att inte klippa till honom, ge honom en retroaktiv omgång stryk, att hälsa är det inte tal om, och visst, det kommer alltid att finnas persgårdar, världen är full av dem, men om nån som läser det här känner igen sig, fundera då på hur mycket ni kan förstöra i en liten kille eller tjej med er självpåtagna polisiära verksamhet, det kommer vi att bära med oss hela livet som sår som aldrig läker och påminnas om så snart vi stöter på en taskig chef, en pennalistisk fänrik, flickvänner och pojkvänner med ett överläge baserat på en annan social bakgrund eller ett bättre självförtroende, vad som helst som väcker tankar om de orättvisor som vi utsatts för till liv, för vad kan vi sätta emot, det enda vi kan skrika till Persgård är:

Gubbjävel!

Stick!

Kamma dej!

Med ett omedelbart resultat: gubbfan sätter av efter oss, vi rusar iväg som en flock hundar, han jagar den som står närmast ett tjugotal meter, den sträcka han behöver för att inse att han aldrig kommer att hinna ifatt den som springer för sitt liv, som aldrig förr varit med om att en vuxen man springer efter ett barn för att slå. Andfådd ger Persgård upp, vänder om och lägger beslag på bollen, tar den med sig trots våra högljudda protester, tar den under armen för att återvända upp till balkongen och sitt nu svalnade kaffe och njutningsfullt invänta att Jerry Williams farsa, stridbar facklig företrädare för grafikerna på Arbetet och därmed en person man har respekt för på gården, ska ringa på och avtvingas en förklaring till varför hans grabb lirar boll skyltarna till trots.

Ge tillbaka bollen, gubbjävel.

Vad sa du?

Jag sa att du ska ge tillbaka bollen, gubbjävel.

Det är ingen annan än Micke som vågar säga nåt sånt – och stå kvar. Det är nåt i den rösten som får t o m en okänslig typ som Persgård att stanna upp, vända sig om, lyssna på en tioåring som inte viker undan, som vet att han har all moralisk rätt i världen på sin sida och upprepar:

Ge hit den.

Du tilltalar inte mej så. Du ska passa dej.

Passa dej själv.

Det är nu vi andra stelnar till, nåt är på gång i Mickes skalle, Persgård börjar ana oråd, insikten att han ställs inför nån som inte tänker låta honom vinna kryper sakta över honom och han vet inte hur han ska hantera situationen, så han tar till det enda vapen han känner till mot ungar, han höjer högran till slag och får iväg en lavett som skulle ha träffat Micke med en rungande smäll om han inte sett den komma och duckat. Handflatan gör hål i luften, och Micke kickar bollen ur Persgårds famn, passar den vidare till Roger som retsamt sätter upp ena foten på den – eller så borde det vara om världen var rättvis, men världen är inte rättvis, den är grym, Micke fastnar med foten under Persgårds arm, förlorar balansen, och Persgård är över honom, låser hans händer och trycker ner honom på mage.

Nu är du inte så stöddig!

Släpp mej, annars får du på käften.

Och hur ska det gå till?

Persgård ler, jo han ler på sitt jävulska vis, funderar på hur han ska bestraffa den pojke i vars korsrygg han placerat sitt högra knä, och märker inte att Rolle, ledd av sitt nyvunna kommunistiska kunnande om klasskamp och solidaritet och förakt inför överheten, har kommit upp vid hans sida och med en ljudlig indragning samlat ihop en monstruös snorloska som han rullar runt som en stor gräddkola i munnen i väntan på det perfekta tillfället att avlossa.

Hallå!

Persgård vrider sitt svettiga ansikte upp mot honom, och Rolle skickar iväg den sega klumpen snor.

Persgård reser sig mödosamt från Mickes rygg.

Jag ska prata med dina föräldrar, är hans sista hot innan han avlägsnar sig, utan boll, loskan som en grönglidande polisong.

Hälsa från mej, ropar Micke efter honom.

Efter matchen ligger vi i gräset, utpumpade, domnade, Janis har skickats upp efter saft och så klart inte kommit ner igen. Då väller Thomas och Anki in på planen, och Danne med en kasse öl och King springande lös. Thomas kickar till bollen med sin toffla.

Läget, småglin?

Anki garvar, hennes ögon är runda som pingisbollar, hon garvar åt ingenting, hon har gnidit jeansen med sand över låren för att de ska få den rätta slitna looken, hon stirrar rakt fram med ett frånvarande leende, dråsar ner i gräset, drar ner Danne bredvid sig. Danne dricker öl och får syn på mig.

Hur är det med Scouten?

Jag vet inte, säger jag, som verkligen inte vet hur det är med Monika, om det är nåt särskilt med henne, hon säger inte så mycket om det, och om det är nåt särskilt så borde Thomas och Anki som går i hennes klass känna till det.

Pluggar hon molekyler i sommar?

Tror jag inte.

Hon har aldrig haft nån kille, va?

Jag rycker på axlarna, bäst att säga så lite som möjligt.

Danne, myndig, bor med farsan inne på Riksbyggen, med en lang-arposition i preparatpyramidens understa skikt, klunkar öl, ser sig om.

Rogge! Läget? Hur var det på kollot i år?

Roger stirrar ner.

Va, hur var det att bo i barack? Vad gjorde ni?

Inget särskilt.

Satt i ring och sjöng allsång och runkade?

Anki garvar. Jerry William garvar också, men av andra orsaker, är högröd i fejset. Thomas hänger på:

Rogge, visa hur ni runkade.

Gör det själv, om du gillar det så mycket!

Rogge, för fan, kom igen nu, fram med pitten, flinar Danne, och manar: King! Sök, King!

Schäfern flämtar och nosar på Roger, i skrevet, i ansiktet, nack-en, underläppen darrar på Roger, han kniper samman benen.

Ska du pissa på dej som vanligt?

Lägg av nu, ber Micke som sitter en bit ifrån oss andra. Ta bort King.

Vad är det med dej?

Kan du inte låta honom vara?

Thomas drar King i halsbandet, bort från Roger som inte rör sig.

Okej, säger han, hämta bollen så lirar vi.

Vi har paus, invänder Rolle.

Jag sa att vi lirar nu. Upp med er.

Så sakta kommer vi på benen, inte så snabbt att de får ett kvitto på hur pissrädda vi alla är för Thomas och Danne, inte heller så långsamt att deras tålamod tryter och de går till handgripligheter, och om sanningen ska fram så ser vi i all vår ängslan också upp till dem, kittlingen att vistas i deras närhet, uppsnappa bitar ur deras historier om sprit och bilar, intjack och raggarslagsmål – den ynkli-ga drömmen att det om några år kan vara *vi* som regerar gården!

Anki hämtar bollen, sparkar ut den i buskarna igen. Danne viss-lar på King, kopplar honom, kastar kopplet till Åsa.

Du passar.

Åsa som är nära att börja lipa, medan Danne vänder sig ut mot planen:

Det är vi mot klabbet. Vi och Rogge.

Att tillhöra klabbet är detsamma som att inte vara Cruyff längre, att inte få finta, gå själv med bollen, det är att inte finnas mer än som ett rundningsmärke, och varje försök till eget spel belönas med en toffla på smalbenet, en armbåge i revbenen, en stämpling, det är att fråntas sin identitet och lära sig härda ut på det mest anonyma sätt man kan åstadkomma. Finna sig i att upphöra att existera ett slag. Men Roger protesterar med ett högljutt nä.

Vadå nä!?

Jag spelar inte i samma lag som knarkare.

Danne lutar sig fram mot honom.

Vem är knarkare?

Det vet du väl själv.

Nä. Säg vem som är knarkare här, Rogge.

Roger säger inget.

Vem, Rogge? Är det jag? Anki?

Ja.

Vem? Jag vill höra dej säja det.

Du. Och Anki.

Danne stirrar honom i ögonen. Sen lägger han en hand på hans axel.

Du är en lustig skit, Rogge. Inte en kärring som dom andra.

Och så ropar han:

Rogge är med klabbet! Vi börjar boll!

MFF VINNER ALLA MATCHER, skickar halva truppen till landslaget. Bosse och Tapper är stadens män, Puskas och Krister Kristensson och Janne Möller, och så genierna och dårarna som kretsar runt stadion, konstnären Dinge David som samlar på matchprogrammen och sägs kunna en sida i telefonkatalogen utantill, Garrincha som skjuter straffar på träningsplanerna, pallar upp bollen på mjölkkartong och tar sats trettio meter, och sägnerna om Tage Tosa som fortfarande går runt i klänning och högklackat, stadens män de också, och här kommer en till av dem cyklande mot oss, mot mig och Janis och Rolle på stora lekplatsen mellan gården och stadion där vår välkomponerade blandning av salpetersyra och socker flammat upp och brunnit med en intensiv rökutveckling och lämnat en svart, utbränd krater i ena slipern runt gungorna, han är en skyggare variant av stadens män, ser ut som en karikatyr på sig själv faktiskt, rödmosigt nylle, svettkammat hår, beige midjejacka med blixtlåset draget till hakan, smutstrådiga muddar, bromsar in, sitter kvar på sadeln, frågar:

Vad har ni för er, pågar?

Ingenting, säger jag.

Ni gör inget farligt?

Nädå.

Han drar i blixtlåset.

Har ni lust att hänga med och hjälpa mej med en grej?

Vadå för nåt?

Häng med så får ni se.

Men vad är det?

Ni får se.

Säg vad det är i stället, säger Janis.

Bara hjälpa mej med en grej där hemma.

25

Nä, tji jag, säger Rolle.

Ni får femti spänn var.

För *vad*?

Hjälpa mej lite grann. Det är inget farligt.

Vi vill inte, säger jag.

Tänk vad ni kan köpa för pengarna.

Vi ser på varann.

Femti spänn, säger han.

Vi vill inte bara!

Varför inte? Det går snabbt.

Han sätter upp en fot på ena pedalen.

Hänger en med får han alla pengarna. Hundrafemti spänn. Va, vad säjer du om det?

Janis tittar bort, borrar ner hälen i sanden.

Hundrafemti spänn, du.

Stick, säger jag, annars hämtar jag min farsa!

Porsfyr, så heter han, tittar besviket på oss, har nånting på tungan, men lyfter också den andra foten från gruset och trampar lika makligt vidare som han kom. Vi vet vem han är, även om vi inte sett honom tidigare, han har försökt med Jerry William och Bogdan också, och vi vet var han bor, på tredje våningen i 19 c på andra sidan affärerna, vi har varit där och kollat namntavlan i entrén, och vi har hört alla historier som Thomas och Danne dragit om honom och vad de som följer med tvingas göra för pengarna. När han hunnit femtio, hundra meter bort rusar Janis upp i ett av trätornen och tömmer lungorna på luft:

Jävla bängaloo bögjävel!

Porsfyr vänder sig inte om, han bryr sig inte ett dugg om vad som skriks i ryggen på honom, han cyklar vidare på grusstigen mot stadion, och vi springer tillbaka till tryggheten på gården, sparkar på stenar i vår väg och på papperskorgen utanför Rolles trapp, där vi står sen och snackar om vad han sa, och vad han ville, Porsfyr, gång efter gång för att göra det hanterligt, linda in skräcken så att den kan hållas i schack, tills våra morsor signalerar att middan är klar.

Hur var det på Reveny i dag, Monika? säger morsan när vi ätit.

Sådär.

Men chefen gillar dej?

Han var ledig i dag.

Jo, men annars.

Sådär. Tror jag.

Du då, Johan, säger morsan som gärna vill att vi ska sitta kvar vid bordet efter middan och prata med varann, och jag funderar på vad jag ska säga, vi kan inte båda sitta och sådära oss, på vad jag kan säga och på vad jag inte bör säga. Morsan lutar sig fram över bordet, häver sig mot skivan för att avlasta ryggen, värken är som värst efter ledigheten, innan kroppen hunnit ställa om sig från vilan och smärtan blivit en del av vardagen igen.

Hur är det? säger Monika bekymrat.

Det är bra.

Det ser inte så ut.

Det är inte så farligt.

Borde du inte gå till en läkare?

Jag kan vara hemma tre dar utan, säger morsan, för på Strumpan krävs det sjukintyg redan efter tre dar, ledningen vill inte ha sömmerskor som håller sig hemma av ren lättja, men morsan kommer inte att stanna hemma, hon kommer att stå upp i morron bitti precis som alla andra mornar.

Ska vi sätta oss i soffan i stället? Disken kan stå. Nyheterna börjar snart.

Morsan reser sig med handflatorna mot bordsskivan, blir stående så med slutna ögon, drar in luft, rätar på ryggen, skjuter bak axlarna och andas ut, det blir ett stön. Hon går in i vardagsrummet och sträcker ut sig på soffan – fötterna i golvet. Genom väggen hörs gnissel. Det är Bogdan som tar fiollektioner hos herr Havlicek. Morsan upprepar:

Hur har du haft det i dag, Johan?

Bra.

Sätt dej här och berätta.

Hon makar sig så att det blir plats bredvid henne. Hon kniper med ansiktet när det hugger till mellan skulderbladen.

Inte nu. Jag ska hjälpa Monkan.

Men snälla Johan, kan du inte säga Monika.

Ska jag sätta på teven?

Nä, jag väntar lite.

Ska vi ringa på och be dom sluta öva?

Hon vinkar avvärjande med handen.

Tillsammans tar Monika och jag hand om disken. Monika diskar, jag torkar, och jag smiter inte undan, jag står kvar med handduken i näven tills allt är klart och syrran har torkat av diskbänken och vridit ur trasan och hängt den över kranen så som morsan brukar göra.

Och på kvällen, när Monika krånglat av sig kläderna och fått på sig nattlinnet i mörkret, krupit ner i sin säng och tänt sänglampan och slagit upp en bok av Karin Boye, när låsklicket hörts och jag vänt mig in mot väggen och kan somna, finns en rest av nyfikenhet kvar, nej ärligt: en oro, nåt som kryper i mig.

Monkan?

Mm.

Vet du vem Porsfyr är?

Är han lärare eller?

Det tror jag inte.

Vem är han då?

Nä, glöm det.

MEN OCKSÅ OÄNDLIGA SOMMARLOV tar slut och det blir dags att inställa sig på Annebergsskolan, två rader med långa baracker med lärarrum och gympasal i mitten som en ö emellan, matsal och fritis och skolträdgård i skolgårdens ena ände. Det skulle ha kunnat vara privatskola för mig och Monika. Morsan ansökte om att få in oss på Bladins, fick ett surt svar i retur om att hon inte hade erforderlig inkomst för att bereda oss behörighet.

Att det är skolstart går det inte att ta miste på när man gnuggögd och på väg till toan snubblar över Hannes pärlbroderade väska i hallen – Hanne, ja, som nu bankar på den här historiens port, lite tidigare än vad jag tänkt mig, men nu har vi henne här, hon sitter denna tidiga augustimorron i vårt kök med sitt långa vågiga hår, storskjorta från Indiska och rök ringlande från sin handrullade cigarett, så låt oss ha presentationen överstökad. Hanne är Monikas bästa kompis, hennes enda, går i samma klass och bor i ett av åttavåningshusen på andra sidan affärerna. Hon kommer varje morron och äter frukost hos oss, kommer med Monika hem efter skolan, kommer förresten även om Monika jobbar eller är med Patrull Humlan, dricker kaffe med morsan och röker och redan det borde räcka som presentation, att morsan tillåter det, t o m sätter fram askfatet åt henne, samtidigt som hon varnar Monika för att ens smaka på en cigarett. Jag har frågat morsan varför Hanne inte kan äta frukost hemma hos sig själv.

Jag tror inte att hon har det så värst bra hemma, svarade hon.

Har hon inte en bra morsa?

Det är hennes far som är svår mot henne. Är det inte så, Monika?

Hennes farsa är knäpp.

Har du träffat både honom och hennes mor?

Inte nån av dom.

Hanne är politiskt engagerad, argumenterar alternativ, vill ha med sig Monika på demonstrationer och möten hos ett vänsterkollektiv vid Möllevångstorget som hon också vistas mycket i, och hon vet att det är enklare om hon får grönt från morsan först, och det får hon, även om morsan tycker att hon har verkligt tokiga idéer. Som när hon skällde på morsan för att det stod en burk konserverad frukt från Sydafrika i kylskåpet, ett rent svek, och vi såg henne sitta nere på gården på kvällen, på cykelstället vid låghusets gavel, glöden av en cigg, femton år och utkörd av en konserv från Sydafrika och en konstig farsa hemma.

Varför lyssnar du då på henne, om du tycker dom är tokiga? sa Monika.

Jag gillar hennes engagemang, försvarade sig morsan. Men jag delar inte hennes åsikter. Du borde vara lite mer sån.

Hur då sån?

Jag menar lite mer framåt.

Framåt? Ska jag börja röka?

På det svarar inte morsan. Hon är nog inte säker själv på vad "framåt" betyder, för Monika får inte bli *för* lik Hanne, inte ta efter henne *för* mycket, helst stanna vid att vara lite mer... tillgänglig.

Ni gör väl inget olagligt på dom där mötena, Monika?

Som vadå?

Nä, jag bara undrade.

Monika häller upp chokladmjölk till mig, kaffe till Hanne, te till sig själv. Hon skär upp brödet och trycker ner två skivor i rosten. Ner med näsan i tekoppen medan Hanne rullar en ny cigarett, slickar igen pappret och säger att det ska bli skönt att bli klar med korvstoppningen, inte mer, bara så mycket så att Monika, som så klart gillar betyg, ska veta att obalansen i deras vänskap kvarstår men inte är värd att bråka mer om. Sen cyklar de iväg till sista året på högstadiet på Dammfriskolan.

Vi killar samlas innan, det är ett slags naturlag, det finns ingen överenskommelse, det finns en förståelse, och vi gör det utom synhåll för eventuella föräldrar, i gattet mellan de två trevåningshusen på Lagmansgatan, i botten på det breda stråk som likt ett bostadsområdets Champs-Elysées leder upp till affärscentret, med asfalterade parkeringsytor på ömse sidor, och där tanter jagar den som inte stiger av cykeln, lite uppklädda, inte som till en avslutning eller nåt sånt, men lite renare än annars, kläder som morsan lagt fram till mig, och med nya skolväskor av melerad plast, tomma, remmen tvärs över magen. Jerry William har fått en miniräknare och kan använda den också, utgår han från 47 och slår in en lång beräkning i flera steg och håller räknaren uppochner bildar digitalsiffrorna "Palme", nästan. Lasse har ingenting alls med sig. Han har varit på landet hela sommaren förutom de två sista veckorna då han varit med sin morsa och farsa på Cypern och fått *evakueras*, vad det egentligen innebär är oklart, men i Lasses version är det ungefär som att vara krigsfånge men få mat tre gånger om dagen på resebyråns bekostnad, bo i eget rum på hotell en och en halv stjärna bättre än vad man bokat och sen fraktas hem en dag tidigare, och titta nu noga på Lasse när han håller låda, för om femton år eller säg tjugo kommer vi att titta bort när vi ser honom, när han är fullt sysselsatt med att supa ihjäl sig, kan man se det redan nu, se tecknen i tid, redan från det att han nu träder in i den här historien, eller finns det inga tecken alls, bara en Lasse vem som helst med en märklig väg att vandra från avbruten skolgång i nian till missköta påhugg och uppsagda hyreskontrakt och soc och kvartar och Stadsmissionens härbärge tills han blir sittande i Jesusparken eller på nån bänk utmed Kungsgatan, bakom brandstationen, tillsammans med ett gäng lika tandlösa, toviga kompisar som stinker piss och i vars ansikten spriten plöjt djupa fåror, eller sovande i buskarna runt S:t Pauli kyrka med armen om en Rosita eller en T-Röd, Lasse blir en av dem vi skyndar förbi, inte låtsas se, inte låtsas höra, med en inflammerad bukspottskörtel porös som en svamp för läkarna att sy i, varningar som han utan motvärn dricker sig bortom. En av dem vi inte vill kännas vid. Men nu är han tio och kan kommenderingar och gradbeteckningar på grekiska, och han utbrister hänförd:

Slå ihjäl den, Janis!

Gör det själv.

Det var du som hittade den.

Man ska ringa polisen, säger Micke.

Vi hänger över räcket runt nergången till cykelkällaren vid 6 c. I hörnet där nere trycker en pestkanin. Rolle petar på den med en tjock gren han rotat fram ur buskarna. Den reagerar inte. Och Micke kan inte ringa polisen, eftersom det är Janis kanin, enligt den ägandets logik vi har som rättesnöre, vilket är detsamma som att det är Lasses kanin, enligt den *moraliska* logik som alltid övertrumfar områdets outtalade regler och som, lika outtalad den, snarare är en *omoralisk* logik och vilar på Lasses ställning i gänget, och Lasse vill inte för nåt i världen se snuten ta över.

Du då, Johan.

Är du knast?

Mes. Roger?

Tji det.

Du vågar inte.

Gör jag visst.

Gör det då.

Varför det?

Vad sa jag? Du vågar inte.

Gör jag visst!

Du är en kärring, Roger.

Roger står och stampar, fradgar, spottar omkring sig, loskor som sönderdelas till ett fint regn över stenplattorna.

En riktig meskärring är vad du är.

Är jag inte alls!

En feg jävla meskärring!

Roger rycker åt sig grenen från Rolle och rusar nerför trappan med grenen lyft över skallen och klipper till som om det vore styrketestet på Tivoli, det säger smack-smack-smack-smack när kaninen plattas ut mot betongen, och Roger säger inte så mycket mer om saken den dan, för han vill inte tänka på vad som händer om han kommer hem med blodfläckar på sina ljusa gabardinbyxor. Han kastar ifrån sig grenen och springer med skräck i ögonen tvärs över Rättsvägens cykelbana, hans trasiga Puma-väska som han lappat med "Håll Sverige rent"-klistermärken daskar över baklåren, in på skolgården, in på toan vid matsalen och låser in sig, gnuggar frenetiskt byxbenen med våta pappershanddukar, återvänder blöt upp till knäna. Fläckarna är kvar, och större.

Tjejerna kommer i flock, fnissiga, hårflätade, med nystrukna kläder. Åsa har med sin morsa, som följer henne in på skolgården, ska i vanlig ordning hälsa på läraren och studierektorn och skolsköterskan, hela kompaniet, och Laila har också sin morsa med, det har hon varje dag, de cyklar tillsammans från Holma, för Laila har fått byta skola, och sen väntar hennes morsa utanför staketet tills det har ringt in och vi ställt upp oss två och två på led, och Laila, herregud, hon som förra läsåret kallades för Fete-Laila, nu är hon smal och blek, som ett magert spöke under en stor tröja...

Edward Palin dänger nyckelknippan i katederns gulnade träskiva som signal för att den första bistra lektionen tagit sin början. Hans hårda nypor har föregåtts av rykten spridda av generationer av tidigare elever som tuktats av hans oförställda tilltro till ett samband mellan disciplinära övningar, lydiga ungar och goda studieresultat och som växt till en fasansfull berättelse om skräckterror och dygnslånga eftersittningar, och till viss del har andra rykten rört sig i motsatt riktning, om oss, som han haft ett särskilt öga för under sina rastvaktsrundor på skolgården.

Så, det är er jag ska ha!

När han får syn på den bakersta radens vackra uppställning: jag, Bogdan, Rolle, Janis, Lasse och Roger, framför oss Jerry William och Micke, åtta långhåriga kalufser vars vattenkammade benor blåst bort i vindarna, åtta rufsiga skallar som Palin ska knacka hål på som frukostägg och gröpa ur den bråte som nu skvalpar runt där för att kunna fylla dem med livsavgörande vetande av ett annat slag. Hinder för rationellt bedriven undervisning, jodå, oss känner han igen med det svårbestämbara leende som den bär som står inför en utmaning, och gillar utmaningen. Det tar ungefär sju och en halv sekunder för honom att dirigera om oss, kille vid tjej. Cissi drar åt sig sin bänk när jag trycks ner intill henne. En protest hörs från Janis.

Jag sitter bra här, magistern.

Palin kommer inte med nån invändning. Han kommer ner till Janis, Janis som försöker krypa ihop över bänken så omärkligt som möjligt, trasslar in fötterna runt stolsbenen, Palin lutar sig över honom, Janis nyper åt om bänken, nyper hårt med båda händerna, och det gör han rätt i för i nästa stund är han uppe i luften, Palin lyfter honom, bänk och stol i ett brottarfamntag och placerar hela ekipaget där han finner det mest ändamålsenligt: längst fram, nos mot nos med katedern. Han gör det med en förbluffande effektivitet som når maximal avsedd verkan: vi tystnar, sätter oss raka i stolarna – och man kan förmoda att det handfasta ingripandet i klassens sociala struktur ur Palins perspektiv är av strikt kunskapslogistiska skäl. Sen börjar han.

Lars-Åke Andersson.

Jadå.

Är du Thomas Anderssons bror?

Ja.

Jag anade det. Men håller du dej lugn, ska vi komma överens. Jan Dalén.

Ja.

Så det är du. Då var det bra att jag flyttade fram dej. Roger... står här Felman?

Ett reserverat garv i den spända församlingen.

Feltman.

Det var ju också ett namn. Det står fel i listan. Roland Friberg.

Här.

Svara ja. Jag ser var du sitter.

Ja.

Jerry William Hansson. Kallas du för Jerry eller William?

Båda.

Jerry William?

Ja.

Johan Kraft.

Ja.

Gunga inte på stolen. Åsa Lehtonen.

Jo.

Carina Lindgren.

Ja.

Mikael Persson.

Ja, magistern.

Bogdan Petrovic.

Ja.

Du pratar bra svenska.

Ja.

Tack heter det. Laila Svensson. Laila Svensson? Är inte Laila Svensson här?

Jo.

Men svara då!

Osv. 28 namn på listan, som avslutas med Cecilia Åmark.

Palin i slips och tweedkavaj och med Läkerol i fickan som han smyger in i truten med en harkling och till hälften vänd mot svarta tavlan, har ett år kvar till pensionen, men med dispens att få lotsa oss förbi femmans och sexans oförutsebara grynnor och skär till högstadiets trygga hamn innan han revar seglen för gott.

Men denna sin sista seglats ska han lägga ut med ett underbefäl ombord – en skäggig figur i jeans och uppknäppt jeansskjorta och en väska som liknar Hannes dinglande över de smala axlarna.

Jag ber om ursäkt, säger han. Jag försov mig.

Sånt kan hända den bästa, säger Palin med en min som betyder att sånt *inte* kan hända, inte *får* hända. Till oss säger han: Det här är Tommy Johansson. Han är lärarkandidat och ska vara min... ska ha er tillsammans med mej det här läsåret.

Den här terminen, rättar Tommy Johansson. Och vänder sig till oss: Jag kallas för Tompa. Det kan ni också säga om ni vill.

Sin första egna lektion låter Tompa oss rad för rad säga våra namn och han upprepar dem efter var och en som om det var en logopedövning och till Jerry William tillägger han vilket häftigt namn, och han delar ut papper så att vi kan skriva och färglägga våra namn, skyltar som han går runt och tejpar fast framtill på bänkarna. Det är för mycket för Palin, men han yttrar inget om det, han är mer sofistikerad än så, smäller nyckelknippan med sedvanlig kraft i katedern och hårdkör med oss under eftermiddan, och när Tompa återkommer till sista lektionen är det 28 urlakade elever med bristande koncentrationsförmåga han har framför sig.

Och nåt av Palins indirekta kritik måste ha nått fram. Veckan därpå har Tompa oss i engelska, han går vidare på den pedagogiska väg han anträtt genom att låta oss välja engelska namn –

Får vi välja vad vi vill?

Precis vad ni vill.

Får jag heta Crazy Horse?

Det är ett jättebra namn, Johan.

– med undantag för Jerry William, som behåller sitt eget, namn som vi textar på nya lappar, lika färgglada, men Tompa avslutar lektionen med:

Lägg ner skyltarna i bänkarna. Det räcker att vi använder dom när jag har er.

Det växer fram olika system att förhålla sig till, och man lär sig hur man ska anpassa sig till båda – lär för livet.

ÄR DET STOR SKILLNAD att gå i högstadiet? frågar jag Monika och tror att hon ska svara att det är många fler lärare, många fler klassrum att hålla reda på, ämnen, läxor, fler timmar och prov.

Monika har just kommit hem från Reveny, luktar mjölk och kylskåp, brygger en kanna te till sig och morsan som de ska dricka framför Någonstans i Sverige, morsan är förtjust i Loffe, och Monika också, fast hon erkänner det inte, drar bara in benen under sig där hon sitter uppkrupen i fåtöljen när han kommer i bild, innan hon ska gå igenom kemiläxan igen, periodiska systemet, ser sliten ut nu, trött, och hon ställer kopparna och kannan på en bricka och svarar:

Vi har inget grupprum.

Det låter som en revolution.

För Palin tar det inte många lektioner att urskilja vilka elever som inte kommer att hålla måttet, som inte hänger med i hans tempo, angivet av den studieplan som ligger tillhands till vänster på katedern. När Lasse för tredje gången misslyckas med att ta ut subjekt och predikat ur en sats:

Det här duger inte, Lars-Åke. Du får sätta dej där ute och läsa på.

Nöjd med att slippa den resterande kvarten lättar Lasse från stolen, skrider ut ur salen. Men Palins planer sträcker sig längre än så, för när nästa svensktimme börjar:

Men Lars-Åke, du ska ju inte vara här. Sätt du dej där ute.

Han väntar tills Lasse kommit på plats innan han fortsätter.

Annars är det i matte som Palin drillar oss hårdast. För så enkelt är det att om man begriper de logiska principer som ligger till grund för matematikens skönhet har man så mycket annat i livet gratis, och dessutom lämnar ämnet inte utrymme för nån diskussion om vad som är rätt och vad som är fel.

Roger, hur har du räknat nästa tal?

Och Roger kan räkna, blir bara så nervös och flammande röd i nyllet, stirrar ner i boken, paralyserad.

Roger?

Jag vet inte.

Vad säjer du, Roger?

Läs vad du har skrivit, viskar Micke. Du har räknat rätt.

Du är tyst tills du har fått frågan, Mikael, hugger Palin, och Roger biter pennändan platt så att träfibrernas knakande fortplantar sig genom salen, läpparna färgas mörkgrå som en Malmöhimmel, och medan hans tankar trängs som ståplatspubliken på ett lokalderby kan jag tillåta mig en kort beskrivning av Palins djupare förhållande till undervisningen, att låta de sämsta fladdra iväg, de som enligt honom av genetik och uppväxt är predestinerade att ramla ut ur systemet och i bästa fall, *i bästa fall*, gro till dugligt förbruknings-material för Kockums, kalkbrottet i Limhamn, Skånska cement-gjuteriet, och i stället satsa all kraft på begåvningarna för att där-igenom och med det heliga medelbetyget i åtanke få klassen att följa den normalfördelningskurva som ska gälla för landet, men – *sch!* nu har Roger öppnat munnen för att få ur sig nåt, och upp kommer en cocktail av lika delar rostat bröd med mjukost, O'boy, fil med corn flakes, två järpar med brunsås och sönderkokt potatis från skolbespisningen, allt finfördelat och av garvsyra nedbrutet till en jämn och nästan slät puréaktig massa som landar över mattebokens uppslag sidorna 38–39, flyter ut över bänken, och i samma stund som de första klickarna daskar ner på linoleumet är Palin framme vid Roger:

Mår du inte bra är det bäst att du går ut. Ta med dej böckerna.

Roger reser sig, undviker att komma inom Palins aktionsradie, sen återvänder han inte, åtminstone inte till matten, snart inte till svenskan heller. Han sitter ute i grupprummet och får räkna precis samma tal som vi, men förlorar intresset för matematikens skönhet och logik och lär sig, inspirerad av Lasses uppfinningsrikedom under deras gemensamma sittningar, att timmarna i utvisningsbåset hellre än att fullständigt gå till spillo kan utnyttjas till att klippa figurer i böckerna, färglägga bänkskivorna eller smita ut i korridoren och spola våra mössor med vatten, allt sånt. Det för dem inte tillbaka till klassrummet. Det för dem till hjälpfröken.

Tompa kommer från lärarhögskolan med helt nya rön om hur klassens totala inlärning ska stärkas. Jag och Jerry William räknar så långt som han skrivit upp på tavlan, sen får vi lägga de räknespel som förvaras i skåpen utmed långväggen, spel som är självrättande, och när vi lagt dem och vänt upp baksidan och kollat att triangelmönstret i svart och gult stämmer, ber Tompa oss följa med ut:

Dom andra blir så stressade av att ni kommit så långt.

Jerry William: Får vi räkna vidare i boken?

Nä, ni får lägga spel tills dom andra kommer ikapp.

Och jag: Men det är så tråkigt!

Men ni förstår väl att det inte är rättvist om ni får göra mycket mer.

Nej, det förstår vi inte, och när mitt och Jerry Williams försprång slipats ner, när vi suttit ute i grupprummet och vickat på stolarna, börjat klippa mönster i böckerna, rita på borden, smita ut och dränka de andras mössor med vatten, ja allt sånt som hör till, när vi ganska kvickt passerats av samtliga – inklusive Roger och Lasse – återförs vi som straffångar från isoleringscellen, degraderade till medelmåttor som måste jobba hårt resten av läsåret för att komma ifatt.

HÄR BORDE JAG FÖRMODLIGEN uppehålla mig längre vid Palins och Tompas egenheter och skiftande karaktärer för att de inte ska stanna vid att vara endimensionella figurer av det slag man då tog dem för, och jag ska i all hast kosta på mig en sammanfattning: Palin är säker på att han är på rätt spår så länge han inte är populär, och med Tompa är det tvärtom, men i övrigt får det vänta, för just nu tränger sig en annan sak på, en som ligger mig varmare om hjärtat än att teckna nyanserade porträtt av en grovhuggen sadist och hans velourade adept.

Det ringer ut och Palin ställer upp oss på den stenlagda skolgården, marscherar oss till matsalen, och nu om nån gång är det viktigt att vi uppför oss. Innanför matsalens stora fönster sitter nämligen de andra lärarna och äter med sina elever och varje gång en ny klass är på ingående sänker de besticken och stirrar på paraden som poängdomare i konståkning, gör en bedömning av hur skickade kollegerna är som lärare.

En sista mönstring och rättning i leden innan vi släpps in i samma matsal där vi året innan satt i ring på golvet och slog ta-tatte-ta med taktpinnar för en musikfröken vars stora glasögon ideligen gled ner på näsan medan hon bedömde om ytterligare musikundervisning skulle ödslas på oss, det skulle det inte, förutom på Bogdan, som höll stånd mot taktpinnarna och valde att få fiollektioner av herr Havlicek i stället, samma matsal som Åsa och Cissi och Jerry William varje höst under våra sex år på skolan beger sig till för att sjunga i skolkören, på lektionstid, samma matsal Jerry William återvänder från tio minuter senare med en lapp till läraren om att han *inte* bör få fritt för att delta. Vi hänger av oss på stålhängarna i kapprummet medan Palin fattar posto vid de uppslagna dubbeldörrarna och sätter igång att fördela oss mellan de två leden för att raska på inmarschen, system här också således.

Bricka, plasttallrik, bestick, fram till första mattanten och – klatt! en skopa sönderfallande potatis landar som ett eroderande bergsmassiv mitt på tallriken, hos nästa mattant färdigställs landskapet med kåldolmar och en rinnig brunsås som också serveras till fisk och kycklingdetaljer och som väller fram och bildar sjöar och kanalsystem, så att allt blir till en geggig, lättslevad sörja. Nästa station är självservering av fesljummen skummjölk i duralexglas, och så ner på en stol vid ett av de runda borden längst in i tegelhangaren om där inte redan sitter ett gäng sexor.

Och nu när vi kommit på plats finns det skäl att uppehålla sig här en stund, se ut över den förödande själlösa bespisning som för årtionden framöver gör svensk matkultur till *terra incognita* för oss och saboterar vårt intresse för ätande och matlagning som sociala handlingar, umgänge, njutning, gemenskap, inte så konstigt att vi från tonåren och framåt kastar oss över pasta, pizza i platta kartonger, ciabatta, cous cous, sushi, kineskäk, kebab på nån sylta, och tillägnar oss den ordrikedom som följer i dess spår, take away, fast food, ready to go, al dente, extra allt, ivägskrämda från landets kulinariska arv, bara för att när vi står där med egna barn och vill laga de mormors rätter som är en outplånlig del av *vår* uppväxt inse att vi ingenting, absolut ingenting vet om hederlig husmanskost, men allt om hur man med spaghetti, en burk krossade tomater och några klyftor vitlök slänger ihop en anständig middag på tio minuter, vi famlar med mixer och kolstålsknivar och glänsande alessiprylar och alla andra obligatoriska redskap vi skaffat därför att vi sett dem på bild i vår tids gemensamma källor: Elle, Gourmet, Sköna hem, Buffé, och det går upp för oss att det är ett halvt liv, minst, av gott käk som vi gått miste om därför att mattanterna envisas med att ösa upp abnorma portioner av undermålig kost som varmhållits så länge i kantinerna att varje vitamin hunnit fly, nej det sista tar jag tillbaka, det är inte mattanternas fel, de är också offer, har sänts till fronten av beslutsfattare som kommer att få sin snålhet kastad i ansiktet – nej! låt mig hållas och tala till punkt, detta är min revansch, för kommen så här långt kan man sannerligen fråga sig hur de som beslutat om denna ordning är skapta, vad som får dem att tro att detta är rätta smörjmedlet för att få maskinen att fungera under en hel dags knegande i bänkarna – här ger sig ett skolans inofficiella värderingssystem till känna: teoretisk korvstoppning premieras, praktisk dito ratas, lärdomskvantitet före livskvalitet, nyttotänkande också i den fredade zon skolan ska vara.

Så, nu har jag fått häva ur mig de mest upprörda känslorna som väller fram när jag närmar mig det här ämnet, och kanske borde jag ha varit försiktigare med hanteringen av "vi". För jag tror t ex att en sån som Jerry William skulle vara beredd till en mer försonande historieskrivning. Han har en aptit som skulle väcka beundran i Enighets brottningssektion, och ett lugn att tillgodose den i det larm som omger oss.

Vill du ha mina kåldolmar också? erbjuder jag honom.

Han kastar en blick på min orörda tallrik:

Dom har blivit kalla.

Han tar sin barslickade tallrik i båda händerna och traskar bort och ställer sig sist i den kö som inte längre är en kö utan två tjejer i femman som försöker slippa såsen. När det blir hans tur kör han fram tallriken med ett afrikanskt barns hungriga blick under sin yviga lugg. Men från en av mattanterna på motsatta sidan hörs:

Ge han inte mer, Elsa! Han har redan fått två gånger!

Och mattanten Elsa som spadat upp två sladdriga dolmar från plåtkärlet drar tillbaka handen, skiftar min från en som älskar ungar som uppskattar hennes moderliga omsorger till en som just upptäckt att hon är på väg att luras av en förslagen begagnad bilhandlare, snörper med munnen som ett surt tändstift:

Du hörde.

En halv portion?

Aa-nä. Det ska räcka till dom andra också.

Räcka! Här har ni tvåhundra ungar som inget hellre vill än att slippa kåldolmarna och en säger en parvel som kan kränga i sig ett halvdussin, för tusan tanter, ge honom så mycket han nånsin vill ha, ge honom medalj, ge honom smaklökar och omdöme – men Jerry William skickas tillbaka, blänger trånande på mina nu riktigt kalla dolmar.

Ska du inte ha dom?

Nä. Men du får dom inte.

Jag mosar en potatis med gaffeln, smetar ut den, och när Palin – som står vid skräptunnan och bevakar att ingen liten ängel får för sig att slänga de sociala skänkerna, beredd att skicka tillbaka honom, eller henne, med en knuff i ryggen och en näve imperativ, i stället för att sitta ner och äta tillsammans med sina elever och *visa* hur smakligt det är, piska eller morot är ett enkelt val – gör en lov ut över lokalen, passar jag på att smita bakom hans rygg, glider fram i kölvattnet på fem andra med en sund inställning till kåldolmar, slänger brickan i stället, glaset, sätter kniven mot tallriken för att skrapa av –

Inte ska du väl inte slänga all den goda maten, Johan.

Det finns bara ett svar Palin förväntar sig på den frågan.

Nä.

Tänkte väl det. Sätt dej där och ät upp den.

Den otacksamme eleven skickas iväg till närmsta bord. Samtidigt sätter Jerry William tallrik och bestick i disken. Han bär ett fånigt flin.

Det var gott i dag, magistern.

Visst var det, Jerry William, visst var det.

Vad är det i morron?

Det kan du själv läsa på matsedeln.

Matsalen töms, skolgården fylls, mattanterna rullar ut kärlen, en av dem går runt och torkar av borden. Höga röster från köket. På min tallrik ligger en orörd lerig höståker. Det är jag och Palin kvar, och han är ute i köket och hämtar en portion som han slår sig ner med mitt emot mig. Med ett kraftfullt tuggande börjar han sätta i sig. Käkarnas malande är hörbart, huden spänner över käkmuskulaturen från örat ner till käkbenet.

Visst tycker du om maten?

Här får man ta till syrrans vokabulär för slippa ljuga:

Sådär.

Du och Lars-Åke och Roland, att ni ska vara så ostyriga.

Jag tar upp kniven och gaffeln och kör runt med dem i åttor på tallriken, det ska likna matlust. Matsalen är besvärande ödslig, en plastmatteöken med perstorpsskivebord som stolarna satts upp på så att städerskan ska komma åt med svabben. Det är vi, Palin och jag, i denna kliniska tomhet och jag vet inte vart jag ska ta vägen när han tittar på mig, hur jag ska möta hans isblick.

Han sätter raskt i sig allt, dricker mjölken i små försiktiga sippar, som Monikas guppies på land, torkar sig om munnen med servetten, lutar sig tillbaka.

Sån här mat får man inte varje dag.

Han ser ut genom fönstret, lägger armarna i kors över bröstet, grymtar konstaterande åt att halva klassen står utanför och glor på oss, verkar bli fundersam, känner med tungan mellan tänderna efter en matrest, suger loss den med ett ilande läte.

Vi kanske borde ha en studiedag, säger han. I Pildammsparken, eller ta bussen till Ribersborg. Vad tror du om det?

Jo.

Vi kunde gå på stranden och se vad vi kan hitta i tången som blåst i land. Leta bärnsten. Det borde räknas som historia, och kanske geografi också.

Här säger inte eleven nåt, för eleven är omtumlad av samtalet, av att se sin magister i ett annat ljus, se honom visa en sida som för eleven är och kommer att förbli obegriplig.

Jag brukar åka ner till Falsterbo och leta bärnsten. Ute vid fyren. Det är bra avkoppling. Har du gjort det nån gång?

Jag skakar på skallen, lyssnar med förundran på mannen.

En gång hittade jag en så här stor, säger han och måttar med tumme och pek. Den hade en fossil. Vet du vad det är?

Det vet jag, men jag vill höra honom säga det. Han förklarar det. Och jag frågar:

Var är den nu?

Insekten?

Stenen.

Jaha. Jag lät slipa den och göra en brosch av den som jag gav till min hustru på vår bröllopsdag.

En ny stjärna tänds på Edward Palins himmel. Gift! Det går inte att tänka sig en fru Palin, hur hon måtte vara skapt för att leva med denne man, en kvinna har inte ingått i vår föreställningsvärld när vi spekulerat kring Palins liv utanför skolan, *om* han har ett liv utanför skolan, och medan han drar fram denna överraskning från den palinska vardagen funderar jag över om han sagt samma saker till Rolle och Lasse, flitiga gäster vid hans lunchbord som de är, och varför de i så fall aldrig sagt nåt, men anledningen är förmodligen densamma som till varför jag inte kommer att säga nåt – vem skulle tro på det?

Har inte du en storasyster som gått här? säger Palin.

Monika.

Just det. Jag hade inte henne, men minns att hon var begåvad. Går det bra för henne?

Hon går i nian.

Det var roligt att höra.

Palin kör ner en hand i fickan, skramlar med nycklarna, hostar i den andra handen, knuten, säger:

Ät upp det där nu, så vi kommer härifrån.

DET DRAR MOT NOVEMBER, en månad som inte för nånting gott med sig, november är toppluva och allvädersstövlar, blötregn och blåst och mörker, det är förkylning därför att man inte tar på sig den där toppluvan med detsamma man kommer ut från simhallsbadet med blött hår utan klafsar barhuvad bort till busskuren på Fersens väg därför att några tjejer som man spanat in i 25-metersbassängen går tio meter framför, mösslösa de också, men det är tjejer alltid, i varje fall de tjejer man blir intresserad av, och för att inte skylta med en puckad luva på skallen låter man dem försvinna med 38an som kränger iväg i mörkret med regnet som tårar nerför rutorna medan man själv väntar på nästa, men då kommer det *andra* tjejer från badet som man *också* spanat på, och resultatet blir att man sitter trånande längst bak i raggarsätet på bussen med mössan i näven, förälskelsen i bröstet, och infektionen också naturligtvis, och får ligga en vecka i sängen med feber och snörvel.

Det är således väl nerbäddad och från ett rum som ångar av honungsvatten som man med onda aningar gastar

vem var det?

när morsan lagt på luren på telefonen i köket, den hemliga telefonen, för det här är nämligen på den tiden då telefoner är statens egendom och de utkvitteras en per hushåll och placeras på telefonbordet med pall i hallen där byggherren förutseende nog angjort jacket i stråtapeten, och tjänstgör därmed också som en subtil signal om att här bor en betrodd medborgare, ett tecken på innehavarens oförvitlighet, uppställd så att alla familjens medlemmar kan ta del av de mest privata samtal, men morsan har genom en jobbarkompis på Strumpan med försänkningar i den halvlegala värld där telefoner är hårdvaluta lyckats komma över en svart bakelitmodell

för sig och sina samtal och fått Bogdans farsa att dra en förläng-
ningssladd utmed listen, vilket fått till följd att köksdörren inte går
att dra igen helt.

Morsan kommer in i rummet där jag ligger och är ömklig:

Det var Leif.

Jag vill inte dit.

Jag vet, men vi måste nog det ändå.

Varför det?

Ska du stanna hemma själv? Mormor och morfar längtar efter
dej.

Då kan dom komma hit i stället.

Snälla... det är inte lätt för mej heller. Du kan leka med Bernt,
bygga snögubbar och kasta snöboll.

Monika tittar in från vardagsrummet, dit hon har fått flytta för
att inte hon också ska bli sjuk. Bakom henne hörs Nationalteatern.

Vad är det?

Kan du skruva ner lite, är du gullig.

Monika stänger av sin röda resegrammofon, sätter på locket med
högtalaren i, återvänder till oss.

Vi är bjudna till Uddevalla i jul, säger morsan.

Ska vi dit i år igen?

Du vill inte heller det va, Monkan?

Säg inte så, Johan, tjatar morsan, och vänder sig till Monika:

Jag tackade ja.

Då så, rycker Monika på axlarna, då har vi inget val.

När man kommer tillbaka till klassen är det december och första
advent och Tompa är i full gång med sitt mest storstilade projekt,
det är hans sista veckor med oss gubevars. Vi får mallar för hur vi
ska klippa figurer, bockar, gubbar och gummor, ljus, tomtar, granar,
som ska klistras upp i fönster och på väggar och dörrar, skapa stäm-
ning. Han tar med sig mig och Cissi till torget utanför affärerna där
en julgransförsäljare kränger småländska, hyggligt rakväxta gra-
nar, och vi får välja ut klassens eget träd.

Morronen därpå ser Palin tämligen snopen ut när han dänger

47

knippan i bordet, nyklippt är han också, om det kan ha med saken att göra, en kalhuggen nacke som går hand i hand med hans hårdhudade mentalitet. Han inspekterar granen. Ljusslingan som virvlar sig mot toppen där en stjärna tryckts fast på sniskan, glitter i långa trådar, och så våra flätade hjärtformade korgar i rött och grönt och silver och guld, svenska flaggor, klippta figurer och klistriga smällkarameller. Allt detta utfaller till belåtenhet, sprider kanske t o m lite värme i gubbens bröst. Palin står länge och beundrar spektaklet. Sen far han ut i ett:

Vem i... har satt upp dom där!?

Hans kinder får den färg som förknippas med julen.

Vem har satt upp dom flaggorna?

Här får han in Rolle på radarn, Rolle har varit på ungdomsläger i Östtyskland, Rolle kan Internationalens fyra inledande rader på ryska, det är en indiciekedja som håller, och Palin, åklagare, domare och bödel under en och samma nyfriserade hjässa, stegar ner till Rolles bänk, greppar honom om armen och drar honom *över* bänken upp till stående, och fram till granen.

Ta bort dom!

Långt inne i grenverket, bakom pappersänglar och glitter, skymtar en uppsättning handmålade och väl fastgjorda sovjetiska flaggor.

Jag har inte satt upp dom.

Bråka inte nu!

Rolle har tårar i ögonen.

Jag var sjuk i går.

Palin släpper hans arm, minns att Rolle varit hemma i en vecka (efter att ha varit på badet han också).

Gå och sätt dej, Roland. Ni andra pojkar kommer fram här.

Det är stiltje i klassrummet.

Nu. Allihop. Ni vet vilka jag menar.

Här vill man genast resa sig och gå fram till denne man som djupare än nån annan ristar in sina tunga initialer i våra unga liv, beröna honom med vad han förtjänar, dvs en magsup, en näve i solar plexus, en sträckt vrist i skrevet – och gör det också, i varje fall om man har en fantasi med mina generösa dimensioner – och ryta att nu får det fanimej vara nog med översitteri och tvång, låt var och en hänga upp vad tusan han eller hon vill, på julen måste det vara en mänsklig rättighet, det är ändå så hjärtslitande absurt att släpa granar inomhus och dansa runt dem att ytterligare idiotiska påhitt varken gör till eller från! Men det är som sagt fantasi och önsketänkande och skam till sägandes måste jag erkänna att när Palin beordrar fram hela ligan så tråcklar vi lydigt ner sockfötterna från tvärslaget mellan bänkbenen och sätter ner dem i linoleumet och åstadkommer efter lite knuffande en förlägen uppställning på rad vid katedern. Jerry William är ensam om att inte kunna hålla sig för garv.

Är det nån av er som erkänner direkt?

Inte ett knyst.

Tänkte väl det. Då tar ni bort en flagga var. Du börjar, Roger.

Roger tittar på oss andra, men får inget stöd. Vi blänger ner i golvet. Han börjar fumla med en flagga som är sinnrikt surrad vid grenen med ståltråd, han sticker sig på barren och Palin ser på sin klocka och föser fram papperskorgen med foten så att hammaren och skäran kan singla ner till evig vila.

Då tar du nästa Mikael.

Nä.

Ta nu nästa flagga, så vi får det här överstökat.

Jag har inte satt dit dom.

Det spelar ingen roll. Ta bort en.

Nä.

Då får du ett brev med dej hem.

Jag får väl det.

För kanske första gången under sin livslånga lärargärning står Palin för ett slag handfallen. Han stirrar på Micke, och vidden av myteriet slår ner i honom med full kraft.

Jag skiter i vem som satt upp dom! Dom ska ner!

Micke står kvar med händerna i fickorna, rör inte en fena. Roger

tittar också på honom med stora ögon. Palin kör en hand genom
håret, det lilla frisören sparat av ren medömkan, knäpper kavajen.

Då tar du bort en så länge, Johan.

Jag har inte heller satt upp nån.

Palin tar ett enda jättekliv fram till mig, det som skälver under
honom är inte golvet, det är hans auktoritet som sätts på prov, nej
inte prövas, den har fått sig en knäck av Micke, ett hål att smita ige-
nom har slagits upp i hans fullkomlighet och det borde vara dags
för honom att skifta tilltal och taktik, men hans repertoar saknar
bredd, han behärskar *ett* språk, maktens oemotsägliga språk, det
har han gjort till fulländning i fyrtio lärarår, han synar mig, jag lovar
mig själv att inte ge vika, fixade Micke det ska jag göra det, med sti-
gande förbittring synar han mig, och han synar de andra.

Gå och sätt er! Allihop!

Vi skyndar oss ner i bänkarna.

Nä, inte du Roger, du tar bort resten också.

Och medan Palin slår sig ner i katedern och börjar rafsa ner
anteckningar i sin kalender och Roger lossar Sovjetunionens flag-
gor en efter en i den tystnad som sänker sig över klassrummet, inser
vi att nu har det hänt nåt, ett läge har rubbats, men vi vet inte om
det är till det bättre eller till det sämre.

HUR DET NU ÄN VAR med möjligheten att tacka nej under det där telefonsamtalet så är det bara att acceptera att man måste upp i svinottan och stuva in sig i baksätet på den till taket knökade folkan och sitta där inklämd med mössan nertryckt över öronen och jackan på eftersom värmen inte funkar bak och en liten springa måste vara nervevad så att fönsterimman hålls i schack, kilas fast mellan resväskor och paket i domuspapper utan en chans att höra vad som sägs där framme, lika bra det, inget särskilt yttras under den julaftons morron och förmiddag det tar att transportera hela traditionen till Uddevalla för att i det nyuppförda kedjehusets dörr mötas av en tomteluvepåträdd Leif, stor mustasch, korta ben, som på sitt mest älskvärda vis hälsar välkommen, försöker omfamna Monika, misslyckas, hon glider undan med en blandning av rutin och håglöshet och försvinner in medan jag trampar i morsans bakvatten.

Det var länge sen. Kom in.

God jul, svarar morsan, kramar om sin bror, ger honom en julros.

Halva styrkan står samlad i hallen, nyss anländ den också. Leifs svärföräldrar Märta och Tore, hennes milda blick och hans grova näve, som att köra fingrarna i en handske sydd av sandpapper korn 40. Svågern Sören och hans Britt lite i bakgrunden.

Leif som klappar mig på huvudet:

Vad du har växt. Du blir mer och mer lik din mamma.

Det är absolut inte vad man vill höra. Det är att poängtera att man fortfarande är en unge, vilket man är allt för medveten om ändå, och det är en allt för tydlig markering, alldeles för tidigt. Jag kickar av mig stövlarna och låter honom hjälpa mig med jackan och lämnar honom stående med den i ena handen, blomman i den

51

andra, tjugofemöresingenjören som ansåg det märkvärdigare att vara förman vid varvet i den här stan än på Kockums eller i Landskrona, nåt snack om yrkesstolthet och levnadsstandard, en värdering det inte är självklart att han på egen hand räknat sig fram till, formuleringen är snarare hans rostfria hustrus.

Henne, Lisbeth, lyckas jag undvika. Smyger förbi köket där hon skyndar mellan potatis och skinka med lilla Kristina hängande i kjolen. Hör henne angöra hallen och hälsa, ta de andra i hand, puss på kinden. Hinner två steg in i teverummet och skymtar Monika redan uppkrupen i en fåtölj med en bok som en sköld framför sig innan ett grepp kopplas om min hals, luften tar slut, jag pressas upp mot väggen. Det hör till ritualerna, denna initialt ordlösa kommunikation groende pojkar emellan, ett för en idiot verksamt sätt att snabbt bekräfta att våra väl beprövade roller kan spelas ännu en säsong, den här familjeföreställningen är en långkörare, men tagen tuffare i år, en begynnande pubertet har stärkt biceps och bröstkorg, fast inte tillräckligt för att förhindra att jag sidsteppar och skickar bak en armbåge som går in mellan revbenen. Sucken när han tappar andan. Same procedure as last year? Same procedure as every year, cousin Bernt. I morron, när spänningen släppt och förväntningarna inte uppfyllts, kommer vi att kunna börja göra nåt annat, bygga snögrottor eller spela Monopol, yatzy, i dag är allting kamp.

Två år äldre, åtskilliga ljusår efter den övriga existerande mänskligheten när det handlar om social utrustning upptill, neandertalnivå, t o m hans farsa begriper att detta inte är rätt sätt att bemöta gäster, men han förmår inte skilja oss åt, bryr sig inte heller efter ett tag, så länge det inte är hans grabb som får stryk drar han sig inte för att instruera, rentav peka ut var jag är känsligast, uppmuntrande applådera, och efter ett par svettiga omgångar då jag legat med axlarna nerpressade i den beigea heltäckningsmattan utan att för den skulle kasta in handduken, det hade ändå inte tjänat nåt till, blir Bernt riktigt svårhanterlig och situationen kräver metoder en uppväxt i de här kvarteren inte förberett honom på. Jag kör upp ett knä, trycker mot struphuvudet, jag snorar och hulkar och försöker hålla honom ifrån mig, men han kommer runt och trycker fast mig i ett polisgrepp.

Ge dej!

Släpp mej!

Ger du dej då?

Jag kontrar med att bita honom i armen, biter hårt, han släpper mig med ett skrik, glor på mig, jag fintar en spark med högerfoten och klipper till honom över kinden med vänstran, och han rusar undan. Det ger några minuters andrum, få kläderna på plats, dra upp strumporna på fötterna, morsan kammar mig och skickar ut mig i badrummet att skölja av mig. Och när jag återvänder väntar hon naturligtvis på mig, Lisbeth, den forna läskflickan, numera ansvarig för en guldsmedsbutik, för henne liktydigt med en resa i socialt uppåtsträvande riktning, en arbetarklassens Neil Armstrong som inte vill kännas vid sitt ursprung, väntar på mig med all den bitterhet hon samlat på sig, över sitt öde, att inte ha kommit längre än till ett kedjehus med en man utan utsikter till avancemang, utan avsikter, en belägenhet som givit henne ett fränt tilltal, och som får henne att påstå:

Att du jämt måste slåss!

Det kan jag ta. Vad jag inte står ut med är att morsan håller tyst, inte opponerar sig, inte försvarar mig, hon tittar på mig som om jag verkligen hade nån skuld. Det här måste jag klara själv.

Jag har inte gjort nåt.

Den juvelbesållade lutar sig så att det rasslar om halsen, klirrande armband upp till armhålorna, i öronen dinglar klasar av guld ner till axlarna, nästan ner till brösten som har försetts med Sveriges första implantat som om några år ska sprängas, silikonet flyta ut som en vadderande massa över revbenen, eller vart det tar vägen, det kommer inte att lindra hennes bitterhet.

Hur kan det då komma sej att Bernt blöder?

Jag ser på morsan, fortfarande inget stöd därifrån.

Jag vet inte.

Varför kan du inte ta det lika lugnt som din syster?

Det finns inget att komma med, eftersom hon framfött ett helgon.
När tror du vi ska vi äta? säger jag.
Du får säja moster till mej, annars svarar jag inte.
Jävla subba!

Äntligen reagerar morsan, klart att jag slits rakt in i ett annat rum, klart att jag hotas med stryk och uteblivna julklappar, hela visan, standardformuläret prickas av punkt för punkt, det fanns med i kalkylen, för vart ska annars alla de där paketen som staplats i högar i hallen ta vägen om inte till adressaten, mig, och inte kan vi sitta som ovänner på julafton och förstöra stämningen, tvärtom, detta är nåt morsan förväntas göra, följa släktens grumliga kodex för korrekt agerande, för att själv klara sig undan gliringarna, kommentarerna, en aktion för egen överlevnad, hon kramar om mig innan hon stänger dörren och lagom till Kalle Anka är jag ute igen och bjuds knäck och ischoklad ur skålarna och vi samlas alla framför teven som en stor lycklig familj, ett gemensamt slående hjärta med mig och Bernt och Kristina på golvet tuggandes käkarna sneda, stillhet och andäktighet och fladdrande stearinljus, doften av glögg och lussebullar och instämmande, igenkännande nickar och även Monika lägger ifrån sig sin bok och tittar, och det är som om julen verkligen börjar här, i just denna stund infinner sig lugnet, samvaron, vi skruvar oss till ro, sjunker in i en disneyfärgad frid, den stora mysigheten sänker sig över huset, en artificiell gemenskap som jag kan minnas med ett slags hjärtlig, masochistisk rysning nu åtskilliga år senare, när vi väntar på Helenas föräldrar och morsan och Monika hjälper Helena med dukningen medan våra ungar sitter uppkrupna i soffan med gameboyen undanstoppad, glittrande framför precis samma program, med samma förväntningar på dagen, på klapparna, på de liv som ligger framför dem, och jag vill säga dem att det blir ingenting annat än det här, detta är vad som finns, väntan och besvikelse, nederlag att resa sig från, ständigt, som vippskyltarna utanför Ica, och hade jag vetat det då hade kanske mina drömmar sett annorlunda ut – nej, ändå inte, drömmar om en bättre tillvaro hör till ens uppväxt och jag önskar att jag kunde minnas klarare hur mina såg ut, då, i Uddevalla den julen, men vad jag minns är att plötsligt står mormor och morfar i dörren, ursäktar förseningen, har tvingats stanna varannan mil och torka strålkastarna rena från snö, blir stående där, morfar med hatten på, med förfäran stirrande på detta hem som han skulle kalla för social kitsch om han känt till orden, i stället har han en oro på läpparna, en farhåga för hur djuren, de få de har kvar på gården, en handfull ungdjur och ett par dussin höns, ska klara sig under grannens övervakan. Ingen är direkt villig att lyssna, än mindre gå till mötes, det blir Leif, han masar sig upp ur fåtöljen och tar emot julblomman som mormor håller fram och kassarna med mat som de i strid med alla överenskommelser har släpat med sig.

Ni hade inte behövt...

För säkerhets skull, säger mormor.

Lisbeth drar djupa bloss på en Look:

Vi har faktiskt redan allting.

Medan vi andra är tacksamma: rätterna kommer att ställas fram i två upplagor, mormors riktiga och Lisbeths köpta – och gissa vilken som går åt först!

Programmet är knappt slut förrän Bernt är över mig igen, men jag räddas av Sören, Lisbeths bror, som tryckt i soffan med sin Britt, två lågmälda existenser i snickarbyxor och lager av tröjor. Han rycker upp Bernt från golvet.

Nu får ni sluta slåss. Det är för helsike jul och allt.

Ny berntrusning, ut till Lisbeth som inte har tid, inte tålamod, inte nu när maten ska fram, som måste stressröka under köksfläkten och samtidigt slå över burksillen i skålar för att den ska te sig lika lockande som mormors.

Allt bärs ut till det bord som här heter sideboard, i matsalen, nya begrepp att navigera efter, ja matsalen, som utgör diamanten i detta verkmästarhem. Under en kolossal kristallkrona har mahognybordet draperats med linneduk. Kandelabrar, slipade kristallglas, lövtunt porslin, handmålat, bestick av silver. En diskret namnlapp vid varje kuvert. Det hade förmodligen tagit dem dagar att lösa bordsplaceringen om det inte vore så fiffigt att släktens egen struktur tar hand om den saken, jag och Bernt hamnar på ena kortsidan med Kristina mellan oss, på den andra morsan som vanligt hänvisad till att ta hand om morfar, utan egna tänder har han svårt att tugga och måste få köttet finskuret. Den stora händelsen är att Monika i år räknas som vuxen, placeras mellan Sören och Tore. Resten ger sig själv, men innan vi tillåts hugga in:

Du glömmer inte att läsa, Leif.

Nädå, älskling. Jag har lagt fram boken.

Leif, fortfarande i tomteluva, reser sig och börjar läsa högt ur Fänrik Ståls sägner. Han läser en gång om året, det råkar vara på julafton, han gör det inte av fri vilja, och att döma av Märtas och Tores reaktion verkar det inte vara en tradition som Lisbeth fått med sig hemifrån. Hon är ensam om att uppskatta den intellektuella glans Leifs stakande rader om Sven Duvas irrfärder skänker aftonen. Monika vrider på sig. Men missnöjet begravs, liksom alla de undertryckta känslor som kan förena en familj, splittra en släkt.

Leif slår ihop boken.

Märker ni att jag läser ett nytt kapitel varje år?

Nu äter vi innan potäterna kallnar, säger morfar.

Under denna plågsamt utdragna måltid, ritualernas högtid, de stela snapsnackarnas, de i varann hakande blickarnas, är det tänkt att vi på hörnet ska vara tysta, det ingår i föreställningen om den goda släktsammankomsten, den kultiverade konversationen, de välartade barnen, det går naturligtvis inte där vi sitter och petar i inläggningarna och smäller i oss ett tjog ketchupöversprutade prinskorvar var, men ingen av oss hinner mer än påbörja en mening, ett fniss, förrän Lisbeth hyssjar och blänger skarpt.

Sören ges desto mer luftrum, hans tal växer exponentiellt med hur många Aalborg Jubileum han knycker i sig. Han kastar huvudet bakåt så att pottklippningen svävar som en flygande matta, vill däremellan veta allt av morfar om jordbruk och djurskötsel eftersom de sagt upp sina anställningar, gått på dan, han från kommunkontoret, Britt från sjukhuset, ska flytta ut på landet, slå sig på fåravel, skaffat ett gammalt torparställe i norra Värmland.

Morfar tuggar och tänker, idisslar, svåra frågor. Det moderna livets romantiserade föreställningar om landsbygden är för honom lika obegripliga som regeringens jordbrukspolitik.

Kan får vara nåt? Dom skiter väl mest.

Jodå, försäkrar Sören, om man går samman i kooperativ.

Det är liktydigt med socialism för morfar, näst intill stalinistiskt kolchosvurmande. Han maler runt maten snabbare, men av hänsyn till Tore, fackligt engagerad, i rörelsens tjänst i drygt trettio år, och Lisbeth som under inga omständigheter vill ha en politisk argumentation i sitt hem, särskilt inte om den ställer hennes rötter i öppen dager, håller han igen, säger i stället:

Det finns ingen framtid för oss småbönder.

Tystnad. Mormor lägger ifrån sig besticken, blicken ner i linneservetten. Varför säjer du så? nästan viskar hon. Och mer är det ingen som vill tycka om saken.

Nä, säger Leif och lyfter nubben, ser sig om runt bordet, nu tar vi och höjer stämningen. Botten upp.

Och han stämmer upp i Hej tomtegubbar.

Inget mer om middan nu, det är för tråkigt, vidare, för sen är vi tillbaka i sofforna, i väntan, i Bernts pågående halvnelson, i grepp om armar som vrids upp på ryggen, tills jag sätter mig i säkerhet i morfars knä, tigger, ber honom berätta om när han var liten, hur det var på gården, och han kommer igång, även Bernt blir lugnare, lyssnar, mormor som förmanar:

Hetsa inte upp dej nu, Nils.

Ideligen skjuter jag in: Varför? Det är ren taktik. Varför? Ser de att gubben börjar bli hängig kommer paketen fram snabbare. Varför? Han är seg, men slits så småningom ner, minns sämre, upprepar sig. Varför? Från köket, där morsan och Lisbeth tar hand om disken:

Leif, har du köpt nån kvällstidning?

Tänkte precis på det.

Vi är elva församlade denna kväll, av oss är en ännu troende, Kristina, för hennes skull ska hela cirkusen dras igång, kioskpromenaden, det förargliga tomtebesöket precis medan Leif är iväg, de förvånade minerna när det knackar på dörren, hohoho, i lottapäls och plastmask med syntetskägg och med säckar på ryggen placeras tomten på en stol och läser upp namn och rim och skrockar god jul hackigt som en rostig sågklinga och vi får gå fram och hämta och varje gång ska det tackas och tas i hand i det bländande skenet från strålkastaren som Sören har anvisats att rigga upp för att föreviga scenen med Leifs nya filmkamera, superåtta.

God jul, Johan.

Säj tack nu.

Tack tomten.

God jul, Kristina.

Visa att du också kan tacka och niga fint.

Tack.

God jul, Bernt.

Vad är det för nåt?

Strax är golvet ett hav av papper och prylar. Jag och Bernt bredvid varann, har gått ner samtidigt i startblocken, ja detta är ett race, men inte oss emellan, det avgörs med andra skamgrepp, i en annan disciplin, utan mellan morsan och Leif och Lisbeth, morsan som vill hävda sig, visa att hon ensam kan lika bra, det går ingen nöd på oss, och Lisbeth och Leif som måste manifestera sin välmåga, och lite till, sitt ointagliga försprång, som ger mig och Monika dyrare grejor än vad morsan ens haft i åtanke till Bernt och Kristina. Vi ligger efter i kurvan alltså, men på upploppet drar vi ifrån, spurtar, segrar, morsan som måste ha sparat ända sen förra julen för att ha råd med hela Bra Böckers lexikonserie till mig och Monika.

Långsiktigheten i ett uppslagsverk är nåt Lisbeth inte funderat över, vad det representerar, kunskaperna, tron på sina barns framtid. Tomten som lyfter upp ett band, känner på dess vikt, suckar att ja, ja, vi kanske också skulle... Hon kan luta sig tillbaka ganska nöjd, morsan. För mig är det en besvikelse, men här gäller det att hålla färgen, vara lojal, bläddra med förnöjsamhet och aptit på bildning, jag tänker att nu Bernt, nu kan du slå mig hur mycket du vill, och jag kan inte låta bli att tycka om dig i stunder som denna, du som inte begriper att du i år tillhör förlorarna, att det ishockeyspel vars spakar du triumfatoriskt rycker i är salt i dina föräldrars kratrar till sår. Monika är desto gladare, hon som inte fått nåt annat än böcker – och en guldkedja med ett hjärta i av Lisbeth – försvinner med en trave romaner och börjar läsa i rummet hon och jag ska dela, morsan ska sova på luftmadrass utanför. Läser tills vi åker hem tre dar senare. Då alla böcker är slut.

Tomtens brådska till nästa hus. Det är som en sufflé som sjunker samman, vi hämtar andan, nya krafter, ser ut över säsongens skörd av klappar och börjar jämföra, kvitton och byten erbjuds, Sören och Britt provar de blårandiga murarskjortorna de gett varann från Indiska, kraglösa, kravlösa, morfar knyter på sig fyra slipsar, han bär aldrig slips, Tore fick bara tre, och mormor och Lisbeth drar i strumpbyxorna de fått av Monika och mig, två dussin var, andrasortering, än sen, Lisbeth ränner ner en granskande hand i hälkappan, testar spänsten i grenen, vill gärna hitta ett fel, en maska att anmärka på, vad som helst som kan ge pluspoäng nu, men morsan har kollat noga innan hon slog in dem, morsan som sätter på sig örhängena hon fått av Bernt och Kristina och intygar hur glad hon är för värmeunderlägget av klädnypor med mönster av indianpärlor som jag klistrat ihop på fritis, visar upp det, har ni sett, det här har Johan gjort själv, hon är i högform, fast hon vet lika väl som jag att det är patetik och att missfostret till underlägg kommer att stå framme oanvänt innan det förpassas till nåt skåps innersta regioner där vi tjugo år senare hittar det av en slump, pärlorna avtrillade, men i morsans ögon fortfarande med samma högtstående konstnärlighet. Redan då syntes anlagen till… ja, till vadå?

Lisbeth rotar bland pappret, bland plast och plock, det skallrar om hennes armband när hon går igenom Bernts hög, min, Kristinas, ser på morsan och sätter sig, tyst, mulen, suger på en Look, fimpar i ett rött askfat av fickmodell med lock och biter sig i underläppen. För att dämpa hennes missnöje spelar jag med Bernt, till tio, bråkar inte ens om vem som ska ha Tre Kronor.

Nu är man allt bra torr i näbben, säger Tore, och Sören hämtar en bricka med flaskor, blandar grogg åt alla och slår sig ner intill morsan som nu tagit kommandot fullt ut över samtalet, sitter upp i soffan med rak rygg, kvittrar med Märta och Britt, skrattar, detta är hennes jul, vår, ber om en drink till, nästa år skulle vi kunna vara hos oss, säger hon, lätta ord att få ur sig så här dags.

Leif dröjer, och när han väl återvänder är han blossande röd i ansiktet, har skrubbat sig med iskallt vatten men kinderna sticker, svullnar, flammar som en motivlackering uppåt pannan, ner över halsen, måste vara en allergisk reaktion, klagar han, det ser för jävligt ut. Han griper tag i en flaska Explorer, slår upp en grogg fifty-fifty med Coca-Cola, stjälper i sig halva, sen är Lisbeth på honom.

Var det verkligen allt?

Allt?

Hennes blick.

Visst fan! Sören, kan du ge mej ett handtag?

Från källaren kånkar svågrarna upp ett jättelikt paket.

God jul, Bernt. Tomten glömde visst det här.

En komplett hockeyutrustning slår all världens encyklopedier, det förstår du också morsan. Hon sjunker sakta bakåt medan Bernt med en munterhet som gör honom stum drar på sig skydden ett efter ett och står orörlig som en mumie mitt i rummet och glänser. Morfar har somnat, snarkar med öppen mun.

Vad är det du har på dej, Bernt? undrar Märta.

Men det förändrar ingenting i sak, förtar inte glansen, euforin. Lisbeth förklarar ingående och någorlunda korrekt vad alla grejorna ska vara bra för, säger att de anmält Bernt till en klubb, träningen startar efter trettonhelgen, frågar:

Spelar du, Johan?

Det blir inte mycket kvar av en sån kväll, finns inte utrymme för fler överraskningar, ingen spontanitet. Jag kryper upp bredvid morsan, som om jag skulle kunna ge en vuxen mans stöd, hon säger inte mycket, några fraser till mormor om hur det är på Strumpan, frågar nåt om hur morfar egentligen mår, ger mig order om att det är läggdags, säj till Monika att hon måste komma ut och umgås med oss andra, och Bernt, iförd axelskydd, suspensoar, handskar och knäskydd, bara skridskorna saknas, jumpar upp:

Får du inte vara uppe längre?

Jag markerar en bredsida med högerfoten. Sen larmar jag honom i fejset.

VÅREN KOMMER TIDIGT, det är varmt i luften redan till sportlovet i februari med ett kulifemprogram som det inte är värt att lägga mycket möda på, förutom att Lasse och jag svänger nerom luftpistolskyttet på Baltiska hallen och får våra farhågor bekräftade, en gubbe jämnårig med armborstet tragglar säkerhetsföreskrifter och har ingenting att lära två killar av Kid Currys och Hannibal Hayes kaliber. Vi landar framför teven, ser tjeckiska och polska matinéfilmer med radion påslagen så att rösterna kommer från svenska skådisar. Ligger vi där utslängda på golvet framför rutan och lever oss in i de förnumstiga historierna om godhet och ondska och pojkstreck och gulliga äventyr medan det töar ute och gräsplanen öppnar ett grönt öga i sitt smutsvita ansikte, blinkar förföriskt och ropar kom ut grabbar, det är dags att sätta igång med kickandet, liret, se till att få Jerry Williams vita matchboll pumpad och snöra på er dojorna och på med långkalsingar under träningsoverallen och mössa och handskar och ring på hos Janis, låt hans farsa tugga på en bit överbliven stek och glo så fånigt på er som bara han kan, vissla på Cissi och Rolle och Roger och jodå, lipsillen Åsa också, hon ska vara med, hennes morsa står i fönstret, beredd på allt jävelskap ni ska hitta på, och Micke, rättsskiparen, var har ni honom, Carina, Bogdan, samla gänget nu hörni, inget är skönare än de första klafsiga tungtrampade stunderna på plan, inga ben ystrare än under de första vinterbefriade ruscherna, inga nickar djärvare och bättre placerade, ingen glädje större, känner ni, *känner ni!* kulan i luften, kom ut, *kom ut!* – och det är vår.

I mars kommer vintern tillbaka.

Men i april… rundor på cykel mellan gårdarna och på torget utanför affärerna, gårdens fäder tvättar bilen ute på parkeringsplatsen när luften har blivit varm i solen men fortfarande är kylig i skuggan av sjuttonvåningshuset, med tvättsvamp och en spann löddrigt vatten och ett slitet sämskskinn som de torkar med och vrider ur noga, slår upp motorhuven och kollar oljestickan med trasselsudd i andra näven, står kvar efteråt och snackar årsmodeller med andra farsor, går sakta runt varandras kärror och pekar här och var på karossen, nickar instämmande under kepsen, medan morsorna får sig en pratstund med varann på väg hem från affärerna, knäpper upp en knapp i kappan och släpper in lite värme till sitt bröst innan de lyfter upp kassarna från Solidar och beger sig hemåt med en sång på läpparna, nåja, ingen sång kanske men på gott humör, och dunkgömme i skymningen mot papperskorgen utanför 3 D och blåst, och en näve stulna kritor. Åsa, Laila, Carina och Cissi hoppar dubbelrep. Vi killar ritar upp en stor kvadrat över stenläggningen, delar den i fyra med en mittcirkel och en kvartsmåne i vardera hörnet. Jerry William:

Etta vara USA!

Om nån är USA, måste nån annan vara Sovjetunionen, annars blir det obalans, liksom nån måste vara Östtyskland när nån annan sagt Västtyskland. Fyra stabila länder för övrigt, trygga, ingen chansning nåt av dem. Jag tar Sovjet. Micke tar Israel.

Israel?

Dom lägger mest i världen på sin armé.

Tur dom gör, invänder Jerry William. Det gör USA.

Inte räknat per invånare!

Och Micke och Jerry William fastnar i en teknisk-strategisk diskussion om militära styrkor och truppstorlekar, och Jerry William – dvs Jerry Williams farsa – tvivlar på att Egypten och Syrien utgör nåt verkligt bra motstånd som test av den israeliska slagkraften. Under tiden väljer Bogdan Jugoslavien – en outsider, Jugoslavien, som ingen vet nåt om, godkänns för att det är ett så crazy val, och för att det är Bogdan. Jag har nån gång fått för mig att testa Angola, på teve har jag sett soldaterna i full aktion, vad de gör med motståndarna, bilder av tortyr som etsat sig fast och när som helst kan få mig att må illa, mänskor dränkta i källare som fyllts med syra så att ögon och läppar fräts bort, golv som cementerats igen över dem, men Angola har ingen annan hört talas om.

En fot i varsin månskärva. Micke börjar:

Jag förklarar krig mot... mot... USA!

Vi flyr åt varsitt håll, Jerry William också, innan han minns att han är USA och tvärt vänder och stampar i mittcirkeln.

Stopp!

Ser sig om. Bogdan med sin klumpiga löpstil är närmast. Jerry William tar sats, tar tre ljumsksträckande steg, fjädrar bak med ryggen, skjuter fram och spottar, går fram till loskan och kan med långfingret nudda Bogdan.

Vi samlas vid mittcirkeln. Jerry William ställer sig i den, lutar sig med ena handen som stöd innanför sin egen landsgräns in över Jugoslavien och tar med kritan i den andra ett stort stycke land. Halva Jugoslavien är annekterat.

Måste du ta allt det?

Jag får ta hur mycket jag vill.

Sen är det Bogdans tur. Han förklarar krig mot Sovjet.

Stopp!

Jag mäter avståndet till dem där de står i frysta positioner. Jerry William är närmast. Vinden blåser mellan husen. Solen och blåsten känns i kinderna. Det är våren som gör en galen. Jag tar sikte på Bogdan.

Inte mej igen!

Då får du springa längre.

Jag tar tre långa steg, spottar, lägger handen på Bogdan.

Fan ta dej om du tar mycket nu. Du får igen sen!

Får jag?

Jag ställer mig i mittcirkeln, tar upp kritan, bollar med den i handen, ser på Bogdan – Men ge dej, Johan! – lutar mig ner, tar stöd, ser upp på Bogdan som har en bister min, andas med öppen mun, jag smilar, flyttar stödhanden längre upp och drar med kritan längs med den yttre gränsen och ner till av Israel ockuperad mark.

Och Jugoslavien är utraderat.

PÅ VÅREN BLIR DET UTFLYKTER också. Monika åker på scoutläger vid Ringsjön och bakar pinnbröd, slår knopar och fryser i billig sovsäck. Jag och morsan tar bilen till Kämpinge. Det är lördag och morsan är på gott humör, för hon har varit hemma hela veckan efter att äntligen ha besökt en läkare och blivit sjukskriven. Färgen har återvänt till hennes ögon. Vi promenerar på stranden, det luktar tång och hav och det blåser friskt. I ena stunden står håret som en strut bakom huvudet, i nästa kastas det framåt som en duk framför ansiktet.

Himlen är alldeles bar och luften hög och sanden sval om man kör ner handen i den. Jag leker på stranden, letar efter fynd och drivved i tången som spolats upp och kastar smörgås, medan morsan har vecklat ut ett liggunderlag i en sänka mellan dynerna och ligger där med ansiktet vridet upp mot solen och mockajackan knäppt upp i halslinningen.

Tärnor kränger i luften. Längre bort springer hundar lösa. Morsan mår bra. Jag hittar en tross som jag släpar upp över axeln från strandkanten. Den är lätt att bära.

Är du hungrig?

Klart jag är hungrig, sjön suger, och morsan har dukat upp ur kylväskan, hällt upp av mormors saft till mig och kaffe till sig själv ur tevekannan. Det är varmt i sänkan. Ostmackorna blir sandiga, och de blir ännu sandigare när jag försöker räfsa dem rena. Det knastrar i munnen. Inget smakar så bra som ostmacka på stranden.

Vi borde åka hit oftare, säger morsan.

Varje helg, föreslår jag.

Kanske inte varje. Men oftare.

Morsan fyller på med nytt kaffe när det gamla kallnat. Hon sätter sig med hälarna nermojsade i sanden, slår armarna om knäna och tittar ut mot horisonten.

Oftare, upprepar hon. Vill du ha en smörgås till? Det finns prickig korv också.

Inget smakar så bra som prickig korvmacka på stranden.

Vill du gå en bit?

Det vill jag inte.

Morsan tar en sipp av kaffet. Hon drar mig intill sig:

Vad skulle du säja om att träffa din far?

Min far?

Du minns att jag berättat om honom? Du har träffat honom. Fast det var länge sen.

Hur länge sen då?

Mycket länge sen.

Minns jag det?

Nä, det kan du inte göra.

Hon skruvar ner muggen i sanden.

Du har saknat en far. Jag hade tänkt att vi skulle bjuda hem honom, så att ni får träffas. Han vill gärna träffa dej.

Jag visste inte att det är en far jag har saknat. Men morsan kanske har rätt. Jag kastar iväg en sten.

Vad tänker du på?

Jag tänker stora tankar, ofattbara tankar. Vimmelkantiga tankar. En far. En som tvättar bilen på helgerna så att morsan slipper göra det. Jag svarar:

Tror du vi kan hitta bärnsten här?

Vi kör gamla vägen hem, genom Vellinge och Tygelsjö, förbi Hyllie vattentorn där vi varit uppe en gång och tittat på utsikten, och morsan sneglar på mig:

Jag tänkte att vi kunde vänta med att säga nåt till Monika. Hon kan vara så… känslig.

Hur länge då?

Vi får se. Du får träffa honom först.

Vad heter han?

Folke.

Folke?

Vad säjer du?

Jag säger ingenting, för allt jag kan tänka på när morsan taxar in snurran i parkeringsrutan är en gul vägg vid Magistratsparken där nån med bredsvart tusch har textat ALL MAKT ÅT FOLKE, och under: satan pennan pajade, och jag som hajat ordleken men ändå inte riktigt undrar om det är samma mänska och hur mycket makt han i så fall har. Men det är lätt att se att han inte har nån alls när han kvällen därpå vinglande på ett ben tråcklar av sig sina brun-putsade snörskor i hallen därför att morsan genast stoppat honom när han tänkt trava in. Ett hekto förlägenhet sprider sig över hans aftershavade kinder och han räcker morsan en bukett skära tulpa-ner som redan kroknar oroväckande, och ett paket till mig. En plast-brandbil. Hörredu, Folke, jag är faktiskt snart elva så vad är det för kindergartenkille du tar mig för, ryck upp dig. Säger jag inte, utan han får nöja sig med ett handslag och det tack morsan präntat in i mig att jag måste klämma fram.

Folke. Min far. Detta är han. Han som inte fått nämnas. En gans-ka lång, kaggad man med håret tillbakastruket. Rutig kavaj. Silver-bågade glasögon som påminner om dem vi måste bära vid svarven i träslöjden. Försäljare av byggnadsmaterial. Han ser sig omkring, vet inte riktigt vart han ska göra av händerna, av hela sig själv. Han är alldeles för stor för vår lägenhet.

Du har minsann vuxit sen sist, säger han och flinar upp sig. Sist vi sågs var du inte större än såhär. Han måttar upp en åttatumsspik. Minns du det?

Jag tittar på morsan. *Hjälp mig. Ta mig bort härifrån.*

Du är dej lik, säger hon, som inte har förklädet på sig och som också garvar sådär trevande. Johan var nyfödd.

Är det så länge sen? Han svänger av sig kavajen. Här har ni det varmt och gott.

Maten är inte klar än. Vill du ha nåt att dricka?

Vad ska du ha?

Kan jag få ett glas juice, svarar jag.

Vill du inte ha Coca-Cola?

Då tar jag också juice, säger han. Och när vi fått våra bräddade glas, med en isbit i: Ska vi gå in och sätta oss och prata?

Han går före. Jag klirrar med isen så att den smälter och jag kryper upp i stolen och vet inte vart jag ska ta vägen och önskar att teven var påslagen så att det fanns nånstans... men det finns bara han och jag i rummet och han sitter i soffhörnet närmast mig med benen brett isär och händerna om glaset mellan låren.

Hur länge har ni bott här?

Jag vet inte.

Och skolan ligger i närheten?

Jag nickar.

Du går i... vilken klass?

4 B.

Fyran? Och det tycker du om, skolan?

Sådär.

Han dricker lite. Tittar på tavlorna på väggen. Landskapsmålningar.

Har du många kamrater?

Jag nickar igen.

Som bor här omkring?

Lasse bor på sjuttonde våningen.

Jaså?

Han dricker lite till. Jag också. Inifrån Havlicek hörs pianomusik, stillsamma toner klingar in genom väggen.

Har dom piano?

Dom är från Tjeckoslovakien.

Jaha, det förklarar ju en del.

Folke, min far, lutar sig fram, lägger en hand på mitt ena knä:

Du, jag är också ganska nervös. Men vi ska nog bli vänner ska du se.

Han klämmer ett mjukt hästbett om knät.

Tror du inte det?

Jo.

Han blinkar med ena ögat.

Det här var gott. Juice borde man dricka oftare. Skål.

Morsan har ansträngt sig med middan, stått och fixat hela dan, dukat med finporslin, lagat kyckling med gräddsås och pressgurka efter mormors recept, och hon har varit på systemet på Lorensborg och köat till sig en flaska rött som hon ber Folke öppna.

På byggena kallas det för borgarbrännvin, säger han och sätter sig till bords. Du har ingen pilsner?

Det är Johans plats, säger morsan. Jag tänkte att du skulle sitta där.

Hon pekar på sin stol, och sätter sig själv på Monikas. Monika som nog gärna hade velat ha ett kycklinglår nu – om hon sluppit lyssna på:

Det var verkligen kul att ses igen, Bodil. Du har inte förändrats ett dugg.

Ah, du.

Jag svär. Lika söt som för tio år sen.

Elva. Men du har lagt ut.

Det är jobbet. Mycket representation.

Det måste gå bra för dej?

Visst gör det. Alldeles för bra.

Han skrattar, lägger för sig mer mat, det här var himla gott, Bodil, slår upp öl till sig och morsan.

Det var inte lätt att hitta dej.

Vi står i katalogen.

Ja, men att du bor kvar i Malmö. Det trodde jag inte. Du pratade alltid om Stockholm.

Det blev inte så. Ska du inte ha mer gurka också?

Folke tar emot skålen, sätter den ifrån sig.

Halmstad är fint må du tro. Det är en stad du skulle gilla.

Morsan drar till sig skålen, skedar upp gurka på sin tallrik. Jag tar också, fast jag är inte särskilt förtjust i ättiksmaken. Folke ler mot mig, trycker upp fasettögonen på näsan.

Det är en grann mamma du har.

Folke, snälla...

Du borde ta med henne och besöka Halmstad. I sommar, åka till Tylösand och bada. Tycker du om att bada?

Johan är jätteduktig på att simma.

Ser väl jag det. Rena Johnny Weissmuller.

Halmstad, tänker jag, Halland – Palins geografirabblande har haft verkan – då kan det inte vara så att morsan drabbats av ett plötsligt infall och bjudit hem Folke när han plötsligt hört av sig, det har funnits en plan, en överenskommelse. Jag bestämmer mig för att göra som Monika skulle ha gjort.

Får jag gå från bordet?

Du har inte ätit upp.

Jag är mätt.

Det blir efterrätt också.

Jag orkar inte.

(Att stå i hallen och smyglyssna till hur de ältar gamla minnen och vad den och den gör nu för tiden och var nånstans, Folke pyser upp mer öl och morsan blir fnittrig och berättar för honom om Strumpan och han säger att det är för jävligt, vad gör facket, ingen skulle få behandla mig så, och jag tänker på Monika, om de eldar brasa där hon är och om det i så fall är hon som får tända den.)

Efteråt, när Folke tagit mig i hand och kramat om morsan alldeles för länge för att det ska verka naturligt och sagt att detta var fantastiskt, vi måste ses snart igen, jag hör av mig, och gått, då vill morsan veta:

Han var väl trevlig?

Jag vet inte.

Han tyckte att du var en så fin pojke.

Morsan sjunker ner på telefonpallen, och hon tar mina händer och håller om dem.

Jag gör det här för din skull. Jag tror att det är bra för dej att ha en far. Och du kommer att gilla honom, när du lär känna honom bättre.

Tycker du om honom?

Jag har tyckt mycket om honom, ja, men... det är komplicerat.

Vadå?

Hon kammar min lugg med fingrarna, så som hon brukade göra när jag var mindre. Jag låter henne hållas.

Får jag berätta det för Monika nu?

Ja, vi får berätta det för henne nu. Jag ska förklara för henne.

Morsan tar mig om axlarna och häver sig upp.

Vill du inte ha lite efterrätt ändå?

Folke ringer några gånger därefter, från stadshotell och motell på olika platser i landet under sina resor med kärran nertyngd av isolermaterial och popnitar och invecklade verktyg eller vad han nu kan tänkas forsla omkring. Han frågar tafatt hur det går i skolan och om jag kan gissa var han är nånstans, vilket jag förstås aldrig kan, innan han blir muntrare och övergår till att berätta de senaste historierna han bytt sig till på byggena, bytt-bytt kommer aldrig igen, säger han, har du hört den om norrmannen som skulle åka skidor för första gången? Inte? Jo, det var norrmannen som... I bakgrunden hörs hur tradarna drar förbi utanför hans fönster och när han garvat klart och förklarat vitsen ber han att få tala med Bodil. Som kommer till luren med särskilda ögon.

Nästa gång han äter middag hos oss är Monika med. Morsan har suttit länge i köket med Monika och berättat om Folke efter att jag körts i säng, att han varit här och hur hon ser på det och Monika får inget utbrott, visar en mer open minded inställning än när hon återvände från äventyrshelgen där hon gått ner sig till knäna i kärr, stank sump och bränt och klappade ihop totalt när hon fick syn på akvariet som av min välmenande omvårdnad fått drag av ostgratinerad löksoppa, ett tjockt lager fiskmat klibbade över ytan och det tog morsan en hel kväll att få det rent, och när hon var klar med det satte sig alltså mor och dotter som två väninnor i köket för att prata om förändringen, modern som ber dottern om råd, lyssnar på henne och vill höra hennes åsikt om att Folke uppenbarat sig.

71

Folke gör entré med ett tjena grabben, läget? Folke som med sitt tillbakastrukna hår inte alls liknar mig – jag har blont krulligt hår, när jag var mindre brukade folk påstå att jag var lik prinsen; Monika har svartrakt hår och morsan nån melerad variant, tillsammans ser vi ut som ett hopplock från fyndlagret, och man kan fundera över vad som sätter sig i generna från far till son. Folke tar Monika i hand och frågar om hon kommer ihåg honom, och det gör hon, Monika kommer ihåg allt.

Jag kommer ihåg dej också, säger han som verkar nervösare nu än förra gången. Men det var länge sen.

Jag var fem sex år.

Du var inte större än såhär. Han tar till sitt standardmått – gångbart i byggkretsar, kan man tänka.

Inifrån Havlicek hörs pianot. Folke nickar i riktning mot ljudet. Tjeckerna, va?

Han jobbar i en musikaffär, svarar Monika.

Kunde tro det.

Och så fortsätter deras samtal under middan. Morsan kan andas ut, och Monika kan ge sig iväg tillsammans med Hanne till en alternativ spelning där det ryktas att Hoola Bandoola ska kommandogiga, och hon får medhåll av Folke när hon säger att schlagerfestivaler är omoraliska. Dream on. När morsan är klar med disken bänkar vi oss framför teven, Folke på den plats som börjar bli hans, med morsan bredvid och en grogg framför sig, morsan har hällt upp tonic till sig själv också och skvätt i lite gin, "för sällskaps skull".

Visst är detta bra underhållning? säger Folke strax innan röstningen tar vid. Va? Bra musik, vackra kläder, ett proffsigt arrangemang.

Men visst var Abbas låt bättre, tycker morsan, som inte bryr sig ett skvatt om musik.

Berghagen borde klippa sej, svarar han. Och han är för lång.

Folke lämnar en fördjupning i dynan när han reser sig för att gå och pinka, vilket han gör med en så ihållande kraft att morsan blir generad av skvalet. Hon ler mot mig.

Monika kommer hem före midnatt, kastar en blick på morsan, på mig, blir stående framför oss. Holland har vunnit.

Hur var det? frågar morsan.

Festen ställdes in.

Så synd, säger Folke. Den som lät så trevlig.

På kvällen när jag krupit upp till mig och Monika kommit in i rummet och vridit persiennerna så att inte gatlyktorna kastar in sitt hårda sken, ställer hon sig vid min huvudgärd.

Så det var din farsa.

Mm.

Vad tyckte du? Gillar du honom?

Jag vet inte. Jo, lite… Gillar du honom?

Det spelar ingen roll vad jag tycker. Men han verkar okej.

Ja.

Vad tycker morsan?

Hon har inte sagt nåt.

Jag tror hon gillar honom. Det såg så ut.

Hon skrattar när han är rolig.

Ska du läsa?

Nä.

Då släcker jag också.

DETTA ÄR PÅ GYMPAPÅSARNAS TID, blåa och röda nylonpåsar broderade med ens initialer och försedda med ett snöre som dras ihop i toppen, vilket gör dem föredömliga som slungbollar över skolgården eller tillhyggen i närkamperna på väg hem från skolan, eller som ett redskap att som en primitiv kärleksförklaring drämma i ryggen på den tjej man för tillfället har i tankarna innan man somnar på kvällen – påsarna läggs i två rader utanför ingången till omklädningsrummen och vi ställer upp oss vid dem när det ringer in, placeringar som ger vid handen hur ens inställning till skolan och viljan att hålla sig framme förändras över tid: som försteklickare strider man för att stå främst, när man checkar ut från sexan har man sen länge övergått till att hålla sig längst bak, men det ska erkännas att detta inte är en förändring i ens utveckling som är giltig för alla, Janis håller sig t ex i mitten igenom alla år, och faktorer som ambitioner, självbild och tilltro till auktoriteter spelar också roll, och den växande medvetenheten om placeringen ställer för övrigt till problem för Lasse och Roger som släpps tidigare från hjälpfröken och därför måste spela upptagna innan resten av klassen har ställt upp sig och de kan ta plats sist i ledet, eftersom det är den enda placering som deras självpåtagna status som klassens svarta får tillåter. Men efterhand blir det allt trängre i den bakre sektorn, så de tvingas utveckla en mer riskfylld teknik, lägger påsarna främst, låter oss fylla på bakom, låter det ringa in, väntar, väntar två sekunder till, och rycker sen åt sig påsarna och rusar bak.

Vart ska ni ta vägen, mina herrar?

För plötsligt står Palin i dörren, omklädd i tajta blå träningsoverallbyxor som är noppiga från knäna och upp, vita gymnastikskor som förblir vita genom alla år, vit skokräm måste vara framtagen med Palin i åtanke, visselpipa i gult band om nacken, stoppur i handen.

Roger och Lars-Åke, kom hit fram.

Palin ser ut över de två leden, en fältherre som inspekterar trupperna, innan han öppnar för tjejerna, slår upp dörren för oss killar och håller upp den för oss så att vi måste passera under hans arm. Håller med andra armen tillbaka Roger och Lasse, så att de *ändå* blir sist in. Förklara det, den som kan!

Snabbt ombyte, nerför trappan till gympasalen, som ligger i källaren alltså, med ett dagsljus som silas in genom dammiga fönster längs med taket och den unkna lukten av gamla ärtpåsar och insvettade gummimattor, fram med en basketboll som man hinner studsa med tre gånger, exakt tre gånger, innan visselpipan ljuder.

Låt bollarna vara!

Studsar en fjärde gång bara för att jävlas.

Johan! Du sitter kvar i eftermiddag.

28 killar och tjejer med vita shorts och röda linnen med rektorsområdets emblem på bröstet, ett märke som är obligatoriskt och som vi fått med oss en femma hemifrån för att köpa, ska strykas på med strykjärn, men eftersom morsor är förutseende *syr* de fast dem, så att de kan sprättas av och flyttas över till nästa linne när avkomman vuxit sig större. Pipan tjuter igen, och vi intar våra platser i bokstavsordning, markerade med svarta prickar i fem rader på golvet – bara för att kommenderas ut till längdhoppsgropen och löparbanan.

Längdhopp innebär tre hopp var enligt löpande band-principen: hoppa, ta över räfsan från föregående hoppare och kratta igen gropen efter den som kommer efter, hjälpa Palin hålla koll på övertramp och hålla i måttbandets ena ände när han mäter hoppet, innan man får springa och ställa sig sist i det långa led som ormar sig utmed skolans framsida mot Rättsvägen. Palin är tidigt ute med kretsloppstanken. Lång ansats, så lång att jag har flåset uppe när jag närmar mig, är faktiskt på väg att krokna, men bara nästan, foten på plankan och cykla i luften – Palin som förvånat tittar upp från sitt block, mäter, kontrollmäter, jo det stämmer.

Bra hoppat, Johan!

Slipper jag kvarsittning nu?

Nä, men du kan säja till din mor att det där märket ska strykas fast.

Micke kommer ångande, missar plankan, men inte med mer än att jag kan låta det passera utan att bannas av Palin. Därefter är det Jerry William. Palin signalerar för övertramp.

Han trampade på plankan, magistern.

Jaså, säger du det, Mikael. Låt gå för det.

Palin har ett gott öga till Micke efter att han vägrade plocka sovjetflaggor ur granen, har ett gott öga till Jerry William också, men inte enligt samma perverterade logik, utan därför att han är klassens ljus i det ämne Palin värderar högst, matte. Men Jerry William är en hårding, vrickade t ex av ren viljekraft loss alla sina mjölktänder innan nya tänder börjat tränga sig på, drog beslutsamt loss dem med rötter och nervtrådar och kunde grina upp sig med blodig käft, såg ut som morfar innan han fått lösgommen på plats på mornarna, men den nya uppsättningen gaddar dröjde och när de äntligen sköt upp en efter en gjorde de det helt utan styrsel, fritt spelrum som de fick i Jerry Williams tomma trut, ett svårt fall för tandreglering, nåt som vi för övrigt ska tala mer om senare. Nu säger Jerry William:

Det var över. Jag tar om det.

Och Palin fastnar mellan sitt första och sitt andra beslut, säger inget, en överraskande tvekan, aningar om en palatskupp, en revolt som Jerry William fullföljer genom att hoppa om direkt i stället för att ställa sig sist i kön, får hela foten på fel sida plankan. Palin som är framme med måttbandet för att få det överstökat, men från Micke hörs:

Övertramp!

Jag tar det en gång till, säger Jerry William och vänder om.

Nä, säger Palin och rätar på sig, ser en chans att *både* återta det kommando han är på väg att tappa greppet om *och* ge Jerry William en reprimand: Du får vara utan resultat i dag.

Det blir en tom rad för Jerry William i det block där Palin ritat upp kolumner och fyller med längder och tider i syfte att... ja, varför, det blir aldrig riktigt klart för oss vad han använder de längderna, de tiderna till.

Tre banor knagglig, ogrässprucken asfalt, sextio meter lång och med mossa i kanterna, utgör löparbanan. Vi delas upp tre och tre, killarna för sig och tjejerna för sig, med ännu ett dunkelt syfte, undantaget är Cissi som är så snabb att hon får tävla med oss killar, och Laila, som slipper gympan helt och hållet och förses med röd startflagga av Palin, medan han parkerar sig själv vid mållinjen, redo med tidtagarur och visselpipa, en sann taylorist även på lekens område.

Det finns en systematik här också. Efter första rundan jämför Palin tiderna, matchar oss i nya heat, jämför igen, och får på så vis i tredje och sista omgången fem startgrupper killar, fyra startgrupper tjejer, rankade efter tid, fallande skala – stående start, ena benet framför det andra, framåtlutade med ena axeln inåt banan, och springa är nåt vi kan, och springer snabbast gör den som alltid haft skäl att springa snabbast, Roger alltså, i sina nya, vita Adidas Stan Smith, inte lika vita som Palins förstås, men föredömligt rena och köpta en och en halv storlek för stora för att ha att växa i, får Palin att häpna när han tar hem finalen en halvmeter före mig och Rolle.

Bravo, Roger! Inte visste jag att du kunde springa!

Upprättelse. Som han inte vill låtsas om, för det vore att erkänna att det finns nåt att få upprättelse för.

Vad fick du för tid, Roger?

Vet inte. Och du?

Nä, dåligare.

Tills jumbofinalen återstår. Carina som springer med sprättande ben, timotejsofta steg över sommaräng, besvärad som hon är av de tilltagande brösten, håller igen, linne är inte avsedda för flickor med groende bröst, hon lider sig fram, hela hennes kroppsspråk säger att hon inte vill vara där, inte vill springa, inte vill beskådas, särskilt inte utan en stor tröja att dra över sig, håller ändå jämna steg med Åsa som snubblar fram i sina sockiplast, mockasiner som hasar av och daskar i asfalten som plaskande grodmansfötter – mitt i banan stiger Åsa av.

Du får springa om! ropar Palin från mållinjen. Du måste ha en tid!

Och Åsa får springa om, ensam, hon darrar när hon lutar sig fram i starten, hon springer i mittbanan, hon har 27 par ögon på sig, kämpar med gråten i halsen, 28 par med Palin, men han har ögonen på klocka och block, ser inte hur hon fäktar med armarna för att behålla balansen över mållinjen, där hon faller i asfalten, med ett knä som sprutar blod.

Å, jisses, flicka lilla!

Palin räcker över block och klocka till Cissi, sätter sig på huk intill Åsa, som inte håller tillbaka gråten längre.

Hur gick det, gumman? Jag får se...

Han tar upp sin näsduk ur fickan, bländvit, vecklar ut den och knyter den om Åsas knä. Till oss ropar han att timmen är över, kastar nyckeln till Micke så att han kan öppna till omklädningsrummen, medan han själv lyfter upp Åsa i famnen, han reser sig och bär in Åsa till sjuksyster, han gör mer än så, han reser sig samtidigt ur sin endimensionella existens när han på kvällen ringer till Åsas morsa och förklarar att hennes dotter behöver ett par ordentliga gymnastikskor, en förklaring som tydligen inte går fram, för slutet på den här historien är att Palin får studierektorn att skjuta till pengar ur skolkassan, och Palin ger sig själv ut och köper Åsa ett par dojor.

Det finns en jävulsk inrättning i anslutning till gymnastiken, nämligen duscharna, som är konstruerade som en lång krökt tunnel med munstycken på ömse sidor med milt uttryckt ljummet vatten i rören. Har man anträtt vägen över det kalla kakelgolvet finns det ingen återvändo, man måste igenom och ut på andra sidan, för bakifrån trycker de andra på, så man småspringer hukande igenom med duschmössan på trekvart, en tajt plastsak som ska skydda håret mot vatten och som man svettas fint i.

Men helvete kompenseras med himmel, i form av en ventil som sitter högt uppe på väggen i omklädningsrummet och som man når om man får hjälp att häva sig upp på klädkrokarna och har fri sikt igenom när det blir tjejernas tur i duschen. Otur för Janis att det ska vara han som hänger däruppe med en handduk om midjan när Tompa skickas in av Palin att ta över, nej inte samma tompa som förra terminen, en ny tompa, varje termin tar en ny tompa vid, precis tillräckligt länge för att inte sätta några individuella avtryck i våra begränsade minnen, tompor i plyschdräkt, i välansade skägg och jeansskjortor, i långkjol och virkat, flätor och sprängande entusiasm, med namn som Per-Arne, Göran, Gudrun, Alva, Marie-Louise, tompor som låter oss sitta inne på rasterna och se Stenmark ta hem världscupen i år med, och alla med samma pedagogiska förvissning som ska gå på grund mot Palins bergfasta övertygelse att läraren ska vara en allvis auktoritet – och här är han inte helt ute och cyklar, även om han för egen del har dragit fel slutsatser av sin insikt, för en lärare som inte tar ansvar för den auktoritet han eller hon besitter i elevernas värdesystem undergräver sitt förtroende, blir en slit-och-släng-produkt. Och förmodligen går det omsider upp en talgdank för de här tomporna när de kommer ut och får en egen klass att fostra, även de kommer att dra felaktiga slutsatser om hur auktoritet bör förvaltas, för när man nu följer sina egna ungar till skolan om mornarna möter man dessa tompor igen, som av tiden slipats till att bli nya palinare, en gåta som vi kanske måste leta efter svaret på inne på lärarrum, bland inställda möjligheter till karriär och avancemang och bristande generositet med beröm inom kollegiet, att ha ett yrkesliv som är osynligt för alla utom en uppsättning elever som inte har multiplikationstabellen i tankarna utan skateboardrampen de håller på att bygga, vad vet jag, vi kan bara hoppas att våra barn också ska få uppleva den högtidsstund då deras tompa en dag reser sig ur sin endimensionella existens och träder fram i ett nytt ljus för dem, även om jag tvivlar på att ett par gympaskor ryms i dagens skolas hårt åtsnörpta budget.

Och med detta sagt måste jag upprepa att det är otur för Janis att tompan ska störta in i samma stund som han har en fin stund framför ventilen, med drömmarna halvvägs inne i duschrummet. Otur för honom att tompan i sin förskräckelse handlar instinktivt och utan att försöka tala Janis till rätta sliter ner honom från den råa tegelväggen, otur att han skrapar upp kinden, underarmen, magen. I nästa stund försvinner han in i det lilla lärarrummet innanför vårt omklädningsrum. Tompan öppnar dörren som hastigast:

Bogdan, du tar hit Jans kläder, är du snäll.

Får kläderna, stänger dörren igen. Öppnar en gång till:

Bli nu inte oroliga. Jag ska bara prata med Jan.

På väg hem från skolan pressar vi Janis på vad som hände.

Ingenting.

Ingenting?

Jag fick med en lapp hem, som farsan ska skriva på.

Skit i det. Vad såg du?

SPRINGER NI OCKSÅ PÅ GYMPAN? frågar jag Monika.

Springer? Nä, vi spelar basket.

Det är mycket roligare, va?

Det är ungefär samma, fast med en stor boll.

Monika är rutten på allt som har med sport att göra, till skillnad från sin lillebrorsa, som å sin sida inte är lika briljant som hon i de teoretiska ämnena, slumpen har koncentrerat hans begåvning till gymnastik och bollsporter.

Medan Monika har full koll, pluggar, fast hon inte behöver så lång tid på sig för att det ska sitta, hjälper mig att plugga, förhör mig, umgås med Hanne, jobbar helger och två kvällar i veckan, tre sen chefen frågat om hon kan oftare, och får ändå tid över, tid som hon lägger på Patrull Humlan.

Monika är arbetsvillig, flitig på jobbet, chefen gillar henne, billig är hon säkert också. Han ber henne hjälpa till med inventeringen, han ber henne jobba i sommar, och Monika vill jobba i sommar, men inte hela, inte tio veckor i sträck i en kyldisk medan sommaren pågår utanför, men har svårt att säga nej – det blir familjerådslag.

Det blir morsan som får säga nej. Morsan vill inte heller att hon jobbar hela sommaren, för till sommaren hör att Monika och jag är hos mormor och morfar fram till industrisemestern då morsan får ledigt och hon också är hos mormor och morfar. Men det ingår inte i Monikas planer i år, och morsan säger inte nåt om det, morsan har också varit sexton och haft bråttom att bli vuxen och stå på egna ben, när man är sexton vill man inte vara på landet hos morföräldrarna, då vill man vara i stan med kompisarna, dvs Hanne, men man är inte gammal nog att få vara i stan ensam hur mycket som helst och långt ifrån så gammal att ens morföräldrar tycker att det är okej att inte visa sig alls på gården när man gjort det femton år på raken. Jodå, morsan vet minsann hur det är att vara sexton och hon vill inte ha nåt bråk, så hon tänker ut en kompromiss: Monika jobbar några veckor, sen är hon en vecka hos mormor och morfar tillsammans med mig, som således får inleda säsongen på landet på egen hand, jo en vecka, Monika, annars blir mormor lessen, och därefter får hon göra vad hon vill – så gott som.

Dealen är förmodligen fördelaktigare än vad Monika hoppats på. Hon protesterar inte, inte mer än precis det lilla som hon förväntas protestera.

Monika får ihop det också.

Men hon går ut med tvåa i gympa.

MORMOR SITTER PÅ FÖRSTUTRAPPEN på Johannesgården, ett namn som kommer från en anfader långt ner på det agrara släktträdet som är rotat i nordöstra hörnet av Skåne, och putsar potatis med en skrapborste som glesnat och de återstående borsten har färgats brungråa, sitter med kockumsbaljan mellan fötterna, som är inkörda i ett par bruna innetofflor med korkklack och perforerat ovanläder. Hon ser upp från baljan.

Nu får ni vara tysta. Nils sover middag.

Morsan bär in våra väskor, upp till rummet hon och jag ska bo i, hennes gamla flickrum som inte alls ser ut som hennes gamla flickrum längre, därför att mormor har röjt ut varenda pinal och fått morfar att ta en vända till tippen med dem, inte mycket för nostalgi och minnen, mormor, samlade damm gjorde de också. Vi är halvvägs uppe i trappan när hon:

Kommer ni ner så att vi kan börja plocka?

Morsan gör en min till mig – hade gärna fått åtminstone fem minuters vila och en kopp kaffe innan, men mormor har väntat sen förra sommaren och på radion har det spåtts regn. Morsan som är en smula kluven till att träda in i barndomshemmet, är hon dottern från landet eller modern från stan, hon är bäggedera, hon hjälper mormor med bestyren men slår inte om till dialekten hon ibland skämtar på hemma, mormor som säger "abåre", "gräbba", "båide" i stället för "abborre", "flicka" och "bete". De ligger i landet och plockar jordgubbar, jag också, fast jag stoppar i munnen och inte i bunken, så många gubbar att jag får huvudvärk.

Morsan och mormor i varsin rad, morsan som håller igen på tempot för att mormor inte ska märka att hon blivit långsammare, morsan passar på att luka lite ogräs mellan plantorna när hon ändå ligger där, och mormor pratar i ett, säger t ex:

83

Så du har börjat träffa honom igen?

Morsan med tumme och pek om en jordgubbe, håller om den, nyper inte av den, nyper av den, svarar:

Det är för Johans skull.

Så han har flyttat ifrån sin familj?

Morsan nyper av två jordgubbar till från samma planta. De är inte mogna.

Ta inte hit honom bara, säger mormor. Nils skulle inte tåla det.

Johan måste få träffa sin far.

Så som han gjorde... Bodil, du borde inte.

Det är inte så lätt som du tror att uppfostra två barn.

Mormor muttrar: Har inte du och Leif haft det bra?

Jag menade inte... Du har alltid haft far. Morsan reser sig, tar upp sin bunke, känner efter dess vikt. Nu räcker det, säger hon.

I köket knyter mormor på sig ett förkläde och slår eld i den vedeldade spisen som hon använder jämte den elektriska, knölar in tidningspapper och björkved och låter luckan stå öppen så att det ska ta sig, vedspis, snart ett pittoreskt inslag i den lantliga idyllen, grundligt svärtade avställningsytor för loppisfyndade Höganäskrus med torkade blomsterarrangemang hos storögt tindrande semesterfirare när den sista kon råmat ut i sin kätte och bönderna flyttat in på Nationalmuseum. Morsan viker upp tidningar över bordet, sätter sig i köksbänken och visar mig hur vi ska noppa och rensa jordgubbarna. Hon sjunker tillbaka, sluter ögonen, öppnar dem igen, lutar sig framåt. Mormor kan inte undvika att lägga märke till det.

Är det så hemskt?

Morsan sätter igång att noppa.

Hur är det, Bodil?

Föreställ dej tandvärk, den hemskaste tandvärk du kan tänka dej, säger morsan, hur den strålar ut i armarna, ända ut i fingrarna, ner över ryggen. Föreställ dej det dag och natt. Då vet du hur det känns.

Mormor tar fram ett stort kärl från ett underskåp, sätter upp det på bordet.

Vill du vila dej ett slag?

Nu gör vi det här först, säger morsan och lägger i de gubbar som hon och jag hunnit rensa.

Ska du inte ta på dej ett förkläde?

Och medan jag sitter kvar i kökssoffan, under vykortet som naglats upp med ett rött häftstift på väggen, ett vykort poststämplat i New York, från morfars två äldre bröder som emigrerade som tonåringar, steg iland på Ellis Island och hörde inte av sig förrän en av dem skickade det där kortet trettiofem år senare med den enda och minnesvärda meningen: Moberg vet ingenting om hur det är här, signerat med en kråka som kan ha krafsats dit av vilken som av bröderna, därefter inte fler livstecken, så hjälps mormor och morsan åt att koka bären, krama saften ur silduken och tappa på flaskor med patentkork.

Ja, ja, säger mormor. Det blir nog bra.

Men säj inget om honom till far, ber morsan. Eller Leif. Han brusar upp så lätt.

Lisbeth, menar du?

Morsan stannar över helgen, återvänder till stan med bilen lastad med sylter och safter och marmelader. Det är soligt, det är varmt, det är ohyggligt varmt denna sommar. Jag sitter inomhus och läser min favoritlektyr, Napp och Nytt, och Hobbexkatalogen, guldgruvan för de som har heroiska visioner, läser på rummet, läser på toa, läser vid matbordet, läser i sängen på natten tills mormor ryter från trappans botten, att nu måste jag släcka! Läser överallt, läser allt som är värt att veta om springstiletter och kommandoknivar (blånerade blad för att inte avge reflexer, omistligt vid nattliga raider, parerskydd, snidade skaft för bästa grepp), luftgevär och ficklampor med strålkastaregenskaper, dyrkar för alla slags lås, dödskalleringar, walkie-talkies, kompletta arsenaler för den som drömmer om att bli gentlemannatjuv, storviltjägare, legosoldat, överlevnadsexpert på långa ensliga strapatser i outforskad vildmark för att rädda Cissi, ibland Carina Lindgren, från livshotande faror, vanskliga uppdrag, sömnlösa vandringar i karga landskap, över strömmande forsar och med inget annat än torrskaffning och ätliga rötter att tillaga vid lägerelden, genom natten hörs vargarnas ylande, och en skarp röst:

Du ska vara utomhus, påg!

Mormor oroar sig för vad morsan ska tycka om jag inte fått den minsta lilla färg. Hon vecklar ut en solsäng, ställer upp den på backen bakom huset, lägger en handduk över för att skydda blommönstret.

Här kan du ligga. Och ta av dej tröjan.

Slänger åt mig en kudde.

Jag fortsätter katalogstudierna med oförminskad upphetsning, ligger på rygg och håller upp katalogen framför mig för att inte bländas av solen. På kvällen är jag bränd upp till bröstet, där ovanför lika prydsamt blek som innan. Mormor baddar med salvor och liniment, baddar in mig igen på morronen, skickar ut mig från köket:

Det är bättre att du är med morfar nu.

För på lördagarna ska mormor lyssna på radio, först med en kopp kaffe till Ring så spelar vi, där den ena lustiga dialekten avlöser den andra när svenska folket stiger upp tidigt och ställer sig i telefonkö för att prata väder och division tre-bandy i direktsändning med Hasse Tellemar, och därefter skurar hon golven till Melodikrysset med Bengt Haslum.

Morfar skiter i Tellemar, han skiter i Haslum och han skiter i sommarpratarna. Han har Gunnar Hedlund i ladan. Ett bleknat, signerat fotografi av en förnöjd liten gubbe med pliriga ögon bakom flugskitsfläckigt glas som morfar spikat upp på väggen mellan Rosas och Floras kättar. Där står morfar och donar med verktyg och några brädbitar medan ungdjuren idisslar klöver i hagarna så att de får väderspänning och han måste köra upp ett kvastskaft i ändan på dem för att lätta på trycket.

Är det läsaren som avlägger visit? säger han.

Mormor sa att jag skulle vara utomhus.

Vad gör du då här inne? Vi får se till att hitta på nåt ute.

Morfar plockar upp snusburken ur baklomman, knackar tre

gånger på locket, lyfter av det och skyfflar med tummens baksida upp en kubikmeter grovsnus på tungan för vidare transport upp under läppen.

Kan du spika upp en vindskiva?

Ja, svarar jag, som inte vet vad en vindskiva är.

Han pekar mot kortväggen.

Då kan du ta ner stegen där åt mej också?

Det kan jag förstås inte. Morfar häktar ner den och bär ut den, med barnbarnet hängande i hälarna, lutar den mot ena lagårdsgaveln, stampar med sina stora trätofflor på nedersta staget så att trästegen sjunker ner djupt i gräset, stampar lite till, hoppar, så mycket en gubbe i hans ålder kan hoppa.

Nu håller du stadigt i stegen, så jag inte ramlar ner.

Så klättrar han mödosamt upp med spik i munnen och en lång bräda under armen. Slår tre nätta slag på varje spik och driver sen in dem med två kraftiga svingar. Han står kvar där uppe med magen pressad mot stegpinnarna och vrider sig i alla riktningar, blickar ut över fälten och hagarna ner mot ån, skogen som står tät på andra sidan, och grusvägen med den nyslagna mittsträngen som snirklar i en högerbåge och rinner ut i landsvägen på andra sidan backarna. Klättrar ner och flyttar stegen två meter åt höger, hoppar, säger:

Det är så jävla grant här att det borde vara förbjudet.

Klättrar upp igen och slår i två nya spik, kommer ner och flyttar stegen, säger denna gång:

Höghus, det är byar staplade på höjden.

Tredje gången han kliver ner har jag förberett mig:

I Rosengård bryter zigenarna upp parketten och odlar potatis.

Hur fan skulle det gå till? Det var det dummaste jag hört.

Det är sant.

Nu kniper du. Annars får du en lusing.

Klättrar upp och slår vindskivan på plats.

Han säger inte mycket, morfar, en lustig gubbe, lite av ett original, bär t ex långkalsonger året om, lika skrämmande som varmhjärtad, är så gammal att han inte längre behöver bry sig om vad folk tycker och en smula piggare här hemma på gården än i Udde-valla i julas. Är uppe fyra på morronen, bryner lien med vispestick-an och tar sig an ängen medan daggen ännu ligger, slår gräset fast gården står och förfaller på alla håll och kanter, britterna rakade sig minutiöst för att upprätthålla känslan av civilisation i kolonierna, morfar slår ängen, kommer in till frukost, äter, scannar lokaltid-ningens förstasida, ser dåligt på nära håll gör han, muttrar nåt ohör-bart om tillståndet i landet, lyssnar på vädret, bryr sig inte ett skvatt om vad radion spår för väder, har levat hela sitt liv med "bra karl reder sig själv" som rättesnöre, kränger i strumpläsflaten fram till det lilla träskåpet som hänger på väggen bredvid moraklockan i fin-rummet, tar fram flaskan och spetsglaset, slår upp en nubbe, höjer glaset mot sin egen spegelbild på skåpluckans insida, knycker på nacken... är redo att gå ännu en dag till mötes.

Men han är ängslig för vad som ska hända med gården när han inte längre orkar, hade helst sett en naturlig succession, men har sen länge slutat hoppas på Leif, och morsan med för den delen. Han frå-gar mig hur gammal jag är, han vet hur gammal jag är, han frågar ändå, för att få nåt att räkna på, frågar en gång till, kommer fram till att jag är för ung, och jag vill ändå inte.

Monika, föreslår jag, hon skulle gilla det.

Din tosse, säger mormor. Monika har läshuvud.

Fem generationer i sträck, grubblar morfar. Sen är det ingen som vill ta över gården om dom så fick den gratis.

Bernt då?

Den? Jo, det vore väl nåt det.

Efter fjorton dar är morsan tillbaka, med nya syltburkar och flas-kor att fylla, och med Monika. De kallas ut i landet av mormor. Jag är i redskapsboden, har fått en näve rostig spik av morfar att räta ut för att inte sitta tomhänt och overksam, och lyssnar på hans his-torier. Han hyvlar till en brädbit, håller den i ena handen, hyveln i andra, ådriga händer, leverfläckiga handryggar där mellanhands-benen tydligt avtecknar sig under den strama huden, tumlovar som varit kraftiga som rullstensåsar men sjunkit samman till små för-höjningar, men fingrarna är jämntjocka med breda, närklippta naglar utan skymten av jord eller olja i de djupa sprickorna – hän-der som utgör ändstationen på en senig, märglad kropp med armar som är mörkt solbrända upp till armbågarna, så långt som rut-skjortan kavlas, och däröver mjölkvita. Han blåser bort spånen från träet. Samtidigt svänger en bil upp på gårdsplanen med en hastig-het som skrämmer slag på hönsen och sliter upp sår i gruset. Slir-kande bromsar. Bildörrar. Röster. Och strax i dörrhålet Leif, med Bernt tätt bakom sig. Leif som håller fram handleden med arm-bandsuret:

Tre timmar från Uddevalla! Inte ett stopp.

Morfar känner med en narig tumme över brädlappen, jodå, trycker fast den som foder under fönstret, behövs inga spik här.

Så det är ni, säger han.

Vilken värme! Hur orkar du vara igång? Måste vara minst tret-tio i skuggan. Varmaste sommaren på 1900-talet sa dom.

Vilka dom?

Leif kastar ett öga på Hedlund, drar snett på munnen. Kan inte låta bli att ge sin farsgubbe en tackling.

Att du inte lägger ner? Varför ska du odla dyrt, när vi kan impor-tera billigt spannmål?

Morfar plockar tillbaka redskapen i verktygslådan, lyfter den, balanserar tyngden genom att luta sig åt andra sidan, underarmens ådror som svullna pipelines på väg att spricka, ställer lådan på dess plats innan han går fram till Leif, men den agrara fadern tar inte sin industrialiserade son i hand, han fortsätter förbi honom, ut på tunet, ut i det obevekliga solskenet som skär sönder ögonen, skju-ter upp skärmen på kepsen från Lantmännen och torkar pannan, ett fårat ansikte som tycks ha lämnats utomhus åtskilliga vintrar i rad – ser ut som på en reklambild för messmör.

En arm om min hals, gissa vems, och gissa vem som går på patent-finten...

Jag har börjat på brottning, säger han.

89

Hockeyn då?

Det var tråkigt... men kolla här.

Bernt drar fram en kastkniv, med rombformat blad och lamell-skaft.

Vill du testa?

Att kasta den?

Det är enkelt. Man håller såhär.

På tre meters avstånd prickar han lagårdsväggen, flisorna yr om läktena och Bernt är så exalterad över sin träffsäkerhet att han inte upptäcker morfar som kommer ångande med overallen fladdrande om benen.

För hilvitte, pågadrul, ska du göra tandpetare av gården!

Barnbarn är nog bra, men inte alla fyra på en gång, nu ska vi vara här tillsammans i en vecka. Morfar skickar in oss i köket, där resten av släkten står samlad, Leif nu på soffloket, på rygg av trötthet efter sin cannonball run, Kristina dinglande med benen på en stol och Lisbeth hängande över morsan och mormor, som är i full gång med rabarbermarmeladen på spisen.

Vi har gjort några burkar till er också, säger morsan. Och jord-gubbssaft, om ni vill ha.

Har ni? Tack snälla, säger Lisbeth, och det låter som att hon me-nar det. Jag har själv aldrig tid, säger hon.

Och:

Jag har saker till er också.

Hon hämtar en väska i hallen.

Några kläder som kanske passar Johan. Bernt växer så snabbt.

Upp kommer två par manchesterbyxor för vinterbruk, en polo-tröja och fyra skjortor, varav en är lila och en ärtgrön och båda har mönster som påminner om spår efter älgklövar, en hel flock som dundrat fram över tyget.

Det är potatistryck, förklarar Lisbeth. Bernt har fått dem av en klasskamrat vars föräldrar tjänstgjort i Dar es Salaam för Sida. Dom bör väl passa dej, Johan?

Hon håller upp dom framför mig.

Det gör dom säkert, svarar morsan – så mycket annat kan hon inte svara, när Lisbeth skänker bort det hon inte vill se sin egen son i till den som inte kan tacka nej. Potatistryckta afrikanska skjortor kan komma till pass. Jo, morsan måste säga detta också:

Du ska få betalt för allt så klart.

Aldrig i livet. Det är bara trevligt att kunna hjälpa till.

Morsan invänder inte, "man ska inte truga". Men mormor är upprörd över tillvägagångssättet och redskapen inom tredje världens textila produktion:

Att dom får använda potatis till sånt!

Det är sötpotatis, lugnar Lisbeth henne. På gott humör, snappar upp en Look ur cigarettetuiet av konstläder och tänder, blåser ut röken mot taket.

Ska du inte berätta det? säger hon till Bernt, som har suttit med flinet på sniskan sen skjortorna kom upp ur väskan.

Jag hade så bra betyg, säger han, att jag ska få ha hand om barnbidraget och köpa mina kläder själv när jag börjar högstadiet.

Morsan viker samman gåvorna, säger:

Monika hade femmor i alla ämnen.

Alla? Lisbeth måste aska i sitt mobila askfat. Vad har hon sökt till hösten?

Naturvetenskaplig.

Naturvetenskaplig? kommer det som ett eko från soffan. Vore inte social bättre för henne? Då är hon inte låst sen.

Jag tror nog att Monika vet bäst vad som är bra för henne, säger morsan torrt.

Lisbeth ser sig om, som om hon vill gratulera Monika till betyget, det vill hon inte, och behöver inte heller, för Monika är inte här.

Var är hon?

Hon är hos Ohlssons med h.

En traktens kuriositet, h:et i Ohlsson, närmsta grannarna, en krumelur som nån gång i andra världskrigets efterdyningar omärkligt lades till på postlådan nere vid vägen och som gett upphov till ett oräkneligt antal timmars debatterande i gårdarna.

Hon får rida en av deras hästar, säger morsan. Johan, kan du lägga upp kläderna på ditt rum? Och tacka moster Lisbeth. Och Bernt.

Lisbeths försmädliga hångarv syns inte. Det känns. Jävla subba!

Men låt oss inte dröja vid detta, för morsan ska bara slå över marmeladen på burkar som ska svalna och krama om mig och Monika, krama hårt, innan hon ska köra hemåt till en ny arbetsvecka, och Lisbeth och Leif ger sig samtidigt iväg, till sin hyrda stuga på Skagen. Kvar på gårdsplanen står mormor med fyra barnbarn och vinkar. Morfar är försvunnen.

Och när Lisbeth och Leif farit blir Bernt... uthärdlig. Han behöver förstås några dar på rummet först, i en säng som kavlas ut från ett skåp och som han sover i med huvudet inne i skåpet, med nojor om att han är allergisk mot hö, mot djur, att han får spågor i fötterna av att gå barfota på vedbacken och i ladan, att gräset kliar i hålfoten, gruset är vasst, myggen ettriga, men mormor ignorerar hans gnäll, och han tröttnar på att ligga utan uppmärksamhet och vågar sig ut. Vi bygger kojor i skogen, fiskar i ån med hans Abumatic, får smågäddor som vi släpar upp till katterna, sätter drag för glatta livet i vassen och skär av linan med min morakniv, sätter så många att morfar får skjutsa oss till järnaffären i byn så att vi kan fylla på lagret av Droppen och Mörrumspinnare, bjuder på mjukglass vid kiosken gör han också. Medan Monika tar med sig Kristina och lär henne rida, leder henne runt på ängen på Ohlssons trötta ardenner. Kristina sitter med benen spretande rätt ut och händerna begravda i den tjocka manen, barbacka till på köpet. Barnkär är hon, Monika, visar sig ha talang för att ta hand om ungar. Kristina tar rygg på henne vart hon än går. Monika får henne att övervinna rädslan för att klappa ungdjuren, korna alltså, lär henne hur hon ska sticka in färskt gräs genom stängslet och klia dem i pannan med andra handen. Eller så lånar vi Ohlssons båt och ror ut i sjön på andra sidan landsvägen, Monika och Kristina på aktertoften, Bernt hängande fram över fören med båda händerna i vattnet och jag vid årorna. Kvällar som avslutas med att mormor och morfar på åldermänskors vis tittar tillbaka, minns inte vad vi åt till lunch men varenda detalj från när de var i vår ålder, vaggade i snålåren som de är, och den eviga visan om hur de träffades på dansbanan, det är deras historia, släktens historia, landets, midsommar, brännvin i busken, slagsmål med utombyingarna, snus och mus, den tidens etnologi, de kunde lika gärna ha träffats på granngården i norr, där mormor växte upp.

Det blir en fin vecka. Eller fin och fin. Okej.

MONIKA SKAFFAR EN BOGNERJACKA och har famnen full av nyheter från gymnasiet, och böcker, tjocka böcker, men den stora förändringen är att det börjar ringa klasskompisar till henne, för att få hjälp med nån läxa eller bara för att snacka. Monika sitter i hallen och för nästan viskande samtal, kör undan mig och morsan om vi närmar oss. Första gången en kille ringer får hon samma tomatnylle som morsan när hon satte äggklockan fel och satt tio minuter för länge framför sollampan.

Det är han, Jörgen heter han, som föreslår att Monika ska gå med i skolans filmklubb, där han är ordförande. En kväll i veckan beger de sig till Borgarskolans mörklagda aula, och Monika sitter uppe efteråt med morsan och berättar om filmerna de sett, Easy Rider, Frukost på Tiffanys (hennes favorit) och Marilyn Monroes filmer, eller:

I kväll var det Mandomsprovet med Dustin Hoffman.

Var den nåt bra?

Den går inte riktigt att förklara.

Jörgen är en djuping från Augustenborg. Han följer med Monika hem, kliar sig ideligen över sin fjuniga haka och pratar brummande släpigt som om han går på batteri som är på upphällningen, förlorar sig i tankar om molekylmodeller och relativitetsteorier. Han och Monika gör läxorna tillsammans i vårt rum, Monika som inte har nåt emot att de är två som hänger över böckerna, men som har nåt emot att det är tre.

Måste du vara här inne?

Det är väl mitt rum också?

Det blir familjerådslag, där det bestäms att jag ska ha tillgång till min egen säng, min del av rummet närhelst jag vill, förutom när Jörgen och Monika pluggar inför prov. Alltså kan jag gå in och känna efter vad det är för en typ när Monika står i köket och brygger te till dem.

Är det svårt?

Du anar inte. Nu ska vi ta reda på en levande organism som är större än en amöba.

Elefant?

Inte *så* stort!

Jörgen – en kille som aldrig kommer att ta min syrra till himlen.

Och Monika upptäcker att tiden bär med sig ett helt annat sound, glittrigt elegant och androgynt utmanande i stället för barkbröd och skäggsvett, får span på David Bowie som hon hört på Discorama på radion.

Att du kan lyssna på sånt, säger Hanne anklagande.

Det är... gladare.

Hanne håller på proggen ett tag till, liksom hon håller på sin afghanpäls och de politiska linjerna ligger fast, stark övertygelse där. Övertalar Monika att de ska fara till Båstad och protestera mot den chilenska diktaturen när Sverige möter Chile i Davis Cup. De virar in sig i kampanda och palestinasjalar, morsan blir orolig för att de ska hamna i trubbel med polisen, morsan är alltid orolig, men hon ställer upp, skjutsar dem till tåget, och på kvällen letar hon och jag efter dem i Rapports sändning, men kan inte se dem bland femtusen fjällrävenjackor och fiskarollar och handtextade Stoppa matchen!-banderoller, och Tage Erlander som skickas fram att tala demonstranterna till rätta, medan Björn Borg och Bragd-Birger spelar brallorna av chilenarna.

Morsan ställer alltid upp. Det är hon som ringer till rektorn på Borgarskolan och får Hanne flyttad dit, från Latinskolan, därför att det är viktigt för flickor i deras ålder att hamna på samma skola som bästa kompisen. Hanne som går på tvåårig social linje, eftersom hon är less på plugget och har bråttom ut i "verkliga livet".

Monika och morsan pratar om mer än film på kvällarna, de har börjat prata om allt. Det är som att kränga kapsylen av en skakad

Pommac när Monika kommer igång med dagens händelser, ingen detalj är för oväsentlig för att inte penetreras, och morsan suger i sig, kämpar för att lära sig varenda lärares namn och ämne, det definitiva beviset på att hon fullt ut engagerar sig i dotterns utbildning, att ha kontakt med skolan är viktigt, och att ha en nära relation med Monika, de passar namn fram och tillbaka över bordet som kort i ett kortspel. Jag delar inte deras begeistring för namn – det är exempelvis först flera år efter att vi slutat på Annebergsskolan som det går upp för mig att Sigvard, som vi kallat träslöjdsläraren, är hans efternamn, och att förnamnet är nåt helt annat, Bengt, en äldre pomadakammad herre som haltar mellan snickarbänkarna i vit skyddsrock och berömmer de modeller av Glimmingehus som vi spikar ihop av spånplattor, och smörknivar, svarvade skålar, brickor av teak, stressägg, ytterligare saker för morsan att hysta in i samma skåp där underlägget med indianpärlor göms, salen påminner om tomtens verkstad med ett gäng nissar som flitigt hanterar rubankar och raspar, vi killar bankar på i fäders spår och syslöjdsläraren ser till att tjejerna tar på sig motsvarande konserverande könsroller under hennes lektioner, allt medan Lasse och Janis har dragit sig undan till metallrummet där de efter att på ren jävelskap ha klippt sönder stora plåtstycken med den monstruösa plåtsaxen som de måste häva sig över skänkeln på med all kraft de kan hosta upp för att rubba, övergår till att tävla om vem som vågar hålla kvar sin tumme längst mellan knivarna när den andre klipper. Bengt Sigvard.

Men morsan gillar inte att Monika ombeds bli ledare för en grupp nybörjare på scouterna.

Ska man inte vara arton för det?

Jag får dispens. Dom behöver ledare.

Men hur ska du hinna allt, Monika?

Monika rycker på axlarna. Det fixar sig nog.

Annars får jag sluta på Reveny.

Det är ju ett *jobb*. Du tjänar pengar där.

Jobb och pengar – heliga värden för morsan, som vet hur det är att vara utan båda.

Är det inte bättre att du slutar med scouterna i så fall?

Men scouterna tycker jag är *roligt*!

End of discussion. Nåt roligt måste Monika få ha, och morsan är impad av hennes beslutsamhet, frågar i stället:

Ska jag förhöra dej på läxorna?

Nä, det är ganska svårt det här.

Monika plockar fram de tjocka böckerna ur sin väska, sätter sig vid skrivbordet och läser, och hon tycker väl egentligen att skolan är skit hon också, men vill vara duktig, bäst, vill nånstans – läser.

Monika. The Brain.

LASSE HAR SKURIT TILL PISKOR av grenar från pilarna på kullarna runt gräsmattan och fördelat dem inom gänget. Janis och Roger har köpt ärtpistoler, och jag har tillverkat ett ärtrör genom att bryta loss den ihåliga byxstången från en galge. Vi sitter på gräsvallen. Vi väntar. Vi är beredda.

Rolle svänger med sin piska. Det smäller som pistolskott.

Håll dej nu bakom oss, Roger.

Vadå bakom, vi ska banka skiten ur dom.

Så mycket knabb dom ska få, intygar Bogdan.

Gårdakrig. HSB mot Riksbyggen. Ett lika traditionstyngt möte som ett derby mellan MFF och Landskrona Bois. Som lützenkungar har vi gjort upp om tid och plats, ett schackrande som även innefattar förutsättningar och beväpning.

De ska komma nu, de borde vara här, och de kommer nu, de väller in över gräsmattans ena hörn.

Upp med er nu! Och Roger, håll dej där bak.

Rolle snärtar med piskan igen.

Men ställ er inte i vägen, protesterar Roger när vi ställer upp oss så att han hamnar längst bak, kan inte acceptera att de kommer att rikta in sig på honom, vår svagaste länk, för de handlar efter den ryggmärgsreflex som säger dem att det är smärtfriast att ge sig på den som har Slå mig! Tracka mig! skrivet med neonskrift i pannan, en annonsering som skickat hem honom med fläskläpp åtskilliga gånger förr.

De väller in från Riksbyggen, anförda av en vildblickande Danne med King utan koppel vid sin sida och de är i strid med alla överenskommelser förstärkta med killar från andra sidan Stadiongatan, äldre killar, råskinn hela högen som inte går på billiga Bernt-finter, och vi springer också, åt samma håll som de, framför dem, vi rusar undan med *deras* piskor vinande i nackhåret, det bränner till när de träffar över vaderna, lårens baksida, ryggen, t o m Micke flyr, det blir tumult, och nånstans på vägen mot stora lekan uppfattar jag hur Roger kastar sig in i ett buskage, när vi korsar Rättsvägen knuffar Rolle mig åt sidan, vi kommer loss, tvärvänder i ett cykelställ, får två killar efter oss, men dem kan vi skaka av oss, vi rundar huset, spurtar över parkeringen upp mot affärerna, in på Solidar – där Roger står och trycker framför godisdisken, skakande, hela hans uppenbarelse är i upplösningstillstånd, han håller en enkrona i handen, men får inte fram ett ord. Han måste ha stått där en stund. Biträdet håller på att förlora tålamodet.

Ska du handla eller?

Ska du ha kolor, Roger?

Roger säger inte nä, så jag tar kronan och köper tjugo kolor till honom.

Ska ni också ha nåt? säger biträdet.

Vi har inga pengar.

Ni kan inte stå här om ni inte ska handla.

Tre desertörer klungar i torgets ena hörn, andtrutna och pissrädda, spattiga som unghästar som ska ridas in. Vi vågar inte gå tillbaka, vågar inte gå nånstans, vågar inte ens röra oss från vårt hörn. Vi står där vi står och medan vi försöker få kontroll över andningen och nerverna blir vi medvetna om denna bostadsområdets egen teaterscen, det vardagliga livets egenheter, där vissa arketyper frigör sig från statisternas gråa massa.

Här hör vi den högljutt pladdrande damen, storbarmad och omfångsrik och med gungande gång angör hon centret som ett skepp som lägger till i hamn efter månader på öppet hav, klädd i kängor och högknäppt kappa även i juli och med en klut om håret eller en liten pimpinett hatt, en kvinna som känner alla och envar och är okänslig för om de hon närmar sig attraheras av hennes drypande snacksalighet eller stöts bort, de fastnar alla i hennes garn, de frikostiga kärvar av rykten och skvaller och veklagan och sjukdomsredogörelser som sprutar ur henne, denna vandrande Hänt i veckan ultra har antingen en gubbe väntande på bänken eller en rosettofsad dvärgpudel som svänger på svansen till namnet Madame. Den pladdrande damen är alltid ute, går sina trader, men hon fraktar inte enbart ett oändligt värdelöst vetande i sitt vaggande skrov utan också en sällsynt godhet. Det är hon som kommer ut från Solidar med en påse sega råttor och lakrits till mig och Rolle därför att hon genom sin egen ström av ord uppfattade hur vi kördes ut – och en sugande het sommardag när vi ligger utslagna på gräset efter en stenhård match händer det att hon träder in på planen med läsk, så att ni inte törstar ihjäl, pågar och töser, alltmedan jycken gnyr i skydd av hennes kappa.

Och hennes gubbe, om hon nu har en sån, sitter beskedligt på en av bänkarna i torgets mitt med andra behattade gubbar i sandfärgade sportjackor blixtlåsta upp till hakan, i tålmodig väntan, några tillbringar en livstid med träsmak i baken, kommenterar fotboll och vädret som var bättre förr, i förra veckan t ex, och bensinpriset och skatten, med händerna vilande över käppskaftet. Under årens lopp har ett system utvecklats så att de stöter ur sig meningar som fördelas jämnt mellan dem, portionerat kring eftertänksamma pauser, blir det inte sagt i dag så finns det tid i morron, fraser späckade med talesätt, inget nytt under solen, nädå, det är så sant som det är sagt.

Den som kan få dem att tvärt avbryta sig är passgångaren med den maniska blicken, lätt framåtlutande kommer han, för det är alltid en han, stolpande, muttrande, sjungande, rabblande ramsor, utantilltal av Palme, vaggsånger, utdrag ur Platons skrifter, Nietzsches, Maos, filosofier och tankar tindrande klart som fjärran stjärnbilder i hans vindlingars innersta vrår, men mosiga och fragmenterade kommer de ut över hans spruckna läppar, och han kan vissla vackrare än nån annan vi hört, lika mycket geni som dåre, med en kliande, skavande rastlöshet i kroppen som ständigt driver honom runt. Folk väjer undan när han banar sig fram, här kommer en som inte kan prickas för i normalitetens diagram – byfånen i citytappning, en lantlig rest som miljonprogrammet varken byggt lägenheter för eller murar mot, och för harmlös för att hamna på Östra sjukhuset eller S:t Lars. Men i längden blir det för riskabelt att ha en galning lössläppt bland hederligt folk, lekande barn och skitande hundar på fältet: grannars anonyma anmälan till berörda myndigheter får den sociala apparaten att tröska igång och ersätta hans insatstvåa med ett plastmattebelagt rum på en avdelning där han kan få veva med armarna bäst han gitter, åtminstone till besparingens vindar börjar blåsa snålt under nittiotalet och han och alla hans till passivitet omsorgade bröder och systrar släpps fria på stans gator och Östra döps om till Sege Park för att tvätta bort den "negativa bilden" som dårhus, ett proletariat utanför proletariatet för natthärbärgen, stadsmission och frälsis att ta hand om när kranarna dras åt. Liksom "pladdrande damen" har passgångaren en annan sida också. I sina ljusaste stunder har han humor. Han lufsar genom affärscentret, tar sig runt det, väntar utanför en stund, under ljusskylten Bank Butiker Post där B:et i Bank är trasigt sen Jerry William fick in en fullträff med en tennisboll, vänder sin slitna jacka ut och in och återvänder, stegar fram till de förskräckta bänknötarna:

Har ni sett min bror komma förbi?

Närbesläktad med folkhemstosingen är den ensamstående mannen i trenchcoat och med keps och halsduk i samma mönster – och redan här sönderfaller figuren i två, för detta är lägre tjänstemannavarianten, och han finns också i en jobbarupplaga med täckjacka med fartränder och STP-dekal, slitna Lee-jeans på halv stång och tofflor som är nere på träet – som med långa steg och sorgsen uppsyn flåsar in i butiken strax före stängningsdags efter nåt färdiglagat att tina till Sportspegeln, obekymrad om huruvida han gynnar kooperationen eller Icahandlarn. Ensam. Fåordig. Tillknäppt. (Jobbarn dock pratsam när han luktar brännvin.) Det finns en eller två såna i varje trapp. Vi har en på andra sidan Havlicek. Har aldrig sett karln. Det står Åkerblom på dörren.

Med hopp om att räknas in i mängden av vanliga ungkarlar dyker Porsfyr hastigt upp, med blossande kinder och nerslagen blick, försöker obemärkt smita förbi, men vi har lugnat ner oss så pass mycket där vi står och trycker i hörnet utanför Klippstugan att vi vågar kasta höga stönanden efter honom, vulgära flämtanden, låter mest som grisar förstås, men vadå, det får honom att fly in på Ica. Svin!

Men nu blev det lite mycket män ett tag. Det finns fler kvinnor att förundras över, det finns det alltid, bl a de forna väninnorna, kanske grannfruarna, som kommit ihop sig om nåt, sopnedkastet eller, en annan lågoddsare, tvättstugan, trätoämnen som de var för sig skriver långa brev till bostadsrättsföreningens styrelse om. De kan varandras tider och planerar inköpsturerna så att de slipper mötas, och så gör de det ändå, möts, nära på, de är på väg in mot torget från varsitt håll, men båda har radarn på och får in den andra på skärmen i tid, blinkande varningslampa, larmet går, och den ena hamnar i en postkö, den andra hos tandläkaren – kommer ut med två häften frimärken, en tid för att få tandstenen åtgärdad, pris för att undvika en konfrontation.

En som inte behöver titta bort, därför att hon ändå aldrig inlåter sig i samtal med grannarna, är den mystiska kvinnan som uppsminkad och insvept i poncho eller stora tygsjok skrider fram med rak rygg och med solglasögon från tidig vår till sen höst, utan att hälsa, och om nån vågar sig på ett hej tittar hon på personen som om hon aldrig sett henne förr och säger ett avmätt hej tillbaka och flyter vidare. Så ser vi henne på bild i tidningen, läser att hon är från Danmark och heter Suzanne Brøgger. Hon handlar på Ica och alltid dyrare varor, förhör sig hos butikschefen – aldrig nån ur personalen – om sånt som inte finns, som lövbiff en tisdag. "Suzanne Brøgger" bor högt upp i nåt av åttavåningshusen, i en fyra eller femma, dit äldre män kommer med blommor och chokladkartonger i famnen och hämtar henne i silverfärgade Ford Mustanger.

Skulle "Suzanne Brøgger" få för sig att ta kontakt med nån, skulle det eventuellt vara Cissis föräldrar, överläkare på psykiatriska kliniken båda två, som med sjuttiotalets vänsterflummande ideal surrande i huvudet slagit sig ner bland "folket", i trappan intill vår, ett nerköp så att det sjunger om det så klart, men det lät väl fint med nybyggt och utsikt över hela stan från sjuttonde våningen, kan man tänka.

Vilket för oss in på morsorna, fundamentet i våra torftiga liv, bostadsområdets vardag och livsmedelsbutikernas ekonomiska förrättningar, och här ska vi bara i all korthet ägna oss åt några av dem, Åsas morsa t ex, som är en sån morsa som ringer Kvällsposten: "Fel låt vann", och skickar ner dottern till Allans korv efter tidningen dan efter för att få läsa sitt namn, "Shirley Hasselgård", ringer under pseudonym gör hon, skickar med dottern pengar till en skvallertidning också, eftersom hon inte själv vill skylta med sina läsvanor. Vidare har vi Bogdans morsa, en toppenmorsa, en sån som man skulle vilja ha som morsa om man inte redan hade världens bästa morsa, som alltid stannar och pratar med oss, som vi måste svara långsamt och som hela tiden ursäktar sin dåliga svenska – till skillnad från Lasses morsa, hemmafru med två pojkar och en krävande man att föda och sköta, som blänger rakt fram, undviker att prata med nån, kappa med hårt åtdraget midjebälte och en lätt hukande gångart, är alltför medveten om att hon framfött områdets två värsta busar och att ingenting gott kommer ut av att vara deras morsa. Kämpar med kassarna men är inte fullständigt kuvad, kräver respekt för sitt slit. Som när Lasse meddelade att hon strejkade. En morsa som strejkar är big news och värd att beskåda, så jag tog hissen upp med Lasse, och hans morsa satt rakt upp och ner som en naturalistisk skulptur med båda händerna fast förankrade om armstöden, som om hon befarade att hon skulle ryckas loss ur sin overksamhet. Satt. Strejkade. Ett ord som vi lärt oss förknippa med Jerry Williams farsa, som tar ut sina grafiker på Arbetet för jämnan, så ofta att klassens studiebesök på tidningen fick bokas om två gånger innan vi kunde komma dit och få se dem jobba. Men Lasses morsa, hemmafrun, strejkade alltså för att maken och de två sönerna skulle börja räkna henne som en bärande och inte tärande medlem av hushållet. Och Lasse kom ner och käkade hos oss hela veckan.

När vi återvänder till gården är stämningen upprörd, minst sagt. King hade hetsats upp av stämningen och Dannes vrål så till den grad att han löpte amok, sprang runt som en vanvettig med tungan hängande ute, och flög på en riksbyggare med ett bett i lårets baksida innan han fällde en av smöglina med käftarna om grabbens axel.

Snuten har varit här och hämtat King och Danne, säger Micke. Dom ska avliva honom.

Danne?

Tyvärr inte.

Det är typiskt, att när det äntligen händer nåt här att snacka om, så finns man inte ens med bland de mest perifera åskådarna. I stället har vi stått och spunnit stories kring gubbar och tanter. Alltså söker vi ett slags äreräddning när Lasse vill veta vart vi tog vägen.

Vi piskade upp han Robban, säger Roger.

Han var ju här!

Jaha. Ja, men sen.

Det blir inte så mycket av gårdakrigen de kommande åren. Det kan förstås också bero på att vi blir äldre och ser oss om efter andra sätt att mäta våra krafter.

Ärtröret klämmer jag tillbaka på galgen. Ärtorna matar jag Monikas fiskar med. Men de borde ta det lugnare. Ärtor sväller. När Monika kommer hem från Reveny på kvällen:

Morsan! Johan har dödat alla mina fiskar!

Har jag inte alls!

Svärdbärarn också?

Alla!

Johan, kom hit!

Ä, det spelar ingen roll! ropar Monika. Jag hade ändå tröttnat på dom.

STRÖMMEN AV KOCKUMITER har avtagit på cykelbanorna utmed Rättsvägen. I stället kommer det allt fler klungor med män som pratar högt och skrattar och tjoar åt varann på spanska: chilenare från Holma och Kroksbäck som hukar i den råa skånska blåsten med tramptag som om de pulsar i djup snö, och deras ungar, som börjar i de lägre klasserna på Annebergsskolan.

Det blir rörelse på gården också. Åsa och hennes familj flyttar till ett radhus i ett nytt område på Lindeborg, för att systrarna ska få varsitt rum. Gänget slår sig ner utanför trappen och följer med läckert kisande ögon hur Lehtonens kånkar ut sina pinaler till flyttbussen som kört upp på cykelbanan på andra sidan huset: den rödbruna soffgruppen, det rökfärgade glasbordet, vitrinskåpet med dold belysning för prydnadsföremålen, ljuskronan, tavlor insvepta i hästfiltar och köksbordet och stolarna i furu – inga sensationer, på det hela taget ett möblemang som ser ut ungefär som alla andras i bostadsrättsföreningen, det är nämligen en av fördelarna med området, att har man varit inne hos en kompis så hittar man hos alla andra också.

Sammanbitna män med uppkavlade ärmar pressar ur sig perkele! och räckor av andra obegripliga svordomar när de tappar greppet om byrån eller vad de nu bär, klämmer fast den mellan låret och väggen och torkar svetten ur pannan medan dörren slår igen framför näsan på dem och ingen av oss gitter resa sig. Bakom dem sliter Åsa med en vitmålad korgstol rågad med kuddar och kramdjur. Det blir allmänt garv i gräset.

Bär du lillsyrrans grejor?

Och Åsa släpar och snörvlar och tänker sig inte för.

Dom är *mina*.

Mer garv i gräset.

Fina nallar, Barbie!

Lastbilen gungar iväg och vi är inte långt efter på våra cyklar, vi korsar Stadiongatan, fortsätter genom Södertorp, genom Kulladal, till stans utmarker, och bland leriga gångar, jordhögar, schaktmassor och dozers tvärnitar vi – flyttar de *hit*? Rena vilda västernnybyggarstämningen. Halvfärdiga hus, träpanelklädda fyrkantiga lådor med dystert bruna fönsterfoder, ynkliga täppor och vidsträckt sikt rakt in i köket hos varann. Stan växer söderut. Radhusen hänger samman med bostadsområdet längre ut, som liknar vårt, men ändå inte, mer som byggfuttar staplade på varann, det är nåt desinficerat över det, påminner om ett dagfängelse utan grindar – utskitet liksom på måfå på slätten. Rolle, specialist på östblockets särpräglade levnadsvillkor och kultur, flinar igenkännande:

Ser ut som i Dresden.

Vi står där i geggan och skrevar med benen på ömse sidor ramen, begrundar hans östtyska jämförelse och tanken att tvingas flytta ut på landet. Vi får inte ihop det. På de omgivande sädesfälten kör traktorer. Vi kommer oss inte för med att säga nåt. Men Micke har sakta sjunkit samman över styret. Svagt kommer det från honom:

Vi ska också flytta hit.

Hit?

Det är farsans idé.

Du skämtar, va?

Han har sjunkit ner så att bröstet slår i ringklockan.

Lägenheten är såld.

Förstämning. Micke också? Vad är det som händer?

Men du ska gå kvar i klassen?

Det är väl klart.

Familjen Lehtonens lastbil backar upp mot en av de erbarmliga kåkarna. Åsas farsa och hans bröder börjar bära ut samma möblemang som de nyss fyllde den med, fast i omvänd ordning – och Åsa låter sin farsa ta korgstolen med kramdjuren.

Vi ser på Åsa, hur hon klyvs mellan att behöva hjälpa till och att inte vilja bära nåt som avkräver oss nya garv, men framför allt ser vi på Micke, hur nånting sköljer över honom, en blekhet, men det är bara det yttre tecknet på nåt som händer djupt under den bleka huden, han står med öppen mun, och när han är så blek att nästa stadium bör påkalla en akut läkarinsats kastar han sig upp på sadeln – A, vad fan! – får fart, ställer sig upp och trampar som en vansinnig, ger sig i blindo iväg åt ett håll som varken är hemåt eller bortåt.

Jag redogör för förändringarna när jag kommer hem, och frågar morsan:

Vi ska inte flytta dit, va?

Vi? Vi har det bra här, eller hur?

Bästa affären man kan göra, säger Folke, affärsmannen. Köpa hus för lånade pengar, det är som att få in en V5a på Jägers.

Ja, vi ska inte ha nåt hus i alla fall.

Jag menar som *affär*, som teori.

Folke hänger över morsans böngryta med armbågarna i furuskivan, vi äter nämligen middag när ämnet landar på bordet och Folke har räknat på lönen och det får honom inte att dansa jenka, 30% på två år och Riksbanken som börjat ta stora utlandslån för att få finanserna på rött köl, med en gnutta flax kan det springa upp i 2–3 % i reala termer när effekterna av regeringens ekonomiska vanstyre sipprat ner till fotfolket, det gör varken till eller från i lädret när skatterna är åt helvete, och dessutom är det resultatet av den förra regeringens vanstyre, nu kan det enbart bli värre, efter 44 socialdemokratiska år har Sverige fått ett riktigt Dream Team: Ahlmark, Bohman, Fälldin.

Folke doppar en skiva nybakat morotsbröd i tallriken.

Ni ska se, det dröjer inte länge förrän bensinpriset är alldeles åt helvete!

Han tuggar brödet med eftertanke och bitter magsyra.

Man borde emigrera.

Vart då? säger Hanne, som ofta äter middag också hos oss nu, vilket ger morsan ideliga högtidsstunder, storfamiljen hon drömt om och utdragsskivan som äntligen kommer till användning efter att ha stått en livstid i källaren och behållit samma ljusa färg som bordet haft en gång, och Jörgen är också här, säger som vanligt inget men har fått en tallrik och en stol och sett till att inte hamna bredvid Hanne, som inte har mycket till övers för honom heller, himlar med ögonen när Monika nämner honom, klassar honom som en…

Amöba? har jag föreslagit.

Precis. Han är efter Monika som en amöba.

Folke tittar upp på Hanne, på hennes hår som ligger som en stor fäll ner över ryggen på henne, sväljer brödbiten med hjälp av en klunk pilsner.

Jersey du, där har dom inga skatter.

Men Folke, säger morsan, pratar du nån engelska då?

Och Folke, gråsosse som kröker rygg och stadigt levererar in tre fjärdedelar av lönen i skatt:

Ä, det är sånt man säjer, att man ska flytta.

Men det är inget man bara säger, som teori, till Micke. Han har haft bättre stunder än den han tillbringar i förarhytten tillsammans med sin morsa och farsa när deras flyttlass kränger iväg några veckor senare. De flyttar in i en holk fyra blomrabatter bort från Åsa. De packar upp, Micke nålar fast sina dragsterplanscher på ena väggen, på den andra har han tjatat sig till en fondtapet med en björkskog som motiv, på den tredje sitter ett fönster han kan följa odlingssäsongen genom. Sen packar hans morsa ner sina ägodelar igen och *flyttar tillbaka* till Borgmästargården, till en lägenhet på Lagmansgatan, lämnar Micke och hans farsa på åkern.

Men ska inte du med då?

Nä, jag ska bo hos farsan. Hon skaffade en tvåa.

TILL TOMPANS FLORA av nymodigheter hör skapandet, som att ta ett stycke text, låta oss plocka med kläder och rekvisita hemifrån och sätta ihop det till en pjäs att framföras för våra föräldrar.

Av oss mottas det till en början med skepsis, att spela teater, inför sina föräldrar... men kanske är det just vårt motstånd som gör Palin entusiastisk, vem vet vilka motiv som driver den mannen. Det tar emot att säga det, men det som vi borde skänka honom en beundrande tanke för är att vi trots hans spikraka hållning *inte* vet vad han kan få på hjärnan. För han utbrister:

Det är ju utmärkt! Gör det.

Palin lämnar därmed över förslaget till tompan, men Palin vore inte Palin om han inte såg till att behålla viss kontroll. Dessutom vill han demonstrera de kristliga kunskaper han serverat oss från sitt dignande lärdomsfat.

Bibliskt motiv således, det blir Jesu födelse, vilket inte alls måste innebära att pjäsen sätts upp kring jul, snarare talar den här tidens anda, med "allting är relativt" som honnörsord, för att det inte är kring jul. Tompan tar hand om repetitionerna och sätter samman programmet efter hur vi känner inför våra uppgifter, hur vi vill utveckla dem.

Det här är *er* föreställning, försäkrar tompan gång på gång.

Lasse dras med av tompans iver, tar med sig ett treeggat ljuster han köpte på Cypern, en luciakrona med ljusen urskruvade och omvirad med guldpapper, och över ena axeln ett lakan som han klipper av trekvarts bit ner på låret. Tompan hjälper honom knyta ett rep om midjan.

Vad ska du vara?

Syns inte det?

Är det så du känner, Lars-Åke, så ska du vara så. Och du då, Johan?

Jag vill inte vara med.

Inte alls?

Nä.

Tycker du inte om teater?

Nä.

Det gör inget. Vill du läsa nåt i stället?

Måste jag?

Helst bör du göra nåt.

Nåt kort i så fall.

Laila inleder kvällen. Hon står i en svag stråle ljus och med håret flätat som saltkringlor om öronen. Hon ser mycket skör ut.

Vivillhälsaervälkomnatilldennakvällsomvihoppas, somvihoppas, somvi –

Avbryts i flödet av Cissis föräldrar, som förvånas över att föreställningen rullat igång före deras ankomst, men inte över att Palin hållit de två platserna längst fram som han eskorterar dem till. En röst skär genom publikmörkret:

Sent folk kommer fint.

I kulissen rodnar Roger av skam.

Cissi är strålande oskuldsfull som Maria, och till alla killars svartsjuka är det Roger som först paxade att spela Josef. I salens dunkel anländer de blygt hand i hand till Betlehems trånga bänkgränder för att skattskriva sig. De frågar sig fram hos hukande, käppstöttade, i blommiga sängkläder omsvepta gummor och gubbar framför fullbelagda härbärgen, fram till stallet där de slår läger mellan två nötta julbockar av halm med röda sidenband om halsen. Scenen är lång, replikerna få, förtätningen dramatisk. Och i bakgrunden står Lasse som en nyss ur vågorna uppstigen havsgud. Stone face. Så mörker. Och lampan tänds igen, riktad mot katedern där Carina som Herodes från sin tron och med huvudet tungt lutat i ena handflatan förhör sig om vad som är på gång i riket och sänder ut fyra barfotagubbs med skokrämsskägg att ta en koll på den där Messias:

Faren åstad och forsken noga efter barnet.

Ja, fyra vise män, för tompan har hittat utrymme i manuset för ytterligare en så att hela klassen ska få stå på scenen. Men nu är det så olidligt spännande att det måste bli paus. Med mer underhållning.

Bogdan ger prov på vad han lärt sig under fiollektionerna hos Havlicek. Det är så enastående bra att vi häpnar, han kan ju lira! Sen är det dags för mig och en tjej som heter Birgitta att läsa våra dikter. Birgitta är en av tre birgittor i klassen, men de andra två är oväsentliga här, det är egentligen denna birgittan också, hennes enda uppgift i denna historia är just att gå in och underhålla med en dikt och därefter förpassas till minnets dunklare kamrar tillsammans med andra klassisar som bleknat bort, men vänta, Birgitta har andra planer – hon har tryckt i sig hela dikten utantill, åtta verser, står rakt upp och ner på golvet och deklamerar hela rasket med tandställning och klingande röst. Medan jag, som inte gillar att ha blickarna på mig, att synas, inte gillar att morsan ska behöva släpas hit och lyssna på detta, lampan som sprutar rakt i synen på mig, jag vecklar ut pappret och börjar stakande att läsa, "Jag mötte vänner i så många länder – men varför blev man ensam under skyn", svettas, kommer ur rytmen, om jag nånsin var i den, och hasplar ur mig de tre första verserna, och jag tittar upp, ser morsan som sitter i bakersta raden, hur hela hennes uppmärksamhet är riktad mot mig och jag tänker att det får gå hur det vill, jag droppar pappret på golvet, ser på morsan igen, in i lampan, suger in luft och läser högt och med starkt teatralisk effekt resten av dikten ungefär så som jag minns den, skarvar ihop slutraderna – av från scenen!

Akt två inleds med mörker över Betlehems himmel. Upphäftad på ett kvastskaft sitter stjärnan som vägleder de fyra vise männen, samma stjärna som lyste över Palins utbrott vid granen. Jerry Williams uppgift är att sakta gå med den över scenen utan att börja garva, och han bär den med sådan vördnad att hans farsa måste bli alldeles tårögd av salighet, fanbärare på första maj som han är, och så högt att den försvinner upp bakom lysrörsarmaturen. De fyra vise männen stirrar upp i taket efter den. Jerry Williams ansikte spricker upp i ett brett smil som blottar de spretande gaddarna, börjar garva så att stjärnan guppar omkring däruppe. Lasse stöter med ljustret i golvet – skärp dej!

De vise männen hittar fram till stallet ändå, samlas runt Jesusbarnet i krubban: Janis som ligger nerbäddad i sin morsas tvättkorg.

Vi för med oss gåvor. Guld...

...och rökelse...

...och myrra...

...och ett kautschuk...

Kautschuk?

Ett schatull menar jag.

Bogdan kommer fram till mig där jag står i dörrhålet och följer skådespelet och viskar:

Vem är det som sitter bredvid din morsa?

Vem då?

Mellan henne och Scouten.

Hon heter Monika.

Vem är *han*?

Det är min farsa.

Jag trodde inte att du hade nån.

Det har jag aldrig sagt.

Vad har du sagt då?

Ingenting.

Du har aldrig sagt nåt om din farsa?

Nä.

Varför inte det?

Varför skulle jag?

Varför inte?

Det gör inte Roger heller.

Hur konstigt är det?

Alla har väl en.

Palin lutar sig in mellan oss:

Dämpa er lite, pojkar.

Jadå.

Vad gör han?

Vem?

Din farsa.

Han är försäljningschef på ett stort företag.

Bor han här då?

Det har jag inte sagt.

Nä, du säger ingenting.

Han reser en massa.

Reser?

Ja, reser.

Vart då?

Överallt.

Vadå överallt?

Den här skjortan har jag fått av honom från Afrika.

Hör den inte till pjäsen?

Palin lutar sig ner igen, gör ett tecken att nu får vi banne mig knipa käft, och har han inte nåt i ögat, Palin, han ser i alla fall munter ut, med mjukare anletsdrag, vågar vi oss på att hoppas att han njuter av tillställningen, det blir en sån kväll då man vill gå fram till honom efteråt och tacka, för kvällen hör till de bästa minnen han lämnar oss med, säkert en godbit för honom också att suga på till kaffet i gungstolen på sin ålders höst, med huvudet vilande mot antimakassen och insikten att hans disciplinära stil inte hann ta alltför stor skada av de lösare tyglar som kom på modet under sjuttiotalet.

Efteråt är det Palin som är framme och tackar alla för att de kommit, svänger sig med de floskler som hör till, hur flitiga vi varit, hur stolt han är, prima ungar hela gänget, och ring gärna om det skulle vara nåt, numret står på tavlan.

Morsan klappar om mig, och Folke med, och på vägen ut knackar ett finger mig i ryggen. Det är Rogers farsa, med uppvikta jeans och fodrad träningsoverallsjacka med Pripps emblem på ryggen. Han snackar så det är ren social välgörenhet att stå och lyssna på honom.

Jävligt fint, Johan. Du är poet ju.

Det var Hjalmar Gullberg...

Vet jag väl. Har läst varenda dikt av honom. Jävligt fint ändå.

Roger var också bra.

Jo, men han kom av sig direkt.

Roger kommer fram till oss, avvaktande, osäker på farsans humör. Men han kramar om Roger.

Fy fan, Roger.

Och han vänder sig till mig igen:

Att du inte kommer hem och leker med Roger.

Jag?

Ja, vem annars? Roger behöver fina kompisar som dej.

Jag vet inte.

Men visst vet jag, jag vet varför ingen vågar sig hem till Roger längre, knappt han själv, det vet man när man fått vara med om att hans farsa skriker Satans hora! till hans morsa och kör näven genom en skåplucka i okontrollerad ilska, när man sett honom lämna fåtöljen där han tillbringar dagarna med att lyssna på polisradion för att rusa efter Roger med en förskärare, när Roger kommer med svullen kind en måndag morron och ryktet har gått att hans farsa varit på fyllan hela helgen, och till gårdens myter och legender hör hur han på den tiden innan han förtidspensionerades från cementgjuteriet ringde hem en yster eftermiddag – från Savoy! hur *han* nu hamnat där – för att meddela att han var på ingång tillsammans med en nyfunnen vän och att de var törstiga – och en halvtimme senare, punktligt matchat med att gårdens övriga fäder kom cyklande med tomma unikaboxar på pakethållarna, dråsade ut ur en taxi tillsammans med Jokkmokks-Jokke.

Vem var han? säger Folke när vi kommit hem.

Rogers farsa.

Josefs? Han som stammade?

Roger har det inte så lätt, säger morsan. Hon har gjort te och brett mackor med gräddost och prickig korv. Vi sitter samlade runt köksbordet.

Du var jätteduktig, berömmer Monika. Jag trodde inte du vågade.

Det gjorde jag inte heller. Jag var nervös.

Det märktes inte, myser Folke. Ja, du är då din pappas pojke.

Men morsan tycker inte att det räckte:

Varför fick inte du vara med i pjäsen?

Vad skulle jag spela?

Det är rätt, säger Folke. Man ska göra sina egna grejor.

Kunde du inte fått vara herde åtminstone?

Morsan, jag ville inte! Jag hatar teater.

Ja ja, frågan är fri. Är det nån som vill ha en smörgås till?

Det vill ingen. Morsan tittar upp på väggklockan, och på Folke.

Oj, vad tiden runnit iväg. Är det inte sent för dej att köra nu?

Det börjar dra sej...

Vill du kan jag bädda på soffan till dej.

Du ska inte ha nåt besvär för min skull, Bodil.

Det är inget. Du kan sova här. Visst går det bra?

Det sista är adresserat till Monika och mig. Men det är ingen fråga. Klart att karln måste ha nånstans att slagga. Alltså skickas jag i säng först, och när jag är på väg uppför stegen knackar Folke på.

Tänkte att vi kunde prata lite själva.

Han tar mig i hand. I handflatan ligger en hopvikt femtiolapp.

För att jag gillar dej. Men säj inget till Bodil, då tycker hon att jag skämmer bort dej.

Tack.

Vad har du för dej i morron? Ska vi hitta på nåt tillsammans?

Jag ska till plugget.

Efter skolan, menar jag. Ska vi gå på NK och dricka chokladmjölk, eller gå på bio? Vet du nån bra film?

Är du kvar så länge?

Han skjuter upp glasögonen.

Vill du så blir jag det.

Slipper jag ha Bernts skjorta?

Du får ha precis vad du vill.

Okej då.

Då säjer vi det. Sov gott.

Men inte sover jag, det är för mycket av kvällen kvar i kroppen, för många händelser som måste smältas först och gås igenom gång på gång, och inte hörs det nåt låsklick från ytterdörren. Folke sover inte heller. Eller det kanske han gör, men inte i soffan, för när jag klättrar ner på natten för att pinka är den bäddad utan att det ligger nån mellan lakanen.

DET ÄR UNGEFÄR VID DEN HÄR TIDEN som morsan omplaceras. Efter ytterligare perioder av sjukskrivning flyttas hon från sin Union Special-maskin till formningen, där hon trär nylonstrumpor över platta metallben med foten upp, en stor trumma sänks över dem och de ångas så att hälen formas, och när trumman höjs upp drar morsan av strumporna igen, tolv åt gången.

Maskinerna måste vara konstruerade av män! Jag får stå med armarna över axelhöjd hela dan.

Hon dricker från det hon går på skiftet till det hon går av, och när hon kommer hem tar hon långa, svalkande duschar. Inte känner hon sig fräschare för det. Det är 46 grader i formningen. Och värken omplaceras också, flyttar sig en aning längre ut i axlarna, men försvinner, det gör den inte.

Monika, snälla, kan du sänka det där väsnet?

Det är Diamond Dogs!

Jag bryr mej inte om vad det är.

Monika sänker volymen på Tandbergförstärkaren som morsan köpt till oss, nästan ny, sen Monikas portabla grammofon rasat samman, sänker så att bara en svag strimma av Bowie hörs och knappt det, meningslöst att lyssna på så låg volym faktiskt, men Monika vill själv bestämma, tittar ut på morsan som ligger i soffan, med fötterna uppe på kuddarna – och knäpper av förstärkaren.

Tack. Johan? Kan du hämta ett stort glas vatten är du gullig.

Folke har vägarna förbi allt oftare nu. Morsan hasar sig upp så att det blir plats för honom att sitta. Folke som inte skulle tåla samma behandling på sitt jobb.

Dom kan inte flytta runt dej hur dom vill!

Om jag inte säjer upp mej så.

Facket då? Ni måste hålla samman bättre.

Vi jobbar på ackord!

Alla?

Inte förmännen.

Det får ni tänka bort.

Tänka bort?

Morsan lägger en kudde ovanpå soffryggen, lutar nacken mot den.

Dom enda tankarna man har är: Hur mycket hinner jag på en kvart? Har jag råd att ta paus? Vi lever efter klockan, Folke.

Du har ont nu också?

Morsan blundar.

Jag menar mycket ont.

Folke vänder sig till mig och Monika:

Ska vi gå ut och äta i kväll, så att mamma får vara ifred?

Aldrig i livet, avbryter morsan honom. Jag ska strax börja med middan. Låt mej bara vila en stund först.

DET BLIR NYÅR OCKSÅ, efter en vända i Uddevalla, och för Monika en nyårsfest nånstans vid Värnhemstorget som hon hämtas till av Hanne. Monika bär en prydlig klänning.

Ska du gå i den?

Själv bär Hanne sina blekta jeans nerstoppade i de bredfotade stövlarnas samemönstrade skaft, lager av halsband som drunknar under hennes böljande hår, och en vit blus under afghanpälsen.

Vi ska inte på konfirmation.

Monikas villrådiga blick framför hallspegeln.

Vad ska jag annars ta?

Du är söt i den, Monika, säger morsan, och: Nu blir ni inte sena.

Morsan, det är nyår!

Nädå, lovar Hanne.

Du lovar att ta hand om henne?

Morsan!

Gör inget dumt bara. Ni vet –

Vi ses i morron!

I en och samma rörelse drar Monika ner sin kappa från hängaren, trär i ena armen, föser ut Hanne framför sig med andra dinglande på ryggen som en avskedshälsning.

Medan morsan och jag festar till ordentligt på den griljerade skinkbit som blivit över sen jul. Vid tolvslaget följer vi från köksfönstret hur fyrverkerierna lyser upp Malmöhimlen, och de återspeglas i gårdens fönster, som spröjsats på insidan med upptejpade pappersremsor med spraysnö kläggande i vinklarna för den rätta nostalgiska lantfeelingen. Nere på gräsmattan, i likadana vita julluvor och med vita andedräkter som pratbubblor ur munnarna, radar Lasse tillsammans med Thomas och deras farsa upp raketer i

tomma vinpavor som de tänder på alla på en gång. Längre bort skju-
ter Jerry William och hans farsa upp sina raketer en och en. Jerry
William kupar händerna framför munnen innan han får tända på.
Kavalkader av mångfärgade stjärnor och gnistregn slår ut över
bostadsområdet.

Får jag gå ner?

Vi går inte ut såhär sent. Och vi ser bättre härifrån.

Morsan pekar i riktning mot Annebergsskolan.

Titta! Vad heter en sån, en som stannar uppe?

En sol.

Ser ut som en Betlehemstjärna. Vilken massa pengar som eldas
upp till ingen nytta.

Senare, alldeles för sent – det är morsans definition av tidpunk-
ten, inte min – när jag krupit upp i överslafen, kan jag höra morsan
vanka kring i lägenheten, göra sig en extra runda innan hon lägger
sig. Jag vänder mig in mot väggen, tänker att nästa år ska jag ha
pengar till raketer, eller året därpå, raketer ska jag ha, riktiga rake-
ter, och mitt i mina pyrotekniska framtidsplaner stövlar morsan upp
igen, är inom köket, toan, känner på ytterdörren en andra gång,
klicket. Tillbaka till sängen, men somnar gör hon säkert inte, mor-
san är vaken när Monika framåt gryningen sakta sakta för in nyck-
eln i låset och utan att tända i hallen smyger in i vårt rum, klämmer
igen dörren precis innan morsan hinner fram. Ljudlig viskning från
andra sidan:

Monika! Var har du varit!?

Monika som inte bekymrar sig om att viska:

Vad tror du?

Kom ut – jag vill prata med dej!

Jag är trött.

Förstår du inte att jag är orolig.

Gå och lägg dej.

Morsan står kvar en lång stund innan hon dryper av. Monika klär
av sig i mörkret, sparkar av sig dojorna vars snörester kommer att
smälta och bilda en liten brungrå intorkad sjö med saltrand i par-

ketten, svär när hon drar av sig klänningen och tappar balansen, slår emot skrivbordet, svär igen, kryper ner och somnar. Det luktar sprit och rök i rummet.

Morronen är inte munter. Morsan ser inte ut att ha fått många sekunder på kudden, har väl legat och vridit sig kring frågan hur hon ska få kontakt med sin dotter och rädda henne undan de sena nätternas förtappelse. Monika ramlar utan ett ord ner på sin stol, ser inte utsövd ut hon heller, rödögd, håret som om hon cyklat i kastvindar.

Morsan dippar ner två skivor formfranska i brödrosten.

Var var du så länge i natt?

Inget svar.

Var det Hanne som ville stanna?

Monika reser sig, sätter på tevatten.

Jag blir orolig. Jag visste inte vad som kunde ha hänt!

Jag är arton.

Vad jag vet är du bara sjutton.

Vad vill du?

Snälla Monika...

När jag är hemma vill du att jag ska gå ut! och när jag går ut vill du att jag ska vara hemma!

Sätt dej så att vi –

Du är aldrig nöjd!

Monika med den första tåren glidande nerför kinden – Vad jag än gör är det fel! – häller skakigt och spilligt upp te i en mugg, rusar in med den på rummet. Står på randen mellan flicka och kvinna och måste slåss för sin integritet.

Varför skaffade du mej!?

Slår igen dörren bakom sig.

Morsan sitter länge utan att säga nåt, med händerna i knät och blicken fäst i det tomrum som det äldsta barnet lämnat efter sig. Ser ännu tröttare ut nu, medtagen, ser övergiven och liten ut, väcks till liv av den fylliga rök som stiger ur rosten. Säger:

Vad ska jag göra?

Jag räddar två svartbrända skivor från fullständig förkolning, släpper ner dem på vaxduken.

Jag menar med Monika, säger morsan och drar ut sladden ur jacket bakom sig. Skönt att inte du också är så trotsig, Johan.

Och jag säger:

Får jag se backhoppningen på teve?

Parkvakterna sopar ren Pildammsparkens knaggliga, nästan bottenfrusna is. Vi lirar hockey med en puck som far iväg ett par kilometer när man drar på med ett slagskott, med en klubba som består av ett gammalt skaft med plastblad från Månssons Sport fastskruvat och hårt hookat efter att ha mjukat det i en gryta med kokande vatten på spisen – och nån småunges vanvettigt skällande farsa sätter av efter oss med långa oslipade skär på rostiga rör från sin ungdom, och man flyr, faller, reser sig med genomblöta brallor och handskar och värkande händer, reser sig mindre sugen på att gå loss med ett slagskott till. Övergår till att gentlemannastila sig som en konståkningens lord Brett Sinclair i sällskap med Cissi och Åsa som finåker arm i arm intill den uppskovlade snövallen. Man avslutar tillställningen med att tvärbromsa framför dem och stänka upp ett regn av iskristaller i en tjusig båge, men inte heller det imponerar på dem, så man snörar slokörad av sig grillorna och får sig ett glas varm apelsinsaft som färdknäpp av Friluftsfrämjandet som slagit upp en futt i hörnet av Pildammsvägen och John Ericssons väg.

Traskar hemåt i den tidiga skymningen och kylan, hem till undantagstillståndet, klättrar upp i min binge med en kopp varm choklad och försöker ha det gosigt med ett gäng Tintin och Lucky Luke. Det vill sig inte. Monika pratar inte med morsan, och morsan har inte heller mycket att säga. Hon sitter i köket och summerar ett berg med konsumkvitton som hon ska skicka in och få återbäring på. Pausar. Ställer sig i dörren till vårt rum och ser länge på Monika som står och stirrar ut genom fönstret där akvariet har stått, går tillbaka till köket och sätter sig igen, i fem minuter, sen har vi henne i dörren en andra gång, hon säger att vi måste kunna tala med varann som två vettiga mänskor, Monika.

Inte ett ord i retur.

Hur länge till ska vi ha det såhär?

Dagarna går, trettonhelg blir vardag, morsan har skickat in buntarna med kvitton, nu går hon in till Monika, sätter sig på sängen, den här gången tänker hon inte ge tappt, Monika med snoken nere i biologiboken, dröjer en sekund eller två med att titta upp, känner att det har gått så långt att hon inte kommer undan längre.

Jag ber om ursäkt om jag sårat dej, börjar morsan, försiktigt, gör ett uppehåll innan hon fortsätter: Du är den enda dotter jag har. Jag vill inte att nåt ska hända dej som –

Som det hände dej?

Det var inte vad jag menade. Jag är stolt över att det går bra för dej i skolan, så det är klart att du ska få gå ut och roa dej, men... ja, jag blev väl orolig för att du inte hörde av dej. Du kunde ha ringt.

Mm.

Jag vill egentligen att du ska gå ut oftare. Du sitter inne för mycket.

Börja inte nu igen.

Det var inte meningen. Bli inte arg nu om jag frågar... men vill du inte träffa kompisar oftare?

Monika snurrar på stolen, med ryggen mot morsan: Fattar du inte? Jag jobbar, och jag har scouterna, och jag måste hinna läsa också.

Hon snurrar lite till. Deras blickar möts, mors och dotters, modern vill inte se dottern göra hennes misstag, vill ha henne kvar under sina vingars beskydd ännu ett tag, dottern vill göra sina egna erfarenheter, vilka de än är, för i hennes ände av livet är misstag detsamma som erfarenhet.

Morsan reser sig, slätar ut kjolen, verkar lättad av att ha samtalet, eller vad det ska kallas, ärendet, avklarat.

Du vet bäst själv. Du gör som du vill.

Hon stannar till med ena foten på tröskeln.

Då är vi vänner igen, då?

Mm.

Så du kommer och äter middag med oss nu?

Kanske.

Eller vill du hellre äta i bilen?

Och Monika vrider upp ansiktet, ett ansikte som spricker upp i ett leende.

MAN KAN SÅHÄR PÅ CIRKA TJUGOFEM ÅRS avstånd fråga sig när det är vi börjar upptäcka att vi är enskilda individer, och jag tror att det är nån gång runt femman eller sexan som individualitet börjar bli framträdande på allvar, vi är inte den homogena skock skolan fått oss att tro, och det finns de som inte kommer att nöja sig med att leva resten av sitt liv i en småstad, de som vill göra sig larger than life.

Hörde du?

Klart jag hörde!

Jodå, det är klart att hela klassen har hört och är på plats tio minuter innan det ringer in morronen efter att vi satt kvällsmackan i halsen, varit nere och vänt på köksgolvet i hostattacker. För plötsligt har Carina Lindgren suttit i direktsändning med Ulf Elfving i Upp till tretton, sagt vad hon heter, med mellannamn, och att hon bor i Malmö och ljugit om sin ålder – det är faktiskt två månader kvar tills hon fyller. Och den fjäskpaddan har i det brev som Elfving läser högt ur påstått att hon gillar plugget, särskilt svenska och engelska, det är så det rinner sirap ur öronen när man måste lyssna till sånt. Men hon svarar inte rätt på fråga tolv, fem skivor i potten: Vad heter världens största ö?

Sitt tilltag toppar Carina med att önska en låt med Led Zeppelin, vilket definitivt särskiljer henne, placerar henne i facket besynnerlig, inte-som-vi, detta sätt att indela mänskor som vissa håller fast vid livet igenom, att märka ut andra som om de p g a sin olikhet skulle tro sig vara förmer, ja det blir till livsnorm, att leva *mot* avvikarna, utgöra ett korrelat för att därigenom säkerställa sin egen normalitet. Hela barndomar, hela uppväxter, hela liv skulle kunna översättas till långa förteckningar över oskrivna regler, trånga ramar att hålla sig inom, och så en stenhård koll på att ingen säger ingen ställer sig utanför, som detta att ingen får skriva för djärva drömmar i *Mina klasskamrater*, de där böckerna som tjejerna viftar med och vill att alla ska fylla i med sitt namn och utseende, favoritdetena och favoritdetandra, framtida förhoppningar, helst också klistra ett foto av sig i en liten ruta – men *det* gör ingen. Att plita ner drömmen om sitt framtida yrke kräver finess, att våga ta i lite – hårfrisörska, polis, brandman, sjuksköterska, lärare – men inte för mycket, inte utmana, inte utmärka sig: att fylla i Don Juan, som jag gör i Åsas bok, går an därför att det kan t o m hon garva åt. Rolle skriver fotbollsspelare men är nära att förhasta sig och avsluta ordet med -proffs. Cissi kan få drömma om att bli veterinär, hon har det ju ändå nästan i blodet. Men när Jerry William med självsäkert blått bläck bestämmer sig för direktör –

Du måste ändra!

Tji det!

Jag säger till majjen annars.

Jamen gör det då.

– är det nästan i klass med att skriva brev till Ulf Elfving och önska en låt med en grupp som heter Led Zeppelin, en fräckhet som skulle rendera Carina en rejäl omgång gåsning om det inte vore för att hon är tjej, eller: för att hon har nåt farligt över sig med sin totala öppenhet, en obekymrad ovilja att försvara sig som gör att ingen vågar gå på henne på samma sätt som om det vore säg Åsa eller Laila, som är motsträvigare och därmed också tacksammare som offer.

Led Zeppelin? kluckar Elfving. Så du gillar sånt du, lite tuffare grejor?

Carina klarar sig. Nästan. För varje gång hon räcker upp handen på tompans lektioner går det ett sus genom klassrummet:

Island!

Tur då att skolan kan erbjuda andra, likriktande aktiviteter som motvikt. För här har vi i nästa bild 2 x 14 elever som står samlade i ring inne på läkarmottagningen runt en vitrockad fluortant och får lära sig borsta bort sitt ursprung, dess dåliga andedräkt, en fluortant som utrustad med ett gudabenådat tålamod, en oversized tandborste och ett plastgarnityr med gångjärn så att käkarna kan slås upp i nittio grader och göra plusfemman åtkomlig skickas från skola till skola för att förverkliga den svenska socialdemokratins mission att radera ut alla rester av gårdagens samhälle, på samma vis som den skoningslöst skickar dozers och grävmaskiner till de områden av stan, Lugnet, Caroli, Södervärn m fl, som erbjuder alternativa livsformer i åldrade bostäder men som måste plöjas ner för att tegelborgar som inte minner om härkomst, tillhörighet, historia, ska kunna resas, det är den brända jordens taktik som utan urskillning tillämpas på såväl makro- som mikronivå, och tack vare den allmänna tandvårdsförsäkringen kommer omsorgen om våra tänder att följa oss till mottagningen på andra våningen i ett åttavåningshus på Lorensborg, där fri vård i sin nit gärna drar ut en tand för mycket, gärna slevar in en fyllning extra i förebyggande syfte eller förser en flabb med järnvägsräls, för att alla vi ungar ska få samma smittande, bländvita solskensleende oavsett vilken stadsdel vi växer upp i, en rättighet som ska vara vår genom högstadium och gymnasium, till folktandvård eller tandläkarhögskolan på Smedjegatan, där fumliga praktikanter lämnar en med blödande gom, senare blir det privattandläkare med reducerad kostnadsbild, en subventionering som under nittiotalets fritt flytande år minskas steg för steg för att vid det nya millenniets ingång vara så gott som obefintlig, och tandläkarna får själva slå sig ner vid sina macar och klura ut hur högt just deras tjänster värderas och printa ut en individuell prislista man som patient får del av när det redan är för sent, när man redan ligger där i stolen med sugen i käften och förstår att månadens ekonomi är raserad, ännu en gång, och det börjar sannerligen bli dags för oss att börja om igen. Gnugga på! Jerry William han garvar och kör runt med tandborsten i käften som om det vore toaborsten på dass.

Nej, nej, nej! utbrister fluortanten ur djupet av sin kariessanerade lekamen. Inte så! Se här: uppifrån och ner. 1-2-3-4-5. Och så flytta borsten ett steg.

Efteråt ges vi en äcklig sörja att skölja med. I mitt fall är det bortkastat, eftersom morsan är förutseende och inte helt ut förlitar sig på det allmännas försorg, det bor väl en sibylla i henne, tvingar mig och Monika att varje söndag gurgla i en halv minut med en fluorlösning som hon fått sin tandläkare att skriva ut när han ändå smackar in ytterligare en brygga i hennes oreglerade undre tandrad.

Och nu när vi ändå står på läkarmottagningen kan vi likaväl avhandla den andra rundan in här samtidigt: Från ett avklädningsrum på vardera sidan ropas vi in en och en till den årliga läkarkontrollen, i år är det killarnas tur först.

Räck ut tungan, håll över ena ögat och läs bokstäverna på tavlan, andra ögat, fram med stetoskopet, andas in, ut, och så doktorns kalla finger utmed ryggraden för att säkerställa att den är rak, i år låter han bli att dra i förhuden (nåt som annars leder till fantasifulla skildringar av undersökningen, särskilt om nån av tjejerna är i närheten, särskilt om jag får berätta – allt för att kunna fråga: Vad gör han med er?).

Sen är det tjejernas tur, med det tillägget i år att Åsa, som på mystiska vägar lyckats undvika poliovaccineringen i trean – ett är säkert: hennes morsa har inte varit overksam – hinns ifatt av tiden, hinns ifatt av läkarvetenskapens systematik som ingen i längden kan undkomma. Får en spruta i skuldran – tjutet som hörs in till oss! Å, Åsa, vad ska det bli av dig, ska det bli en tyst, kassläpande undersköterska med nattvak på medicinens akut, nerslagen blick och en insatslägenhet ute på Kastanjegården och två döttrar i tät följd och äktenskap med en man från Iran som pratar knagglig svenska när ni träffas på Limhamnsfältet dit du begivit dig på din 21-årsdag för att rasta din dvärgkanin, ska den historien gå som ett rungande garv mellan oss långt efter att klassen upplösts? Ja, allt det ska hända dig, Åsa, och du ska komma att föra en allt mer undanskymd, tillbakadragen tillvaro ju längre upp i årskurserna vi kommer. Och kanske ska du om några år från nu, när flickorna lämnat boet, välja att leva ensam ett slag, läsa vidare, sjuksköterska, sjukgymnast, dietist, vad du nu har för drömmar, för vi vet aldrig riktigt vad det är du vill, vem du är, kanske ska du komma till insikt om att du själv också måste ta reda på det, för den trötta, resignerade kvinna du kommer att bli har redan tagit plats i ditt ansikte, i din kropps hållning när du blir så matt av den där sprutan att du svimmar på väg tillbaka till klassrummet och får ligga ute i grupprummet och vila. Ingen smart placering av tompan, ingen smart placering alls, för när Lasse gör sig ett ärende till toan:

Hur är det, Åsa? Det är inte bra att du ligger ner.

Hennes till hälften frånvarande blick.

Ligger du ner går inte vaccinet runt ordentligt i blodet. Då måste du ta om sprutan.

Som den gentleman han är hjälper Lasse henne upp på fötter.

Står du själv nu? Jag får se.

Han drar ner hennes tröja så att han får en skymt av plåstret.

Wow! Vad det blöder – fortfarande! Du, det här ser inte bra ut.

Och Åsa svimmar igen.

EN ANNAN SOM OCKSÅ ÄR PÅ VÄG i en helt egen riktning är Jerry William, redan en liten businessman med bestämda idéer. Håller på Leksand när alla andra vet att Brynäs är bäst, har en Märklin tågbana monterad på en plywoodskiva som kan fällas ner från väggen, och bara en sån sak som att han är den ende av oss som håller ut med att samla frimärken i mer än en termin, det borde jag kanske ha sagt tidigare, för det säger en hel del om honom, precis som det säger en hel del om oss som *inte* var ståndaktiga nog att fortsätta med hobbyn, som inte fortsatte med nån enda hobby under hela uppväxten, som aldrig sen heller skaffar oss nåt fritidsintresse. Inte ens för dess mest banala form, golfen, lyckas vi uppamma en entusiasm som räcker längre än till ett grönt kort och en snordyr uppsättning klubbor som förvaras på betryggande avstånd i källaren.

När vi andra ställer undan albumen har Jerry William börjat handla med frimärken, i liten skala ska tilläggas, och är på god väg att via postorder luska reda på det sista märket med den udda tandningen som ska göra Schweiz fullständigt, Ungern och Yemen har han sen tidigare, Yemen som det inte går att bli komplett i (det går naturligtvis inte i nåt land, det hör till barndomen att tro att ordet "komplett" kan beskriva nåt i sinnevärlden), det är en stat som måste ha bildats enkom i syfte att massproducera färgsprakande frimärken i oändliga serier som "Tropiska fiskar", "Sportbilar", "Sjörövarskepp", som ska locka små pojkar världen över att gå lös på spargrisen med hammare, även om vi starkt misstänker att den som kliver in på ett postkontor i Yemen med ett av de märkena på brevet kommer att sluta sin dar huvudet kortare.

I ett rött album förvarar Jerry William sina dyrgripar, i perfekta rader bakom ett tunt glansigt papper som är en exklusivare variant av det papper som morsan brukar slå in mina mackor i när klassen ska på exkursion till Bokskogen, och ska han studera trycket mer ingående, lyfter han ut tecknet med en pincett och sätter en lupp till ögat. Det är således inget att förvånas över att han tar i rejält när Palin har med sig majblommor som vi ska sälja.

Tvåhundrafemtio!

Palin antecknar, lyfter pennan från blocket.

Tvåhundrafemtio? Det var inte illa. Och du, Johan?

Tjugofem. Nä, femtio.

Roger?

Jag vill inte.

A jo, det vill du nog. Jag sätter femtio på dej också.

Långt efteråt kan man återvända till den repliken och fråga sig vad Palins avsikter var, och som synes börjar jag bli allt vänligare i min tolkning av de palinska nyckerna när jag nu skriver hans efter-mäle, för man kan tänka sig att han inte tvingar på Roger blom-morna av ren illvilja och utstuderad elakhet, utan att han har en ambition att stärka Rogers självkänsla. Jag vill gärna intala mig att det var hans baktanke, och är du i livet i dag, Edward Palin, får du gärna höra av dig och förklara dina intentioner, för det enda du åstadkommer är att ytterligare trycka till en redan hårt tilltryckt kille.

Med blomsterförsäljningen kommer också per automatik en gnutta sunt merkantilt tänkande in i våra ynka liv, grunder som jag får lära mig igen när jag börjar i Lund och går en extrakurs i mark-nadsföring, fast då klädda i akademisk språkdräkt och illustrerade med kurvor och diagram: den som agerar först på marknaden får störst avsättning för sina produkter. Det blir alltså en jakt på de bästa ställena att stå på. Affärscentret kryllar genast av småhandla-re som tvingar på sin egen morsa en krans, och grannfrun får för skams skull också hosta upp. Så jag beger mig mot Mobilia, traskar över den stora parkeringen där det luktar elefantskit efter Cirkus

Benneweis senaste sejour i stan, och där en kastvind griper tag i den vita papplådan som jag nålat upp skönheterna på, det låter swisch! och lådan tumlar runt i luften och blomsternålarna sprids i ett stilla regn över parkeringen – och min karriär som nasare är till ända.

Medan Jerry William är försedd med en uppsättning prima bilhandlargener, ingen överdimensionerad begåvning för det talade ordet men ett förtroendeingivande garv och en troskyldig uppsyn, vilket i grund och botten är vad all försäljning vilar på – och Jerry William kan sannerligen konsten att driva upp börsen ur handväskan på tanterna, få dem att med förväntansfulla fingrar gräva upp sina blankaste mynt, sina slätaste sedlar och förköpa sig på blommor till sig själva, maken, dottern, svärdottern, väninnan, ja hela bridgeklubben inklusive styrelse och suppleanter.

Men det ska också sägas att Jerry William inte är nån duvunge. Han har lång vana vid att tillsammans med Janis kränga Kvällsposten på helgerna. De kutar i trapporna med den gula plastväskan lågt hängande på höften. Redan när de är på sjunde våningen hörs deras steg ner till oss, och de ringer på vareviga lördag och söndag trots att morsan förklarat att vi aldrig läser kvällstidningar, med den där tonen i rösten som betyder att vi håller oss för goda för sånt. Det ringer på dörren. Morsan viskar:

Öppna inte! Vi låtsas att vi inte är hemma.

Ett helgdrama i miniatyr som går i repris tills morsan en dag står där med kronorna i näven, ivrig att komma över bilderna från kungabröllopet.

Pengar ja, de behövs till annat än lördagsgodis nu, cigaretter t ex, små askar Prince som vi röker på baksidan av studenthemmet Pireus, samlas nära den gula tegelmuren och drar halsbloss, det smakar skit, och illa mår man av det, men det är det ingen som erkänner, man trycker i stället ner det som var på väg uppför strupen och tar ett bloss till innan man skickar ciggen vidare – och det är inte pengarna i sig som är väsentliga, det är det ju aldrig (men *det* lär de inte ut i Lund), och inte heller det man kan köpa för dem, det är den *ställning*, och därmed det övertag, de skänker den likvide.

Som när Janis har gänget i släptåg efter sig till Allans korv, där han lägger upp jämna till en smal grillad med bröd – fast han kommer raka spåret från söndagssteken – som han trycker i sig så att det sprutar senap och ketchup ur giporna. Gänget glor, väntar, blänger på löpsedlarna som kiosken är draperad med, håller sig, det är pokerfejs på hela bunten, en garvad skara som följer hur korven bit för bit försvinner in i Janis gap, tills det återstår en liten stump och Lasse inte kan hålla sig längre.

Bjuder du?

Och Janis med truten full av wurst:

Löm'e! – vilket alltså betyder: Glöm det!

Det är makt.

Måndag morron räcker Jerry William upp handen:

Magistern, kan jag få lika många blommor till?

Du har inte redan sålt dina 250?

Jag har sålt 300, svarar Jerry William, inte utan skadeglädje i rösten. Jag sålde Johans också.

Jerry William får 250 till, som han säljer, och därefter ytterligare 100. Han har fickorna fulla med provision när redovisningen är avklarad.

Ska du till tjollan?

Varför skulle jag det? Jag får mat hemma.

Nä, Jerry William skulle kunna käka korv vid kiosken varje dag, men han sparar sina stålar i stället, på bankbok, och när man tänker efter, är det ju ännu suveränare än att nyrikt fladdra iväg med dem vid en kiosk.

Det är makt.

JAG TROR ATT DU HAR CHANS på Cissi, säger Lasse när vi står bakom Pireus, nu med brallorna uppknäppta för att mäta vem som fått mest könsbehåring – det är viktigt nu, det första man kollar på morronen är hur det vuxit sen i går, man räknar de få stråna innan man ens har pinkat, och medan man pinkar, så att morsan klagar att det skvätt över sitsen. Lasse drar i ett hår så att huden står ut som toppen på ett tält.

Kolla det här!

Men vadå, har hon sagt nåt?

Har du inte sett att hon skrivit JK på handen?

Måste det betyda nåt då?

Tre centimeter. Har du nåt som är längre?

Cissi är en sån tjej som varenda kille blir småförälskad i. Det är Carina Lindgrens tilltagande bröst alla flåsar efter och vill klämma på, men det är Cissi som är drömtjejen – de två utgör polerna i det ambivalenta förhållande som kommer att känneteckna ens liv: det är inte samma tjej man i halvvuxen ålder ligger och solar med på Ribban som man försöker få en hand innanför byxan på när vinet gjort sin verkan på kvällen och man rumlar runt i sanddynerna i lågornas sken från brasan, och det är inte samma kvinna man hamnar i säng med på företagets kick off i Åre som man gifter sig med, vi pratar olika kategorier här. Så enkelt och så svårt är det, och Cissi hör till den svåra världen. Vi dansar täta tryckare till The Elephant Song på fredagsdiscot på fritis och ligger och myser efteråt inne i kuddrummet. Dan därpå ringer Carina.

Cissi undrar om du vill ha sälle med henne.

Kan jag väl.

Okej. Hej då.

Vi är ett par! John och Yoko. Fantomen och Diana. Baader och Meinhof. Kungen och Silvia. Och fredan därpå är vi inte på fritisdiscot, vi har dragit oss undan till hennes rum, ligger och hånglar till Silver Convention och Lady Bump med Penny MacLean, mörkt i rummet och i sängen är det trångt, för Lasse ligger också där, kramar hårt om Birgitta (ja, det är diktläserskan som för andra gången bankar på denna historias port!). Bäst vi ligger där tätt packade, omslingrade i avancerade omfamningar och maratonkyssar, öppnar Cissis farsa dörren, ställer in en bricka med läsk och chips och popcorn, stänger dörren efter sig.

Säjer aldrig dina föräldrar nåt? viskar jag till Cissi.

Om vadå?

Ja... om att vi håller på?

Hur då håller på? Du menar så här.

Och den ljuvliga Cissi drar mig till sig och fortsätter kyssen.

Nej, de är schyssta Cissis föräldrar, och inte blir de sura för att vi aldrig kallar henne för Cecilia, inte som Lasses morsa som till allmän munterhet en gång ringde runt till klassens alla morsor och insisterade på att hennes yngste skulle tilltalas Lars-Åke.

Så du heter Lars-Åke, du, he he?

Lägg av för fan!

Men de vill att vi går runt och hälsar på deras gäster när de har bjudning, folk som står mitt i vardagsrummets antika möblering med färgglada drinkar i konformade glas och hälsar på oss som om vi vore vuxna, läkare hela bunten, rena kongressen, och då pratar Cissi om sina föräldrar som Sölve och Margot.

Att pussa Cissi i mörkret... hon knäpper upp min skjorta, dröjer vid varenda knapp som för att ge mig en chans att avbryta, knäpper upp och för handen innanför, smeker bröstkorgen fjäderlätt, drar med fingertopparna längs med revben efter revben, allt längre ner, roterar ett finger i naveln, tar min hand och lägger den över sitt ena bröst, vårtan som känns hård och spetsig genom tyget, hon andas att jag får känna innanför om jag vill och placerar samtidigt

135

sin egen hand mellan mina ben, precis där det spränger som en fontän som pluggats igen, och drar sakta ner gylfen.

Får jag?

Om du vågar.

Hon drar ner den helt och trycker hårt mot.

Vad har du för nåt hårt här?

Sluta nu. Jag måste på toa.

Gästtoaletten är täckt från golv till tak med uppklistrade små reklamtvålar från flyg, hotell, restauranger och företag världen över. Jag måste bli kvar där inne länge, och jag läser alla namnen och städerna medan den befarade eruptionen från mitt uppväckta känslolivs epicentrum sakteliga bedarrar. Jag försöker förskjuta tankarna som rasar över mig genom att fundera över: har de tagit ut och använt tvålarna, eller är de kvar i askarna, och i så fall varför?

Cissis rum blir för några veckor min fasta punkt i tillvaron. Monika och Jörgen får vara i fred. Och morsan är fullt upptagen på sitt håll. Folke sitter i soffan med armen om henne, en arm som han skyndsamt lyfter bort när jag kommer hem och som hon lägger tillbaka om axeln, lika bra att sluta med charaden, det är ingen hemlighet längre att han inte slafar i soffan under sina besök, det har tillkommit en kudde i morsans säng, och medan han kommenterar världsläget, som alltid är en grad värre i hans version än i Rapports, en adjektivböjning sämre, lägger morsan sig ner, lyfter upp fötterna i hans knä och får en fotmassage, och jag tycker om henne i de stunderna, jag tycker förstås alltid om morsan, men särskilt mycket just då, när hon ser ut att njuta av nåt som inte varit förbehållet henne på mycket länge.

Har du märkt nåt på morsan? frågar jag Monika.

Hon ser ut att må bra. Eller vad menar du?

Nä, det är just det.

På lördagarna rider Cissi. Hennes pappa skjutsar oss till Jägersro, förtjust över att jag eskorterar henne så att han själv slipper sitta på läktaren tillsammans med andra morronsega föräldrar som med tveksam entusiasm i anletsdragen följer sina ungars framsteg i sadeln på en magert lunkande häst, lika morrontrött den.

Cissi visar runt i stallets varma lukter av djur och gödsel, är framme och klappar varenda kuse på bläsen och matar dem med sockerbitar och viskar deras namn i örat – som om de inte visste det bäst själva – inte behöver Ohlssons dragdjur sånt smicker för att få fart på klövarna – och där i stallgången, bland småtjejer som ryktar och betslar och matar och sadlar ser jag mig själv utifrån, så som det beskrivs av dem som haft en nära-döden-upplevelse, och det är ingen trevlig syn: jag ser en runner up, en liten kille som inte kan hantera situationen men inte heller är beredd att kasta in handduken, han flyr ut från stallet och upp på ridhusets läktare, medan flickvännen och åtta förbytta tjejer till nyper om tömmarna till hästar som struttar runt i sågspånen med en ledare vid varje och en ridlärare som travar runt i en innercirkel i motsatt riktning och snärtar piskan mot sina läderstövlar och skriker ut kommandon som mjuknar och nästan försvinner mot det softa underlaget.

Cissi luktar starkt och fränt efteråt.

Nu sticker vi bort till Wessels.

Men din farsa ska hämta oss.

Vi hinner. Han är alltid försenad.

Cissi tar täten över den enorma parkeringen, springer framför mig med håret fladdrande i vinden, V-jeansen nerstoppade i bakkappan på de bruna kängorna där plösen hänger fram som tungan på en labrador. Hon leder oss in i varuhuset, in i livsmedelshallen, fram till godishyllorna.

Vad ska du ha?

Jag har inga pengar med mej.

Inte jag heller. Täck mej.

Hon tar en stor Tarragona från hyllan, stoppar den i ridhjälmen och lägger handskarna över.

Skynda dej nu.

Helghandlarna skjuter sina överlastade, rasslande vagnar med blöjor och läskbackar genom gångarna, jag kollar runt, kan inte välja, eller om jag inte vill, vi står nära utgångskassorna och köerna växer sig allt längre och alla stirrar tillbaka, bilden av Monika i sin butiksrock på Reveny glimtar till framför mig, Cissi i sängen i mörkret, hon knuffar till mig, kom igen nu! farsor som gapar på sina småungar, kassörskor ruschar förbi med svarta små plastväskor med växelkassan i, och jag trycker nervöst upp två rullar Center under ärmmuddarna på min Skiyot-jacka.

Nu drar vi! kommenderar Cissi.

Hon passerar kassorna med hjälmen mot bröstet, hon stannar inte en gång och ser sig om, hon är rutinerad och stegar målmedvetet rakt fram utan att titta åt kassörskan, tränger sig fram mellan kundvagnar och mjukglasslapande familjer som unnar sig en heldag på stormarknaden, ut genom skjutdörrarna och förbi den blinde mannen som säljer lotter och hans schäfer, där hon uppslukas av strömmarna av mänskor, medan jag inte kommer nånstans, inte kan slita mig fri från den gripklo som håller mig om nacken, och som föser mig framför sig in på ett kontor.

Butikschefen ges en kort redogörelse innan väktaren lämnar oss ensamma. Han begär mitt namn och min adress, säger att anmäler han mig kan jag hamna på ungdomsvårdskola, vill jag det kanske?

Jag glömde betala. Jag kan göra det nu.

Först stjäla och sen köpa sej fri? Den gubben går inte med mej.

Sen stirrade han på mej länge och jag stirrade tillbaka, och så reste han sig hastigt från stolen, så att den for bakåt, och kom runt skrivbordet och satte sig på kanten av det, nästan så nära att våra knän snuddade vid varann, och öppnade en av chokladrullarna och tog en bit, och en bit till, och när han käkat dem sa han att du är rätt fingerfärdig, va?

Hurså?

Kan alla tricken? sa han. Kan du inte? Det syns på dej. Du, jag ska ge dej en chans. Är du rädd?

Rädd? sa jag. Jag är aldrig ett jävla dugg rädd.

Coolt, sa han, och att dom skulle kunna ha nytta av mej. Om jag ville tjäna lite extra. Jag svarade att det beror på – för han kunde ju vara en sån som Porsfyr. Men han sa som butikskontrollant: Du vet ju precis hur det går till att sno och kan se vem som är tjuv, kan du inte?

Klart jag kan, sa jag.

Tänkte det, sa han.

Det skulle vara som om jag jobbade bakom fiendens linjer, gå runt och spela en vanlig kille och knasa på dom som snor där. Jag sa att det har med lönen att göra.

Du får det dom skulle ha tagit, sa han.

Då tjänar jag ju ingenting efter ett tag.

Det var det jag såg på dej, att du är slipad, sa han och bjöd på en bit choklad.

Jag äter inte tjuvgods, sa jag.

Då garvade han ännu mer och lovade samma lön som kärringarna i kassan, med helgtillägg, och så mycket godis jag ville.

Hur ska jag komma hit? sa jag. Jag pallar inte sitta på bussen varje gång och behöva byta på Värnhem.

Jag hämtar dej i min Merca, sa han då, om det var tvunget för att jag skulle ta jobbet.

Men så tackade jag ändå nä, för jag har ingen lust att tjalla på folk.

Tur han sa så! avbryter mig Lasse, när jag berättar om helgen.

Det är sant!

Du är en snackeröv, säger Jerry William.

Är jag väl inte?

Men ni har rätt, Jerry William och Lasse, jag är en snackeröv med livlig fantasi. Det utlovas inte nåt jobb till mig inne på butikschefens nötta kontor och inte får jag en stol att sitta i eller nån choklad, det enda jag får är en telefonlur. Jag måste själv ringa hem och be Monika ropa morsan till luren och präktigt hulkande berätta för henne var jag befinner mig och varför. En halvtimme senare står hon också på kontoret. Hon tittar inte på mig. Hon betalar för mitt brott och butikschefens tystnad och får med sig en högljudd lektion i barnafostran på vägen ut.

Jag är tre meter bakom henne ut till bilen. Hon låser upp på sin sida, sätter sig, backar ut ur parkeringsrutan, kör fram ett tiotal meter så att jag är tvungen att gå ifatt och när jag är framme vid dörren lutar hon sig över och drar upp låsploppen. Vi kör hem. Vindrutetorkarna sveper undan regnet från rutan. I profil ser jag hur morsan biter sig i underläppen, intensivt, ansiktet sammanpressat av allt annat än beslutsamhet. Jag står inte ut med att se det, morsan på randen till sammanbrott på grund av mig, jag vänder mig åt andra hållet, Lönngatan, Spårvägsgatan, Carl Gustafs väg är en enda oändligt lång tunnel av mörk tystnad att färdas i och jag kan än i dag känna precis hur den bittert skamsna känslan av att ha svikit biter till i mig, svikit den sista som man nånsin sviker, sin egen morsa, fy fan, och om några år kommer säkert den känslan att åter hugga tag i mig med sitt vargbett, rädd varje gång det ringer att det ska vara Agnes eller Hannes som lipar från nån butiksinnehavares kontor, med luvan ner över ögonbrynen, rastaflätade, piercade i läppar och näsan och... ja, kanske *där* också, vara som kidsen som glider runt inne i stan på brädor och inlines och vars liv vi vet så lite om att vi tar dem för ligister trots att det inte alls var länge sen vi var som de, ungar som ska gå igenom denna process som i olika former är ett led i allas vår utveckling för att lära oss skilja mellan rätt och fel, mitt och ditt, att ha och inte ha, en vandring på rättvisans törnbeströdda väg som – i likhet med våra erfarenheter på kärlekens område – i de flesta fall danar oss.

Morsan går rakt in i köket utan att hänga av sig först. Hon vrider på en spisplatta.

Ska du ha nåt att äta nu?

Vad ska vi ha?

Du får ta vad det blir.

Hon slänger kappan över en stolsrygg, behåller skorna på, sätter ett stekjärn på plattan och börjar plocka fram ur kylskåpet.

Ska du och Monkan också äta nu?

Brukar vi äta såhär dags?

Åtföljd av Ziggy Stardust på låg volym kostar Monika på mig en sväng ut från rummet. Hon tittar bistert på sin bror som om han är en fullständig idiot, vilket i det ögonblicket är precis vad han är, familjens förhärdade kriminella element. Hon skakar på huvudet:

Jävla fubbick.

Innan hon återvänder.

Tämligen ohungrig äter jag de uppstekta prinskorvar med snabbmakaroner som morsan sätter fram. Ketchup vågar jag inte be om. Morsan lutar sig fram med båda armbågarna mot bordet.

Vem var du där med?

Detta är komplicerat morsan, kärlek och gryende könsliv och en kompott av känslor som jag inte har nån styrsel på, många trådar att räta ut här, det är därför jag svarar dig:

Lasse.

Lars-Åke? Ni två?

Mm.

Men det var du som...

Han också. Men han kom undan.

Brukar ni göra det?

Jag har aldrig gjort det innan.

Är det säkert?

Morsan dukar av med rörelser som är trötta, mycket trötta, som om hela hon ska brista. Hon snyter sig. Hon är inte förkyld.

På kvällen ringer Folke. Morsan har alltså tagit det så pass lugnt med att få hem odågan att hon först hört av sig till fadern för att briefa honom.

Hur är läget? säger han.

Sådär, säger jag och får lyssna till en lång historia om hur han en gång i min ålder råkade få med sig en pennvässare från en butik, hur den brände och sved som eld i handen och hur han inte kunde få nån ro förrän han slängt den i kanalen.

Jag tänker på det varje gång jag ser en pennvässare, säger han efter en kort paus. Han hämtar andan igen innan han fortsätter:

Det var ganska korkat, var det inte?

Jo.

Då låter vi det här vara både första och sista gången, va?
När Cissi och jag har varit ihop i tre veckor ringer Carina:
Cissi vill inte ha sälle med dej längre.
Okej.
Ja, hej då.

MEN DETTA ÄR PÅ VÅREN, och på våren händer mycket annat som löper parallellt med könslivet. Man släpas t ex iväg på det som hör våren till: en utflykt. Det är morsan som bestämt det och det är Folke som kör och det är Monika och jag som stuvar in oss i det plastluktande baksätet på Folkes 245a, efter att han vikt ut en skotskrutig pläd över sätet, detta är en tjänstebil och den ska vårdas därefter, för även om han är väldigt mycket kung på firman när den avhandlas runt middagsbordet så får han ett nervöst drag kring giporna när det gäller den materiella verklighet som jag och Monika kliver in i.

Du spottar ut tuggummit, Monika, är du snäll.

Måste jag? Det är alldeles nytt.

Morsan som känner att en konflikt är under uppsegling:

Ja. Det låter så otrevligt med smackandet.

Vi åker söderut genom stan och över slätten, genom ett betonggrått, likgiltigt Trelleborg och följer därefter kusten genom Smygehamn, Beddinge, Abbekås, Svarte, små orter som börjar vakna till liv på försommarstappliga ben, sträcker på sig som dåsiga katter, ruskar yrvaket på sig för att stå beredda när en ny säsong närmar sig. Vi färdas i det flimrande ljuset under grenverken som skjuter ut över landsvägen och i lukten av ruttnande tång som tvingar oss att veva upp rutorna. Morsan vill stanna i Ystad och kolla korsvirkes, men det stämmer inte med Folkes tankar om vad en utflykt bör innehålla, så vi fortsätter rakt igenom med tre par ögon som glor ut genom fönsterna, och först i Simrishamn bromsar han in, nere vid hamnen. Alla fyra dörrarna slås upp, och vi ut och rätar på ryggarna. Å, det är härligt att vara på utflykt!

Folke lotsar oss på en tur inom Sjömagasinet, där vi undrande begapar alla skimrande mässingsprylar och annan utrustning som hör det obegripliga segellivet till och förblir substantiv för oss, mätinstrument, tågvirke, käcka skepparutstyrslar, fästanordningar, ja t o m Folke måste klia sig i nacken och erkänna det där med att segla, det är nog inget för oss.

Kan vi inte gå härifrån, ber morsan.

Monika har väntat utanför, sitter på en bänk och äter mjukglass med chokladströssel och läser i en bok om tågluffning, på väg ut i Europa efter att Hanne lånade henne Jack, som Monika låg uppe med fyra nätter i rad, hade med sig in på toa om mornarna och till kafferasterna på Reveny, och när hon läst ut romanen var hon och Hanne överens om att sommaren skulle tillbringas på cykel på Gotland. Det var då morsan började ana oråd, varpå hon också låg uppe om nätterna och sträckläste Ulf Lundells bok, och sen var det inte längre tal om att hennes dotter skulle till Visby för att gå på fyllan och skörda hampa i en botanisk trädgård – vilket var vad morsan fick ut av läsningen.

Vad ska vi då göra!?

Vad som helst. Men Gotland blir det inte.

Då tågluffar vi i stället!

Ja gör det.

Svarade morsan, och inte förrän det var för sent insåg hon att det var att gå ett steg för långt, att Monika hade tagit i med prutmån.

Har ni bestämt er för vart det bär av? frågar Folke, som anstränger sig att förbättra kontakten med Monika, fastän han har svårt för "Atomkraft? Nej tack!"-märkena hon bär på bröstet, det är för honom bakåtsträveri, tillbaka till eldar som gjorts upp med näver och flinta, när resten av samhällsmaskineriet bryter ny mark, framåt.

Monika tittar upp från boken. Vårsolen har gjort henne gott.

Inte än. Italien kanske.

Italien? Maffia och ett obegripligt tjattrande. Ni kommer att bli lurade. Åk till Spanien. Det har jag alltid velat. Se tjurfäktning.

Men Monika är inte lika fascinerad av tanken på vuxna karlar som åmar sig i långkallingar inför en cigarrpuffande publik.

Dom kan inte hinna med allt, säger morsan.

Nä nä, säger Folke. Men vad tycker ni, ska vi inte äta här ändå? Jag vet en bra krog.

Folke! – morsan med tryck i rösten. Det är onödigt!

Ja, det är "onödigt", för morsan har förberett hela morronen, brett mackor som hon plastat in och gräddat våfflor som vi äter kalla med sylt och vispad grädde på filtarna som vi brett ut på Brösarps backar, och isen har smält så att jordgubbsaften är precis lagom spädd och tevekannan har läckt kaffe i bagen, men det gör inget, morsan har packat ner en rulle hushållspapper också. Vi sitter på en solig sluttning där maskrosbladen börjat skjuta upp och vi trycker i oss allt vad vi orkar och mår prima. Det är så varmt att man kan ta av sig jackan utan att morsan får nåt stressat över sig. Hon klämmer fast locket på en plastburk som står öppen och säger att vi borde ha ett sommarhus här, ett torp, ett litet, med nära till havet och med trädgård, där vi skulle kunna tillbringa helgerna, längre än så är det inte från stan, och jularna och påskarna.

Visst vore det fint?

Kunde inte vara bättre, tycker Folke. Finns det mer smörgås?

Morsan räcker honom en med prickig korv. Han viker den dubbel och tar en tugga.

Ni vill ju inte till Halmstad, säger han. Ja, Johan förstås, men – Monika avbryter honom.

Halmstad?

Och Folke tittar efter morsans stöd, får det:

Säg du det, Folke.

Jag och mamma har pratat om hur det skulle vara om jag flyttade ner till er.

Det var ju också en nyhet att servera oss. Jag dricker mer av saften, är den inte för vattnig ändå, och Monika vrider sig så att hon ser ut över fälten och äppleodlingarna ner mot havet.

Vad skulle du tycka om det, Johan, om jag flyttade ner? Det vore väl roligt?

Till oss?

Han och morsan utväxlar blickar.

Kanske till en egen lägenhet först. Så att vi kan umgås oftare. Vad tycker du då, Monika?

Du är snart så stor att du kommer att vilja ha nåt eget, säger morsan.

Monika har kvar blicken ute i Hanöbukten, långt ute vid horisonten som om hon söker en skylt där hon kan läsa ett svar. Men inte står där nåt skrivet, så hon får själv komma på nåt.

Jag hade ju tänkt gå ut gymnasiet först.

Ska vi flytta? frågar jag. Inte till Lindeborg, va?

Med ett leende förseglar morsan ett löfte om att vi inte ska flytta nånstans alls, och Folke skyndar sig:

Vi menar inte nu. Vi talar om på lång sikt. Till hösten kanske. Men varför ska jag bo i Halmstad när jag helst vill vara med er när jag inte är ute och jobbar?

Deras tankegångar tar inte som de avsett, det märker morsan. Hon kränger locket av hammarplasten:

Här är två bitar våffla kvar, vill ni ha varsin? Monika?

Men Monika vill inte ha. Hon drar av sig gympadojorna och strumporna. Och morsan:

Vad ska du?

Är det förbjudet att röra på sej?

Monika ställer sig upp med skor och strumpor i handen, hon går en bit nerför backen, sen vänder hon och försvinner över kullarna medan jag lägger mig ner – sen morsan tjatat in en extra filt under ryggen på mig – och stirrar upp på flygplanens jetstreck som långsamt luddas upp mot den kala himlen och hur skulle det vara att ha sin far hemma, för jämnan, är det bra eller dåligt eller gör det varken till eller från, är det en för mycket när man är van vid att vara tre och klarar sig bra med det, att kunna tala med morsan om nästan allt men inte med sin far därför att när han kommer är det som att ha en främmande hos sig, en gäst, lägenheten krymper, och vad har han och morsan sagt, vad har de överlagt om som jag och Monika inte vet, i vart fall inte än, och kanske kommer vi inte att få reda på det förrän vi ställs inför fullbordat faktum, att plötsligt vara fyra, en familj så som en svensk familj förväntas se ut, och hur är det för Rolle och Lasse och Cissi och de andra som aldrig haft nåt annat, skulle de velat ha det annorlunda, och vad ska de säga nu?

Morsan packar samman grejorna, häller ut det sista av kaffet i backen, rister termosen, och hon ropar på Monika.

Men ingen Monika lunkar fram över kullarna. Morsan ropar igen, två gånger, tre, fyra, och Folke skriker Mooo-niiii-kaaa!!! med händerna som en megafon så att klackringen glimmar ikapp med guldplomberna. Monika förblir försvunnen. Morsan och Folke utbyter blickar igen, hastigare nu, det står en anklagelse skriven med versaler i morsans ansikte, en förebråelse som Folke läser, tolkar, och han slår ut med händerna med ett a'men va fan! vi var överens! och morsan tar upp en filt och ryster den, viker samman, släpper den mot marken, tar några steg åt inget håll alls, ropar igen.

Men vart har hon tagit vägen?

Sonen skickas att spana från högsta kullen.

Ser du henne?

Ja.

Och morsan och Folke lubbar upp till sonen som pekar på sin syster där hon har slagit sig ner långt borta i en grässlänt med armarna om knäna och pannan mot underarmarna så att det skiner om den bleka nacken – och så hade jag också velat sticka iväg nånstans just nu och få vara för mig själv, med händerna djupt nerkörda i fickorna för att grabba tag i tankarna som flödar över inom mig, men jag är lillebror och får hålla mig kvar vid morsan, morsan som frågar Folke:

Ska jag?

Och får en nick till svar.

Morsan tar sig ner från kullen med bekymrade steg, tar riktning på dottern som reser sig när hon upptäcker att morsan är i antågande och går sakta, mycket sakta med stel rygg och hängande huvud, dojorna kvar i handen, och morsan hinner ifatt och sluter upp vid hennes sida och hon säger nåt till Monika och lägger en arm om hennes axlar som hon med ett oväntat ryck befriar sig från, men de fortsätter bredvid varann över ängen, ännu långsammare.

Hon måste känna sej ensam nu, säger Folke. Det är synd om henne.

För en kort stund lägger han en hand på mitt huvud.

Det låter kanske konstigt för er att jag ska flytta ner, men det kommer att bli bra. För Monika också. Tror du inte det?

Jo.

Och vi två får mer tid tillsammans, det är viktigt. Jag menar för oss båda.

Nere på ängen har Monika och morsan vikt av så att de har ryggen mot oss. Folke trycker upp glasögonen.

Du är ju snart gammal att köra moped. Jag ska lära dej. Du vill väl ha en moped?

En Dakota?

Så heter dom kanske. Jag fick aldrig nåt sånt när jag var i din ålder. Men du ska ha en.

Dom är dyra.

Säjer du det? Han skrattar till, som om han myser. Det får vi lösa på nåt sätt.

Jag önskar att jag hade lika lätt som Jerry William att smila upp mig, som en bekräftelse på det vi har gemensamt, Folke och jag, mopeddrömmar, att flyga fram med håret fladdrande i fartvindarna, stegra på bakhjulet och ligga och trecka på cykelbanorna runt skolan, för han är rätt bra när allt kommer omkring, Folke, min far, jo jag tycker om honom, men det vill sig inte, smilet, inte där vi står uppe på kullen och ser hur morsan och Monika har vänt på nytt, mot vårt håll, Monika som glider fram genom gräset utan att lyfta fötterna, det är hon som pratar nu, fortfarande med blicken nere i vegetationen, morsan som lägger upp armen om henne igen och den här gången får den ligga kvar, Monika kommer intill henne och morsan rör vid hennes kinder och när de kommer närmare oss håller Monika en hand om morsans midja och de skrattar sådär dämpat återhållet som man kan göra om man tycker sig ha gjort eller sagt nåt fånigt, och kanske har Monika gråtögon, kanske inte, kanske är det solen, kanske är det vinden, kanske är det nåt de garvat åt, det är svårt att se när de fortsätter förbi nedanför oss utan att ta nån notis om Folkes hur är det? mår hon bra? och bort till bilen där Monika stöder sig mot morsan medan hon trär på sig strumporna och sätter fötterna i skorna. Hon stoppar två Juicy Fruit i munnen innan hon stiger in i den kvava, heta Volvon.

MAN KAN TYCKA HUR ILLA som helst om psalmer och högtidstal och avsked med falska farväl, men när man väl sitter vattenkammad och uppklädd i Pildammarnas amfiteater och lyssnar till valserna om det gångna läsårets insatser är det inte utan att man blir en aning rörd. Bogdan spelar Den blomstertid nu kommer så vackert att Havlicek skulle ha fällt en tår av lycka. Vi sneglar på varann med ett flin, med ännu ett oöverskådligt sommarlov framför oss och på andra sidan det kommer allt att vara nytt och annorlunda.

Vi samlas i salen efteråt, tryckt stämning och i rad utmed väggen våra föräldrar, minus morsan som inte kunnat ta ledigt, Jerry Williams farsa med spegelglasen på inomhus står och vippar med sin slitna toffla på ena foten. Och det vete fasen om inte Palin också blir en smula glansögd, när han drar på med hur mycket han kommer att sakna oss, hur fina vi varit... fyrtio års dängande med nyckelknippan i katedern är avklarade, detta är hans avskedsföreställning och han kippar plötsligt efter de rätta orden för att stilla det känsloflöde som väller upp inom honom.

Tompan får hoppa in och säga nåt, innan Palin är redo att ta över igen, han pågår smörigt värre, och sen, när det skiftats ställning längs med väggarna, ont om syre är det i salen, det har försvunnit ner i näsdukarna, och Jerry Williams farsa rättat till solbrillorna, tappat tofflan i golvet, delar Palin ut betygen i bruna kuvert efter samma ordning som han för tre år sen ropade upp oss. Jag går fram och tar emot och vill nästan ge honom en kram, nä inte vill jag krama honom, jag vill ha ut honom ur systemet, han får nöja sig med ett handslag.

Det blev aldrig nåt av bärnstensplockningen, säger han och håller kvar min hand. Vi får ta det nån annan gång.

Sure Edward.

Orreforsvasen som vi skramlat ihop till överlämnas av Åsa och Laila, och *de* kramar honom, så att han måste ta time out igen, harkla sig och vända sig om och snyta sig innan han får oss att stämma upp i en sista gemensam sång. Och då faller vi också igenom och måste fram och krama honom på väg ut ur klassrummet.

Där utanför sliter vi upp kuverten och jämför våra betyg, och det ska erkännas att det inte är nån i det här gänget som skräller. Mitt är förvisso bättre än jag hoppats på, men galaxer ifrån vad Monika hade. Lasses rad påminner om en tipskupong. Och Roger vägrar att öppna och visa sitt.

Sommarlov, 25 grader och kläder som skaver, inte kan vi skiljas såhär. Det blir ett ryck upp till Solidar där vi köper Päronsplitt med samlarbilder, med dubblett i samtligas utom Mickes, han får en bild på en apa i Japan. Med tungorna gröna av glass rycker vi kuvertet ur händerna på Roger mest för att se vad han ska göra, och rätt som det är har vi rivit sönder det. Han gör ingenting. Jo, han kastar sin glass, och han vänder om, traskar hemåt med kutig rygg, och vi drabbas av kollektivt dåligt samvete, vi vet ju alltför väl vad som väntar honom där hemma, det är ingen munter sommar han har framför sig, Roger, så Rolle ropar:

Du kan riva sönder mitt!

Men Roger stannar inte, han vankar hem till farsan och förnedringen.

Rolle håller fram pappersbitarna:

Vem vill ha det? Tar du det, Lasse?

Jag? Varför ska jag?

Det var du som började.

Det var lika mycket du och Johan.

Jag rörde det nästan inte, försvarar jag mig. Ge det till Janis.

Är du flängd?

Nej, ingen vill ha Rogers betyg med sig hem, så Rolle kastar det i en papperskorg. Men Micke plockar upp det och stoppar det i sitt kuvert. Nu finns det inte mycket kvar att göra, det är hopplöst att få igång nåt nytt, blir mest ett avslaget hängande på gården tills var och en dryper av till sitt. Lasse och jag tar hissen upp tillsammans.

Ska du med upp? frågar han. Morsan har kanske bakat.

Vi ska på Olgas.

Ska ni på restaurang?

Det är tradition att morsan bjuder mig och Monika på lunch efter våra skolavslutningar. Vi ska vara klara när hon ringer från Strumpan så att vi kan mötas vid Pildammsvägens rondell och promenera den sista biten tillsammans. Jag har redan smaken av marängsviss i munnen när jag sätter nyckeln i låset. Men smäcken är intryckt och det är inte Monika som har ställt upp dörren utan morsan, morsan som sitter i köket med röda ögon, morsan har gråtit, morsan som inte säger: Hur gick det? som inte säger: Fick du bra betyg? eller ens: Är du hungrig nu? utan:

Morfar är död.

Morfar?

Kom här, Johan.

Morsans famn är mjuk trots att hon håller mig i en hård kram, och hon håller mig länge och jag tror att det är för att jag inte ska se att hon börjat lipa igen.

Ska jag hämta en näsduk?

Hon släpper mig och försöker sig på ett leende medan tårarna rinner och drar med sig mascaran nerför kinderna. Jag hämtar tre näsdukar med blommönster, rosor ska det se ut som, och hon kramar mig igen, kort den här gången.

Mormor hittade honom i morse, snörvlar hon. Han fick en hjärtinfarkt.

Dör man av det?

Han föll i trappan och bröt nacken.

Vet Monkan om det?

Johan!

Monika då.

Hon är på rummet. Men gå inte in där. Jag tror hon vill vara ensam.

Det blir ingen lunch på Olgas, morsan har ringt och avbokat, och hon har ringt till begravningsentreprenör och församlingsexpedition och till Leif på varvet, hon har ringt till Folke med, hon har gjort alla nödvändiga arrangemang innan hon satt sig ner för att sörja. Och när hon slutat gråta och brett några mackor till mig och Monika och bryggt kaffe åt sig själv sitter vi där vid bordet och säger ingenting för det finns ingenting att säga och jag förstår precis hur tråkig resten av dan kommer att bli.

Men det räcker inte med att *den här* dan är förstörd. För med den här familjens, ja släktens, nedärvda talang för sällsynt olämplig timing, det enda genetiskt intressanta särdrag vi besitter, bestäms begravningen till min födelsedag.

KYRKAN ÄR SVAL INUTI, stram och återhållen, den är stillhet när morsan tar min hand och vi går fram bakom Monika som leder mormor vid armen, sakta, värdigt känns det. Längst fram mellan två höga ljus står den vita kistan på en katafalk och det ser ljust och rofyllt ut och alla ljud från gatan, från byn, stängs ute när porten glider igen. Vi sätter oss i den främsta bänken och bakom oss klämmer Leif och Lisbeth sig in med Bernt emellan. Han och jag har lågmält hälsat på varann, tagit i hand. Han bär kostym och slips, ser ut som en Leif med mustaschen bortretuscherad. Kristina är hos Märta och Tore.

Några vänner till mormor och morfar slår sig ner på andra sidan gången, däribland Ohlssons med h, som redan gjort upp med mormor om att arrendera marken. Fler är vi inte. Jo, en journalist från lokaltidningen smyger in. Så går prästen fram, talar om morfar som han kände från församlingsarbetet och vi sjunger de psalmer som morsan och mormor valt ut och hela tiden gråter morsan. Jag håller henne i handen så hårt jag kan och ger henne min näsduk när hennes är genomblöt, och Monika tar mormors händer i sina och lägger dem i sitt knä, fast jag tror att det mest är hon själv som behöver tröst, för mormor sitter rak i ryggen och tittar stint fram och lyssnar uppmärksamt.

Jag ser på morsan. Hon är vacker, stilig, jag tycker att hon är stilig i sin svarta klänning när vi går fram till kistan hand i hand, och där framme står vi stilla i kanske en halv minut, helt stilla, och jag ska lägga rosorna på kistan men kan inte, armen strejkar, axeln har gått i baklås, och jag kan inte hålla emot längre, jag lipar också, och jag tänker på morfar och jorden han ska i och maskarna och jag saknar honom, och morsan lossar blommorna ur mitt grepp och lägger dem på kistan och hon tar mig om axlarna, drar mig intill sig och vi går tillbaka bakom Monika och mormor och sätter oss.

Hettan slår emot ute på kyrkogården. Luften är fylld av värme och när en loj vind rullar in utifrån sjön vibrerar björkarnas översta grenar. Prästen skrider runt och tar farväl av oss, har en min som är leende och sorg samtidigt. Han samtalar lågt, liksom förtroligt med mormor och morsan och Monika, medan Lisbeth och Leif, som är mest dämpade av alla och fortfarande har Bernt mellan sig som om han måste skyddas, väntar i bakgrunden tills det blir deras tur, och sen spanar prästen efter mig, den siste innan han kan knäppa av sig kragen och bege sig hem till sitt. Det är nästan som före åska men utan den tunga luften och singeln knastrar under hans skrud.

Tack Johan, säger han. Du hade en fin morfar.

Hans hand är torrare och hårdare än vad jag trott att prästhänder är, och med det handslaget kan jag föreställa mig att det finns mänskor som söker sig till honom, har ärenden i vissa frågor, sånt som morsan har berättat om i bilen på väg hit.

Du kommer väl och hälsar på mormor ofta så hon slipper vara ensam?

Jag och Monika brukar vara hos mormor och morfar på somrarna – tänkte jag svara men kan inte.

Vill du prata med nån om morfar… eller nåt annat, ja du får gärna hälsa på mej också då.

Jag måste gå nu, säger jag. För bakom honom, på andra sidan muren och längst bort på parkeringsplatsen, har jag upptäckt Folke.

Han har kommit, säger jag till morsan.

Gå du till honom så länge.

Han höjer handen till ett slags hälsning och jag skyndar mig över kyrkogården, ut genom grinden och fram till honom. Han lutar sig mot bilen och har vridit upp ansiktet mot solen.

Vilken sommardag! Kan vi få en bättre start?

Han vänder sig mot mig:

Är du beredd?

Mina grejor är i bilen.

Hämta dom då, så sticker vi.

Den är låst.

Vi borde komma iväg.

De andra har dragit sig ut på parkeringen, klungar sig kring Leifs Granada och verkar göra upp om vem som ska åka i vilken bil, men så får de syn på oss, på Folke, och han lyfter ena handen sådär coolt igen, tjena, och jag kan se på honom hur gärna han vill gå fram och prata med dem, så som morsan har sagt att han gjorde förr då de alla umgicks och som om ingenting är förändrat, vilket det naturligtvis är nu när han inte lever med oss, eller inte än, men de bara står där, Monika med mormor, Leif handfallen och med Bernt kisande framför sig, Lisbeth som har hatt med brätte och flor bakom vilket sminket började rinna innan vi hunnit in i kyrkan, och de börjar tala lågt med varann, som om det rörde vädret eller vad som helst för att fördriva tiden medan morsan hämtar min packning och hon och Monika kommer över till oss, går långsamt i den gassande solen, morsan och Monika, utan brådska och med släktens blickar i ryggen. Asfalten är så mjuk att deras klackar knappt ger ljud. Folke rätar på sig, lyfter armarna till en omfamning, men morsan nickar sin hälsning.

Hej, säger Monika.

Hej du, säger han. Du har inte ångrat dej?

Jag tror inte det.

Vi ska bada och sola. Kanske hinner vi med Liseberg också, på hemvägen.

Jag tågluffar hellre. Det blir Italien.

Tänk på vad jag sa om Spanien.

Det får dom ta nästa år, säger morsan.

Och du då?

Jag klarar mej.

Folke tar emot min trunk och kastar in den i baksätet.

Hur gick det?

Bra, svarar morsan. Vi ska åka och äta nu. Jag tror inte att...

Jag förstår. Vi kör direkt.

Det är inte jag..., börjar hon men ändrar sig: Tack för att du kunde ordna det, med så kort varsel.

Det är självklart.

Ni lovar att höra av er?

Folke klappar mig lätt i ryggen.

Vi ska ringa varje dag, eller hur? Och Johan ska skriva brev.

Mormor har lösgjort sig från de andra, och medan de kliver in i Granadan och Leif startar motorn för att få igång luftkonditioneringen, kommer hon mot oss med samma raka rygg och rättframma blick som i kyrkan, fram till Folke:

Jag vill bara hälsa. Hoppas att allt står väl till med dej.

Jag beklagar sorgen, säger han och tar henne i hand.

Vi får kanske tillfälle att pratas vid mer en annan gång.

Ska du byta om innan ni kör? säger morsan.

Jag kan ha det här, svarar jag.

Klart att du ska vara finklädd. Vi ska ju på krogen, ler Folke och möter morsans blick. Ja, jag menar inte så. Men vi ska så klart fira.

Och morsan lägger en hand mot min kind och så kramar hon mig kvickt innan hon tar mormor under armen och återvänder till sin bil. Monika kramar mig också.

Ha det bra i sommar.

Hon kramar mycket längre och mycket hårdare och inte förrän hon släpper mig får jag fram:

Du också.

Gör inget dumt.

Inte du heller.

Ta väl hand om brorsan.

Jag lovar, svarar Folke, och till mig säger han: Hoppa in nu så vi kommer härifrån. Nä, inte där, sätt dej framme. Du är vuxen nu.

Sätet är så hett att det inte går att sjunka ner i det. Vi rullar genom samhället och ut på landsvägen. Det är nästan ingen trafik. Folke växlar upp och Volvon skjuter fart och när vi kommit ett par tre kilometer blinkar han in oss på vägrenen och stannar. Låter motorn vara igång. Åkrar omger oss och långt bortom dem täta väggar av granskog. Det är marker där morfar skulle ha visat mig rådjur i gryningen, skurit sälg att tälja pipor av, och jag undrar var han är nu, om han redan är begravd och hur det i så fall känns för honom med så mycket jord över sig.

Folke vevar ner rutan helt på sin sida och sitter med ansiktet vänt utåt medan luften sveper in i kupén.

Vad tycker du? Han ser på mig.

Jag vet inte.

Är det inte ganska pissigt att gå på begravning på sin födelsedag? Sådär.

Men morfar var okej, var han inte? Jag gillade honom. Och mormor.

Jo, dom ja.

Nä, dom andra... Dom var säkert lessna. Ur gängorna, som man säjer. Dom har väl sina skäl. Ja, jag vet inte heller... Har du fått några presenter, då?

En tröja och ett cyklop.

Är det allt? Vill du ha mer?

Hur då?

Hur då? Av mej så klart.

Han lutar sig bak mellan sätena och tar från golvet upp ett avlångt paket som han med ett grattis på födelsedan lägger i mitt knä. Jag kan känna på dess form vad det är redan innan jag slitit av papperet och fått fram fiskeutrustningen, en Cardinal haspelrulle med klass 2-spö, lina och fyra drag för insjöfiske.

Kan du fiska?

Jag har kastat med Bernts Abumatic.

Skräp. Det där är riktiga grejor. Vill du fortsätta nu?

Har vi bråttom?

Nä, för sjutton. Kan vi vänta lite?

Ja.

Jag vill berätta nåt för dej först. Får jag det?

Han slår av motorn.

Det här mellan Bodil och mej... det är svårt. Jag har sårat henne djupt en gång, när du var väldigt liten, men du har väl fått höra det av henne...

Han tar ett djupt andetag och lägger händerna på ratten och jag skulle vilja säga till honom att detta är lika jobbigt, minst, för mej, vi struntar i det, va, men jag sitter tyst och väntar på att han:

Det borde inte ha blivit så. Jag var en idiot. Jag förstörde hennes liv, ert menar jag. Och mitt eget. Men jag tror att det kan bli ganska bra igen, även om det aldrig kan bli som förr, inte riktigt. Jag gillar dej och Monika. Man kan inte få bättre barn.

Han säger det med stor saklighet, som om det är nåt han har förberett länge och nu är lättad att få ur sig, och han ser på mig, utforskande.

Det är bara det att... jag har varit så förbannat rastlös. Det finns inget gott i att vara det. Men man har rastlösheten i blodet. Gör aldrig som jag, Johan. Läs mängder med böcker som Monika eller vad som helst, jobba dej trött varje dag, men ställ inte till det för dej med flera kvinnor. Man blir aldrig hel som mänska. Förstår du vad jag försöker säja?

Jag tror det.

Det var det jag ville ha sagt. Att du ska känna till.

Han vrider om startnyckeln och lägger i en växel och släpper ner handbromsen.

Jo, en sak till förresten. Börja inte dricka heller. Jag höll på att ta simborgarmärket i flaskan, som man säjer, och det var det jävligaste... Lova det.

Jag lovar.

Då fortsätter vi? Jag är hungrig som sjutton. Vad säjer du om att stanna och käka nånstans?

Jag är också hungrig som sjutton.

Du får vad du vill. Det är din dag i dag.

Han ger gas och svänger ut på vägen och växlar upp. Det är en kurvig sträcka som han kör långsamt och vi har fönstren nervevade på båda sidor och det doftar sommar, äng, och fartvinden blåser in sin svalka och jag sneglar på honom i profil, försöker hitta nåt som påminner om mitt utseende. En bit in i Halland stannar vi till vid ett gästgiveri där han känner krögaren och beställer kall inkokt lax med hollandaisesås och nypotatis innan vi fortsätter till den förort i Halmstad där han har en etta och vi ska lära känna varann. I köket finns en säng, ett bord, en pinnstol. Rummet är omöblerat.

Jag har en luftmadrass också, säger han. Du får välja vilket rum du vill ha.

I SOMMARENS ANDRA ÄNDE återförenas familjen, vi tre alltså. Monika återvänder från interrailen med håret blekt och en djupare solbränna än hon nånsin haft. Hon drar av långa remsor med torr, död hud i pannan, gör morsan tokig när hon pillar med naglarna över näsan och kindbenen.

Låt bli. Du kan få sår.

Och:

Du måste smörja dej i stället.

Meningslöst tjat som faller av Monika som hudflagorna, och morsan hade gärna själv haft den brännan, men morsan har jobbat och varit på Johannesgården och hjälpt mormor med bouppteckningen, sett till att få kreaturen och traktorn sålda, hönsen nackade, och att rensa bland de få grejor som var morfars, och då var vädret dåligt. Monika lyssnar ändå inte, hon sliter av en kvadratdecimeter till och berättar exalterat om allt de varit med om och visar foton på turistmålen, med antingen sig, Hanne eller dem båda i förgrunden, på hotellrummen omgivna av vatten i butelj, med blixtröda ögon på billiga restauranger samt den disiga morronutsikten från Montmartre över ett sovande Paris, medan morsan alldeles tydligt har en fråga på lut om vad dottern gjorde *där* vid *den* tidpunkten, men håller inne med den – vill vid närmare eftertanke inte veta. Frågar i stället:

Ska du inte ringa Jörgen och säja att du är hemma?

Det kan jag göra i morron. Orkar ni se en rulle till?

Paris, säger Monika med ett särskilt tonfall och sen, när vi är ensamma på vårt rum: Halmstad. Hur var det?

Rätt litet.

Inte stan. Vad gjorde ni? Badade?

Det regnade nästan hela tiden.

Så ni åkte till Liseberg då?

Vet du hur långt det är till Göteborg från Halmstad?

Men kan du inte berätta, hur var Folke? Var det bra?

Jodå, svarar jag undvikande – och då får Monika ändå en utförligare version än morsan, som fått höra en starkt redigerad redogörelse för veckorna i Halmstad. För hur berättar man om hur det är att sitta i en omöblerad etta och spela Monopol med en mänska man knappt känner, se Björn Borg klappa in matchbollen mot en tungsuckande Jimmie Connors i Wimbledon på svartvit reseteve, eller ligga på stranden de dar då det höll uppe, sola, bada, knalla omkring för sig själv över dynerna eftersom man inte har nån där att göra det med, få köpa så mycket glass man vill och spela minigolf med han som är ens far och som man lär sig gilla allt mer men ändå med en känsla i bakskallen att vad skulle morsan tycka, vad vill hon att jag ska säga, svara, göra, hon är med överallt fastän man är ensam med honom och inte slappnar man av då, nej. Det blir ansträngt. Trevande. Kippande. Och han säger en kväll över makaronerna och falukorven som är vidbränd på ena sidan och ostekt på den andra, att han älskar morsan lika mycket nu som första gången han såg henne, rakt av och utan förvarning trycker han ur sig det, och man fattar inte vad det är för ett slags förhållande han haft i tankarna om han kan säga så, så självklart, varför stack han då en gång, och varför berätta det för mig, jag vill inte höra. Men man frågar honom inte, av samma skäl som man inför morsan nöjer sig med att sammanfatta vistelsen med ett: Bra. Hade ni trevligt? Jo. Mer kan man inte få ur sig, inte till nån av dem, för man befinner sig plötsligt mitt emellan, gisslan i båda lägren, dubbla lojaliteter. Men för sig själv kan man länge efteråt tänka på vad som hänt, försöka förstå fastän man inte kommer till nån annan slutsats än att allt är egendomligt.

Ska han flytta hit? säger Monika.

Ska han väl. Han har i alla fall inte sagt nåt annat.

Dom får göra som dom vill. Jag ska skaffa en egen lägenhet så fort jag gått ut plugget. Eller så sticker jag tillbaka till Paris.

Paris? Vad ska du göra där?

Ja, varför inte?

Morsan har hämtat Monika och Hanne vid Dragørfärjan på söndag eftermiddag. På måndan flyttar Hanne till en etta på Sofielundsvägen, och Monika är på plats på Reveny. Men till hösten slipper hon läskbackarna, hon förflyttas, eller om det är avancerar, till kassorna, och hon gillar att sitta där och kallprata med kunderna medan kvittot smattrar fram, ser förmodligen slutet på jobbet framför sig också, är på väg att börja sista året på gymnasiet.

Men dom är så puckade, säger hon, om de andra som sitter i kassorna, tjejerna i hennes ålder som hoppat av efter nian. Dom vill ju inget.

Men chefen då? lirkar morsan, för det är viktigt för morsan vad chefer tycker.

Jo, han ja, han är urvänlig. Honom går det att snacka med. Vet du vad han sa i dag? Han sa att han skulle vilja anställa fler såna som jag.

Du är så söt Monika när du ler så. Har det hänt nåt?

Nä, vadå?

Monika tar en klunk av kaffet, har börjat dricka det med varm mjölk och ur en filmjölkskål – en *bol*.

Märker inte du det också, Johan?

Jo, kanske.

Visst sitter Monika där med en annan uppsyn, en annan attityd, nej det är inte enbart en förenkling att vinka av en mänska och få henne i retur som en annan, detta är min syster och även om jag aldrig kommer att begripa mig på henne så är hon verkligen förändrad, har gaskat upp sig och rätat på ryggen. Hon har varit ute och rört på sig och vet hur världen ser ut.

NÄSTAN ÄR ETT VIKTIGT ORD i familjens historieskrivning. Morsan har tvingats lära sig att vända på slantarna och för att få det att gå ihop har hon gjort "nästan" till en hörnsten i hushållskassan, morsan som inte tittar efter det bästa därför att hon är nöjd med att kunna få det näst bästa, KappAhl är lika bra som märkeskläder, nästan, soffan från Obs! Interiör lika komfortabel som Dux, nästan, och Monika och jag har fått vänja oss vid att alltid gå ner ett hack, men för oss är morsans nästan-filosofi inte en fråga om vad vi får utan vad vi *försakar*. Jag avstår från en ny cykel därför att en begagnad är nästan som ny, och jag avstår från en femväxlad Mustang därför att en treväxlad DBS är av lika hög kvalitet, nästan.

På nästan-cykeln trampar jag med resten av gänget genom Pildammarna till Dammfriskolans anonymt placerade tegelbyggnader bakom bostadshusen utmed Mariedalsvägen, högstadium, med en klassföreståndare som heter Gunnel Kullander och som när hon ropat upp mitt namn säger att för några år sen hade jag en flicka som också hette Kraft, Monika Kraft, och jag svarar att det är min syrra, ni är inte särskilt lika, säger hon, tvekar en sekund, fortsätter, men några veckor senare ber hon mig stanna kvar efteråt, och när resten av klassen troppat av frågar hon hur det står till med Monika.

Det är väl bra.

Hur har hon det?

Hon går Na på Borgar, säger jag, osäker på vad hon fiskar efter.

Jag ville bara förvissa mej. Hon hade det inte lätt. Men det slipper hon nu?

Hon gör inget annat än pluggar.

Jag kan tänka mej det. Inget annat?

Jag berättar att Monika jobbar i kassan på Reveny, och att hon har scouterna och filmklubben.

Jag tänker på henne ibland, säger Gunnel Kullander. Undrar hur hon har det. Jag tyckte synd om henne. Att dom kunde vara så elaka.

Jag får lova att hälsa till Monika, och jag lägger samman det hon sagt med Monikas tysta år, och en och annan sak som jag sagt och gjort kan jag ångra, fast det hjälper inte Monika nu – för jag har börjat ana hur hon haft det, hur hårt det varit. Jag slänger väskan i hallen när jag kommer hem sent på eftermiddan, möts av morsans:

Hur var det?

Har Monika kommit hem än?

Säg inte... Nä. Varför det?

Ä, det var bara en grej.

Hårt ja, som skolans grundlag, survival of the fittest, som samtliga ofrånkomligen introduceras för av Lundblad och Ålen, två långa mittbenade luggar med pärla i örsnibben och klackjärn på bootsen, rasthallens kingar som omges av ett bugande hov av wannabees och hangarounds, två kumpaner som går en framtid som löpsedlar till mötes, tabloidrubriker om mc-ligan de bildar, spektakulära drive ins och shoot outs, uppgörelser med rivaliserande gäng, rymnings-försök och misshandel av andra interner på anstalterna de hamnar på, och de peakar sina karriärer samtidigt som folk i deras bransch kommer underfund med att den lukrativa biten ligger i massmedi-as kommersialisering av verksamheten.

Du blatten, stöter Lundblad ur sig med Ålen haschflinande bakom, har du några stålar?

Nä, svarar Bogdan.

Men nej är inte ett svar för Lundblad. Han drar ner dragkedjan i Bogdans jacka –

Men sluta!

Ska du ha knabb eller? Jag sparkar kådden av dej om du inte sam-arbetar!

– och plockar plånboken ur innerfickan, bläddrar, nyper upp sedlarna.

Du har ju 40 spänn! Och jag har inga. Då är det rättvist att vi delar?

Nä, protesterar Bogdan.

Nähä, vill du inte ha hälften så tar jag allt.

Lundblad stoppar på sig pengarna, slänger iväg plånboken.

Han kan en variant på detta, två dar senare, över Jerry Williams uppfläkta läder:

Då är det rättvist att vi delar?

Ja, okej då.

Jaså, ja har du så gott om det kan jag ta allt.

Och Jerry William får plocka upp plånboken ute på skolgården.

Vad gör du, Lasse? Du knycker luggen ur ögonen på samma vis som du sett Lundblad och Ålen göra, du är Thomas brorsa och det för dig genast längst in i rasthallsgängets innersta krets, du vill vara som de, en hårding, en som andra är skraja för, blir det också, du gör din värnplikt i trossen, låter dig plockas på stålar, springer och handlar cigg till Lundblad, sparkar på order ner Fonzie, skolans driftkucku, en utvecklingsstörd kille med hör- och gångsvårigheter som snöat in på teveserien Gänget och jag, du blir populär. Rolle, du klarar dig på att bli igenkänd som fotbollsspelarn, du får ett carte blanche till träsofforna i rasthallen, rör dig obehindrat i vilket läger du vill. Men du själv då, Johan, vad gör du? Vågar du sätta emot? Nej, du är feg, du tror att du har bland hårdingarna att göra, men när det kommer till kritan är du inget annat än en feg liten skit, du är en tyst mes som inget annat vill än att klara dig undan, pissrädd för att få stryk, inga lögner att ta till nu, inga fantasier, inga stories som skyddar dig, du inordnar dig utan motstånd i hierarkin och överräcker själv plånboken till Lundblad för att åtminstone slippa förnedringen att han sliter upp den ur jackan, diskutabelt förstås vilket som är värst, att ha hans näve innanför kläderna eller själv göra det, och nånting hugger till i hjärttrakten, nej det är inte förlusten av plånboken, det är skräcken och utsattheten som trycker samman nåt i en, jag tror att det är hjärtat som krymps, kramas till en hård liten kula, is som aldrig smälter, en klump som makar sig tillrätta i ens bröst och omvandlar ens natur, blir dess centrum, rondellen alla känslor dirigeras runt i, och man måste lära sig en egen teknik för överlevnad för att den inte ska få en helt i sitt våld, inget kommer att ges en till skänks, och jag förstår att det är en sån hård klump som Monika också bär i sitt bröst.

Roger, du har inte ens en börs.

Klart du har!

Lundblad rycker ner blixtlåset och muddrar honom, hittar en gammal inköpslista från Rogers morsa, men självfallet ingen plånbok, hittar inga pengar alls.

Ge han! kommenderar han.

Ålen kan sina saker. Han har haft nävarna flitigt i bruk under Lundblads regim. Han trycker upp Roger mot väggen, ger honom så mycket stryk han tål, och sen lite till. Roger torkar näsblodet med jackärmen, kippar efter luft, och av Lundblad som är på väg ut för en rök får han sig en hälsning.

Jag ska ha tjugo spänn av dej i morron, annars får du mer pryl. Fattar du?

Jodå, Roger blöder och fattar. Alla fattar vad som gäller här.

Ålen, med en hudsjukdom som gör att han måste smörja in sig med en fet salva, ett namn draggat ur skolans djupa brunn av öknamn, det är inget nytt, på gården hade vi Ronnie Hellström och Cruyff, men här väljer man inte själv, och kanske är denna frikostiga namngivning i grund och botten ingenting annat än ett malmöitiskt särdrag så gott som något, där stockholmarn på sitt humorlösa vis strävar efter en torr saklighet som konserverar söderromantiken, där göteborgaren alltid finner en krystad lustighet med görgo kålle&ada-knorr, trycker malmöiten genast till med nåt som naglar fast, som plockar ner. Du ska inte tro att du är nåt. Det föder en medvetenhet om att gör man det minsta fel, avviker i utseende, klädsel, dialekt, så sätter det sig i namnet, blir till ett hån. Han som har en begynnande skäggväxt och låter några bleka strån skjuta ut från hakan får finna sig i att kallas för Torsken livet ut. Och hon vars ena bröst råkar skymta när hon svänger runt på barren i gympan, hennes dopnamn fördrivs och åtskilliga år senare när man kommer in på posten och hamnar vid en lucka där hon sitter:

Nämen, tjena Patten. Så du jobbar här?

Och man kliver ut med bokklubbspaketet under armen och tänker att det var ju kul att träffa Patten, men det var attan vad sur hon blivit.

Allra minst lärarna kommer undan. Geten för sitt skägg. Skunken för att hon inte använder deodorant i den utsträckning hon borde. Molekylröven har sluttande axlar, bred bak och undervisar i biologi. Och religionsläraren Einstein som under genomgången av det sjätte budet avslöjat att han efter operation klarar sig med en testikel – så lyder legenden, och till den hör också hur Thomas och Danne ska ha hamnat ensamma med honom i en korridor, välrökta och fina, och helt sonika hängt upp honom på en klädkrok och garanterat att han skulle bli Nostein om inte deras betyg fick sig en ansenlig lyftning.

Lundblad och Ålen arbetar sig metodiskt igenom de nya klasserna. Så småningom blir det Mickes tur att få sin väg blockerad, få höra Ålen:

Vad heter du?

Micke.

Micke? Men det heter ju han, tummar Ålen mot en av hangaroundsen i sofforna. Heter du inget mer?

Persson.

Ett efternamn som Ålen på sakligt arbetarmanér parat med en begränsad uppfinningsrikedom tar fasta på, för det är inte i första hand raffinerad ondska som är hans medfödda talang, och inte är det, som när Lundblad blev Lundblad, rädsla som gör att hans tankar stoppar där.

Har du några stålar, Persson?

Hur så?

Ett motsträvigt fall. Lundblad får gripa in:

Vad har du i plånkan?

Skit du i det.

Vad sa du?

Jag sa skit du i det.

Ge han!

Ålen blåser luggen ur ögonen och skickar iväg nåt som ska likna en uppercut. Men Micke Persson tar inte emot den, han har tagit ett steg åt sidan, varifrån han avlossar en höger, två, välplacerade, som får rasthallen att förstummas, Lundblad att hastigt backa undan med ögon som glimmar till, Ålen att stupa och med förundran över vad som skett gnida sin haka, och du vet, Persson, att från och med nu kommer ingen att våga röra dig, Lundblad sjunker ner i en av sofforna, han kommer inte att riskera nåt, du har tagit makten över dig själv, du har börjat skaffa dig ett rykte.

Och Persson är inte ett så kasst namn trots allt. Om man ändå heter det.

NU GÅR MAN MED EN BULA i brallan mest hela tiden, det räcker att snudda vid tanken på Carina Lindgrens svällande bröst för att man ska tvingas trycka ner händerna i jeansen och dölja ett underliv så bultande och sprängande av könsmognad att sperman söker sig ut överallt, flödar upp på halsen, över hakan, kinderna, näsan, som ett radband i pannan i form av gulvätskade, övermogna finnar som låter klatsch tjoff fjunck när man klämmer dem så att de skvätter i badrumsspegeln. Inte blir det lugnare i kallingarna för det. Man har blivit medveten om tjejerna på ett annat vis, ser på dem med nya ögon. Ser efter vilka som är ens typ, och urvalet är inte längre så begränsat.

Ser dem som tidigt trätt i sina mödrars spår, gjort en raid i deras garderob, damiga, rentav tantiga, de redan vuxna som fått för sig att hoppa över tonåren och genast påbörja vandringen i karriärbanan, de skyndar fram med ett bekymrat drag över pannan, tjejer som är hopplösa i gympa men fenor på franska, f ö ett ämne som jag och Bogdan som enda killar valt eftersom vi räknat ut att salen måste fyllas med tjejer, vilket den gör, fast inte av de tjejer som vi tänkt oss, utan dessa som bär för väderleken tjänliga kappor och sätter upp håret med spännen, de är gråa – eller beigea som det heter nuförtiden. De kan vara förrädiska att känna igen, för det finns i nedre änden av duktighetsskalan en identisk upplaga, men till vars karakteristika hör att de stryker närmare väggarna och ser uppskrämda ut, och aldrig yttrar så mycket som en stavelse, som om inte enbart nuet utan även framtiden lägger sig som ett tungt, hotande tryckförband om dem, är på väg att kväva dem, klarar sig faktiskt igenom hela grundskolan utan att pröva rösten en enda gång.

Några som däremot verkar kunna ägna hur mycket tid som helst åt att vara *en vogue* är de siamesiska tvillingarna, flamsiga, tisslande, de går jämt två och två, prenumererar på Vecko Revyn, som de läser tillsammans, och delar åsikt om allt utom i det eviga trätoämnet: vilken av killarna i Boppers som är sötast. De ringer varann på eftermiddagarna, de ringer varann på kvällarna, innan de lägger sig, de ringer varann på mornarna och gör upp så att de klär sig samstämmigt: vita strumpor och tunnsulade skor, ljusa jeans som ger dem päronhäck, och tennisströja. Tjejer som man gärna vill minnas i ett rosa flickrumsskimmer. Eller hur de rodnar när killen i motsvarande utstyrsel och med en encentare inpregad i ovanlädret på sina pennyloafers går förbi svängandes sin attachéväska, pappas pojke med Mum for Men under armarna. Deras favoritfilm är Grease. John Travolta – åååh!

Till klädsel närbesläktade men i grunden av ett helt annat slag är sportisarna, de grabbiga tjejer som tränar friidrott eller spelar fotboll eller badminton och tillbringar helgerna på tävlingar och matcher. De går rakt fram till oss killar och sätter igång att snacka som den naturligaste sak i världen, men tillsammans, när de är för sig själva, har de ett eget språk som utestänger alla andra och som de snackar benhinneinflammation, tider, intervallpass på, och de droppar namn från träningshallarna, killar de träffat på träningsläger. De backar inte för att vara med på snöbollskrig. Och lite pinsamt är det med tjejer som springer snabbare än en själv, som kan dribbla bort en eller utmana på en femetare, men det är okej, för de kan en sak som nästan är förbjuden annars, om inte av skadeglädje och hån: de kan skratta. Ärligt. Glatt. Ofta.

I rökhörnan härskar de coola brudarna, och de kan indelas i två kategorier. Först har vi de som är coola på riktigt, spacklade så klart, men spacklade med viss kunskap om hur en extravagant make up läggs, hårda som teglet de hänger mot i sina läderpajar och boots eller, för dem som förordar en mer feminin framtoning, högklackade pumps, till det blusar som är uppknäppta till söder om naveln för att blottlägga en begynnande klyfta mellan brösten och jeans från Gul & Blå eller Puss & Kram som är så tajta att de måste ligga ner för att krypa i dem. Det varnas för att det kan ge framtida men i form av begränsad fertilitet. Who cares? De mest modeortodoxa sprättar upp sömmen för att kunna trä på sig brallorna, syr sen igen. De är förstås ouppnåeliga och har redan skaffat sig ett visst mått av frihet, de skolkar som de vill men spelar högt på sin skönhet och är ändå polare med lärarna, och de hämtas av killar som kör amerikanare, och då menar jag riktiga slagskepp med krom och fenor och baklyktor som en lampaffär, nercabbade och med radion på högsta, och inte sunekärror som den Impala Thomas skaffat. Han skulle inte ha en chans på de här brudarna. De jumpar ner i lädersätena kringstrålade av vampig marilynmonroemagi och med läppar som kan suga kromen av en Buick och V8orna mullrar och deras hår fladdrar i vinden, står som strutar efter dem när de krängande jänkarna taxar ut på Mariedalsvägen. Det är bra korkat av killen som står och lägger an på en av dem att tro att han ska komma undan med mindre än att raggaren, hennes fästman, utan ett ord eller tecken på brådska fimpar sin cigg i kinden på honom – och med tanke på det inverterade rättssystem som råder är det inte mer än rätt åt honom!

Brudarna som hör till den andra kategorin saknar star quality, är liksom sekunda varor, wannabees, vulgovarianten, det har kort sagt med bristande sex appeal att göra. Inga äldre killar hämtar dem, inga killar alls faktiskt, och ingen vet riktigt vad de heter eller i vilken klass de går. De är märkvärdigt anonyma trots att de har framskjutna positioner i rasthallen. De spacklar sig hårdare, utan finess och med mycket svart runt ögonen, bär tajtare jeans, hur nu det är möjligt, och deras a-va-fan-attityd gentemot lärare och plugg ger dem kvarsittningar, brev hem för målsmans underskrift, samtal i enrum, särundervisning, sakta men säkert ramlar de allt längre ner i betygsdivisionerna.

Sen finns det alla dessa tjejer som inte kan fackas nån särskild stans, som bara är, utan att utmärka sig, vanliga och enkla, de som i likhet med de flesta av oss killar skvalpar runt i medelmåttornas, de medelsnyggas, de medelkläddas, de medelframfotigas rymliga balja. Massan som är en förutsättning för att de andra ska synas. Alla ytterligheters fundament. De som inte bjuds upp först på skoldanserna, men inte heller sist. De som man inte gör sig till för, men gärna pratar med om man kommer på tu man hand. Som inte är de självklara valen att tänka på innan man somnar men inte heller sabbar kvällen fullständigt om de skulle ta plats i ens tankar.

Stopp, det räcker! Det är egentligen nåt annat du vill berätta om, eller hur?

Såhär då: Detta är brytningstiden då plugghästar och drop outs utkristalliseras, Anita Ekbergar och Linda Haglundar, och det är också tiden då pubertet och tonårstrots möter vuxenvärlden, förlägenhet möter kättja och het längtan, ryska posten ersätts med sexualitet, ett villrådigt sökande efter en plats i tillvaron slåss med självsäker sturskhet – och raggarkultur går i clinch med den nya tidens uppror, punken. Det är urladdningar på stan, slagsmål, upplopp, polisingripanden med häst, ensamma punkare som ges omsorgsfull behandling av en bilkaravan berusade bärsärkagångare. Delar av rasthallsgänget konverterar till punken, vilket delvis slår en brygga mellan lägren och i nån mån fredar tjejerna, som är färgstarkast och i majoritet. De spänner över hela skalan, från de som färgar håret orange, grönt, rött, gult, svart, och formar tuppkam med tvållödder eller rakar skallen och klär sig i söndertrasad second hand, knuttejackor som sprayas med Sex Pistols och peacemärken, kedjor mellan säkerhetsnålar i kind och öra, ringar lite varstans, ner till svansen av mer städade hemmaflickor som sköter sitt uppror på skoltid, som hon som sätter en stjärna på kinden med kajalen och fäster ett gem i näsvingen (och döps till Bilagan). De häckar i klasar på trappan som en färggrann, vildsint fågelkoloni. Det är vackra, smarta tjejer som blir rebeller –

Gäsp. Kom till saken! Säg som det är, det smärtar, va?

Klart det gör. Den första flickvännen är det nåt speciellt med, hon stannar kvar i ens hjärta som en matris att passa in andra i, man kan glömma den första man hamnar i säng med, den första man tror att man vill dela resten av sitt liv med, men minnet av den första flickvännen försvinner inte sen man gift sig, som vore man otrogen genom att ha henne i tankarna: vad gör hon i dag?

Cissi tar inte som Carina omvägen över Led Zeppelin till punken, hon ger sig rakt in i den, kommer ena dagen som flicka med det blonda håret i hästsvans, nästa dag är det avklippt och resterna färgade lila. Tjockt med kajal runt ögonen och ögonbrynen målade utdragna som sablar. Börjar röka. Till min svartsjuka – det måste erkännas, det stinger till ordentligt, en stark förnimmelse av hur det är att bli bedragen – blir Cissi ihop med en kille som är två och tjugo lång. En och åttio utan tuppkam. Men hon hör inte till dem som anammar punkens yta enbart för att chockera, ett rop på uppmärksamhet, konserternas skallskakande, skrikande hord, hon tar med bergfast övertygelse till sig musikens och modets veka teoribyggnad och ingår snart i punkens intellektuella falang, delar ut anarkistiska skrifter, tror på punkens mission med hela sin kraft och sitt tonåriga ursinne, världen ska förändras, vältas över ända med anarkism och ostämda gitarrer. Hon väjer inte undan, söker snarare diskussion och debatt med lärarna, ifrågasätter och levererar argument och motargument med en retorisk mognad som får dem svarslösa. En välartikulerad uppkäftighet och en attityd som fordrar att tas på allvar. Och när Lundblad och Ålen ger sig på henne står hon kvar och talar för sin rätt att vara den hon är, tar emot slagen och sparkarna, men står kvar, står kvar och bryter ner dem verbalt tills de har mer att förlora än vinna på att slå henne.

Det är en förvandling som jag åser med förundran, eftersom jag inte begriper vad hennes uppror riktas mot, vad det är som ska förändras, varför eller hur (förutom att jag begriper att den anarkistiska idén om ett icke-monetärt samhälle är en utopi, om inte annat har Lundblads muddringar övertygat mig om det), och jag skulle bra gärna vilja höra vad hennes föräldrar säger nu, om de säger nåt nu, men det lär jag inte få veta för makarna Åmark har vaknat upp ur sitt flummiga vänsterhycklande och tagit fatt i realiteterna och flyttat till en 180 m² socialt anständig våning på Fersens väg, varifrån Cissi ständigt kommer försenad till första lektionen, vägrar be om ursäkt, hävdar sin rätt att själv ta ansvar för sin utbildning. Om hon kommer alls. För killen, Per Fekt, tillbringar mesta tiden nån annanstans än i skolan, på nån bänk i Pildammarna t ex, hinkar folköl, pustar hasch.

Vadå då? säger Cissi när man för det på tal.

Men hur fan ser han ut!? Och du?

Du fattar ju precis ingen*ting*!

Har du börjat röka galle också?

Om jag har det, är det min ensak. Eller om jag inte har det.

Hon kastar sig upp på sin svartmålade militärare och trampar iväg, skriker:

Du är så jävla borgerlig!

Det är okej, Cissi, du är ändå kvar i mina tankar.

NYHETERNA DUGGAR TÄTT nu, nya ämnen, nya lärare, som är en mischmasch mellan en Palin och en tompa, entusiaster som tror på eget ansvar och gruppdynamik och gärna vill se oss som så mogna att de och vi kan vara "vänner" som arbetar mot ett gemensamt mål, medan vad vi minst av allt önskar oss är en representant från vuxenvärlden som vän.

Du är en kvart försenad, Jan.

Jag har varit på dass.

Du har haft tjugo minuters rast på dej för det.

Tror du jag pissar på fritiden?

När de upptäcker att "vänskap" är dömt att misslyckas, är det för sent att ta ett steg tillbaka och försöka återupprätta disciplinen, den palinska disciplin de själva fostrats under och på lärarhögskolan utbildats i att inte utöva, som de förtränger tills de inte kan hålla emot längre. För Janis utdragna sejourer på dass fortsätter.

Är du försenad en gång till så... så... skär jag öronen av dej!

Så vad de får slåss mot är inte enbart vårt lätt föraktfulla misstroende mot deras ställning och auktoritet utan också, och kanske värre, sin egen ambivalens inför i vilken riktning de ska gå. Det leder till lärare som bryter samman inför öppen ridå, sjukskriver sig i långa perioder, vägrar ta sig an vissa klasser, och därmed sjunker de ännu lägre i anseende. Inte underligt att många av dem söker sig till andra anställningar när arbetsmarknaden stabiliseras eller övergår till att sitta hemma och författa läroböcker, och att de då *gratuleras* av kollegiet för att ha lyckats ta sig från skolvärlden.

Samtidigt som vi börjar misstänka att Janis inte är klassens brightaste hjärna.

Som så ofta annars är Lasse den förste av oss som hittar en egen väg genom den snåriga djungel av förhållningssätt och ambitioner vi har att välja mellan. Han ger fullständigt fan i alltihopa. Han sätter en pärla i örat, och han har som sagt tagit en ordinarie i rasthallssofforna, och den lämnar han inte. Det ringer in och Lasse sitter kvar. Han blir mer än polare med Lundblad och Ålen, han blir klasskompis med dem. Efter en halv termin flyttas han nämligen över till permanent särundervisning för "utagerande elever", och obsklassen är både så demokratiskt och så praktiskt beskaffad att den har gemensamma lektioner och sätter samma läroböcker i händerna på eleverna oavsett vilken årskurs de härstammar från, tre år i sträck med grundkurser, det primära här är att bedriva "underhåll", inte "undervisning", lektioner som inleds med att obsläraren går en runda runt skolan för att samla ihop sina avfällingar och fortsätter med att hålla dem sysselsatta så att de förhoppningsvis stannar tills det ringer ut.

Mitt umgänge med läxböckerna blir också sporadiskt. Så mycket annat drar nu. Det finns inte tid att vara hemma. Vilket jag meddelar morsan.

Vart ska du då?

Ut.

Vadå ut?

Bara ut.

Men vi ska äta middag...

Jag tar det sen, morsan.

För jag måste... ut. Ute händer så klart ingenting. Gänget står och trycker nere vid korvkiosken vid Pildammsrondellen, där vi käkar korvbröd med ketchup för femtio öre, cigg säljs styckevis och våra föräldrar inte kan se oss stå och blossa. Det enda som duggar tätt här är regnet. Det är för sjutton höst, blåst och oväder, snor och infektioner – för att de boots man äntligen lyckats tjata sig till har usel lädersula och läcker som en gisten eka. Värmer gör de inte heller.

Morsan höll i det längsta på fodrade kängor, för hon visste att boots var detsamma som konstant förkylning i sex månader, men det måste den envise sonen själv komma underfund med. Hon gav med sig och valde att dra gränsen vid midjekort skinnjacka och blåskatarr, nån måtta får det vara, och gillar inte att han ger sig "ut", men han är i tonåren, och i tonåren har man ingen styrsel på vare sig de snabbt växande kroppsdelarna, målbrottsrösten eller hemmahörigheten, så morsan protesterar inte, hon vet det också, hon värmer middan när han landar igen några timmar senare.

Men Monika har inte lika lätt att förlika sig med lillbrorsans vind-för-våg-leverne. Monika som börjat byta om till nattlinne och morronrock inne på toan (och plockar med sig ett klädbylte dit in på morronen, duschar, öppnar en springa och släpper ut en skvätt ånga medan hon ropar på morsan efter det hon saknar). Hon ställer sig vid sängen när hon kommer ut.

Du borde vara hemma lite oftare.

Det är ju inte du.

När jag var i din ålder var jag.

Jag är väl mognare än du, då.

Monika himlar med ögonen, hänger av sig morronrocken på en krok bakom dörren, tar Edith Södergran från hyllan och lägger sig, läser i två minuter, gör ett uppehåll.

Märker du inte att morsan blir lessen för att du alltid är ute.

Blir hon?

När Folke kommer får du stanna hemma mer. För morsans skull.

Men han är ju alltid här!

Ja, Folke har kommit ofta under hösten. Han och morsan kör turer ut på landet om söndagarna, käkar på nåt gästgiveri eller går ut på krogen på kvällen, även om morsan fortfarande tycker att sånt är "onödigt", och han har haft med henne och tittat på en lägenhet. Folke gör upp planer, morsan lyssnar och ger avslag när hon tycker att han går för långt, som när han föreslår att de två ska åka till Kanarieöarna en vecka i vinter, för jag är inte gammal nog att lämnas ensam och Monika ska inte belastas med ansvaret.

Men en helg i Halmstad?

Halmstad? Dit vill jag verkligen inte.

För morsan har ingen lust att åka till en stad där hans förra familj bor.

Det kommer inget telefonsamtal från Uddevalla i oktober, det kommer inget i november eller december heller. Morsan har förekommit det genom att ringa och meddela att vi ska fira julen hemma i år. Hon bjuder in dem också, hon vet att de kommer att tacka nej, och hon sätter igång med förberedelserna.

Men vad ska du ge Folke? Du får så fina saker av honom.

Morsan, det är långt kvar till jul!

Nä du, det går snabbt nu!

Det där lyssnar man inte på, för alla månader är lika oöverskådligt långa, särskilt på hösten – förutom den före jul som tar ett skutt: man går till sängs i mitten av november och vaknar till andra advent, stiger upp och plötsligt har man lucia i ryggen. Man rusar ut i köket.

Jag måste köpa nåt till Monika och till Folke!

Morsan visste att det skulle bli såhär, morsan vet allt.

Jag har köpt klappar från dej.

Jaha, säger man skamset. Men vad önskar du dej då?

Tok. Inte ska du ge mej nåt. Spar du dina pengar.

Men *nånting* måste du behöva?

Vad skulle det vara?

Morsan vrider på ugnsvärmen, har en pastej på väg in i ugnen.

Du kan väl göra nåt själv, föreslår hon. Som det fina underlägget med indianpärlor.

Dead end. Som om morsan inte skulle bli besviken om hon fick sitta där på aftonen med famnen tom. Jag frågar igen dan därpå och får till svar att jag inte ska göra mig besvär – och det enda det svaret skapar är just besvär, ångest, hur man än gör blir det fel. Dubbla budskap. Till julen ska man ge, till alla utom morsan, som förtjänar det mest. Här har hon chansen till en gnutta hederlig uppskattning, en bristvara i den svenska familjeidyllen, och så kontrar hon med självförsakelse. (Tror man, tills man själv har ungar och det man önskar allra mest är att få vara lite mer med dem. Jodå, morsan vet det också.)

Pastejen har klätts in i aluminiumfolie och ställts ut på balkongen. Morsan rumsterar i köket kvällarna igenom och gör sylta och sill, inläggningar, mormors recept, gud vet allt vad hon ska göra, hon ska göra allt, förutom skinkan, den ska Folke ha med sig från en gård han känner till i Småland där de svartsäljer de saftigast tänkbara.

Monika återvänder från scouterna. Hon tittar in i köket:

Blir du aldrig trött?

Morsan viftar bort frågan:

I år kan jag vara hemma och vila hela helgen.

DET BÖRJAR PÅ SEXTIOTALET, då de svenska konfektionsföretagen tack vare sänkta transportkostnader kan etablera fabriker utomlands, Finland, Portugal, låglöneländer, sen börjar tredje världen tillverka. Sverige har världens lägsta importtullar, det väller in drivor av konkurrenskraftiga kappor och kalsonger och lågprisstrumpor, och statliga pengar strömmar in i textilindustrin, ett strumpverk 70. AB Sveriges Förenade Trikåer ombildas i sjuttiotalets gryning till Eiser, en koncern som industriministern kapar åt sig hälften av aktierna i, några år senare övertar Statsföretag hela Eiser. Och staten förvärvar fler, varav några konkursdrabbade konfektionsföretag i vad som kallas strukturrationaliseringssyfte, däribland Strumpan. Produktionen automatiseras. Fabriker läggs ner, först de små, sen allt större. Anställda faller av från tekoindustrin som barren på en julgran i januari. Strumpan är störst i Skandinavien i sin bransch, bedriver en expanderande verksamhet, redovisar god lönsamhet och all tillverkning av tunna damstrumpor koncentreras till Malmö medan annan produktion flyttas till Borås. Och Eiser brandskattar företaget, det sker juridiskt och bokföringstekniskt oklanderligt i form av upplösta lagerreserver som blir till koncernbidrag och fonderade vinstmedel som blir utdelningar till moderbolaget, soliditeten rasar, allt arrangerat av en direktör som tycker att "livet är som bäst när man är bekymrad", och eftersom nära 90% av de anställda inom teko är kvinnor, industrins kanonmat, är det enkelt att göra processen kort. Så när Strumpan p g a ett svagt konjunkturläge, en allmän nergång, ökad internationell konkurrens, en allt lägre marginal, en för hög kostnadsbild, en minskande marknad för strumpbyxor föranledd av jeans- och fritidsmodet, allt vad ledningens höghalsar kan klura ut att snida sina formuleringar kring, måste behovsanpassa personalstyrkan efter rådande efterfrågan och förväntad framtida försäljning, dvs avskeda, sparka, dumpa, focka, kicka, ställa på gatan, you name it, placeras kvinnan med åtskilliga smattrande år vid symaskinen men för industriellt bruk klent anpassat axelparti i första ledet.

Vad ska du göra nu? säger Monika.

Och morsan, sammanbitet:

Men hur ska jag veta det? Jag har precis fått reda på det. Det enda dom sagt är att vi får vara kvar tills allt är färdigförhandlat.

Och när är det?

Jag vet inte, Monika! Det kan ta tid. Jag vill inte prata om det nu.

Morsan slår sig ner med ett korsord, försiktigt, för allt är välstädat och prydligt, det är det alltid, men extra städat nu, och hon vill inte höra talas om uppsägningen och framtiden förrän Folke kommer, detta är nåt som vi ska klara av tillsammans, sätta oss ner en kväll och prata igenom, rådslag, överläggningar, hitta en lösning, men Folke blir försenad, kommer inte den dag han utlovat, hör inte alls av sig, vilket inte gör morsan mindre bekymrad, nåt kan ha hänt på vägen ner från Östergötland, den förrädiska, oberäkneliga väderleken på småländska höglandet, och inte står han där med skinkan under armen dan efter heller, men han ringer, det är jag som svarar och han hinner inte få fram mer än att han blivit fördröjd innan samtalet-på-väg-att-ta-slut-tonen tutar, och linjen är död.

Det är ett besked morsan tar med jämnmod. Lille julafton får Monika motvilligt stanna hemma för att nån ska kunna ta emot Folke när han anländer, medan morsan och jag kör upp till Johannesgården på nyröjda vägar kantade av gnistrande snövallar och med solen som en lågt hängande mandarin på en himmel blek som glas man hittar på stranden och Hej trafikant! på radion, underlagsrapporter och intervjuer från vägrenen. Mormor orkar inte själv resa till Uddevalla och Leif "har inte tid" att hämta henne. Mormor fyller bilen med sina paket och resväskor, halva bohaget stuvas in runt mig i baksätet. Det blir en returresa till vars monotoni hör att morsan *försvarar* Strumpan inför mormor:

Hur ska det gå för dej, Bodil. Dom ställer dej på gatan.

Så är det inte, mor. Det kommer att ordna sej.

Ja, jag förstår det inte. Du som är så flitig.

Det är inte det... Dom ser det på ett annat vis.

Kan du inte prata med din chef? Han kanske kan hjälpa dej.

Var inte orolig, mor. Det finns andra jobb.

Det har blivit mörkt när vi återvänder. Monika sitter ensam i soffan med raggsocksfötterna uppdragna under sig, tuggar kola och trycker nejlikor i apelsiner som hon binder upp i röda fejksidenband, har Bolero på stereon.

Morsan med kappan på:

Har han hört av sej?

Ingen har ringt.

Det är ett svar som morsan får nöja sig med, och efter att mormor fått sig en runda för att konstatera att ingenting här är förändrat, fått en uppsättning handdukar till badrummet och fått sig en plats bredvid Monika i soffan, börjar morsan duka för middan. Hon sätter fram fem tallrikar, tar bort en, ändrar sig och sätter tillbaka den. Hon känner med en sticka att potatisen är kokt, slår av vattnet och låter kastrullen stå och ånga av sig, drar köttbullsjärnet av spisen, räcker mig senapskrukan att kränga locket av, och när den kommit på plats mellan smöret och brödet och osten och rödbetorna skickas jag att ropa varsågoda in i det blåskimrande vardagsrummet. Då ringer det. Jag hugger telefonen i hallen. I andra änden frågar en kvinnoröst mycket formellt efter Bodil Kraft och jag räcker luren till morsan, och hon: ja? med en ängslig ton i stämman. Därefter säger hon inget, lyssnar, säger: har han? med ännu ängsligare ton, och hon sätter sig. När inte mycket mer hörs utifrån hallen hasar sig syrran upp ur soffan med mormor i släptåg, skruvar ner ljudet när hon passerar teven, morsan vrider sig bort från oss, det blir ett kort samtal där hon inte yttrar mycket men avslutar med ett lågt tack innan hon lägger på. Hennes blick är spikad i väggen. Hon har kvar handen på telefonen.

Mormor bryter dödläget:

Han kommer inte?

Han har flyttat hem till dom igen.

Monika: Dom? Dom i Halmstad?

Det var vad man kunde vänta av honom, säger mormor. Vad sa jag till dej?

Jag frågar:

Vem var hon som ringde?

Morsan reser sig med ena handen som stöd mot telefonbordet.

Det var hans fru.

Hans fru? upprepar Monika. Kunde han inte ringa själv? Och var det allt hon sa, att han flyttat hem till dom igen?

Hon önskade en god jul också.

Här kan vi utan svårighet tänka oss att morsan, uppsagd och för andra gången sviken av samme man, ska korka upp, kröka till ordentligt julen igenom, därefter gå på sparlåga över nyår och trettonhelg, skåpsupa, innan hon kommer upp i varv igen när mormor är tillbaka på Johannesgården och ägna dagarna åt att sitta hemma och underhålla sin fylla, lulla omkring i en dimma som ingen och inget tränger igenom och låta det gå så långt att grannarna känner sig föranledda att kontakta soc och yngsta barnet hämtas till fosterfamilj medan modern sätts på torken, men detta är inget ur litteraturhistorien, inget vi sett på film nån gång, detta är min morsa och hon har naturligtvis också en klump i bröstet som kramas åt så att det hugger till, men hon kan inte klappa ihop för det, morsan har inte råd med nån självömkan och inte kan hon fly, hon har en son och en dotter att ta hand om, en värdighet att upprätthålla, räkningar att betala, en middag på eftervärme och en jul att fira:

Nu sätter vi oss till bords. Ni måste vara utsvultna.

Varken jag eller Monika hänger upp nån strumpa innan vi lägger oss. Vi släcker och vi snackar inte i mörkret. Jag vänder mig in mot väggen utan att invänta låsklicket. Och julafton kommer utan det där sprittandet i benen som hör till annars. Jag ligger kvar i sängen, har ingen större lust att stiga upp, men ifrån andra sidan dörren hörs röster som pratar upp sig för en lång dag och under mig rycker

Monika av sig täcket och kommer på benen. Det känns bättre att stiga upp tillsammans med henne.

Rösterna försvinner när vi kommer ut i köket i pyjamas och nattlinne. Mormor snurrar med skeden i koppen så att kaffet virvlar sig, droppar i några bitar socker, och morsan som inte bryr sig om att påminna om morronrock:

Vad vill ni ha? Ni får vad ni vill.

Har vi tårta? försöker jag.

Tårta, nä. Du är tokig du. Men risgrynsgröt, vill du ha det?

Inte nu.

Vanliga smörgåsar då?

Morsan räcker Monika skivor att mata i rosten.

Inte mycket att ta sig för. Vänta ut. Lägenheten känns överväldigande trång. Mormor tittar på teve och bläddrar i veckotidningar. Monika ockuperar rummet. Morsan pysslar i köket.

Får jag gå ut? frågar jag henne.

Morsan som rufsar om mitt hår.

Visst, om det är vad du vill.

Och när jag fått på mig bootsen och jackan kommer hon ut i hallen.

Var inte lessen, Johan. Du ska se att det blir bra till slut. Var nu inte ute för länge bara.

Inte blir man ute länge, om det finns nån dag på året då man inte blir ute länge så är det julafton, man tar en runda om sin gamla skola, vilket inte direkt är nån humörhöjare, om affärerna, sparkar iväg en sten och önskar att Folke ska känna sparken, sparkar på en till, vräker tunga snöbollar mot en vägg och vill att de ska träffa Folke, välter omkull en cykel och hoppar på hjulen så att ekrarna knäcks, det gör det inte begripligare, och inte vet man vad man ska göra av allt det inom sig som är förbannat, sjudande, eller om det hatar, och ändå inte, och det är kallt och man fryser och förlorar känseln i tårna och fingrarna och näsan och man tvekar om det är dags att gå hem, det är det inte, det blir en vända till Allans korv också för att läsa på löpsedlarna både två och tre gånger, det fördriver inte tankarna, innan man till slut traskar hem till Kalle och Hacke och Aristocats och den fåniga tjuren som dimper ner med röven på en geting, nötter och konfekt i glasskålarna, men mysfaktor noll.

Morsan måste ringa till Uddevalla och önska en god jul, tvingas klämma ur sig att vi är en man kort här nere, återbud i sista stund, nej inte i morron heller, aldrig mer, och hur har ni det? har ni redan delat ut? Hon har sin bror i örat och av hennes miner till mormor att döma har han sluppit tomtemasken i år och kunnat stiga ombord tidigt på Explorern, lättat ankar och seglat ut på snacksalighetens öppna farvatten, och när han kommit i hamn blir det en kort paus då morsan håller för mikrofonen och viskar Lisbeth! och hennes ansiktsuttryck skiftar, hon berättar samma sak återigen och ifrån Uddevalla utgår det en ny lång harang där morsan emellanåt skjuter in dämpade ja och nä och jag vet, jag vet och jag trodde att den här gången..., och: jag önskar er också en god jul.

Du ska inte lyssna på Lisbeth, säger mormor.

Hon tror att allt är så enkelt, säger morsan.

Du vet hur hon är. Hon har det inte heller lätt.

Nu tar vi paketen.

Morsan dirigerar sin lilla styrka till soffan, och efter en stunds tjabblande om vem som ska vara tomte blir det morsan som läser på etiketterna och fördelar paketen, och lite festligt blir det ändå.

Det här står det inget på. Är det ditt, Johan?

Jag har rimmat på alla.

Få se, säger mormor. Det ser ut som ett av mina.

Har du inte satt lapp på?

Jo, visst har jag det.

Mormor letar, hittar inget mer än vanligt omslagspapper.

Glömde jag skriva?

Men du måste veta vem det är till?

Är det till dej? Jag är inte säker. Eller till Lisbeth... Monika, menar jag.

Minns du nånting? säger morsan surt. Minns du i vart fall vad det är i?

Det är... nä...

Då måste vi öppna alla och se efter?

Monika och jag får slita upp samtliga mormors paket, men det är inte till nån hjälp, mormor har ändå inte klart för sig vad hon köpt till vem.

Ni får ta vad ni vill ha, löser hon det. Och då börjar Monika att garva, och morsan, och jag och mormor också, och det är skönt att få garva åt en så löjlig grej, garva så att man halkar ner på golvet med knip i magen, glömma vad man köpt för julklappar! Vi garvar så att sillen är uppe och vänder, och varje gång garvet är på väg att klinga ut håller vi upp en ny grej:

Vem är den här till?

Jag vet inte, svarar mormor med andan i halsen. Vill du ha den?

Och garvet tar ny fart. Morsan garvar så att ögonen tåras och hon måste svepa som en vindrutetorkare över kinderna med servetten, och när vi äntligen garvat klart är tårarna kvar och morsan viker samman omslagspapper som kan användas igen, lägger det i en hög för sig, reser sig och knyter av sig förklädet:

Jag går och lägger mej en stund.

Nu? Vad är det, morsan? säger Monika.

Jag ska bara vila. Jag sov dåligt. Du kan väl sätta på kaffe till mormor.

Och morsan går in till sig, skjuter igen dörren, inte helt, inte så att hon avskärmar sig och stänger ute, hon lämnar en springa, precis så vid att hon ändå är med men ingen skulle komma på tanken att knacka på och sticka in skallen.

Under granen ligger fyra paket orörda.

Ja, säger mormor. En kopp kaffe skulle inte smaka illa.

ÄN ÄR GÄNGET INTAKT, även om det går att ana små sprickor, sammanhållningen som sätts på prov nu när vi börjat dra åt olika håll, Bogdan ser vi t ex inte till så ofta nuförtiden, och naturligtvis inte Cissi heller, hon skulle ändå aldrig få för sig att gå på nåt så demoraliserande som en skoldans. För det är dit vi är på väg när vi samlas vid Pildammskiosken varifrån vi drar vidare till Himlabacken i parken. Och av samma anledning som den första prillan inte tummas upp under läppen hemma på rummet eller den första ciggen inte smygröks i ensamhet, måste spriten göra sitt intåg inför samlad trupp. Den hör till de saker som är meningslösa att stifta bekantskap med på egen hand, för det handlar inte om vad man gör med sig själv utan om vad man gör inför andra – och vi gör det runt en av bänkarna nedanför backen, med kragarna uppvikta mot blåsten och det strilande regnet. Lasse hivar fram en flaska.

Smaka på det här.

Nån tar en första sipp.

Å! fy fan! vad äckligt!

Jag tar nästa klunk, och gott är det inte, men dricker man snabbt hinner man inte känna smaken. Jag tar en till.

Men lugna dej. Drick inte upp allt.

Det är coolt, säger Lasse. Vi har fem flarror till. Ta mer.

Nä, jag väntar.

Skicka hit den då!

Jerry William dricker med vad som närmast kan beskrivas som hänryckning, en bestämd vilja att få i sig ordentligt med värmande dryck, en entusiasm som han nog hade kunnat lägga band på om han vetat att det är hans egen farsa som fått släppa till av sitt hemmabryggda maskrosvin, förvarat i matkällaren, Lasse och Janis har alltså klippt upp låset och försett sig med hela skörden (varav hälften oavkortat gått till Lundblad). Vin du maison 1977 står det på etiketten. Årgångsvin. Med en slemaktig sörja vajande över flaskbottnen.

Vad är det?

Det är det man blir full av.

En myt, men det är myter vi lever av de här åren, så Carina tar en mun, fryner – Nä, fy! – sen några till innan hon räcker flaskan vidare till Åsa, som sätter den till läpparna.

Men drick då!

Det gjorde jag! Det var inte gott.

Det syntes att du inte svalde.

Gjorde jag visst.

Carina tar tillbaka flaskan, drar i sig en rejäl dos till.

Skicka ciggen, Lasse.

Fånga.

Ett paket Marlboro kommer singlande i luften.

Ta en ordentlig klunk nu, Åsa.

Jag har druckit så det räcker, sa jag!

Mörkret sänker sig över parken. Röster och cigarettglöd och blänket i flaskor som langas runt. Rolle kommer senare från träningen, med duschblött hår och doften av deodorant, Rolle som spelat en turnering i Århus (resultat: 2–1, 4–2, 0–11, sista natten hamnade lagledaren hos en kvinna han mött på restaurang, målvakten i häktet för fylla, återvände pittögd i taxi lagom till andra halvlek, spydde i kepan, bars ut: idrott) har lärt sig knepen att blanda förfriskningar, tömmer sakkunnigt souvenirare – apricot brandy, whisky, cointreau, ägglikör: allt han fått tag på – i Pripps Blå. Järngrogg. Dögott.

Ska inte du ha, Roger?

Nä, kommer det från Roger, som håller sig en bit utanför tillsammans med Laila, som det inte ens är idé att fråga.

Flaskor och burkar gör sina varv, liksom tankarna, som stelfrusna rullar genom skallen: Hur mycket måste man dricka för att det ska kännas? Och hur ska det kännas?

Nu är jag skitfull!

Du har inte druckit nåt.

Har inte jag? Kolla här då.

Jag känner inte ett skit. Kan man vara immun?

Fan, Janis, måste du varmröka ciggen?

Vad har du blandat i den här, Rolle?

Underberger hette det. Och så var det nåt annat också.

Du, det är jävligt gott.

Kom igen, Roger, du kan i alla fall smaka lite.

Men Roger vill inte smaka, inte lukta på brygden heller, men han står kvar i utkanten och följer med ett flin kamraternas galenskap. Åsa har dragit sig bak till honom och Laila:

Ska vi inte gå snart, Carina?

Gå? Varför det? Vi är inte klara än.

Första fyllan, som ger den första lärdomen i den här genren: Det är alltid nån som blir fullast, nån som flippar ut och drar iväg åt ett eget håll, käpprätt ut i buskarna, där det rasslar i löven med ojämna mellanrum. Persson är nere på alla fyra, skälvande, hulkande, påminner rätt mycket om Rogers farsa när halva bostadsrättsföreningen stod i fönstret och såg honom krypa ut ur taxin med Jokkmokks-Jokke som sällskap, fast med ett mindre aggressivt rörelsemönster, och med öppen mun. Det kommer inga ord ur den, det kommer en ny stråle, vattnig, Persson är nere på bottenskylan nu. Han kravlar runt efter nåt att hålla sig till, nåt som får klotet att sluta snurra, hittar en trädstam som han kramar som ett barn med slutna ögon och fortfarande öppen mun, tunga andetag som enda tecken på att han är vid liv, kanske ett svagt gnyende också, är tydligen inte så immun som han trott. Janis rycker i honom:

Skärp dej, annars hämtar vi din farsa!

Smart, Janis. Det krävs inte mycket självbevarelsedrift för att begripa att det minst briljanta vi kan göra nu är att hämta farsor. Persson är halvdöd, och när nån är halvdöd är det de andras uppgift att se till att han, eller hon, för det händer, det händer, kommer på fötter igen. Det blir jag och Jerry William som reser Persson upp. Vi stöttar honom bort till dammen, där isen nyss har gått, och håller i honom när han på veka ben och med sprängande ögon sjunker ner på en sten och valhänt sköljer av sig, skopar upp ett par nävar fågelskitigt vatten över jackan som fått sig en grönbrun fartrand över bröstet. Han gnuggar ansiktet, snörvlar, dricker lite, gurglar, sprutar ut det i en matt stråle, hostar och upp kommer en sista grön rest från magens nedersta skafferi. Ostadigt reser han sig, vinglar till, återfår balansen, drar upp tröjan ur brallorna och torkar av sig, står där på stenen svajande och blek och inte överdrivet talför, med blöta knän på jeansen. Han spottar, fräser ut en spyrest som satt sig på tvären i näsan. Jerry William och jag är också präktigt svajiga, men det kommer an på oss nu att skaka cellerna på plats, tänka klart, ansvar, vi står ordlösa på varsin sten, frusna, och ser upp på den yllegråa himmel under vilken allting pågår, fontänerna i dammen som är färgbelysta och sprutar i skiftande mönster, eller om de är avstängda såhär års, den glesa trafiken på håll bortom kastanjeallén, sjukhusbyggnadernas tända fönster, salar med varma sängar, och vad är det vi är med om nu, är det att mogna, är det såhär att vuxna till sig, det är inte vad vi väntat oss. Att åldras är kallt och smakar illa.

Jerry William skjuter iväg sin fimp ut i vattnet med en fingerknäpp hämtad från spagettivästernestetiken:

Du måste hem.

Persson stirrar också ut över dammen, det har slutat regna, stirrar på det gamla vattentornet på höjden på andra sidan som om han gått i baklås.

Tar du dej hem själv?

Jag drar i honom – Ska vi följa dej? – men Persson gör motstånd, och släpper inte tornet med blicken.

Kom nu!

Cape Kennedy! utbrister Persson. Sojuz!

Men ge dej.

Sojuz! Persson gör ett läte som ska likna en raket som lättar från marken, med sprutande eldflammor, men take offen stannar vid gurgel och fradga. Sojuz!

Jerry William och jag börjar gå därifrån, men en kille som står och skriker namnet på ryska rymdraketer rakt ut i tomma intet kan man inte lämna ensam, och inte kan man baxa hem honom till nån av hans föräldrar heller. Vi får ta honom med tillbaka.

Vinet är slut. Åsa och Laila har givit sig av. Lasse säger:

Är han okej?

Han är knast. Han kommer inte in om Einstein vaktar.

Men hur ser han ut? säger Janis.

Han är asblagad, fattar du inte det?

Vi får tar en bia i stället, föreslår Jerry William. Vet nån vad som går?

Taxi driver, säger Carina. Robert De Niro.

Och vi bestämmer oss för att i det skick Persson är måste det bli Taxi driver, så vi börjar gå. Alla utom Lasse.

Han får skylla sej själv. *Vi* kommer in.

Vi kan väl inte lämna Persson här?

Men för helvete!

Lasse ser runt på oss. Får inget gehör.

Roger, du ska väl med på skoldansen?

Nä. Jag hänkar till bian.

Lasse svär till igen, sitter kvar på bänken och ser oss gå in mot stan, och sen kommer han ikapp. Persson traskar bakom oss, behöver en hel del manöverutrymme och brölar emellanåt Sojuz! genom sjukhusområdet och nerför Rådmansgatan till Sandrew på Södra Förstadsgatan, där det blir tvärstopp. För nån måste köpa biljetter till hela gänget, nån som kan tänkas se ut som femton. Medan vi stramar upp oss får Rolle en snilleblixt:

Persson, erkänn att det var du som satte upp dom där flaggorna.

För det har förblivit ett mysterium, vem som virade fast "kommunistflaggorna" i granen. Spekulationerna har varit vilda om vem som obemärkt tillverkade och fick dem på plats. Tjejerna föll genast bort, sen vidtog uteslutning, tills en liten grupp skäligen misstänkta kvarstod – vi själva, det måste ha varit en av oss i gänget, ett insiderjobb av nån som är strong på att knipa käft och som är på det klara med att ett hjältedåd som inte läggs i öppen dager med tiden växer sig allt större. Ingen tar således det på sig, fastän att vi är övertygade om att det måste ha varit Persson. Nu är rätta tillfället att klämma honom på sanningen.

Det var du, Persson.

Persson hänger mot biografens reklamskylt. Han får ur sig ett otydligt:

Aldrig.

Erkänn. Du satte dit dom när du strök ut på tavlan dan innan.

Klart och tydligt den här gången:

Har du skit i lurarna? Jag säjer ju att det inte var jag!

Klart det var. Vi vet om det.

Ge er, killar.

Sex par ögon vänds mot Roger – med varggrinet mitt i nyllet:

Jag trodde inte Palin skulle våga ta ut mej.

MEN MÄRKLIGAST ÄR CARINA. Hon är den enda tjejen som är med till the bitter end, men i plugget är det som om hon håller på att slockna, hon är skärpt och har lätt för sig – och bestämmer sig tvärt för att stiga av, hon byter från särskild till allmän i engelska och matte.

Det här är så skittrist – fullständigt, klagar hon när vi hamnar bredvid varann på en halvklass i kemi. Samma skit överallt.

Är det? säger jag som gillar laborationerna och hänger med skapligt i matte.

Medan Carina borrat ner sig i filosofiska frågor.

När tror du vi får nytta av det här? Vad har formler med *livet* att göra? Varför får vi inte lära oss nåt om verkligheten?

Men om du ska bli kemist...

Vad snackar du om? Nånting måste *hända*!

Men det händer ju saker hela tiden, försöker jag.

Ä, allt är så... lagom. Jag vill ha action!

Jaha, vill du hänga med mej hem då?

Är du dum i skallen? Hellre skjuter jag mig. Börja nu.

Ska du sköta brännaren, så håller jag magnesiet?

Du kan göra vad du vill, *jag* tänker inte göra nåt experiment.

Och Carina gör ingenting, börjar skolka flitigt, så flitigt att hon kallas upp till ett samtal med rektorn, det förändrar inget – sen tar hon tag i händelselösheten, kan plötsligt *samtliga* grundämnen utantill, skriver femmor och byter upp sig till särskild igen, i strid mot all logik om hur en person som håller på att förlora fotfästet ska uppföra sig.

Alldeles lätt att förstå sig på är hon inte, lite av en enstöring, hittar inte sin plats, hon är med i gänget, men är ändå inte *med*, mer åskådare än deltagare, eller om hon har svårt att klämma in ett liv larger than life i sin späda kropp. Hon är inte typen som ställer sig i centrum, ropar ihop en flock och får saker att hända.

Nej, Carina håller sig i utkanten, emellanåt hänger hon ihop med Åsa och Laila, men de är för softa för henne. Hon kör ett inhopp som punkare, tar upp sex hål i vardera örat, två i kinden, pluggar igen dem med säkerhetsnålar och kedjor och är med på trummor i Cissis första tjejband Silvia's Bitches (med Cissi på bas som Cissi Piss), dunkar på trumskinnen tills både de och hon ger efter av ren utmattning.

Så du ska inte vara punkare längre, Carina?

Ä, dom bara deppar ju.

Punkarnas nattsvarta livssyn är inte hennes, och de coola brud-arna i rökrutan vill inte ha med henne att göra sen hon börjat som knattereporter hos Bengt Fahlström i Barnjournalen, synts i rutan i ett reportage om skolreformen. Carina är för mycket rebell för hem-maflickorna, för mycket glädje för depparna, för mycket hjärna för raggarbettorna, för mycket tjej för att bara vara med oss killar. Så vart ska hon ta vägen om hon inte vill ensamhet, ska hon ringa på hos syster varje lunchrast, sitta på britsen och prata ut, ska hon annonsera efter brevvänner, skaffa en hobby, gå med i en förening, som vadå, porslinsmålning eller handboll? Carina är inte den som ständigt måste ha medömkan, hon har inte tålamod att springa och titta i lådan om det dimpt ner nåt brev från Karesuando eller Kuala Lumpur och hon är inte en stillasittande pysslare eller sportfåne. Hon måste hitta en gemenskap där hon kan få action, och gör det också, ett slags gemenskap, i rasthallsgänget, för i svansen runt trä-sofforna ryms också ett antal andra villrådiga, oplacerbara som inte vet vart de ska ta vägen, med taskigt gränssnitt till tonåren.

De kommer in på barnförbjudna filmer, de går på 54:an och dan-sar (fast dansar gör de inte) och de åker in till Köpenhamn. Det är efter en sån tur som Lasse sprutar ur sig:

Ni skulle ha sett Carina i lördags!

Till skillnad från mig var Lasse med, jag är ju aldrig med där det händer, så det är bättre att han som följde dramat från första parkett får berätta detta med egna ord. Take it, Lasse!

"Åkte vi färjan in till Köpenhamn på morronen, köpte varsitt sexpack elefant i butiken där i källaren på hörnet där man går iland och drack dom på Nytorget, ja det var ju inte öppet nånstans, ja inte alla drack vi, men nästan, för några hade vi med oss in på Tivoli sen, körde radiobil och åkte bergodalbana, och Ålen han blev så larmad att snuten sög honom. Carina? Ja, jag kommer till hon, lugn. Satte vi oss i parken i stället, Fäladsparken tror jag den hette, hade varit iväg och köpt fler elefant och Lundblad en Gammeldansk, jävligt fin, smakar som hostmedicin, soligt var där med, satt vi där lugnt och fint och drack och meka en holk, och Carina hon blev så jävla bränd, och Räkan med, och kåt blev han och började stöta, och hon, ja rätt som det var låg dom där i gräset framför oss, hade dratt av sig brallorna och han började pumpa med röven i vädret –"

Okej, tack Lasse, det räcker. Men med Räkan? En grovfinnig nia med dålig hållning och tätt sittande ögon som aldrig sagt flaska – plötsligt är han Dammfris local hero, gör en blixtkarriär från sin outsiderposition, en dark horse som över en helg blir en celebritet, en som gjorde *det*. Plötsligt sitter han bredvid Lundblad, en smula förlägen när det kommer på tal, inte van vid att vara centralfigur.

Och Carina vägrar att skämmas:

Jag drack för mycket, än sen?

Men hur var det?

Jag minns inte. Jag var så full.

Historien genomgår en förvandling medan den kavlas ut i korridorerna, för att i en av de sista upplagorna handla om hur Carina låg i gräset med blottat underliv och tjöt ta mej! ta mej! till hela Nørrebro – våta pojkdrömmar på en prosa hämtad från FIB-aktuellts läsarbrev. Ungefär samtidigt börjar en ny historia att röra på sig, en historia som Carina bekräftar:

Ja, jag är med barn.

Mindre stake i Räkan när han får det beskedet. Grinet suddas ut på momangen och hjälteglorian slocknar. Han dryper av och tar sig säkert en extra runda på stan innan han blek och darrbent traskar hemåt för att leverera en överraskning. Carina verkar däremot obekymrad, hon är som vanligt, vad det nu är i hennes fall, men nu har det blivit så intimt att vi inte frågar henne nåt längre, det här är hennes egen business, så vi frågar Åsa, som inte har samma känsla för privatsfären, som håller sig informerad, som lever upp när en strimma av strålkastarskenet hamnar på henne, Åsa som kan berätta:

Carina ska göra abort. Räkans föräldrar ska hem till Carinas och snacka om det.

Med Carina och Räkan?

Klart dom ska vara med, det är dom det handlar om!

Carina tar även det med fattning. Hon låtsas som ingenting. Hon är borta några dar, kommer tillbaka, fortfarande som vanligt.

Hur var det?

Vadå?

Ja, aborten.

Har du aldrig blivit opererad?

Jo.

Vad frågar du då för?

Sitter förstås inte vid samma bord som Räkan i matan, pratar inte alls med honom, Räkan som är tillbaka i sitt utanförläge, har haft sina femton minuter av berömmelse vid unga år, nu glider han ner i glömskan, men om han nånsin tänker tillbaka på den här tiden, och det kan jag lova att han gör, så minns han också att han blir av med sitt öknamn, får ett nytt.

Farsan.

Men Carina blir borta igen, och förblir borta resten av terminen, och när en av oss – jag – utses av klassen att fråga Gunnel Kullander om vart hon tagit vägen, blir det lösa svaret att hon håller på att "läsa ikapp". Det händer att vi ser henne hemma på gården tillsammans med sin morsa, de tar långa promenader, arm i arm, Carina har klippt sig. På andra sidan sommarlovet är hon tillbaka, men det är inte den gamla Carina som är tillbaka, det är en Carina under stora tröjor som drar sig undan, tillbringar långraster och luncher och håltimmar på skolbibblan, för att oväntat återförenas med gänget vid kiosken en kväll, eller dyka upp på en fest och hälla i sig bottenlöst med sprit, en egendomlig pendelrörelse mellan eftertänksamt intellekt och himlastormande ge-sig-hän-eufori, och den öppenhet som bl a gör att hon hela grundskolan igenom slipper öknamn är borta. Carina lånar böcker, och går snart på tunga grejor, sitter i ett hörn av rasthallen och läser Hesse och Sandemose, namn vi aldrig hört förr, och eftersom det är Carina som ser ner på vår okunskap får det oss att vackla i vår förvissning om att vi verkligen är inne på rätt spår. Skulle Rocky Balboa läsa Stäppvargen? Carina har en anteckningsbok vid sin sida, hon skriver, skriver uppsatser som får svenskläraren att jubla, går ut med en klockren femma i svenska, och i gymnasiet är hon på bild i tidningen efter att ha vunnit en uppsatstävling och fått ta emot ett pris som delas ut av Jacques Werup. Det är då nån gång vi träffar på varann igen, på en fest i en villa i Bellevue, där ingen kan undvika att lägga märke till henne, i sin broderade vita uppknäppta blus, en sån som Hanne brukade bära, tingeltangelhalsband, remsandaler och stripigt hår ner till axlarna, out of fashion så det står härliga till, därtill rökandes cigariller, ärmarna uppkavlade, underarmarna översållade med små läderremmar och Roskilde-snören, och när hon lyfter händerna för att krama mig skymtar två tunna vita ärr över ena handleden.

VART HAR JÖRGEN TAGIT VÄGEN? frågar morsan Monika, för det var ett tag sen han satt och kliade sin haka hos oss, och morsan vill ju att Monika ska ha många kamrater. Ni har inte blivit ovänner?

Varför skulle vi det? Han är bara så barnslig.

Så ni har inte sällskap längre, som man säjer?

Morsan! Jag vill inte ha sällskap med honom. Han kom för att få hjälp.

Monikas sista termin, då kan hon inte släpa på barlaster, scouterna har hon också lagt av med, efter ett halvår höll det inte att vara ledare längre. Och med Jörgen ute ur leken kommer Hanne oftare igen. Hanne som fått beredskapsjobb som personlig assistent åt en autistisk flicka på Sövdeborgshemmet och som har en egen lägenhet, men där är de inte, de sitter i vårt kök och dricker te som de alltid har gjort, och morsan är där också, och jag med för den delen, ibland, lyssnar på Monika som planerar för studenten, vill ha pengar av morsan till en studentmössa.

Studentmössa! utbrister Hanne. Du ska inte ha studentmössa?

Varför inte det?

Du är den ende... Förra året höll du med om att man inte ska ha det.

Gjorde jag? Skulle jag inte ha fest heller?

Nä.

Men det ska jag nu.

Och morsan säger:

Ja, en bjudning får vi ha så att släkten kan komma, och dina kamrater.

Monika himlar med ögonen, för vem vill ha ner Uddevalla, det är ett annat slags fest hon bespetsat sig på, men vi vet att det måste bli som morsan säger. Och Hanne frågar:

Ska du ha vit klänning också?

Ja, det är klart.

Så sa du inte innan.

Nähä, då har jag väl ändrat mig.

Du är då inte sann!

Hanne är kvar i jordnära växtfärger med lila inslag, och afghan-pälsen, precis som hon kommer att vara förankrad i sina ideal för all framtid, kanske övertygas ännu mer när hennes samtid börjar slira åt höger, knuten näve och flygblad, Indiska och Myrorna, nej till EU och bromotståndare av bara farten, Hanne går inte på pun-ken, hon kommer inte att gå på träningsoverallstrenden, åttiotalets galenskaper gör ingen åverkan på henne, modet som följer med den brittiska popens återkomst kommer lika spårlöst att gå henne förbi, liksom nostalgivågen med Sinatra och cocktailklänningar och bohemian chic, enda gången Hanne råkar bli i fas med tiden är under sjuttiotalsretron, och jag kan svära på att hon står i främsta ledet och knäpper med fingrarna och gungar med knäna när Blå Tåget gör sin patetiska revival tour, för den mest dramatiska förändringen i hennes liv blir portionssnusets intåg. Övervintrare, kan nån obetänksamt kasta ur sig. Övertygelse, hävdar jag. Till skillnad från oss andra som dras med i jogginghysterin, det rosa modet, det marina modet, som ersätts med ett pastellfärgsmode med håret sprayat rakt upp och midjekavajer och axelklaffar breda som flyghangarer vid den tiden på åttiotalet då börsen lyfter och jag och Helena träffas på ett eftertentaslabb på Malmö Nation i Lund, studenthaket som skimrar som ett källar-Café Opera, yuppieliv i CSN-tappning, och flugan upplever en renässans, en liten propeller under hakan som det yttersta tecknet på att allting snurrar i casi-noekonomin, över till det mer "välklädda" mode som följer, skjor-tor och byxor i tältstorlekar, lullull runt handleden, man följer varenda trend som dyker upp – förutom att man inte vandrar in i en begynnande medelålder med baseballkepsen bak och fram och oknutna gympapjuck så att det enda som skiljer fäder och söner är skäggstubben och hårfästet, det är inte generationsöverskridande, det är generationsnedsättande – tills man slår i väggen, bestämmer sig för att nu får det vara nog och man "hittar sin stil", "leisure wear", Levi's 501:or, jodhpurs och skinnjacka (som man skaffat på trots för att man inte fick nån när man som mest behövde den), hippt och tidlöst, tror man, fram till den dag då man står med lurarna på i skivbutiken och lyssnar på U2s samlade (som man fortfarande tycker är nyskapande och "starkt") och tittar upp och upptäcker att världen är förändrad, det har hänt nåt de senaste tio åren, stenåldern, man, Fred Flinta på visit i verkligheten, och antingen rycker man på axlarna och trycker fram nästa spår eller så går man ut och skaffar sig en helt ny garderob, köper upp sig igen och börjar hänga med, tajta tröjor i stället för buttondownskjortor, brallor med smala ben och utan frontveck, bed head, köper inte modebilagorna men läser dem när man kommer över, håller sig med åsikter om Tigers kostymer och "den nya längden". Sånt skulle Hanne aldrig ödsla tid på.

Och så ska jag skaffa en lägenhet också, säger Monika.

Säger du det? säger morsan.

Jag menar *nu*. Så att jag kan flytta in när vi kommer tillbaka.

För Monika och Hanne ska nämligen tågluffa i år också. Och det går upp för morsan att hon menar allvar:

Har du det inte bra här?

Jag tänker inte dela rum längre.

Har du en aning om vad det kostar att bo?

Det var ditt förslag!

Men det behöver morsan inte påminnas om, och kanske rannsakar hon sig själv och minns att hon var sexton när hon stack från Johannesgården i avsikt att aldrig återvända därför att *hennes* morsa vägrade henne att fara. Monika kommer att flytta vare sig morsan gillar det eller inte och hon vill inte skicka ut dottern i världen med en skuld som heter dåligt samvete att ständigt betala av på, en ovilja att närma sig föräldrahemmet som det tog morsan själv många år att övervinna, en historia jag och Monika fått höra till leda, så nästa söndag morron är det morsan som sitter med bostadsannonserna i knät och ringer, ropar:

Eriksfält! Är inte det bra?

Monika hasar ut i köket, knappt vaken än, sveper om sig morronrocken:

Eriksfält?

Det är nära.

Nära till vadå? Hit? Finns det inget annat?

Vi ska titta på den klockan tolv.

Jag får se.

Monika rycker till sig tidningen, ögnar igenom sidan.

Här, pekar hon. Ring på den.

Du vill inte bo där!

Jo. Det är nära, till stan och till stationen.

Det blir som Monika vill: en etta med kokvrå och sovalkov på Vårgatan. Men när kontraktet ska skrivas under på hyresvärdens kontor krävs det två namnunderskrifter på borgensförbindelsen. Det räcker inte med morsan.

Det finns ingen annan då? säger han.

Nä, svarar morsan, för hon vill för allt i världen inte blanda in Leif.

Ingen god vän?

Jag vet inte vem det skulle vara.

Hyresvärden knackar med pennan i skrivbordsunderlägget, vippar i fåtöljen med tåspetsarna i mattan, säger:

I våra fastigheter bor inga barnfamiljer, inga socialfall och inga icke svensktalande.

Morsan och syrran utbyter blickar. Monika rodnar. Och morsan:

Jag kan garantera att jag har ordnad ekonomi.

Det vet hyresvärden, för morsan har ombetts ta med självdeklarationen, som han studerat.

Det är inte det, säger han. Det är en regel vi har. Som säkerhet.

Kan min son skriva på?

Han tittar på mig som om han skulle kunna utröna nåt om min förvitlighet, vad den skulle spela för roll.

Min dotter vill gärna ha lägenheten, upprepar morsan för tredje gången.

Vad heter du?

Johan.

Och du är myndig?

Inte riktigt.

Hur många år har du kvar?

Jag är fjorton.

Jag vet inte, säger han. Det är många som vill bo i den fastigheten.

Han tittar på morsan som hastigast, knackar pennan i underlägget igen, så vippar han läderfåtöljen framåt och vänder förbindelsen mot mig och räcker mig kulspetsen.

Låt gå då. Ibland måste man chansa. Man vill ju hjälpa till om man kan.

Värnhem? säger Hanne när hon får se kontraktet. Ska du bo där, bland alkisarna?

Ja, det sa jag också, säger morsan.

Där är inte fler alkisar än här, fast där kan dom visa sej ute.

Du måste kunna hitta nåt runt Möllan, säger Hanne.

Men jag *vill* bo på Vårgatan!

Nej, det är inte mycket de är ense om nu, Monika och Hanne. Men Monika har en egen lägenhet – och jag ska få rummet för mig själv!

Studentskiva blir det också. Runt matbordet, som morsan och jag bär ut i vardagsrummet, iläggsskivan kommer till nytta igen, och morsan kavlar ut en linneduk som förvaras upprullad på en gardinstång i garderoben. Hanne kommer direkt från Sövdeborg i arbetsutstyrseln och morsan serverar Henckell Trocken i glas som stått vända upp och ner på en bricka sen i morse för att inte bli dammiga, i lägenheten som morsan sanerat i en vecka.

Så fint du gjort det, Bodil! Man känner inte igen sej!

Det är Lisbeths spritsiga stämma. Uddevalla har ställt upp mangrant. Leif som tar tag i Studentsången, Leif som också tar tag i ett glas, nej det gör han inte, ingen skumpa för Leif efter Lisbeths stränga min, karln har machokört ner på förmiddan och fick sig en stadig whisky *innan* vi for till Kungsparken och hämtade Monika med blommor om halsen och ett plastskydd under som morsan klippt till för att rädda klänningen från fläckar, så att han under dagens lopp ska hinna både dricka och därefter bli nykter och redig till i natt, då han ska skyffla in familjen i bilen igen och ge järnet tillbaka så att de kan svänga upp på garageuppfarten fräscha och fina lagom till att tidningsbudet gör sin runda.

Mikrocefalen, den mentala föryngringsytan, har jag i ryggen.

Det var du inte beredd på va? Ge dej!

Släpp mej, Bernt.

Och han släpper mig faktiskt.

Jag har jiujitsu på fritt val. Vår tränare har svart bälte. Ska jag lära dej ett kast?

Ska jag lära *dej* nåt?

Nä, lägg av. Han höjer armen som block: Du är en loser, vet du det? Vad du än gör kommer jag ändå alltid att besegra dej.

Jag fintar med högerfoten – men Monika tränger sig emellan:

Nu bråkar inte du mer med Johan, fattar du det?

Och tar mig med sig bort till presentbordet och Hanne och Kristina för att kolla in: silversmycket från butiken i Uddevalla, är alltid före i vår utveckling, Lisbeth, så att vi får presenter som vi inte vet än att vi vill ha, men som vi skulle ha önskat oss året därpå, kristallglas och interrailkort från morsan, pengapåse att hänga om halsen från mig, och så tiopoängaren från mormor, ett set med virkade grytlappar. Morsan som inte har tid att titta, som måste in i köket, fast faten med uppskuren rostbiff och potatissallad stått under gladpack i kylen sen i morse, med mormor i hälarna för att hjälpa till, mormor som inte är till mycket hjälp, som redogör för senaste nytt från landet, Ohlssons som fått ett föl, ja deras sto i varje fall, Lions marknad, priset på kaffe... vad var det mer? Jo, jag orkar inte ha barnen hos mej i sommar, dom får komma nästa år i stället. Och morsan tappar fart, men bara för en sekund, för morsan hade hoppats kunna lassa av mig åtminstone några veckor på Johannesgården, eftersom det inte blir nån semester för henne i år, gör sista dagarna på Strumpan. Medan Lisbeth fyller på sitt glas och ger sig ut på balkongen med skumpa och cigaretter, blossar på sina Look, får inte röka inomhus längre för morsan, för Lisbeth ska inte tro att hon kan göra *allt* hon vill, Lisbeth som i tyst protest ställer sig så att röken ändå drar in, det finns många subtila nyanser i det här spelet, Lisbeth som är draperad i en omfångsrik blus som döljer den numera imploderade bröstkorgen, eller hur det nu var med den saken, morsan har förbjudit oss att titta efter, vilket därför naturligtvis är precis vad jag försöker göra. Lisbeth fimpar i en blomkruka och kommer in när vi andra satt oss till bords, med Bernt och Kristina som små dockor vid kortändan av bordet, Bernt inte så liten förstås, och Leif fått hela församlingen att klämma i med Studentsången igen så att taket lyfter och Monika rodnar, Leif som övergår till att redogöra för hur han antänder svetselektroden genom att slå den i betonggolvet i torrdockan och ensam svetsar samman skrovet på hundratusentonnarna på en kafferast medan resten av svensk varvsindustri står och rämnar i den japanska storm som råder. Morfar brukade säga att hans prat är med moms, man får själv dra av. Lisbeth frågar Monika vad hon ska göra nu.

Tågluffa. Och sen ska jag vara på Reveny.

Jag menar efter det, för du ska väl inte vara på Reveny hela livet?

Jag ska läsa vidare i höst.

Till?

Monika som gör en paus, en konstpaus, och ser sig under lugg runt bordet, på morsan.

Jag ska bli läkare.

Läkare? frustar Leif över sin äpplejuice. Det är väl ingen som vill bli det i Sverige, så dåligt betalt som läkare har här.

Men Leif har klämts in mellan morsan och mormor, så det är ingen som tar notis om honom längre.

Och du kommer förstås in? frågar Lisbeth syrligt och känner på en flaska, den är tom.

Jag hade 4,9.

Inte konstigt att du alltid pluggar, säger Hanne.

Morsan, säger Monika. Vi måste öppna ett par flaskor till.

Monika som är på ett strålande humör, sitter med mössan på, har varit igång sen i går, klassfest, nattbad på Ribban, tjugofyra gymnasister i bara mässingen som stått och ylat och kramat varann ute i Öresund, champagnefrukost vid Pegasusstatyn i Kungsparken, lärarmiddag, utsläpp från Parkbron, huvudet upp och fötterna ner och ögonen i kors, och morsan strålar också, drar upp två flaskor till så att korkarna studsar i taket, släktens första akademiker är utannonserad, och det är hennes dotter, läkare dessutom, skål och välkomna!

Lisbeth, med sin osvikliga känsla för att punktera stämningen, lutar sig fram till morsan:

Det är en underbar potatissallad, Bodil. Du måste ge mej receptet. Bara en aning svartpeppar till så hade den varit perfekt.

Då ringer det på dörren. Och i de här kvarteren ringer det aldrig oförmodat på dörren, här är det aldrig nån som "tänkte titta inom när jag ändå var i krokarna", här kommer inte gäster oanmälda, inte ens på studenten, här kommer man på besök när man är bjuden. Men nu ringer det en gång till.

Är det Jörgen? säger Monika, med en aning mer förväntan i rösten än om hon varit en smula nyktrare.

Och Hanne, en aning buttrare än om *hon* varit en smula nyktrare:

Skulle *han* komma?

Men det är inte Jörgen, det är Havliceks som tålmodigt väntat i kulisserna på att få göra sin första korta entré i den här berättelsen, de gör det med blommor och present till Monika, likör till morsan, Havlicek som var en av Tjeckoslovakiens främsta musiker, flydde över gränsen en av de sista dagarna den var öppen -68, kom till Sverige via Västtyskland, hela det paketet, nu säljer han noter på

Anderssons musik, ger lektioner hemma, hon går som städerska på ett pensionärshem, och de kramar om Monika så hon blir alldeles vimmelkantig.

Fest i dag! Vi vill gratulera.

Men kom in, kom in! Morsan, du får plocka fram fler tallrikar.

Monika har tagit över föreställningen, kommenderar mig att hämta skrivbordsstolen och en pall från garderoben, och den andra iläggsskivan kommer också fram, och faten gör en ny vandring runt bordet. Lisbeth som måste ut på balkongen och blossa, medan Leif försöker ta tag i Studentsången igen, "nu när vi har nån musikalisk här".

Och frampå småtimmarna har herr Havlicek hämtat fiolen och spelat för Monika, så vackert att festen fått sin portion av tårar också, lättrörd som hon är, och Lisbeth börjat konversera med honom sen det gått upp för henne att de *varit nåt* i hemlandet, medan morsan och mormor och fru Havlicek suttit i soffan och pratat upp ljudvolymen så till den grad att grannen ovanför känt sig föranledd att stampa i taket, prick en minut över tio. Leif har ändå satt i sig ett par glas mousserande, för sällskaps skull, det här var en trevlig skiva, Bodil, och Monika och Hanne som ger sig av till en fest, likören är uppdrucken, och morsan och jag står i fönstret och ser Granadan rulla ut på Pildammsvägen, vinkar, ingen vinkar tillbaka genom den nervevade rutan, bara rök från en Look som försvinner i den varma sommarnatten, och morsan:

Jag tycker synd om Lisbeth. Eller om det är om Leif...

Hon spolar upp vatten för att sätta igång med disken.

Men läkare, Monika. Tänka sej.

INGENTING KAN VARA ÖDSLIGARE än ett bostadsområde på sommaren. Under industrisemestern är t o m såna inventarier som "pladdrande damen", "passgångaren" och "ensamstående mannen i trenchcoat" utom synhåll (medan "Suzanne Brøgger" är ett mysterium, ur sikte från slutet av maj till början av september – för att tillbringa hela juli hemma i fyran). Kanske bäst ändå att vara i stan. Vi är i en ålder då det är tveksamt om sommarlov hos mor- och farföräldrar är särskilt meriterande att återvända till skolan med, historier från den lantliga vardagen bemöts med ett nerlåtande hånflin av dem som tagit ett steg vidare i utvecklingen och börjat byta ut kojbyggen och fiske mot mer asfaltsdoftande romantik typ hembränd sprit, inbrott och hjälmlösa mc-färder, historier som återges i andra, tredje, femte hand, om en kompis till en kompis... Om sommaren är urvalet av kompisar inte så stort heller.

Ska du med och bada? frågar jag Bogdan, som också fått bli hemma, därför att hans föräldrar sparar till en resa till Jugoslavien.

Vem är det mer?

Roger och Lasse.

Nä, ska Lasse med, så hoppar jag.

Sitt inne då.

Och det gör Bogdan, är inte utanför dörren, stannar hemma och knäpper på fiolen i en vecka, sen ringer han:

Kan jag hänka?

Så vi trampar ner till Ribban på mornarna, brer ut badlakanen på gräset till vänster om T-bryggan, på avstånd från kroppsbyggarnas brölande valrosskoloni som härskar runt badvaktstornet med tung musik pumpande ur bergsprängarna och en skara beundrande tjejer som häckar i deras utkant.

Av med tröjan, ut på bryggan, medan Bogdan stannar kvar på lakanet, *sitter* rakt upp och ner, i t-shirt, försiktigt småspringande steg över det varma, mjukslitna träet, doften av tång och hav, Köpenhamns silhuett på andra sidan sundet, Barsebäcks kärnkraftskuber i norr, småknuffigt, gruffigt, tracka varann, för även om den inbördes ordningen är densamma som i plugget finns möjligheten att positionernas *värde* skulle gå att rucka här, längst ut där man hoppar från bryggan, i en båge över trappan, om man inte är en hårding och klättrar upp på taket över omklädningsbänkarna och hoppar på huvudet, sånt som man önskar att man själv gjorde, kunde stila med och bli omtalad för, men riktigt så korkad är man inte, eller för att ge det dess rätta namn: feghet, jämförbart med tiometers i simhallen, för man måste ha beslutat sig innan, när man väl står där uppe med alla blickarna på sig, och de är många, finns det bara en väg tillbaka och det är inte att klättra ner igen, hur jäkla darrbent man än blir, fast här gäller det att plana ut, ändra kroppens vinkel till horisontell i samma sekund som fingertopparna får vattenkänning, ett gångbart trick fram till dess att taket spärras av med taggtråd därför att en äldre kille – en bodybuilder, naturligtvis – missar finessen med horisontalläget och ränner skallen i bottnen, bärs upp medvetslös med ett öppet sår från öra till öra och fraktas till akuten, där han får svålen rakad och blir sydd och kan se fram emot ett ärr lika långt som inlandsbanan, grattis smarty. Det är en obehaglig känsla att komma längst ut på bryggan med den fuktkalla bastmattan under fötterna och alla killarna som står med sundet upp till naveln och hojtar på polarna att hoppa i! och tjejerna, som hör till dem som klättrar upp på taket, sitter på bänkarna utmed räcket och kollar vem som är en kruka och hoppar från två steg ner på trappan. Det finns inte tid att vänja sig vid tanken att man kan slå i trappräcket om uthoppet inte blir långt nog, man är ingen hårding, men ingen kruka heller, man hoppar från bryggan, utan tanke, utan sats, utan mer än centimetern till godo på räcket. Sen står man där med båda fötterna på sandbottnen och rister luggen och skakar ut en halv liter vatten ur öronen och gastar:

Hoppa nu, Roger!

Roger som stressas av skriken och av alla som tränger sig förbi, paniken är på väg att strömma upp inom honom och för att inte övermannas av den slänger han sig handlöst rakt ut – magplask.

Flipper! kommer det uppifrån bryggan. Ska du ömsa skinn?

Och åtföljs av garv.

Roger gnider magen. Ett stort rött märke växer nedanför bröstkorgen.

Svider det?

Känns knappt.

Men visst känns det, annars hade inte Roger föreslagit att vi ska simma ut en bit:

Det är skönt med kallare vatten.

Vi simmar ett varv runt en av flottarna, men inte gör det nån skillnad. Roger vadar i land, och vi med, för Rogers skull, för att han ska slippa bryggan. Vi är nere en vända på badlakanen för att bli torra igen för nästa bad.

Får du några brudar på fiolen? målbrottsrosslar Lasse. Tänder dom på den?

Jag har elgitarrer också, svarar Bogdan i sin t-shirt. Två stycken.

Wow, Keith Richards, va?

Richards? Han kan ju inte lira. Får du några på knuttejackan då?

Lasse vänder sig om på mage.

Kolla in dom där.

Och vi vänder oss också om och spanar in toplesstjejerna som ligger mellan dynerna, i sanden ner mot vattnet längs med bryggan, så att alla kan se dem. Tjejer som gör det svårt för sig genom att inte byta om innan så att de slipper allt de nu måste gå igenom, vira badlakanet om sig, korva av behå och trosor som snabbt slinker ner i kassen och tråckla på sig baddräkten lika osmidigt, sittande så att de får med sig ett par kilo sand innanför byxorna eller stående med ett ben uppdraget så att de nästan ramlar omkull av konsterna. Och sen springer de inte genast rakt ut i vattnet, nej först ska de ner på rygg med slutna ögon och pressa för den bästa brännan, jämföra arm mot arm, och när de smultit i solen reser de sig, står med händerna i sidorna och brösten spretande rakt ut, ser sig omkring, rättar till byxorna i baken med ett finger innanför linningen innan de trevar sig ner mot vattnet försiktigt som vadarfåglar, sätter i tårna först, stänker på varann gör de inte, de närmar sig vattnet med stort allvar, en ceremoni som har sina fasta ritualer, tveksamt om det kan kallas för att bada, ut till knädjupt, skopa upp några deciliter över låren, fortsätta en bit, och hålla på så tills de kommit så långt ut att de långsamt kan fälla överkroppen framåt och börja simma, med huvudet hållet högt över vattenytan och torrt hår, fortfarande dödsallvarliga, simmar så tills de ska stiga upp, då de dyker och tar tre simtag under ytan – på stranden ställer de sig med benen isär och böjer på nacken och samlar med ett kast med huvudet ihop håret som de lätt framåtlutade vrider vattnet ur. Lasse:

Vad säjer du, Roger?

Vadå vad jag säjer?

Vad är det med dej? Du vet inte mycket om tjejer va? Lasse pekar ut en i högen: Henne har jag varit med.

Tur du har. Du har inte en suck på henne.

Har jag inte? Ska vi slå vad?

Nä, men...

Hur mycket?

Hur mycket vågar du slå vad om? säger Bogdan. Du har noll komma noll procents chans på en sån som hon.

Gå bort och fråga henne om ni inte tror mej.

Och Roger som stärkts med en välbehövlig dos mod av att ha Bogdan på sin sida:

Kan jag väl.

Kommer på fötterna och tar två steg.

Men sluta, vädjar Lasse. Du sabbar mitt läge.

Du har inget läge att sabba, invänder jag.

Ska du också börja nu?

Och Roger känner nåt som liknar segervittring:

Du vågar inte slå vad?

Är det nåt att slå vad om?

Lasse har också rest sig, slår Roger lätt på magen, precis lagom hårt för att svedan ska ge sig till känna.

Häng med, så ska jag visa er riktiga grejor.

Lasse tar kommandot. Vi rundar muskelpaketen med ryggar som surfingbrädor och sprickfärdiga biceps, bort över gräsmattan, nu ska ni få se, ner till stranden och vidare längs med strandlinjen förbi barnfamiljerna, sandslotten, kanalgrävarna, ensamliggarna med bok och stråhatt, de äldre paren med brassestolar och parasoll nerstucket i sanden och stora kylväskor, utrustade för att överleva en vecka i bushen, från-gryning-till-skymning-soldyrkarna med fasta platser sen inlandsisen drog sig tillbaka och avtäckte världens bästa strand, mitt i världens bästa stad, och de påklädda kufarna i strumpor och lågskor, den skäggtovige mannen med fodrad jacka och teleobjektiv på kameran, och framme vid Kallbadhuset vadar vi ut till den gula byggnaden som är uppförd på en pålkonstruktion, runt till baksidan av damernas avdelning där väven som ska skydda från insyn mellan pålarna har brustit, så att vi kan smyga igenom och huka i det kyligare vattnet i skuggan av däcket.

Förskräckta stirrar vi upp på kvinnorna, på de feta tanterna som tunglårade och med glest behårade trianglar, fläskgumpade och pepparbruna, insmorda och svettglänsande så att solen glittrar i dem vältrar sig som jäsande degar tätt packade runt den kringbyggda bassängen, med inget annat på sig än guldsmyckena, och däremellan, insprängda som fina marmoreringar i ett bastant köttstycke, skymtar tunna äldre damer, kutiga med insjunket bröst, magra, skrynkliga, hängig hud över armar och lår, spröda som torra grenar som hotar att knäckas i vinden. Tanter stiger nerför trappan, baklänges, med valkvällande midjor och dallrande stjärtar stora som jordglober, tar några simtag och välter runt på rygg så att magen och brösten sticker upp som öar för nödställda att kravla iland på.

Kolla, har ni sett vilka bauta! viskar Lasse.

Att dom är så stora! Roger gapar. Carina är ju *ingenting*!

Kolla hon där, säger jag och pekar på en tant som sitter mitt för oss med låren vitt isär.

Och Bogdan börjar garva.

Här stinker solkräm!

Men dom där då, nickar Lasse sen mot de yngre kvinnorna, som är tjejer i Monikas ålder och något äldre, länkar som gör det enklare att förstå kopplingen mellan toplesstjejerna vid T-bryggan och tanterna vi har framför oss, fast som ändå inte gör det helt begripligt.

När blir dom *såna*? säger Roger.

Har du sett din morsa? säger Lasse.

Det har inte Roger, i varje fall vill han inte säja det.

Det är därför man måste satsa nu, intygar Lasse, innan det är för sent.

Bland de yngre, på ytterkanten, tycker jag mig se Hanne, det är svårt att genast känna igen henne utan kläder, hon är tunnare än vad jag skulle ha gissat, smala axlar, ser så liten och bräcklig ut med det blöta håret tillbakastruket, men visst är det hon, hon sitter med ryggen upp mot väggen till ett av omklädningsrummen och läser en pocketbok. Hon är solbränd och ska inte vara här. Hon ska vara ute med Monika och tågluffa, det är en dryg vecka sen de for.

Vi sticker nu, viskar jag. Här är för kallt.

Ska du inte se mer?

Jag har sett så det räcker.

För det krävs ett ordentligt avkylande bad efter en sån upplevelse, crawla ut och dyka djupt och stanna under ytan länge, tills lungorna börjar dunka, och försöka komma upp med nya bilder för ögonen. Lönlöst. Stadiga madamer med tunggungande bröst och solglänsande hud är det enda som hämtas fram ur arkivet, böljande landskap av vadderade kroppar, och så Hanne, spenslig och med stor svart buske mellan benen. Och jag undrar förstås var Monika håller hus, varför hon inte är med Hanne eller egentligen varför Hanne inte är med henne – samtidigt som jag är tacksam att Monika inte satt och streakade inför mina kompisar. Och det står klart för mig varför vykortet Monika skickat inte var undertecknat av Hanne, och att jag inte bör nämna nåt för morsan, inte än.

Att vrida badlakanen efter hur solen rör sig. Flytta sig för att närmsta grannen vrider upp volymen på bandspelaren med Rakt över disc med Clabbe från i fredags. Knalla bort till sjukstugan och kolla temperaturen när badvakten varit ute och skrivit upp den på griffeltavlan. Lasse som håller igång:

Ni vet, med såna brudar kan man inte misslyckas...

Sverige är för dåliga, avbryter jag honom, för jag vill inte höra mer om tjejerna nu.

Inte Thomas Sjöberg, säger Roger. Såg ni hans nickmål på brassarna? Han är VMs bäste anfallare.

Vilket Roger är ganska ensam om att tycka sen landslaget fått pisk av Österrike och Spanien och åkt ur VM-gruppspelet i Argentina, fått returbiljetterna tryckta i näven, tack för kaffet, och i andra handen håller förbundskaptenen Åby ett uttalande om juntans förträfflighet att förklara vid hemkomsten.

Lasse är tvärsäker:

Argentina vinner finalen. Lätt.

Inte en chans, säger Roger. Holland.

Medan Bogdan måste säga:

Jugoslavien skulle slå dom båda.

För att han också måste ha ett landslag att hålla på, ett land, en tillhörighet, kluven som han är mellan Sverige och Jugoslavien och därför hävdar att Jugoslavien är bäst oavsett vilken idrott det gäller och trots att han inte kan namnet på en enda spelare – tills vi:

Hockey, Bogdan, hur är juggarna i hockey nuförtiden? Länge sen man hörde nåt om dom.

Alltså lyssnar inte Lasse på honom.

Holland? Du, Kempes är kingen. Han och Ardiles. Holland kommer att förlora bauta.

Han gör uppehåll medan godståget stånkar sig förbi på spåret mellan stranden och Limhamnsfältet.

Ska vi slå vad?

Kan vi göra. 3–1 blir det. Hur mycket vågar du sätta?

Hundra spänn.

Hundra?

Ja, vad tänkte du? En femma?

Näe… en tia.

Är du Sune eller är du Sune? En tia? Det är inte lönt.

Lasse sätter sig upp.

Är det nån som är sugen på att bada igen?

Inte Bogdan. Inte Roger heller, som surar, hade ju greppet ett tag.

Nä, säger jag. Jag väntar.

NÄR MONIKA ÅTERVÄNDER rycker hon upp dörren med ett ljudligt hallå? Ryggsäcken dunkar ner i hallgolvet. Morsan är genast på benen, med mig i hälarna.

Är du redan hemma? Vi skulle ju hämta er.

Morsan kramar om henne, men för mig blir det tvärhalt. Monika stinker av lång, svettig tågresa i trång kupé, skitiga kläder och otvättat hår. Hår och hår förresten, en smutsspretig pojkfrissa är vad som återstår av hennes svarta hår, och nån solbränna är det inte tal om, inte mer än vad hon skulle ha fått av att tillbringa *hela* sommaren i kyldisken, som om färgen fastnat av misstag. Slumpbrun.

Jag tog en taxi från flygbåtarna.

Taxi? Men det var väl ändå onödigt, säger morsan, som behöver tid på sig för att smälta sånt slöseri.

Men Hanne då, hur kom hon hem?

Gud vad jag längtar efter en dusch!

Monika duschar i en evighet, kommer en bra bit senare på decenniet ut ur det ångande badrummet med ytterligare mindre färg i ansiktet, spolar upp ett glas kallt vatten, bälgar i sig det, ett glas till, drar åt bältet i morronrocken, medan morsan knappt kan bärga sig.

Hur var det? Ni har haft det bra?

Jätteroligt har det varit. Alltihop.

Var ni ända nere i södra Italien i år också?

Det blev inte så långt.

Men berätta. Hur långt kom ni?

Till Paris.

Men dit kommer man på en natt.

Ja?

Morsan har ett sjätte sinne för när nåt inte stämmer, det går så klart inte att dölja nåt för sin morsa när hon känt en i hela ens liv och lite till.

Hanne?

Jag vet inte.

Vet inte?

Vi åkte inte hem tillsammans.

Vad säjer du? Har det hänt nåt?

Hon ville dra vidare.

Och då skildes ni åt? Du lovade att ni skulle hålla sams.

Jag är 19! Jag kan ta hand om mej själv.

Monika spolar upp ett nytt glas vatten.

Jag kände för att stanna i Paris, det är allt.

Ni har inte bråkat?

Det är bara… vi är så olika, suckar Monika, och mer än så får vi inte veta.

Ja ja, säger morsan. Du är i alla fall nyklippt.

Vad som hänt mellan Monika och Hanne förblir en hemlighet. Och om man ska våga sig på en generalisering, och det ska man, för i generaliseringen ligger också det specifika, så umgås killar i gäng som hålls ihop av vissa värderingar eller intressen, som tillåter stora individuella avvikelser och att man över tid går åt olika håll, och även om man trackar varann, för taskig musiksmak eller en födelsedagströja som ser för jävlig ut men som måste bäras en gång eller två, så håller man ihop långt upp i vuxen ålder, ser sina barn växa upp tillsammans, herrmiddagar, traditioner som ingen vågar säga hur trött man är på, för det skulle leda till konflikt och öppet ifrågasättande av den där grunden som inte är så gemensam längre, bättre låta det löpa på ett år till, medan tjejer har en väninna, en bästis som de är tajta med, som de delar *allt* med och *alltid* hänger ihop med, som de sover över hos och följer med på släkttillställningar och semestrar, och de kan stå varann nära livet ut, ringas vid ett par gånger i veckan, brevväxla och maila till varann, eller så körs plötsligt, och det kan vara när som helst, en kil in mellan dem, en pojkvän, en ny musiksmak, en ny bästis eller väninna – sprängverkan, och med ens har den andra inte en siffra rätt, över en natt är de främlingar för varann, utveckling, avveckling.

Hur har det varit här hemma? frågar Monika mig.

Jag har varit på Ribban varenda dag.

Fullt med folk, va?

Som vanligt.

Monika packar upp nya klänningar som morsan gillar, och espadriller, som morsan inte gillar, de är inte bra för fötterna, och sen börjar hon packa, förbereda flytten. Och hon sitter på rummet och skriver brev. När jag kommer in vänder hon på kuvertet, håller händerna för vad hon skrivit, men jag tror att de här gissningarna är ganska kvalificerade: att breven är adresserade till nån brunögd Jean-Pierre eller Jean-Jacques och att The Brain denna sommar blivit The Body.

Du har träffat en kille i Paris, har du inte?

Varför skulle jag ha gjort det?

Har du inga foton från resan?

Jag tog inga bilder.

Vad var det för fotopåse du stoppade ner i lådan då?

Du rör inte mina lådor!

Våningssängen monteras ner och Monika får med sig sin halva till Vårgatan, tillsammans med sin byrå och några stolar och ett lågt rickigt bord som morsan haft i förrådet. Che Guevara åker i soporna. Monika vill ha med sig stereon också, men det bemöts med protester från mig. Morsan rusar till för att medla.

Låt Monika ta stereon, Johan. Så får du behålla lexikonen.

Där hör du, fyller Monika i. Jag *får* ta den.

Ska jag spela mina skivor på lexikonen?

Morsan som ger mig ett uppgivet ögonkast.

Ja, vi får väl köpa en ny till dej.

Vilket får Monika att protestera:

Varför ska Johan alltid få det nya?

Morsan som ger Monika ett uppgivet ögonkast.

Hur kan du säja så när du får en helt egen lägenhet?

I sin helt egna lägenhet behöver Monika en soffa, en liten soffa som hon sett ut i det svenska nationaleposet, Ikea-katalogen.

Att handla på Ikea är ett drama i flera akter. Monika ger soffan en tvåsekundare för att provsitta, lägre och betydligt "mjukare" än förväntat, hon försvinner ner i stoppningen, och när hon reser sig glider sitsen framåt och ryggplymån faller ner i glipan – godkänd.

Ska du inte prova den också?

Morsan pekar på en modell som verkar rejälare.

Den är ju inte *fräck*!

Den klädsel som Monika tänkt sig är slut på lagret. Det enda som finns inne är en grön variant som hon absolut inte vill ha, och som hon köper.

Ska du inte vänta?

Det kan ta *flera veckor*. Vad ska jag ha till dess?

Tre timmar senare är vi tillbaka, köar vid informationsdisken för att få den monteringsanvisning som saknats. Medan morsan sytt ihop överdragsklädseln som var sprucken i sömmen har Monika och jag skruvat ihop åbäket, med resultatet att en meterlång knastrik furubräda med sex förborrade hål blivit över.

Den som är så lätt att sätta samman, säger den rödskjortade killen i informationen. Behöver ni beskrivning till den?

Strax före stängning gör vi en tredje tur.

Vänta lite, säger rödskjortan och försvinner ut på lagret med brädan, för trots monteringsanvisningen har den blivit över. Monika är grinig och har skickat fram morsan till disken, morsan som blänger på klockan, borde vara hemma och sätta igång med maten nu, har också svårt att dölja sin irritation, eftersom överdraget var för trångt och hon fick sprätta upp sina sömmar, kränga tyget över soffan och *sen* sy igen.

Så jag gör ett försök att höja deras humör.

Morsan, vet du vad Monika gjorde i Paris?

Gjorde jag inte alls!

Vet du det?

Sluta nu att tetas med varann.

Ska jag säja det?

Joo–*han*!

Bråka inte, är ni snälla.

Tro honom inte.

Hon träffade en kille.

Men morsan har vänt sig mot disken. Rödskjortan återkommer utan brädan:

Det var fel. Den hör till en annan soffa.

När allt är i ordning bjuder Monika hem oss på middag. Morsan som lyckas spankulera runt i den 24m² lilla lägenheten som om hon går husesyn i en herrgård, berömmer hur fint det blivit med möblerna hon själv ratat och sett i hundra år innan, förutom spegelväggen utanför toan som den förra hyresgästen låtit sitta kvar och benjaminfikusen i flätad korg. Ute på Lundavägen brusar trafiken, fönstret står öppet halvannan centimeter och silar in sommarvinden, ljudet av bilar, och pyset från tradarnas bromsar vid rödljusen, och så hur de växlar upp på väg ut mot Ringvägen eller in mot stan, Hornsgatan och vidare uppför Nobelvägen med släpet rasslande i asfalten. Morsan rättar till gardinerna medan Monika står med ryggen till i kokvrån, frågar:

Ska byrån stå där?

Jaa! kommer det irriterat från ryggen, för morsan har inte levererat en fråga utan dåligt inlindad kritik.

Jag som trodde den skulle stå mot andra väggen.

Men Monika vill inte lyssna. Hon ställer sina möbler precis var hon vill i sitt eget hem, och hon har nålat upp planscher med David Bowie på väggarna trots hyresvärdens förbud mot nålar i tapeten. Monika bär fram en gryta och ställer på bordet, får mig och morsan på plats i soffan, vi sjunker ner – vi omsluts av den.

Ska jag säja en överraskning?

Monika gör en paus, en konstpaus.

Jag kom in på läkarlinjen.

Men grattis Monika!

I Uppsala.

Morsan som glider djupare ner i skumgummit:

Uppsala? Men du ska väl läsa i Lund?

Reserv. Men jag kom in direkt i Uppsala.

Nu när du har så fin lägenhet...

Kan du inte vara *lite* glad för min skull?

Det är klart att morsan är glad, måste bara vänja sig vid tanken på att ha dottern utlokaliserad till Mellansverige.

Men han då? säger hon.

Vem han?

Han i Paris. Är du kär i honom?

Monika som rodnar:

Det *är* inget!

Hon kommer undan med det. För i samma stund är det nåt som knakar till, och soffstommen brister.

Och nästa gång jag besöker henne står byrån mot andra väggen.

DET SOM HÄNDER PÅ SOMMAREN är en parentes, nåt som pågått utanför det normala livet, som om det aldrig funnits, och som raderas ut när gänget samlas igen. Det är ett hårdkäkat gäng som står vid Pildammskiosken om kvällarna och tuggar korvbröd med senap och ketchup, med hårborstar som sticker upp ur jeansjacksfickorna som antenner att ta in minsta signal med. Jag håller mig i bakgrunden, har inte längre lust att ställa mig i mitten och plocka upp stories ur hatten, men är inte heller den som drar mig ur, som Bogdan, nej, vad som kan hända i gänget omges alltjämt av en spänning och man ger inte upp sin position frivilligt när man kämpat så länge för den, i varje fall inte förrän man vet vad man ska ta sig för i stället, vem man ska *vara* i stället.

Lasse sitter grensle på en Puch Dakota han hittat i buskarna på Kroksbäck.

Ska inte du ha moppe, Johan?

Tror inte det.

Varför inte?

Näe...

Häng med i kväll så fixar vi en, utlovar Rolle, som fått bege sig ända till Slottsstaden för att leta i buskarna efter den drevtrimmade Zündapp med bucklig tank han halvligger över.

Vad ska du ha för nån? Bara säj vad du ska ha för nån.

Ingen, säger jag, och ångrar nästan att jag stack hit i kväll. Jag ska inte ha nån.

Det börjar bli svårt att känna igen er, särskilt dig Lasse, i knuttejacka och med boots med klackjärn som du tillverkat i slöjden, en kopia av Lundblad, hans arvtagare nu när han gått ut nian och torskat för sin första bilstöld, uppe på ditt pojkrum har du täckt väg-

garna med mc-planscher och mittuppslag från Playboy och du drar
på hur högt du vill på stereon med Rolling Stones, som inte är vår
tids musik men står för nåt beständigt, se där, en gång ett ung-
domsuppror som en halv generation senare förvandlas till trygghet,
igenkänning, nallebjörn – och du kan spela hur högt du vill, att snu-
ten gör besök sen grannarna klagat bryr inte du dig om, komma och
gå som du vill, din morsa kan strejka bäst fan hon gitter, din farsa
vara grinig, det är du som har kommandot nu, och bara Thomas
kan sätta dig på plats.

Och svårt att känna igen dig när du, till Roger:

Men du, du ska ha en.

Jag vet inte.

Klart du ska.

Jag har inte råd.

Vadå råd? säger Rolle.

Nä, men...

Du kan köpa den här, föreslår Lasse. 800.

Han får det att låta som ett klipp. Och Jerry William, tekniknör-
den:

Är den trimmad?

Är du kingen eller?

Hur då, har du jackat kolven?

Lita på det. Och pluggalöst och drevat – gör 70 lätt.

70? Nock den gör!

800 för den? säger Roger, som trots allt är ganska sugen.

Det är stans snabbaste.

Men 800?

400 då.

Roger går runt mopeden, känner lite tafatt på gasreglaget, har
aldrig kört, och vi har inte fyllt femton än.

Jag har ändå inga pengar.

Du får skaffa. Den är din när du fått ihop flis.

På natten försvinner Dakotan från det buskage där Lasse förva-
rar den. Kvällen därpå samlas vi vid kiosken igen, glor på Rolle som

stegrar sin Zündapp, får upp den 50 meter på bakhjulet, och det är då Lasse får för sig att Roger, du är skyldig mej 400 spänn.

För vadå?

För moppen så klart. Du köpte den.

Sa jag aldrig.

Står du och är kagig? 400 sa vi.

A, du.

Hade du hostat upp direkt, hade den aldrig blivit snodd.

Ska du blejma mej för det?

En klenhjärtad invändning kommer från Persson:

Ge dej, Lasse. Han kan inte vara skyldig för nåt som inte finns.

Du, lägg dej inte i.

Det räcker för att slå undan kritiken och misstron, som t o m Lasse måste känna är monumental, det finns en lucka, för att inte säga ett gigantiskt hål, i hans resonemang, men det täcks över med outtalade hot blandat med, det måste medges, hans vänskap med Lundblad, vi ser upp till Lasse som lyckats komma med i de rätta kretsarna, en av oss har blivit nånting, och vi har fått försänkningar i den illegala världen, skulle det bli problem, jidder, har vi nån att vända oss till, ett ombud som kan föra vår talan högre upp i hackordningen, en strulets borgensman, och med det sagt är det lättare att erkänna vår moraliska fanflykt.

400 ska jag ha.

Roger, som börjar bli rädd nu, Lasse menar allvar:

Jag har inga!

Skiter jag bauta i. Det är ditt problem.

Vad tror du hade hänt om du lånat på banken och inte kunde betala tillbaka? säger Rolle. Tror du dom låtit det vara?

Roger kan inte stå stilla i tofflorna:

Jag *har* inga! Var ska jag få dom ifrån? Var?

Gå till Porsfyr, flinar Lasse – han har fått Roger dit han ville: satt i skuld. Du får en vecka på dej, sen ska jag ha dom.

Rolle kickar igång Zündappen – Kom igen. Vi drar. – lägger i ettan och gasar och släpper handbromsen så att moppen gör ett ryck framåt och vi tvingas hoppa undan. Lasse slänger sig upp där bak i farten. De bumpar ner på gatan och Rolle växlar upp.

Det går en vecka. Det går två. Lasse hittar en ny moped – stan verkar drälla av borttappade mopeder – en likadan Dakota, fast med backspeglar och ommålad tank, som stått övergiven med uppbrutet lås ute i småbåtshamnen i Limhamn, och hans fåniga krav har lagts till handlingarna, arkiverats under rubriken "crazy gags".

Det går ytterligare en vecka utan att nån säger nåt om saken, men när vi fredan därpå hänger utanför kiosken, en fredag då nånting borde hända men ingenting händer därför att det händer aldrig nånting här, Jerry William som viggat av sin morsa till en hamburgare, Åsa och Laila är också med, och Carina faktiskt, med munnar fuktiga av läppglans, smultronsmak, tajta läderhalsband med silverrakblad i, uppklädda och hårborstade för att bege sig ingen annanstans än just hit, då går Lasse på Roger.

Har du stålarna?

Vilka?

Vilka? Du var skyldig mig 400.

Men sluta.

Jag skulle haft dom för flera veckor sen. Med ränta blir det 600.

Vad taskigt! säger Carina. Vad har han gjort?

Roger är redan på väg ut ur tofflorna:

Jag har ju inte gjort nåt!

Gå till Porsfyr, får Janis ur sig där han sitter med armbågarna mot det sänkta styret på den rostiga Zündapp som han farsa köpt åt honom, Janis som tror att detta är en rolig happening, så jag:

Käften på dej, Janis.

Ryck en väska då, föreslår Janis i stället.

Lasse tar fram en cigg och tänder, blåser ut röken genom näsan.

Får jag inte dom knasar jag för din farsa.

Gör det inte, säger jag till Roger, och till Lasse: Du har en ny moppe, vad klagar du för?

Och Rolle: Låt honom vara. Skit i det.

Spänd stämning i lägret nu. Det står och väger, allvaret kan fortfarande övergå i garv, en dunk i ryggen, ett fattar du inte ett skämt? följt av ett ska du ha en vurre, Roger, jag bjuder. Men Lasse är obönhörlig, har bestämt sig för att löpa linan ut. För precis som med Jerry Williams majblommor så handlar det inte om pengarna i sig, utan om den makt, den ställning, det skänker i det här fallet borgenären, med den väsentliga skillnaden att Jerry William ville *visa* sin ställning inför oss, Lasse vill *utnyttja* den – respekt! Han säger:

Har man kommit överens om nåt, så har man.

Jag har inte 600! nästan skriker Roger, alltmer desperat, som ett sätt att vinna betänketid. Han spottar gång på gång, runt honom är stenläggningen blöt av nervösa loskor.

Då sticker jag upp till din farsa nu. Ska jag det?

Ryck en väska så är du av med det, säger Rolle och tar emot ciggen Lasse skickar honom, drar ett bloss. Här är gott om kärringar.

Roger håller inne blagan:

Det kan jag inte.

Varför inte?

Men vad fan... jag kan inte rycka en väska.

Kan inte? hånar Lasse. Vad är du för mes?

Och sen säger han: Ä, vi skiter i det. Och Roger ser ut att andas ut, i två sekunder, innan Lasse fortsätter: Räntan alltså. Men dom 400 ska jag ha. Och du får börja pröjsa av i dag.

För helvete, Lasse! utbrister Persson. Han kan inte gå *dit*!

Men Lasse slår ut med armarna:

Jag har inte tvingat honom.

Roger har inte fler argument mot den skuld Lasse försett honom med, och han måste gå till Annebergsgatan 19c, vi följer honom en bit, sen stannar vi, tysta nu, en sån där förfärande tystnad som är av ett alldeles speciellt slag och liksom sitter kvar i kroppen efteråt, som håll, vi ser honom tveka framför porten, sen öppna den med båda händerna mot handtaget, och där vi står i vår öronbedövande tystnad kan vi tänka oss hur han tar trapporna upp till tredje våningen, ringer på, släpps in, och –

Dan efter kommer han med en fickknycklig femtiolapp till Lasse.

Bara 350 kvar.

Men sluta! Jag fick inte mer.

Och?

Är du rolig eller?

Åsa drar honom i armen:

Vad gjorde du där, Roger?

Roger svarar inte. Han tittar bort. Spottar.

Men Carina fattar: Fan vad äckligt!

Och vad är värst för Roger, att ha varit hos Porsfyr, att tjejerna också har reda på att han varit där, eller att han måste dit igen, och igen?

UNGEFÄR SAMTIDIGT SOM MONIKA hyr ut sin lägenhet i andra hand och tar tåget upp till Uppsala stämplar morsan ut för sista gången från Strumpan. Men morsan är bäst i uppförsbacke, hon har inga planer på att bli dagmamma eller hemsamarit som fackets ordförande föreslagit, Kjell Nilsson som sitter med i ledningsgruppen som fått tillstå att den "för personalens bästa" valt att huvudsakligen säga upp kvinnor därför att det skulle vara lättare för dem att få nya jobb.

Vad det måste ha kostat på i form av oro inför framtiden, för hyran och räkningarna för en ensamstående morsa, att inte följa minsta motståndets lag, det har jag kommit att tänka på nu efteråt då jag är så relativt vuxen jag nånsin kommer att bli, vilket kanske kan definieras som att nå fram till den punkt i sitt liv då man inser att ens uppgift är att finnas till för sina föräldrar och inte längre deras att finnas till för en, och man stirrar inte enbart i färdriktningen utan blickar också alltmer bakåt, för att hitta förklaringar till varför man blivit den vuxne person som man utger sig för att vara, och det kan för övrigt vara skälet till att jag berättar allt det här, att vi borde fråga oss vad som gör att vi är här, nu, med halva livet bakom oss, andra halvan framför oss, och vad vi ska göra av den halvan – och vad vi än kommer fram till är det så att min morsa påbörjar en kontorsutbildning på AMU på Ystadvägen, där det går hela klasser av arbetsmarknadens förlorare, mest kvinnor förstås, som slängts ut av centrifugalkraften när hjulen snurrar på tomgång.

Morsan är entusiastisk:

Det är det bästa jag gjort! Hade jag vetat att det är såhär, hade jag omskolat mej långt tidigare.

På kvällarna sitter hon i köket och pluggar. Hon lär sig bokföring, debet och kredit och momsen i egen kolumn. Hon lär sig att hand-texta, med bredspetsade pennor, tunna pennor, skyltar, plakat, affi-scher, efter mallar som ska följas, och morsan ger sig inte förrän hon behärskar allt till fullo. Hon lär sig skriva siffror som är anpassade för framtida databehandling, som sjuor utan det lilla strecket på magen.

Ska vi inte äta snart?

Jo, svarar hon och ser upp från sina böcker. Snart.

Men du har skrivit samma siffra tusen gånger.

Tio minuter till. Kan du inte ta en smörgås så länge?

Jodå, hon är sin dotters mor.

Till kursen hör att lära sig skriva maskin. Morsan skaffar en Facit Privat. Hon kommer hem och demonstrerar fingersättning. Lär sig skriva en bokstav utan att titta på tangenterna, två, lär sig skriva enkla ord, korta meningar, som att lära sig läsa igen. Mor gnor. Bok-stav för bokstav, tills hela alfabetet sitter i fingertopparna och hon får gå över till att skriva långa, outsägligt meningslösa texter. Som övning, övning, övning, och på tid. Tabuleringar, brevuppställning-ar, offerter, formulär... Morsan kommer hem på eftermiddagarna och hinner knappt landa och hänga av sig kappan på hängare förr-än hon knäppt upp det gråa skyddshöljet och placerat skrivmaski-nen på köksbordet med en tidning under, och sätter igång. Sen blir det raklångt läge i soffan, för att skriva maskin är på det hela taget inte mycket bättre för axlarna än att sy strumpor.

Det där skrivmaskinsknattret har tre faser, den första då man hör det hela tiden, måste skruva upp teven, den "nya" stereon, tankar-na, inte kan käka eller göra nånting utan att det mals sönder av lju-det, den andra då det hela tiden finns i bakgrunden som insekters surrande en sommardag och man är för loj att bekymra sig, den tredje då man bara lägger märke till det när det upphör, när det tyst-nar – det har blivit en del av vardagen, hör till ett hem, det knatt-rande, hackande, skvättande, sprättande ljudet av en Facit Privat som hamrar skalle på skalle mot pappérets vita yta för att dess inne-havare måste ta sig nån annanstans, skriva sig till ny kunskap, kompetensutveckling innan ordet finns, ett nytt yrke, en värdighet, skriva sig bort från den återvändsgränd hon hamnat i.

Morsan viker upp tidningsartiklar bredvid maskinen. Jag får sitta med klockan i hand och ta tiden och säga börja! och stopp! och morsan räknar nerslagen, räknar felslagen och får fram en summa som aldrig är bra nog. Eller hur lång tid tar det att felfritt skriva av säg en reklamtext för Lux tvål?

En gång till – alltid.

Är du beredd? Börja!

Asch! Fel direkt. Det är b som är svårt. Vi börjar om.

JAG HAR OCKSÅ FÅTT UPP farten. Äntligen ett eget rum, och en egen stereo – livet börjar bli hanterligt. Inte kan jag vara ute och ränna lika mycket heller nu när morsan inte har Monika att sitta och prata med på kvällarna.

Samtidigt som åttan är ett mellanår, ett år då man måste anpassa sig, aldrig förr har det varit så entydigt att man står på tillväxt, att man varken är yngst på högstadiet och därmed har en mer förlåtande syn på sina egna tillkortakommanden eller äldst på skolan så att man kan ta sig brösttoner och axla hela den roll det innebär – men man måste börja ställa in sig på det.

Rötäggen är utskrivna för gott – tror man. För Lundblad som i nio år kämpat tappert för att hålla sig undan all undervisning hänger nu dagligen runt skolan, och vad det säger om hans psykologiska profil är inte jag rätt person att uttala mig om.

Men förväntningarna ökar alltså, ens egna inte minst, men från lärarhåll också, och från morsan – på att man ska "ta mer ansvar" hemma och "göra nytta".

Jodå, det fastnar. Jag har lättare för att plugga än vad jag trott. Med en aning mer koncentration på timmarna, lite mer tid lagd på läxor och åtskilliga telefonsamtal till Monika inför proven. Monika som flyttat in i ett kollektiv, delar lägenhet med fyra andra studenter, och efter ett tag tröttnar på samtalen från sin frågvisa bror:

Det kan du slå upp i lexikonen.

Men om du vet det, kan du väl säja det?

Jag måste lägga på nu. Här är en annan som vill ringa.

Men säj det först!

Okej då, men detta är sista gången jag har tid att hjälpa dej.

I det läget drabbar ett av de mest absurda inslagen i svensk skolundervisning oss med full kraft, och att det sammanfaller med de tilltagande kraven hemifrån kanske inte är så slumpartat som det först ser ut. Under förevändning att vi killar har så mycket målbrott i halsen att vi gör bäst i att stå över musiktimmarna förpassas hela klassen ner i källaren, där sången ersätts med det som femtonåriga ungdomar kan tänkas behöva veta allra mest för att stå stadigt rustade inför det stundande vuxenlivets realia: hur en graviditet fortskrider, vad som sker vid förlossningen och hur man tvättar ett spädbarn och byter blöjor, och när det är avklarat skickas vi in två och två med dammsugare och dammvippa och rengöringsmedel för att lära oss städa en skrubb som vaktmästaren ställt in en utrangerad säng och ett bord i, det ska föreställa ett hem och har mer likheter med en cell eller ett isolerat rum på ett sanatorium för en patient med bara några dygn kvar i livet – hemkunskap! – under ledning av en bastant kvinna med skärande röst som måste ha tillbringat sitt liv nere i kulvertarna, för ingen har nånsin sett henne i dagsljus.

Huvudnumren i denna makabra halvdagsföreställning utförs i två rader med ultramoderna kök, i en lokal som är så oöverskådlig att vi växelvis kan smita ut i förrådet som är rikligt försett med konserver som blir fina överraskningar att packa upp hemma.

Den bastanta kvinnan, som vi aldrig lär oss namnet på, har tjugoåtta elevers totala likgiltighet inför ämnet att slåss mot, och hon gör det med sin nästan religiösa tro på husmansgastronomin och hela den pedagogiska arsenal hon är utrustad med. Hon låter oss texta menyn på papper först, "komponera" en måltid utifrån kostcirkeln, och därefter laga den.

Tjugoåtta elever *smakar* på den vedervärdiga torsk det tagit dem en förmiddag att koka sönder, och kanske är syftet med den här kastrullexercisen att vi i högre grad ska uppskatta skolbespisningen, för åtminstone jag är beredd att göra avbön inför allt jag tidigare sagt om den.

Tillsammans med de konserverade ananaserna och päronen bär jag hem mina nyvunna kunskaper i köksestetik.

Du ska ta glasen först, instruerar jag morsan när hon står med händerna i diskbaljan.

Jaså först? Inte stekpannan?

Nä, glasen först, sen besticken och tallrikarna.

Det ska jag tänka på, säger morsan, driver med besserwissern som aldrig självmant berättat nånting från skolan förr, men som nu ogenerat invaderar hennes hemmaplan. Morsan som sätter en ära i att handdiska och att få det skinande rent, renare än med maskin, som hon avskyr för att det lämnar kalkavlagringar i glasen.

Vad ni får lära er mycket.

Kastrullerna tar man sist, för dom är smutsigast.

Du kanske kan visa?

Nä, det var ett tips. Jag kan det redan.

Tack för tipset, säger morsan. Och fortsätter diska som hon alltid har gjort.

ALDRIG FÅR MAN VARA GLAD, och är man det så regnar det. Vi sitter i matan, har sena lunchen. Utanför pågår den nya sporten, att kasta jordkokor på fönsterna på de omgivande bostadshusen så att de fastnar och täcker rutorna. Och så kraset av glas när nån tagit i för mycket, och alla flyr.

Jerry William är i sitt esse när han demonstrerar sin nya miniräknare, med lika många knappar som i en cockpit och ett oändligt antal funktioner:

Kolla hur läckert man räknar logarytmiskt.

Varken jag eller Roger har en aning om vad en "logarytmisk" beräkning innebär. Jerry William sträcker räknaren till Roger, som knappar på måfå på den när Lundblad och Lasse skrider in i matsalen. Lundblad i snedgådda boots och mockajacka med indianfransar. De trycker varsitt glas juice ur behållaren och sätter sig två bord bort. Lundblad dricker med uppmärksamheten riktad mot oss. Roger skjuter tillbaka räknaren till Jerry William.

Men testa en gång att slå upphöjt med, säger han, som sitter med ryggen mot och inte har lagt märke till Lundblad, eller att stämningen i matsalen förändrats som ett plötsligt väderomslag.

Inte nu.

Roger har börjat skruva på sig. Han trär armarna i jackan som hänger över stolsryggen, drar upp dem igen.

Ska vi gå? säger jag.

Roger flackar med blicken, tittar på mig, hastigt mot Lundblad och Lasse, mot utgången, men han kan inte gå direkt ut för han måste slänga först och ställa brickan, han kan inte bestämma sig. Det har äntligen gått upp för Jerry William att nåt är på gång. Han sneglar över axeln, och smyger ner räknaren under bordet.

Gå du, så tar vi din bricka, säger han.

Men Roger kommer inte ur stolen. Han förblir sittande, med ett allt mer paralyserat ansiktsuttryck.

Nu går vi. Roger?

Men det går inte att få kontakt med Roger, för Lundblad har druckit upp juicen och rest sig. Klackjärnets klickande dämpas av linoleummattan när han går fram till oss, fram till Roger och sätter sitt tomma glas på hans bricka, Roger som är helblek, som ser ut att kunna spricka eller pissa på sig. Lundblad lägger en hand på hans axel, låter den ligga kvar där medan Roger liksom krymper samman under den, väntar på att få höra nåt, men Lundblad säger inget, han nyper mjukt och uppskattande i Rogers axel, som en ömsint massage, och Roger spricker, en ljudlös gråt rullar ur honom, han hulkar utan att det hörs ett knyst, och Lundblad klappar honom två gånger på axeln innan han fortsätter bort till Lasse som väntar på honom vid utgången.

Vi sitter kvar långt efter att de försvunnit. Roger som inte kan hejda gråten när den börjat välla fram. Och jag svär på att jag ska ta mig upp ur den här skiten som bryter ner och förgör, detta ovärdiga mögliv i pissrännan, klarade Monika det så ska jag också göra det, jag tänker överleva och inte låta mig knäckas. Det måste finnas vägar ut.

MEDAN PERSSON BÖRJAR FÅ SVÅRARE att hänga med. Lär ha det stökigt värre på hemmaplan, enligt morsan som pratat med nån morsa i tvättstugan som känner Perssons morsa, som träffat en ny karl. Persson själv kniper om det, som han kniper om det mesta, och det går inte snabbt utför för honom som det gjorde för Carina, det är ett långsamt rutschande som ingen fäster nån uppmärksamhet vid, win some, lose some, men Gunnel Kullander tar honom avsides för ett enskilt samtal och övertygar honom om att allmän kurs i matte och engelska är mer i paritet med hans ambitioner. Han ringer mig:

Har du läst nåt inför religionsprovet i morron?

Inte ett dugg – vilket jag förstås har, jag har vrålpluggat, det vet Persson också, men det hör till spelreglerna att aldrig tillstå det.

Ska vi plugga ihop ikväll?

Okej. Kommer du hit?

En halvtimme senare sitter han på min säng, omgiven av böcker som är prydda med Spola kröken- och RFSUs flygande snoppar-klistermärken.

Har du sett Carinas pattar?

Läs nu. Koncentrera dej – säger man inte, utan förlorar sig i en längtansfull diskussion om Carina och hur hon har förändrats, hennes bröst är det ljuvligaste vi kan tänka oss.

Tänk om hon behållit ungen, säger Persson.

Det hade aldrig gått.

Se henne komma med barnvagn till plugget. Vilket grin det hade blivit!

Sen säger han inte mer, för själva tanken att Carina skulle komma med barnvagn, med *barn*, till skolan är så överväldigande främmande. Vi läser – och Persson vräker sin bok i väggen.

Jag fattar det inte! Varför ska jag kunna sånt här?

Det är inte så svårt.

Jag tar upp och räcker honom boken.

Vad är det som är konstigt?

Lätt för dej att säja som fattar.

Klarar Roger det, så klarar du det.

Du, Roger är smart som fan, det är bara jävligt synd om honom.

Det är du också.

Jag är inte smart. Jag är förbannad. Känner du dej aldrig som en automat?

Hur då?

Vi lever inte, Johan. Vi är automater som dom stoppar med skit. Det hade blivit revolution om dom inte hållit oss sysselsatta.

Revolution?

Dösäkert.

Vad ska vi göra åt det?

Vi läser kapitlet en gång till, sen förhör vi varann.

Dan därefter, när vi samlas på skolgården efter skrivningen, ser Persson nöjd ut.

Hur gick det?

Jag är med i matchen.

Han bommar en cigg av Rolle och skickar iväg ett halvdussin rökringar, han är ingen nolla när han lägger manken till. Men han ser inte lika nöjd ut veckan därpå, när Einstein, beryktad för sina hårda rättningar och generösa eftergifter, singlar ner provet på Perssons bänk.

Du får skärpa dej, Mikael.

Persson bläddrar igenom sidorna, kantade med röda bockar, läser med stigande upprördhet de rättningar som Einstein fört in i marginalen ackompanjerade av tjocka röda utropstecken.

Magistern!

Einstein som hasar sig ner till Perssons bänk, ännu en elev att dunka in kunskaperna i med hammare och spett.

Jag har svarat rätt! Här! och här! och på fråga b här!

Einstein lyfter upp glasögonen i pannan som en svetsare med visiret, lutar sig, granskar kråkfötterna ingående, rätar sig.

Det går inte att läsa.

Jag har skrivit precis som det står i boken! Läs här!

Hur ska jag kunna veta det?

Persson skjuter fram provet till mig.

Visst har jag svarat rätt?

Jag måste nicka jodå, för ingenting av den otydbara skrift som Perssons stela näve presterat pekar på att det *inte* skulle vara rätt. Detta sagt som ett försvar, för Persson är offer för ett beslut fattat långt upp i administrationens snåriga korridorer. Palin ville ha oss att skriva med den finaste 1800-talspiktur, en snirklig skrivstil där bokstäverna binds samman med eleganta övergångar, byglar och hakar, och pennan aldrig lättar från pappret. Men vi hamnar mitt i en förändring – vi hamnar i *många* förändringar, och detta är en av dem. Vi kan bara ana oss till att det är nån på Skolöverstyrelsens översta våningar som en dag av ren tristess drabbas av infallet att en reform av nåt slag kan vara på sin plats, för att motivera de äskade anslagen, för att motivera den egna tjänsten. Efter manår av möten och konferenser och kompromisser och remissrundor som varit uppe på departementsnivå och vänt faller valet på skrivstilen. Den verkar krånglig för ungarna. De får lära sig nåt enklare i stället. Och tomporna utses till apostlar, skickas ut i världen spränglärda med den nya skrivstilen, som inte är nån stil alls utan en laissez-faire-teknik med blockbokstäver utan koppling men lutade åt ungefär samma håll. Eller några, eller alla, kan vara sammanbundna, om man hellre vill det. Enda regeln är stor bokstav efter punkt, men även det är förhandlingsbart. Det kan få se ut hur det vill – och gör det också. Problemen blir märkbara långt senare, för lär man sig inte skrivstil, kan man inte läsa den heller. Det är en i datorernas tid utdöende konstart som för framtida digitala generationer kommer att vara lika svårtydd som runskrift, och berg av oläsliga dokument, brev, vykort, handlingar, kyrkböcker, byrålådsdikter, mantalslängder, kommer att få arkiveras i fuktsäkra bergkammare i väntan på tydning, tolkning, förklaring, institutioner kommer att instiftas, lärosäten där experter utbildas och får delta i Antikrundan, professurer tillsättas, olika inriktningar växa fram, som värmländsk prästskrift 1910–1920 eller bindningen mellan bokstäverna t, l och p hos de första skrivkunniga hamnsjåarna. Men allt detta är tompor och SÖ-byråkrati och förvirring i futurum och inget som Persson tänker på när han håller hårt om sitt prov med båda händerna. Inne i Persson pågår en förtvivlad brainstorming:

Du måste rätta om.

Det skulle nog inte göra stor skillnad, är jag rädd.

Persson som förra terminen överklagade sitt betyg i gympa hos studierektorn för att det var felaktigt, krävde att få det *sänkt*.

Du *måste*!

Jesus trodde på mänskans godhet, Einstein tror på misslyckandets lärdom. Han återvänder till katedern. Men Persson ger sig inte. Han skjuter upp från stolen. Einstein stannar:

Till nästa gång får du läsa på bättre.

De två rättsnykteristerna blänger på varann. Persson kippar efter ord, men språket är på utflykt, inte en stavelse finns på lager.

Se på Johan, fortsätter Einstein, hur han skärpt sej. Då kommer resultaten.

Han drar ut Perssons bänk så att Persson kan sätta sig.

Börjar du också läsa, ska du se att det går vägen.

Det blir för mycket för Persson. Han plockar fram det enda kunnande han till fullo behärskar. Och medan Einstein på ostadiga ben känner efter om käken ännu sitter på plats, stegar Persson lugnt ut ur salen. Han har som vanligt fått sista ordet, signerat dagordningen med sin omisskännliga initial.

Nej, bildningsvägen är inte Perssons väg. Utan fast mark under fötterna klipper han till allt oftare, enligt principen att den som inte är med honom är emot honom. För tack vare Einstein blir Persson medveten om att den enda rättvisa som finns är den han själv skaffar sig, och den måste han skaffa sig med fysiska medel, den rättvisa han tar sig tilldelas aldrig såna som han. Och så mycket ilska och överskottsenergi ligger och skvalpar i honom att han måste få den ur sig. Utan anledning kan han nita vem som helst som kommer i vägen. Han söker sin rättvisa. När raggaråken kränger in på parkeringen för att hämta brudarna slänger Persson ur sig att en sån kärringcontainer måste man vara fikus för att köra och ger inte den oljejeansade, striphårige raggarn en chans att komma ur sätet. Perssons rykte som slagskämpe sprider sig, han kommer i bråk på stan, backar aldrig undan hur stort motståndet än är, hur många som än ställer sig framför honom. Persson börjar på Baltic Club, går fyra kvällar i veckan till styrketräningen i Baltiska hallens källare, pumpar upp sitt bröst och sina armar, sin överkropp, i lokalen som stinker av fis och gamla insvettade träningskläder, med hantlar och skivstänger och stenåldersapparater, tränar sin kropp för att kunna slå fler raggare på käften, punkarna, läraridioterna, snutarna, sen befälen i lumpen, så att han ska kunna slå hela den här jävla världen på käften, orättvisorna, nedvärderarna, de framskjutna bringorna, förbigångarna, slå sig loss ur sina sociala bojor, och i det sena åttiotalets uppgång då allt är biceps, monetär eller muskulär, en samhällsstruktur där fysisk styrka har värderats dödsrycker i sina sista spasmer och bodybuilding blir folksport i väntan på att tiden ska stöpas om med Kunskapslyftet, kan inte Persson bygga sig en framtid då, en förmögenhet, spela på börsen, så kan han åtminstone köra några curls extra och forma en muskelmassa som får honom att likna en flodhäst när han gungar fram med låren vitt isär i specialsydda haremsbyxor och armarna ut från kroppen som vingarna på en DC9a under sin blonderade snagg, köra pass på pass, dagligen, sen två gånger om dan, i sin vrede över den skittillvaro som står till buds, käka Frödinge ostkaka på en bänk i gymmet med kartonglocket som sked och kokt torsk och morötter och flexa sin deffade, solariesvedda hydda i timmar framför omklädningsrummets spegel tills han fullmatad med ryssfemmor och häcken perforerad av testosteronsprutor går bärsärk på Centralens Pub och stampar sönder bröstkorgen på två kenyaner som råkat komma för nära, samma år som han varit uppe på pal-

len i sin första Mr Sweden-tävling – och Fosieanstalten blir vänd-
punkten. Han har fått rättvisa.

När man själv är på väg upp i hissen blir det på samma gång tydli-
gare hur andra är på väg åt motsatt håll, rakt ner i underjorden, där
de hängs av och lämnas.

Det är den famösa säsongen då Malmö FF sluggar sig fram genom
Europacupen, slår Wisla Krakow i kvarten på ett jublande, sjung-
ande, svängande, flagg- och kepsviftande stadion och Tore Cervin
som rusar ut i snön med resten av laget i hasorna, ja de bilderna har
vi alla sett, kan se hur många gånger som helst, de små tajta brall-
orna, den oförställda glädjen som vi skriker ut på ståplats med de
blåvitrandiga halsdukarna som fladdrar runt varenda hals, och som
Rolle och Janis och Jerry William sitter längst bak i klassrummet
och viftar med och skanderar Heja MFF!

Det är inte svårt att tänka sig att Jerry William, som skriver bäst
i kemi, fysik, matte, biologi, skänker lärarna trubbel, ångestfyllda
diskussioner i lärarrummet: ett snille som larvar bort timmarna med
hejaramsor och halsdukssvingande allsång. Geni och galning – hur
ska han bedömas? Lättare då med Rolle och Janis som lägger sig
platt, besvarar proven genomgående med "MFF!" och "Heja di
blåe!" – lämnar in undertecknat "Bob Houghton, trainer".

OCH DET BLIR SOMMAR igen. En kort sommar. Somrarna blir kortare i takt med att man själv blir längre. Ungefär samtidigt som man stannar i växten blir man klar över att alla somrar är lika försvinnande korta. Monika och jag är lika långa nu. Och hon har en osviklig förmåga att plötsligt bara stå i hallen med hela sitt bagage spritt omkring sig, håret på full längd igen, och med morsans mockajacka slängd över axeln, jackan som morsan letat febrilt efter.

Hallå! Det är jag.

Tog du taxi? kommer det förskräckt från köket, där morsan dricker kaffe med fru Havlicek, som hon börjat umgås med, de tittar in till varann på eftermiddagarna, byter veckotidningar och nyheter de fått med sig från tvättstugan, tar skott på varandras blommor.

Vad snackar ni om, morsan? har jag frågat henne.

Allt möjligt. Hon berättar om Prag och visar bilder på huset dom bodde i.

De bilderna fick jag också se. Det är inget hus. Det är ett gods.

Det kan inte vara lätt för henne, sa morsan. Komma från så fina förhållanden och sen få gå och städa.

Nä, 37an från Centralen, svarar studenten i hallen, som har en överraskning att presentera när fru Havlicek gått in till sitt: hon tänker bo hemma hela sommaren, för hon tjänar på att låta lägenheten på Vårgatan förbli uthyrd i andra hand, men i mitt rum släpps hon inte in, inte när det äntligen blivit mitt eget, så morsan får finna sig i att se soffan ockuperad och trean förvandlad till kollektiv av Monika som klarat av första året i Uppsala med stående ovationer, VG rakt över, och morsan som läser studieintyget gång efter annan.

Grattis Monika!

Så märkvärdigt är det inte.

Det är fantastiskt! Vi måste fira.

Glöm det. Första året är enkelt.

Men Uppsala är inte mycket till stad, enligt Monika, som längtat hem, lånar morsans cykel och ger sig ut på en lång runda i hemstaden, återvänder för att rapportera att allt är sig likt – det är härligt att vara tillbaka! Sen går hon på skiftet, äntrar kassastolen på Reveny och börjar knappa in varupriser och rabattkoder, där hon ska sitta fram till en vecka före terminsstart, då hon och några kursare hyrt en stuga i Småland, ett så omåttligt slöseri med pengar för morsan att hon inte finner ord för det, hyra stuga, hjälper inte att de är fem om det.

Medan Johan har svårt att förstå hur hans syrra står ut med att slita så mycket, på ett så mördande tråkigt ställe.

Jag vet, men studielånen räcker inte till nåt. Det är min sista sommar där.

Säger Monika, som gnäller när morsan pressar henne på hyra för mat och husrum, inte ett tack för nitton års fri kost och logi, nu kommer hon med kontanterna en vecka efter att lönen gått in på kontot – sen lånar hon lika mycket av morsan. Jag skulle bra gärna vilja veta vad hon gjort av allt hon tjänat genom åren, några vidlyftiga utgifter har hon aldrig haft och hur det står till på kontot är "classified", The Brain, som det har blivit lättare att snacka med nu, som storasyster och lillebror.

Hur gick det på religionen? Klarade du dej med lexikonen?

Jag klarade mej *utan* dom.

Gjorde du? Bravo!

Ett erkännande av brorsan, ett erkännande av ett slag som Einstein, eller nån annan lärare, aldrig skulle ge, för det är avsett för Johan, inte för honom i förhållande till andra elever.

Har det hänt nåt annat då?

Som vadå?

Ja, inga big news?

Jo, du vet Roger?

Ja?

Nä, han... ä, det var inget särskilt.

För *allt* går det inte att prata med syrran om än.

Mormor orkar inte ha barnbarnen i år heller. I år åker morsan och jag upp till mormor, för nu är hon så orkeslös att vi *måste* komma. Jag befinner mig mitt emellan den ålder då det är tvunget att följa med och den då det tas för naturligt att man inte vill längre, av morsans vaga besked om avfärd framgår det att jag skulle kunna tjata mig fri, men jag följer med, och jag tror att jag gör det för morfars skull, enligt en grumlig logik som jag själv aldrig kommer att reda ut.

Är det svårt? frågar Monika.

Vadå? säger morsan.

Att åka upp till mormor, nu när du får ta hand om allt.

Allt? Leif ska också få dra sitt strå till stacken.

Och det tror du? säger Monika, familjens självutnämnda expert i psykologi, liksom i så många andra ämnen vid den här tiden. Det är naturligt om det känns jobbigt för dej, morsan.

Var får du allt ifrån? Klart han ska hjälpa till.

Men där får morsan bita i gräset. För Leif ringer och meddelar att de ska fira hans och Lisbeths tjugoåriga bröllopsdag på Mallorca, där de träffades på en Spiesresa. Bröllopsdan infaller inte förrän i november, men vem vill till Spanien i november? Inte Leif, Lisbeth och Kristina i varje fall, förmodligen inte Bernt heller, men han ska tjänstgöra hela sommaren på Götabanken. En strand- och poolnära bungalow är bokad, berättar morsan när hon refererar telefonsamtalet.

Ska dom på grisfest också? kommenterar Monika beskedet.

Mormor står på trappen när vi kommer skumpande på den medfarna grusvägen, har väntat sen i morse, vill inte verka som om hon har väntat sen i morse så hon håller nåt i handen, en planteringsspade, som hon vinkar med på sitt aviga vis, mormor som inte är sig lik i år, halva mormor är försvunnen, t o m hennes huvud ser ut att ha krympt, och håret har decimerats. Singeln knastrar på gårdsplanen. Morsan drar åt handbromsen. Mormors kramar är inte heller vad de har varit, hon som var så fin på att kramas. Morsan vill inte låtsas om nåt, men när vi packar ur bilen måste jag fråga henne vad det är som hänt med mormor.

Inte så högt!

Ser du inte?

Vi tar det sen, Johan.

Men så lutar sig morsan nära mig i alla fall:

Hon har inte mått så bra sen morfar gick bort.

Som om hon hört oss – fast det har hon inte, för numera måste man tala högre och välartikulerat till henne – säger mormor över middan som morsan ställt i ordning:

Det är inte roligt att laga längre. Det smakar inte när man är ensam.

Du får försöka, säger morsan, som inte har mer tröst att komma med. Du måste ta hand om dej.

Nils han kunde äta han. Nä, nu kan det kvitta.

Hon tar några tuggor såsmosad potatis. Det gnirkar från en lös tand.

Vad var det jag skulle säja?

Efteråt sitter hon och morsan i hammocken på backen bakom huset, skrattar lågt och pratar om hur högt vattnet står i ån, granskogen på andra sidan som längtar efter en gallring, och markerna som "ligger i träda", ängen borde slås, fast det säger inte morsan, inte mormor heller, ängen som morfar höll tuktad i nästan ett sekel, kort och tät som en heltäckningsmatta, nu skjuter asp och sly upp i gräset som växt sig manshögt och inte reser sig efter regn. Inte enbart mormor är förändrad, även gården är avmagrad, håller ärligt talat på att förfalla fullständigt.

I lagården luktar det unket och av djur. Kvarlämnad i sin ensamhet hänger Hedlund på trekvart. Som en sista rest av landets agrara epok kikar han ut genom det spräckta glaset, ytterligare lite blekare i år, inte mycket för vare sig honom eller morfar att glädja sig åt under den korta tid Fälldins regering stod på benen. Jag har satt ny lina på haspeln, Abulon 0,25, och fiskar ett ändlöst antal timmar

från en sten i ån, drar upp några skapliga abborrar som morsan file-
ar och steker som pålägg.

Här finns inget att göra, klagar jag.

Du har inte pratat med mormor en enda gång i sommar, svarar
morsan. Hon behöver sällskap.

Men hon är så vimsig.

Så får du inte säja. Hon tycker så mycket om dej.

Så barnbarnet slår sig ner bredvid mormor, som sitter och nickar
till i hammocken.

Ska jag berätta nåt för dej?

Vad skulle det vara?

Vad vill du höra?

Jag blir så matt av värmen. Det känns som åska.

Jag beslutar mig för att gå direkt på toppnumret, det som morsan
inte får höra och som mormor ändå kommer att glömma.

Det är en tjej i klassen som heter Carina –

Leif, kan du gå in och hämta... nä, Bernt...

Johan.

Johan. Kan du det?

Hämta vadå?

Mormor har nåt på tungan, men... nej.

Det kvittar. Det var inget. Vad varmt det är.

Tre veckor. Medan morsan står och lagar mat som hon fryser in
i portionsförpackningar, aluminiumformar på vars vita fält hon
skriver pannbiff med lök, kotlett och sås, dillkött, stekt spätta och
datum, förklarar hur mormor ska ta ut en form på morronen och
värma den i tjugo minuter till middan, skriver det för säkerhets skull
på en lapp också som åker upp på kylskåpet.

Du är så snäll du, klappar mormor henne på armen. Jo, koka
potäter kan jag själv.

Men när morsan bakar matbröd, och bullar och kakor så att mor-
mor ska ha nåt att bjuda Röda korset-damerna och grannfruarna
på, protesterar mormor.

Jag klarar mej.

På vadå?

Jag har, vad heter det?

Messmör.

Messmör. Det är så gott så.

Du kan inte äta bara det.

Det har jag ätit hela livet, och det har hållit mig frisk!

Tillsammans tar de hand om säsongens skörd av bär och frukt som de tillbringar eftermiddagarna med. Det sedvanliga batteriet av flaskor och burkar sprider sig över köket.

Har du haft i socker? frågar morsan.

Jadå, försäkrar mormor.

Och när hon vänder ryggen till häller morsan i sockret som stått uppmätt intill spisen i en literkanna.

När ska du få ett arbete igen, Bodil?

Det är elfte gången mormor ställer den frågan, och morsan, som är klar med sin arbetsmarknadsutbildning, upprepar svaret för elfte gången:

Det är inte så lätt med arbetslösheten nu.

Du får ringa runt och höra om nån behöver dej.

Morsan som får lägga band på sig för att inte brusa upp:

Det *är inte så* det går till.

Hur vet du det? Det kan aldrig skada att presentera sej.

Nu kokar det, mor!

Morsan rusar fram och drar kastrullen av plattan, vrider av värmen. Mormor säger:

Nils sa alltid att man sover bäst efter en dags hederligt arbete.

Men morsans tålamod är redan prövat till bristningsgränsen, försöker väl förlika sig med tanken på att hon nu måste vara som en mor för sin egen mor. Jag kan höra hur hon ligger vaken om nätterna i rummet intill mitt, och jag påträffar henne ibland stående i ett rum eller i köket, där hon stirrar rakt ut i luften eller med nåt föremål i händerna som hon känner på, liksom smeker, en patinerad slev eller nyckeln som drar upp moraklockan, och man behöver inte vara The Brain för att begripa vad det är du ser, morsan, och vad du tänker på, en lång flack nerförsbacke för mormor att hjälplöst kana utför tills hon är helt borta, och med henne gården och därmed också en bit av dig som kommer att knipsas av, din barndom, din uppväxt, och om det inte finns nåt för dig att se tillbaka på, vad kommer du då att vilja se fram emot – barnbarn?

Bakom förvirringen och glömskan blänker det plötsligt till av mormors gamla järnvilja och det-ska-bli-som-jag-sagt-inställning. På morronen för vår hemfärd står samtliga flaskor och burkar inslagna i tidningspapper och paketerade i kassar i förstugan.

Vad ska jag ha det till? replikerar mormor när morsan invänder att de ska dela lika. Jag har från förra året i källaren.

Men vi får inte plats med allt. Ha lite att ge bort.

Till vem då?

Det är inte rätt.

Ge det till Monika. *Hon* uppskattar det.

Med den anklagelsen hängande över sig instruerar morsan mig att börja packa in kassarna i bilen.

Jag säger som Monika: Det är härligt att vara tillbaka i stan! Vi rullar in med aktern nerkippad av sylter och safter och grejor som morsan i smyg räddat undan mormors tankspridda röjningar. På parkeringen står Lasse och Thomas och deras farsa hängande över motorn på Thomas Impala, Tom Robinsons 2-4-6-8 Motorway skorrande ur hembyggda högtalare i de uppslagna dörrarna, de tre anderssönerna lutade över mekanikens outgrundliga mysterium med polygriptänger och ledhylsnycklar i nävarna och fan-i-helvetes-jävlaskitbil i nyllena, tre oljiga nyllen som vänds upp mot mig och morsan innan de dyker ner i motorrummet och svordomarna igen.

När vi varit hemma nån timme, under vilken morsan fått fram smutstvätten ur väskorna, sorterat den, varit nere i tvättstugan och bokat en tid och hunnit köra två maskiner också, fått in en fiskgratäng i ugnen och gått runt med vattenkannan i högsta hugg och stoppat ett finger i blomkrukorna – Har inte Monika vattnat alls? – då ringer det på dörren. Det är Lasse.

Vi ska ut en runda med brorsans bil. Ska du med?

Jag vet inte.

Knasta dej inte!

Vänta.

Jag vänder mig inåt: Får jag sticka ut med Lasse?

Från toa, där morsan lägger håret: Du vet hur dags du ska vara hemma!

In i det bensinstinkande baksätet bland skitig trasselsudd och rengöringsmedel och tomburkar och fimpar, Lasse och Thomas med rutorna nervevade så att den varma vinden kan välla in, armarna hängande ut med kromad armbåge. Vi plöjer rundor mellan Stortorget och Gustav Adolfs Torg, tvingas till en omväg via Slottsgatan och Norra Vallgatan sen Södergatan efter köpenhamnsk förebild stensatts till gågata. Med en knapp under instrumentpanelen tutar Thomas med tretonshonkande horn på de vitbrallade, klackade kvinnorna som sneddar över Stortorget på väg till Kramer i sommarnatten, tjoar efter dem, och vi rullar ner bakom Centralen och ut i frihamnen på vars långa rakor han maxar Impalan och tvärnitar så att det skriker om asfalten och kärran kränger i sidled över på andra körbanan, står still med bromsen i mattan och gasar samtidigt så att bakdäcken bränner gummi, feta spår som det väller svart mustig rök från, med Lasse hängande ut genom fönstret, jublande! innan vi fortsätter ut till Strippen på Hemsögatan där *riktiga* amerikanare står uppradade och motivlackerade street racers med motorblocket upp genom huven spränger ljudvallen i nattens dragracingtävlingar.

Vi sitter kvar i bilen och ser nästa heat rulla upp till startlinjen. Thomas kastar en blick i backspegeln.

Jag såg Scouten häromdan. Vad gör hon nu?

Hon har flyttat till Uppsala, säger jag, för "läkare" är inte rätt svar här.

Uppsala? Ja, nån måste ju bo där.

Hon bor i ett kollektiv.

Kollektiv? Thomas tittar i backspegeln igen, upprepar "kollektiv" för att hämta upp ur minnet vad det betyder. Hon har alltid varit lite koko va?

Hon är inte scout längre.

Startflaggan faller. Motorerna vrålar sig fram mellan godsterminalerna. Publiken skriker till av hänförelse, klungor med killar i jeansjackor med dekaler som dricker hb med Coca-Cola ur plastflaskor och tjejer i tunna linnen som håller sig i bakkanten. Det luktar bränsle och bränt gummi och ögonen lyser extatiskt på Lasse och Thomas.

Under tiden vi varit hos mormor har Monika haft full fart på stereon, min stereo, och discon har snurrat sina första (och sista) varv på spelaren. Hon håller ihop det också, kan lyssna på både Mikael Wiehes Titanic och Abba, kan förena Barsebäcksmarscher med discobeat. Bäst i klassen året runt, Monika.

Ja, vadå? Har du försökt dansa till Wiehe nån gång?

Sen när har du börjat dansa, Monika?

Sen nu!

Monika har nämligen fått en ny väninna den här sommaren, Annelie, en alldaglig tjej med pudelfrissa, tajta rosa jeans och för mycket ögonskugga, som också sitter i kassan och har samtliga Abbas plattor, som Monika får låna en och en. Morsan behöver inte bekymra sig så mycket för att Monika upprättat basläger i vardagsrummet – hon är aldrig där, hon är på bio med Annelie, och när biograferna håller semesterstängt går de på Kramer (fast vi ser aldrig *dem* släntra över torget; de skonas från Thomas honkande) eller nån annanstans och dansar, om de inte stannar hemma och pratar, vilket är vad morsan sett fram emot – men de sitter hos Annelie.

Kan du inte bjuda hit henne? ber morsan.

Men vi ska på fest i kväll.

Nån gång stannar du väl hemma?

Vad är det nu?

Vi har nästan inte träffats i sommar.

Vi träffas ju nu. Och innan var du hos mormor.

Monika tar sin nya handväska av hopsydda skinnbitar, en likadan som Annelie har, och försvinner till festen som en man ringt och bjudit dem på, ett samtal som Monika hållit mycket kort. Morsan går fram till fönstret för att se vart dottern tar vägen, men hejdar sin nyfikenhet, känner med ett finger i en blomkruka i stället, hämtar vattenkannan.

Monika sover inte hemma på natten, hon kommer på morronen och hon har med sig tidningen som hon fått av budet för att inte väcka morsan med dunsen, morsan som ändå är vaken, som har varit vaken sen hon gick och la sig, men hon stiger inte upp nu, hon ligger kvar vaken och stiger upp när klockan ringer, frågar inget, äter frukost tillsammans med Monika, och mig, och på eftermiddan lägger sig Monika och *hon* kan somna, medan morsan plockar upp Monikas kläder och prylar som ligger spridda överallt, morsan som vet att hon inte bör ställa sin fråga, hon gör det inte heller, inte när Monika vaknat, inte när hon och Monika cirklar runt i lägenheten utan att korsa varandras spår, inte till kvällsteet, som Monika för första gången denna sommar dricker tillsammans med morsan, Monika som är beredd på att morsan ska ställa frågan, för morsan kan inte släppa den, precis före sängdags har hon funderat så mycket på den att den blivit ett påstående.

Du sov över hos Annelie i natt.

Hon blir inte motsagd.

Jag förstod det.

Monika återvänder till Uppsala utan sylt och saft. Morsan tar kassarna och går in med dem till fru Havlicek.

MORSAN FÅR JOBB SOM löneassistent på Länsstyrelsen. Tidrapporter och löneutbetalningar, sjukdagar, karens och gravvik, föra statistik, arbetsuppgifter som morsan inte förstår hur hon ska klara av, i likhet med sonen är hon utrustad med ett ostadigt självförtroende, en självkänsla som har misslyckandet som grundläge, det tar morsan en månad att stärka det så pass att hon tror att hon kan komma att klara jobbet, och då trivs hon. Morsan som kommer hem med ett annat schvung i steget nu:

Vad har du ätit i dag?

Morsan trivs på heltid och sonen får knyta om sig förklädet när han kommer från skolan och själv laga sig nåt (och motvilligt erkänna att hemkunskapen gjort *viss* nytta).

Hamburgare.

Inte i dag igen!

För i takt med att mödrarna ger sig ut i förvärvslivet på fullt allvar börjar halvfabrikat som har sitt ursprung i lika delar junk food och ironi att nå ut i vidare cirklar än till "ensamstående mannen i trenchcoat" – som "hamburgare" som vränger upp sig till kupiga skålar när de landar i järnet, med trötta "pommes frites". Man får nya vänner och de börjar alla på F: Felix, Findus, Frionor.

Vill du ha pengar att köpa pizzor för?

Men morsan pratar om frysta "pizzor" som färdiggräddas i ugnen, med pappkartongbotten och tuggummiost.

Kan inte du laga nåt?

Johan, du vet att jag inte hinner i veckorna.

Du gjorde det till mormor.

Därför att... det är skillnad.

Kan jag inte få pengar till Burger King?

A, nä, inte när du kan laga det själv. Ska jag köpa hem några piz-zor, eller piroger?

Nä, men pommesen är slut.

Morsan går för att byta om, hon är inte svettig längre när hon kommer hem, hon byter om därför att hon varit uppklädd, för den verkligt stora förändringen med att växla från fabriksgolv till kon-torsstol är inte att ha flex i stället för morron- eller kvällsskift, fast lön i stället för ackord, lunchkuponger i stället för kaffebur, det är att jobba i sina egna kläder. Arbetsrockar, hårnät och blåställ gör arbetaren till en anonym utbytbar kugge i det stora maskineriet, och för dem som är en i mängden finns en sammanhållning inåt och en gemensam front utåt, basics, som Mao Tse Tung skulle ha sagt när han beordrade enhetlig klädsel för ett helt folk, fast på kinesiska då, men den socialantropolog som letar efter ett tacksamt ämne för en doktorsavhandling borde titta närmare på betydelsen av avuniform-eringen för en tilltagande individualism, för drömmars och ambi-tioners förändring när kuggarna får särdrag, lika utbytbara, men nu som individer i klänning, kjol, byxa, skjorta och med en annan syn på sig själva, på varann och på sitt sammanhang, den nya gruppen, avdelningen, arbetsplatsen – och det blir samtidigt en fråga om *hur* man klär sig.

Kan jag ha det här?

Morsan håller upp en grön klänning framför sig.

Den är skitfin.

Vad du har börjat svära.

Hon gör en piruett framför hallspegeln med klänningen hållen mot axlarna, innan hon gör en ny raid i klädkammaren iklädd tro-sor och behå och klackade skor, gräver fram en svartrödrandig klänning.

Den här då?

Den är fin den också.

Nä, den har dom sett innan. Usch, jag måste skaffa nytt.

Kvinnan på fabriken har aldrig haft några väninnor, förutom att hon snackar med grannfruarna i huset och bjuder fru Havlicek på kaffe, hon har haft ungarna som sitt närområde och ringt till sin mor om det varit nåt, hållit kontakt med släkten och haft ordning på födelsedagar och högtider. Nu har hon plötsligt åtta väninnor från avdelningen att umgås med, att bjuda hem på "tjejmiddag" en lördagskväll, åtta kvinnor som anländer i ett hav av parfymdoft, Noblesseaskar och blommor, som köar till spegeln för att smeta på läppstift och dra ett par tag med kammen, som får en rundvisning i lägenheten.

Gud så trevligt ni har det!

Bodil, du har verkligen gröna fingrar!

Beröm från dem som bor i liknande lägenheter i liknande områden, fram i fönsterna för att inspektera utsikten, som om det nånsin funnits nåt upphetsande att se från andra våningen, sonen i huset som skickas fram för att hälsa innan han får dra sig tillbaka till pojkrummet – och löneavdelningen är i full gång, fyller vardagsrummet med tjatter, om löneavdelningen, som om fem dar i veckan inte var nog, och om Siv, för Siv har inte kunnat komma, Siv som har en så eländig frisyr att den måste upp på bordet strå för strå.

Pajen kommer fram, och grönsalladen och painrichen och Liebfraumilchen. Löneavdelningen bänkar sig i köket. Först hörs ingenting därutifrån, sen ett svagt mummel, och därefter röster och skratt, högre och högre, särskilt en gäll stämma som låter som en snipig Margaret Thatcher, till klockan 22.01, då grannen ovanpå stampar i golvet, och det blir tyst i två minuter innan löneavdelningen trycker gasen i botten igen så att väggarna bågnar, och morsan som är inom hos mig, där jag håller ut med stereon på femman för att överljuda.

Vill du inte ha? Det blir över.

Får jag käka här inne då?

Ja, säger morsan, släpigt, har inte hållit igen på vinet. Om du nödvändigt vill.

Jag väntar ett slag, precis så länge att ingen ska tro att morsan har varit och hämtat mig. I köket är det finsk bastu och dimmigt av Blend Menthol, och den härliga samlingen rödkindade, vinspralliga damer kvittrar på högsta om det outtömliga ämnet chefen och *hans* frisyr och kläder, med Thatcher som sopranen, och mitt i högen sitter morsan och röker och hojtar friskt hon också.

Det var en trevlig kväll. Jag tror dom gillade det – det är morsan dan efter, blek om nosen, kom i säng vid halv fyra, efter att först ha gripit sig an disken, skrubbat köket så att man möts av en antiseptiskt ren diskbänk på morronen, inte ett spår kvar av festen.

Morsan sköljer ner två magnecyl med ett glas vatten, kaffet puttrar i maskinen, hon ställer upp balkongdörren och fönsterna för vädring, lever i slow motion fram till måndag morron då hon står framför hallspegeln och puffar sig i håret:

Jag måste gå till frissan snart.

FOLKE DÅ?

Han flyttade hem till sin förra familj igen. De köpte ett nytt hus på andra sidan stan och han skaffade sig ett jobb som inte innebär lika mycket resande, trött på vägarna, trött på hotellen, motellen, trött på de många ensamma timmarna att göra ingenting alls av, glo på burken, sitta med de andra handelsresande i hotellbaren och snacka avslut och jobba på hjärtinfarkten. Att inte ha ett riktigt hem att komma till på kvällen. Och han erkänner att det var fegt av honom att sticka iväg med svansen mellan benen, avsked, definitiva farväl, är knepiga saker, svårhanterliga om man inte har styr på sina känslor och vet vad man vill, men... Men han saknar mig.

Detta är inget jag hittar på. Nej! *Jag* har inget skäl att vara sentimental, i varje fall inte när det gäller honom, för så som han svek morsan, och mig... nej, jag skiter i att berätta hur det kändes, det kostar på för mycket att behöva tänka på det igen. Men jag vet hur han har det därför att han skriver ett brev till mig.

Vad står det? undrar morsan.

Inget särskilt.

Skriver han nåt om mej?

Nä.

Han nämner verkligen inte morsan, åtminstone inte så som hon menar, på samma vis som hon inte för honom på tal, och jag tror, och Monika också, att hon i själva verket vill besparas att höra talas om honom. Hon har rest sig, härdad, gick inte ner sig för hans skull den här gången heller.

Men vad skriver han då?

Ingenting, säjer jag ju!

För mer finns det inte att säga om Folke, och jag är glad att jag aldrig berättade att jag var hemma hos hans andra familj den där sommaren i Halmstad, för det var jag, en rasslande het dag då vi bröt upp tidigt från stranden och for i Volvon till ett hus i ett villakvarter i stans utkant där de stod storögt och barfota väntande innanför staketet. Vi bjöds på lunch under parasoller på en altan där getingar drunknade i saften och grannen hördes spika på en tillbyggnad, det var dämpat kring bordet, en förlägenhet som avslöjade att vi ingenting, absolut ingenting hade att säga varann, jag och de som Folke velat att jag skulle träffa och bli vän med, de som är mina syskon lika mycket som Monika. De hade fåniga frisyrer, fåniga kläder, fånig dialekt och hade inte lärt sig att tacka när de gick från bordet. Vad skulle jag med dem till? De frågor som *hon* ställde besvarade jag med ja eller nä eller lät passera medan jag stirrade ner i tallriken med rabarberkrämen som var översöt och inte smakade som mormors och Folke svarade i mitt ställe, fast han sa fel saker för han visste ingenting om mig, kände mig inte och jag ville inte alls vara där, jag ville hem.

Han skriver att om jag vill kan han komma ner så att vi får träffas, att han inte vill förlora kontakten med mig. Jag lägger brevet längst in i en skrivbordslåda.

MEN EN ÄR ALDRIG MED numera. Bogdan har fullt upp med att odla hår och härja med elgitarren, går för sig själv, svängande med en påse plattor från Domus skivavdelning om handleden, i mörk överrock från Stadsmissionen, svart kavaj och nötta secondhand-skor, har nya kompisar som är musiker.

Hur går det med fiolen? frågar jag när vi tar hissen tillsammans, för han har inte givit upp lektionerna hos herr Havlicek.

Fint, bara fint.

Tröttnar du inte på att harva med klassiskt? (Det gör nämligen vi, som måste lyssna på det tre dubbeltimmar i veckan.)

Tröttnar? Nä, det är grunden.

Är Havlicek lika förtjust i rocken?

Ja för tusan, han gillar när jag spelar Hendrix för honom.

Att Bogdan upptäckt Hendrix och Neil Young innebär inte att han kört Wolfgang Amadeus på dörren. Han kör dubbla skift, lik-som hans föräldrar, som båda fått vara kvar på Strumpan och behö-ver varenda krona för att få det att gå runt, var nere tre månader i Jugoslavien i somras – och Bogdan var med! Bogdan som har satt ihop ett band, The Nutcrackers, och tar musiken på allvar, ger inte mycket för direstraitsgnidande, sneglar inte heller på punken, med Sex Pistols som blir ikoner och antiestetiken som kommersialiseras till estetik och blir ofarlig samtidigt som Sid Vicious tar livet av sig med en överdos, liksom Ebba Grön blir folkhemmade i takt med att Thåströms självlysande utspel på scen fångar en växande publik, rebellgloriorna hamnar på sniskan och varningslampan släcks, och detta sägs ifrån trettiosjuåringens utsiktspunkt, när han lägger Kär-lek & Uppror på CD i anläggningen och upptäcker hur harmlöst det är och med facit i hand kan konstatera paradoxen att det goda som punkens upproriska hållning bidragit med är den administrativa apparat den efterlämnade i form av replokaler och inspelningsstudior som gör musiklivet vitalt tjugo år senare, då varenda mänska, även folkpartister, kan några Ebba Grön-rader utantill, sånger som nynnas till akustisk gitarr kring grillpartyn på stranden av vaxkammade chinospojkar och tinderögda Filippa K-flickor, den svenska punken – Thore Skogman komprimerad i ett vrål.

Bogdan ser Clash på Dad's Dancehall, åker in till Lund och ser Nina Hagen, "checkar in det", men ger inte mycket för det heller, för Bogdan sysslar med musikens *innehåll*.

Och när nån avviker ser man inte det som att han valt nåt annat, utan att han *valt bort* gänget. Alltså känner vi oss tvingade till en räddningsaktion för att få honom på rätt spår igen.

Ska du med ut i kväll?

Jag hinner inte.

Du hinner aldrig, Bogdan. Vad håller du på med?

Vadå, jag lirar.

Alltid?

Ja?

Det slutar med att han motvilligt tar med oss, mig, Janis, Rolle och Persson, på ett gig, på Lorensborgs fritidsgård, där vi släpps backstage och får stå och trycka med bandet i en trång "loge" som luktar fuktiga yllesockar och där en holk går runt innan de äntrar scenen, en riktig scen i en lokal stor som en basketplan, fullsmockat, med en publik som till två tredjedelar består av tjejer. Och det är då det går upp för oss vad rocken handlar om, sexualitet och utlevelse, och att Bogdan inte sagt nåt om det därför att han insett att det är ett område som till skillnad från t ex fyllan inte erövras i grupp. Bogdan som blir en annan på scen, river i med sin lårdaskande gura, headbangar så att fejset försvinner under de svarta lockarna som är nere mellan skuldrorna nu, reser gitarrhalsen som en kuk rakt upp i skyn medan resten av bandet kör statystilen, och Bogdan tar två steg fram till mikrofonen med jaggerskt trutande läppar och vansinnig uppsyn, en attityd med vilken han uppfordrande spottar ur sig orden så att micken ryggar tillbaka: "I wanna live forever, you and me baby, we're together", än så länge med mer vrede i röst och gitarrspel än i texterna.

Hårdrock är inte vår musik, men det är uppenbarligen tjejernas musik, och vilka underbara tjejer sen, hänförda nedanför scenen med i vårt tycke trånande blickar upp mot Bogdan, och en av dem lägger han armen om efteråt och traskar iväg med utan ett ord till oss!

Nästa dag sitter fyra killar i rad på sängen i Bogdans rum.

Vad kostar en gitarr?

Det är en Fender.

Larva dej inte. Vad går den på?

Bogdan säger en summa som får oss att misströsta. Men han visar ett par ackord och låter oss i varje fall känna på underverket. Perssons fingrar är för stela, och i mitt fall kan jag bara säga att musikfröken gjorde en rättvis bedömning när hon rådde mig att ägna framtiden åt annat än musik. Men Janis tar ganska enkelt ut ackorden.

Hörde du, Bogdan?

Jo jo, men testa det här då.

Bogdan drar några nya riff, och Janis sätter dem också, klockrent. Bogdan ökar svårighetsgraden, och Janis är honom i hälarna, är jämsides på sjunde försöket. Bogdan som trots Janis protester tar ifrån honom gitarren.

Men vadå, jag kanske ska börja lira jag också.

Gör det, håller vi med. Men Bogdan:

Det är inte bara att börja. Man måste kunna mer än det lilla.

Du hör väl att han har talang?

Skulle du ha råd med en Fender då?

Jag skulle väl få sälja moppen, antar jag, säger Janis. Och kanske låna av farsan.

Och sen ska du ha stärkare och kablar och allt.

Men det är nåt i Bogdans resonemang som haltar.

Hur har *du* haft råd med det då? säger Persson.

Bogdan tvingas till ett erkännande.

Jag fick det av morsan och farsan.

Fick? Dom bara gav dej allt det här?

Bogdan som inser att han målat in sig i ett hörn, som inser att vi kommer att pressa honom, så han är klok nog att säga det själv.

Jag fick det för att jag följde med till Jugoslavien i somras.

Så det var därför du åkte med?

Vad är det med er?

Vad är det med *dej*, Bogdan?

Ni fattar ju ingenting längre.

Det är okej, säger Janis. Jag pallar ändå inte med långt hår.

Men hur var det då med det som är själva anledningen till att vi sitter här, på Bogdans säng, alla de hänförda tjejerna, och hon som han försvann med, har han fått till det?

Bogdan ger oss ett hemlighetsfullt leende, det leende den ger som vet nåt andra inte vet än och som han inte tänker inviga dem i heller. En outsider, Bogdan, och förlorad för oss. Han pluggar in Fendern i stärkaren, det sprakar till och blir rundgång, han ger wah-wah-pedalen en omgång och glider med plektrumet över strängarna, Bogdan rensar kablarna, 270 decibel studsar runt mellan väggarna i hans tolv kvadratmeter icke isolerade rum, han slår upp balkongdörren på vid gavel så att hela bostadsområdet kan fröjdas åt Purple Haze.

The Bogdan Petrovic Experience.

DET MÅSTE FINNAS VÄGAR ut, ja. Och nånstans måste man börja. Som den klassrepresentant jag ändå är för elevrådet förhör jag mig med dess ordförande, Cissi, om det finns en post i styrelsen. Det går nån månad, sen säger hon:

Ann ska sluta. Kan du ta hennes plats?

Jag tar den på stubben, och det klubbas på nästa möte. Sekreterare i elevrådet. Ett förtroende att hänga upp på väggen hemma i pojkrummet, morsan som säger:

Klarar du av det? Det är ansvarsfullt.

Men stolt också:

Tänka sej, att du skulle få såna intressen.

Lokalen ligger granne med hemkunskapen och ananasförrådet nere i kulverten, innanför en graffitimålad brandskyddsdörr. Men det blir inte som jag tänkt mig. Redan från början går det snett.

Protokollet ska skrivas ut på maskin, säger Cissi, vars hår är orange nu, en lång lugg som vispar ner över näsan.

Och så får du se till att få det justerat.

Men du då?

Gör inte jag mycket redan?

Jo, men allt detta...

Vem tror du har fixat det här, lokalerna?

Du?

Jag ska iväg och repa med bandet.

Cissi har nämligen fått igång ett nytt band, Krossa Kungens Kulor, sen trummisen i det förra fraktat deras instrument till pantbanken och rest till Berlin för stålarna.

Nu? Vi har engelska om en timme.

Vi har ett gig på Fredmans i kväll. Säj att jag är upptagen med styrelsearbete.

Hon drar på sig skinnpajen. Det rasslar om kinderna.

Har du lust att komma?

Fredmans? Kanske det.

Jag kan sätta upp dej på gästlistan.

Okej, jag får se.

Förresten, du får börja med att göra upp ett register till pärmarna. Är det nåt som är oklart?

Är det inte svårt att käka med säkerhetsnålar i munnen?

Cissi rycker åt sig sin gröna militärbag från Army, det klirrar av vinflaskor, och jag ser efter henne. Jag kommer inte till Fredmans, det vet Cissi också, annars hade hon inte bjudit mig, det var henne jag var kär i innan jag visste att det som kliade i kroppen var att vara kär, hur var det möjligt, och samtidigt bedövas jag fortfarande en aning varje gång våra blickar möts, hade det varit annorlunda om jag låtit henne dra ner min gylf där i mörkret, vad som helst hade kunnat hända, för Cissi är annorlunda nu, och kanske jag också, jo det måste jag vara eftersom jag sitter i en brandskyddslokal och sorterar papper i tron att det ska ta mig nånstans, leda till nånting, och resan börjar med att jag knackar samman skrivelser på en osmord Halda, för protokoll och upprättar de protestlistor Cissi är så förtjust i att låta elevrådsrepresentanterna samla in namnunderskrifter på.

Ställer du samman dom sen, beordrar hon veckan därpå.

Och jag måste ta upp det igen:

Vad gör du då?

Det är du som är sekreterare, Johan.

Gjorde Ann allt detta?

Varför tror du hon fick avgå? Det är vanliga enkla uppgifter.

Enkelt som att snatta på Wessels?

Wessels?

Ja, du vet.

När listorna är klara ska studierektorn ha dom, säger Cissi och fortsätter med sitt.

Det är efter en sån eftermiddag som jag kommer hem och slänger väskan i hallen, fel! slänger inte väskan i hallen utan ställer in den på rummet, lägger upp böckerna på skrivbordet, och från köket hörs:

Hur har det varit i dag?

Jodå, vi fick läxa i matte.

Du kan väl komma hit och berätta. Jag har bakat så att vi kan fika tillsammans.

Vänta lite bara.

Gympakläderna åker upp på torkställningen i badrummet innan jag stiger in i kökets dofter av nygräddade bullar, där Lisbeth väntar, Lisbeth som erbjudit sig att resa ner och "ta hand om" mig medan morsan är med löneavdelningen på datakurs, och hon ska samtidigt passa på att besöka huvudkontoret för butikskedjan, nerkallad för ett möte, och morsan har inte haft hjärta att avvärja besöket, trots mina högljudda invändningar, trots att hon så klart vet att jag kan ta hand om mig själv, och dessutom har morsan fått för sig att Lisbeth behöver en time out från radhuset i Uddevalla, när en förhoppning om att de som svägerskor ska kunna ställa upp för varann.

Jag drar pappersformen av en ännu varm kanelbulle och Lisbeth lyssnar till hur det går i elevrådet, hur det går i plugget, får höra att Lasse varit så utagerande att han fått lämna obsklassen för gott och skaffat sig ett jobb som montör av byggnadsställningar, men i en putsad version. Jag uppför denna artighetsdans därför att morsan förväntar sig det och därför att det nu är jag och Lisbeth här, vi två, och det lämnar inte mycket utrymme för kärvhet, behövs för övrigt inte heller, Lisbeth är också en annan, vänligare, intresserad, frågar:

Vad ska du göra i kväll?

Inget särskilt. Ja, förutom matten.

Men du ska ingenstans?

Tror inte det.

Så härligt. Då får vi hela kvällen tillsammans.

Jag tar en bulle till, och hon fortsätter:

Du har läshuvud som Monika, har du inte?

Inte riktigt.

Bernt har också lätt för sej. Men han tränar jämt.

Jiujitsu?

Nä, det är nåt annat nu. Och Kristina har sin balett.

Hon öppnar en flaska vin och kryper upp i fåtöljen med en roman och en skål kolor, och till middan, oxfilé, det är onsdag, frågar hon om jag också vill ha vin och häller upp ett glas, som jag dricker bara hälften av, ifall hon skulle få för sig att berätta för morsan. Lisbeth tar med sig sitt vin in framför teven, serverar mig chokladglass och vi ser Rapport, ett helt program ägnat åt den kommande kärnkraftsomröstningen, tre alternativ som splittrar partierna, landet, familjen, Monika som ringt upprörd från Uppsala för att övertala morsan att rösta linje tre, nej, för hennes och min skull, för framtida generationers, morsan som tyckte att det lät klokt, tills jag invände:

Ska vi ha hela slätten täckt med vindmöllor, tätt som en granskog?

För jag har nämligen gaskat upp mig och tagit reda på en del fakta, och jag hämtar min info från annat håll än Monika, linje ett, ja till kärnkraft, den billigaste och för miljön skonsammaste energiformen. Och morsan tyckte att det också lät klokt, blev tveksam, svår fråga, har ju sett bilderna från Harrisburg, där det osannolika sannolikt har hänt, bestämmer sig för att det ändå är tryggast att gå en medelväg, partiets, linje två, så har man i varje fall inte gjort fel, tar ställning utan att ta ställning inför en hysterisk och meningslös omröstning där ett ja betyder nej på sikt, där nej är liktydigt med ja, politik, rösta hur som helst, det blir ändå nåt annat. Lisbeth säger:

Tänk, jag bryr mej inte. Det är skönt att slippa.

Och jag har aldrig tänkt på det viset innan, att man inte måste ha en åsikt.

Ska du inte rösta heller?

Jag röstar aldrig.

Lisbeth slår upp de sista svirrande dropparna ur flaskan, och välter klumpigt ner glaset i morsans nya wiltonmatta.

Fan också!

Lisbeth är nere på knäna, ena handen på fläcken som om hon skulle kunna hindra den från att flyta ut, och jag är också uppe, ute i köket, återvänder med saltkaret som jag tömmer över den röda maneten. Lisbeth sveper i sig den lilla rest som finns kvar i glaset.

Är inte vatten och såpa bättre?

Salt ska dra ur det, har morsan sagt.

Hon tittar på mig från där hon sitter på knä i sin kaftanliknande blus och stora guldörhängen, jeans, glåmig i ljuset från teven, kråksparkar och hyn som grånat av rökandet. Hon anstränger sig för att vara helt närvarande.

Går det inte bort provar vi med såpa, säger jag.

Du är snäll du, Johan.

Jag räcker henne en hand som stöd att resa sig, hon suckar, tar den, sätter den andra mot bordet och häver sig upp, sjunker ner i soffan.

Oj. Det blev nog lite för mycket för mej.

Vill du ha ett glas vatten?

Ja gärna.

Jag hämtar ett glas som hon dricker sakta, och jag kan inte bestämma mig för om jag ska vara förbannad på att hon ställt till det eller om jag ska tycka synd om henne, är hon beklagansvärd eller tragisk i sin fylla? Och jag ogillar den... ja i brist på annat, den förståelse för henne som svagt ger sig till känna och gör att jag inte kan bestämma mig.

Bodil kan verkligen vara stolt över er, säger hon.

Det hörs inget klick i låset på kvällen, däremot hur balkongdörren vräks upp och det kommer ett svagt vinande i springan under min stängda dörr medan Lisbeth står ute i kylan och röker, sen försvinner vinandet, och strimman av ljus när hon släcker lamporna, och sen hörs ljudet av att hon bäddar soffan och lägger sig, för så mycket värdesätter inte morsan henne att hon får sova i hennes rum.

Dan därpå ligger det ett mjukt paket inslaget i NK-papper på min säng när jag kommer hem: en mörkblå Lacoste tennisskjorta med grön krokodil, en sån som jag länge velat ha men inte haft råd till, och inte fått heller, morsan är ju stark motståndare till att slänga ut pengar på märkeskläder.

Gillar du den? Den klär dej.

Lisbeth med sin känsla för vad man vill ha, ser pigg ut, har målat sig, lagt nåt på kinderna som ger henne färg.

Jag tog en lång promenad ner i stan, säger hon, och:

Bernt älskar dom tröjorna. Han har flera stycken.

Den är fin. Tack.

Det är jag som ska tacka. För din hjälp i går.

Morsan kommer hem fullpumpad med kurs och upplevelser, och när hon och jag är ensamma igen efter att hon skjutsat Lisbeth till stationen frågar hon:

Varför gav hon dej tröjan?

Jag rycker på axlarna.

Bernt har såna.

Ja, hon är för snäll ändå. Men hon skulle inte ha köpt så dyrt.

Morsan häller upp kaffe, låter det stå och svalna medan hon tar sig en runda, som om den stora förändringen skulle ha inträffat under hennes frånvaro, det har den inte, så hon nöjer sig med att ta in blomkrukan från balkongen som tjänat som askfat och Lisbeth glömt tömma, stannar till i vardagsrummet, ser mattan där en svag skugga skvallrar, en skuggning som om trådarna strukits åt fel håll, stannar och ser på skuggan, fortsätter, vill inte veta.

Och det ska i ärlighetens namn sägas att det inte var enkelt att ta emot den där skjortan, för vänligheten till trots suddas inte bilden av subba ut utan vidare, den bara retuscheras, en aning, men det är andra tider nu och den kommer till pass. Som på de studiedagar jag och Cissi och ett par till ur styrelsen tillbringar på SECO-möten i en lokal nere på stan, lyssnar på föredrag, deltar i arbetsgrupper som jobbar fram förslag, diskussioner vid långbord om nya skolreformen och hur betyg bör ersättas av samtal mellan lärare och föräldrar, intagning till gymnasium efter lämplighet, ett omdöme som ska fällas av skolans hela personal inklusive mattanter och tandläkare, vildsinta upproriska idéer som kastas fram.

Jag lär mig ett nytt språk, och jag tänker att jag egentligen varit på väg hela tiden, att jag borde ha ägnat mig åt detta mycket tidigare, jag deltar med liv och lust, går hem och ringer Monika efter nya argument när mina egna tryter, kommer tillbaka med starkare vapen i arsenalen och kastar mig in i debatten igen, känner mig nöjd med att uträtta nåt – men så märker jag att det ena mötet är det andra likt, samma frågor gör ett tredje varv, sjunde, det är som Folke med sina teorier: det *skulle kunna* vara annorlunda… ord alltså, ständiga laguttagningar utan att komma till avspark, och har man en idrottares själ vill man spela för att vinna, under min entusiastiska yta börjar jag att tvivla, nåt som måste tas upp med Cissi:

Tror du verkligen det skulle funka utan betyg?

Tycker du att det funkar *med* betyg?

Jaa… det gör det väl? Det visar var man står.

Det visar inget annat än att du kan proppa i dej text!

Det kostar inte på för henne att klämma ur sig sånt, hon har lätt för sig, medan jag måste råslita mig till ett medelmåttigt resultat får Cissi det gratis. Hon tar det på volley, och lärarna gillar att hon gläfser och diskuterar, det är nåt rart över det till skillnad från när Persson yrkar på rättvisa, även Einstein ser mellan fingrarna med hennes skolkande: det är synd om henne, så vilsen hon måste vara som går klädd så, kan inte vara lätt att växa upp med två psykiatriker som föräldrar. Men ju mer jag tänker på det framstår lärarlösa lektioner och betygslösa terminer som Utopia. Kommer du underifrån, med ett underläge stämplat i baken som en sarkastisk lycka-till-spark, vill du alltid ha bevis, handfasta bevis, siffror och underskrift, på att du tagit dig nånstans, och det räcker som förklaring till varför betygen aldrig kommer att avskaffas, på samma vis som arbetaren kan kräva att det förhatliga stämpeluret ska vara kvar på fabriksväggen därför att ingen ska kunna beskylla honom eller henne för att inte ha gjort rätt för sig, och det räcker som förklaring till varför Cissi inte kan begripa orimligheten i sina påfund.

Mötena på SECO leds av en kille som heter Ajje och som snart själv ska börja misströsta och i stället starta Nöjesguiden, överge sina radikala ståndpunkter i enlighet med sin levnadsvisdom if you can't beat them, join them, förslagen kommer aldrig längre än till arbetsgrupperna, det händer inget, det blir inga förändringar, vi påverkar inte, vi bevakar turordningsreglerna för inlägg i diskussionerna, allt snacket stannar vid att vara kamouflerad social träning, förberedelser för ett kameralt medelklassliv. Jag tröttnar på SECO, jag tröttnar på debatter in absurdum, det är för mycket världsfrånvändhet och präktighet, mycket snack och lite hockey, lammullssocialism, det är vad jag säger till Cissi, att nu ställer inte jag upp på fler bortkastade studiedagar.

Du måste!

Jag måste inget alls. Det gör ingen skillnad!

Hur ska systemet annars förändras?

Förändras? Jag trodde du vill störta det.

Och det går upp för mig hur olika våra syften med elevrådsarbetet är, att ta sig nånstans eller att väcka uppmärksamhet, och när man tänker efter så är det också skälet till att Cissi men inte Bogdan vevar på gitarren i ett punkband. Kanske får Cissi också sig en tankeställare. Hon kör på i ett hårdare tempo på elevrådsmötena ett slag, men upptäcker att hon inte får med sig oss andra längre, får ingen respons för sina protestlistor och namnunderskrifter. Hon söker upp mig på en rast:

Det här håller inte längre.

Det är ju det jag säjer.

Nu avgår vi.

Vad menar du?

Hela styrelsen, på en gång. Vi bara avgår.

Ska *du* lägga av?

Inte med SECO, men detta ja. Ingen annan vill nåt ju.

Gärna för mej. Jag är ändå trött på det.

Och vet du vad?

Vadå?

269

Vi ska göra det i protest mot moderaternas skolpolitik.

Cissi kan inte sluta som ordförande utan att göra även *det* till en pappersrevolution. Hon lämnar en skrivelse till rektorn som hon förmått styrelsen att skriva under, och hon kontaktar pressen. Morronen därpå väntar fotografer från Arbetet och Aftonbladet på skoltrappan, får sina bilder av en arg avgången elevrådsstyrelse, intervju med Cissi som med sitt sinne för pr avlossar sina inövade repliker om hotet mot skoldemokratin, elevinflytande etc.

Morsan studerar fotot i tidningarna, har varit iväg till kiosken och fått fatt i båda, för vi har nämligen övergått till att prenumerera på Sydsvenskan.

Ja, det är kanske inte så lätt, säger hon, men nog kunde du försöka se lite gladare ut på bilden?

DET ÄR ALLT OFTARE vi ger oss ner i stan nu, cyklar ner till Månssons Sport eller sportavdelningen på NK, anförda av Rolle som ska visa alla de nya prylarna och träningsoveraller från Tacchini, och jag ner till Forum Cykelhandel på Rådmansgatan och tillbaka hem på en tioväxlad Mercier, nästan ny och nästan lika bra som Bianchi, för ett förskott på månadspengen från morsan, förskott på rätt många månadspengar faktiskt, och vi cyklar överallt, det finns inget bättre, till stranden i Lomma – före badsäsongen! helt crazy! – ut i frihamnen och till Tygelsjö och hem på ridvägarna genom sädesfälten, i motvind, upptäcker stan och dess omgivningar, nya områden, för att det är härligt att vara ute på våren, snart sommar och mycket energi i kroppen att göra av med, vi cyklar i dofterna av vår, dofterna som lägger sig tillrätta i ens minne, bäddar ner sig i hjärnbarken, som den oundvikliga, den som måste nämnas, stans egen parfym, som ringlar ut söt och tung och ibland lite stickig från chokladfabriken på Bergsgatan, lägger lock över stans gryta, vinden från slätten tar tag i den, föser den framför sig, sveper den över kvarteren och trumpetar ut den som en fanfar över Dalaplan, Södervärn, Möllevången, Värnhem, i alla riktningar, blåser ut den som ett improviserat solo över gatorna tills den klibbar vid som en efterhängsen refräng, vissa dar i duett med den sliskigare sötma som stöts ut från Saturnus Essensfabrik på Lantmannagatan – nej! det är inte dofterna som gör stan eller utgör dess själ, som fogar nåt till den här historien, de är nostalgi, och en stad har inget med nostalgi att göra, en stad är hård och rymmer enbart nya upplevelser, så låt oss komma vidare.

För det blir fester också, förberedelser inför att skiljas efter nio års slitande i bänkarna, Palin och säcken full av oförglömliga skräckfärder genom tillväxandet, släppa greppet lite i taget om klassen, jodå, det är Rolle som organiserar de utflykterna också, läggning för idrott och fest bygger ju i grunden på samma egenskaper: uthållighet och vinnarinstinkt.

Vi langar in cyklarna i buskaget utanför en egnahemsvilla i Videdal, där det ska vara en tillställning enligt rykten som Rolle har snappat upp, jag tror att Janis också är med, Jerry William är det i varje fall. Vi klipper trappan i två steg och tar rygg på Rolle, tränger oss in i ett hus som bågnar av folk och Flickorna på TV2 – och skingras genast innanför dörren.

I köket skvimpar det omkring vindruvor och gurkbitar på ytan på en blå bål i ett väldimensionerat akvarium. Det smakar… blå gin. Inte ett bekant ansikte i närheten. I en uppochnervänd ostkupa intill akvariet kippar ett halvdussin praktfulla tropiska fiskar under ett tjockt täcke med fiskmat.

Det är nåt fel på dom, säger en tjej som bekymrat lutar sig över kupan. Dom äter inget.

Vem är du?

Jag bor här.

Jaha. Är det dina fiskar?

Det är farsans. Han ställer ut dom på tävlingar.

Ge dom ärtor.

Funkar det?

Dom älskar det.

Hon, jag får för mig att hon heter Karin, svajar bort till ett skåp, makar undan några killar och rotar fram ett paket ärtor från en hylla, häller ner två rågade nävar i ostkupan.

Nä, ta rejält, säger jag. Och ge dom lite tid.

Tack för rådet, säger hon. Har du fått nån bål?

Jag hittar en mugg som jag skopar upp i, ger mig in i vardagsrummet, där möblerna skjutits upp mot väggarna och det är fullt pådrag på dansgolvet, stavparketten skälver, och kanske är det Janis som står där och shakar med häcken relativt i takt till musiken, Jerry William är där i varje fall, dansar för sig själv med händerna knäppta och armarna som en ring framför sig, blundar, innesluten i en egen värld, höfterna roterar, jag vill inte dansa, jag är ute en runda på trappan för att få luft, bålen har haft verkan, jag mår fullkomligt blått, och jag är inne på dansgolvet igen, skriker i örat på Jerry William:

Jag ska ha mer bål! Vill du ha?

Halv tolv! skriker han tillbaka och rullar vidare med höfterna.

Så är det med tiden, man tittar på klockan, den är nio, man tittar igen, den är halv tolv, man tittar inte på klockan mer, man tittar av gammal vana, den är två.

Karin står kvar framför de färggranna fiskarna, håller sig i diskbänken, ler, blek, stirrar ner i ostkupan.

Hur går det?

En sakta vridning mot mig, eller där hon tror att jag står, händerna kvar på bänken.

Vad det du som sa det där med ärtorna?

Hurså?

Dom verkar gilla det.

Ge dom mer då.

Har du fått nån bål?

Finns det bål här?

Men nu flyter det fimpar i stället för vindruvor i akvariet och skopan är borta. Jag doppar ner hela muggen. Om Janis varit med så är han i varje fall försvunnen från dansgolvet nu, Jerry William också, och jag tar mer bål. Springsteen strömmar ur högtalarna. Jag dansar för mig själv, rör mig med stort tungt huvud och långt där nere under mig på galaxavstånd travar fötterna omkring i sina egna steg, lyckligt frikopplade från alla neurologiska mekanismer och reflexer och jag ger mig själv ett heligt löfte att aldrig mer umgås med tråkmånsen, den nyktra mänska jag annars bebor, den jag nu träffat på är en rolig jävel, kan dra en story som får köket att brista ut i garv, kan dansa så att resten av dansgolvet stannar upp, och den rolige jäveln måste så småningom pissa, svettig, andfådd, letar efter toa och hittar till slut rätt och vem dyker nu upp för tredje gången i denna berättelse, på mils avstånd fastän samtidigt nos mot nos, om inte en från toan och in i väggarna krockande och tämligen evigt leende diktläserska.

Birgitta!

Johan!

Med ena handen trevande efter nåt att hålla sig i, först stöd mot en lampett som ger vika vid fästet och lämnar en grotta i väggen, sen min hals, och den här gången har jag inget alls emot hennes uppdykande. Stora famnen!

Har du fått nån bål?

Var är den?

Akvariet är så gott som torrlagt, vi dansar, vi ramlar, vi tumlar runt på golvet, kramas, och senare uppe i mörkret i en föräldraséng på andra våningen finner jag mig plötsligt med Birgittas tunga djupt borrande i mitt svalg, slickande mina oxeltänder, jag hennes, och hennes bröst i mina händer, hur lätt det är att knäppa upp ett bälte, hur lätt det är att garva och vara lycklig, rusigt lycklig och på samma gång fullständigt närvarande, vi fumlar av varann kläderna och är nakna och blyga men berusningen döljer det och hon tar tag i det jag har att erbjuda och sätter det på plats med slutna ögonlock och ett ansiktsuttryck som signalerar obehag i inträngningsögonblicket och sen är det glatt och varmt och vi sätter av. Och när vi kommer ner igen, i en annan tideräkning, omtumlat förlägna och med kläderna på trekvart, skrynkliga, frissan som en utnött kvast, spritostyriga ben, en sjöman har gått i land, är jag inte densamma längre, bommar en cigg och lutar mig jamesdeanskt mot väggen och blåser rök genom näsan, låter fimpen hänga i gipan medan jag dansar, men inte med Birgitta, och när jag i det bleka gryningsljuset trampar hemåt längs Lönngatan och vidare uppför Nobelvägen och högaktningsfullt skiter i vartenda rödljus, jag är en herre som står över såna saker nu, it's hard to be a saint in the city, bärs jag av en aldrig tidigare erfaren lätthet som varar ända hem och genom en morron som blir sömnlöst stolt och övergår i en förmiddag då jag håller på att sprängas, detta måste få en lyssnare, jag tar hissen upp till sjuttonde, släpps in till Lasse som sitter uppkrupen på sängen som en pascha och röker omgiven av stortuttade, glansögt blickande playboykvinnor på väggarna och Sticky Fingers på spelaren.

Birgitta? säger han och lutar sig bak på armbågarna. Välkommen i klubben.

KOLLEKTIV I UPPSALA, VISST luktar det raggsockor och apelsinskal om det, långkok och örtte ur kantstötta muggar, det är vad vi får ut av Monikas brev, som dimper ner med allt längre mellanrum. Morsan sitter lutad över dem och försöker hitta förklaringar mellan raderna till vad som har hänt eftersom Monika inte kommer hem till sommaren.

Monika blir kvar i Uppsala, går som biträde på universitetssjukhuset för att hon vill ha praktisk erfarenhet. Tar *en* vecka ledigt i augusti, då hon åker med kursarna till samma stuga i Småland som förra året, vilket får morsan att bekymrad gå igenom breven på nytt.

Men Monika kommer hem. Mitt i höstterminen. Och säger:

Jag har fått nog av Uppsala. Jag står inte ut med det akademiska snobberiet.

Men kära nån! Att du inte sagt nåt innan.

Det skulle inte ha hjälpt, eller hur?

Du ska väl inte flytta hit igen? säger jag.

Det kan du inte, Monika, säger morsan.

Ni kan vara lugna, jag ska bo hos Annelie tills jag får tillbaka min egen lägenhet.

Annelie? säger morsan, ännu förskräcktare – hör kritik, mot henne, mot hemmet. Trivs du inte här?

Monika har ringt sin hyresgäst och får ut honom till månadsskiftet. Morsan som är ängslig för dotterns framtid, akademikern, morsans fjäder i hatten, ser att Monika inte tagit av sig sina Robin Hood-stövlar, låter det passera den här gången, Monika som sitter med benen i kors i nya jeans och en stickad gammalrosa tröja, ser inte så kollektiv ut, säger att hon ska läsa vidare i Lund till våren.

Så du tror att det är skillnad på Lund och Uppsala?

Jag behöver inte *bo* i Lund.

Men studielånet... du måste låna till en termin extra?

Det är morsan. Det är gammaldags moral, lån är bindande, ris åt egen rygg, ordning-och-reda-pengar-på-fredag-moral, romantikmoral, otidsenligt så det skriker i en tid då lån och inflation bygger förmögenheter. Monika förklarar hur det fungerar att byta studieort. Morsan reser sig, utan att sätta händerna mot bordsskivan.

Vad hade du tänkt göra fram till dess?

Ta det lugnt, tänkte jag. Lånen får jag ändå.

Morsan som går i baklås.

Jag skämtar, morsan. Skaffa mej ett jobb så klart.

Inte på Reveny väl? säger jag. Du ska inte tillbaka dit?

Inte en chans.

Det är inget fel på Reveny, säger morsan. Chefen är så förtjust i dej. Han låter dej säkert komma tillbaka.

Men jag *vill* inte tillbaka.

Som det är nu, ska man vara tacksam om man får ett jobb.

Ja, jag tänker inte tigga mej dit.

Morsan sätter sig igen, var nog aldrig klar över varför hon reste sig innan. Hon lägger en hand över Monikas.

Jag säjer som mor brukar säja: högmod går före fall.

Glöm det. Jag ska ha ett riktigt jobb.

Nu reser sig morsan, och den här gången är hon klar över varför, hon har sagt vad hon har att säga, och hon vet dessutom, och Monika också, att i morron kommer Monika att traska upp till chefen för Reveny och be att få komma tillbaka till kassan, och han kommer att uppföra sitt lilla teaterstycke därför att det roar honom, luta sig fram och berätta hur många som ringer varje dag och vill ha jobb, en pladdervals, men bakom den vara nöjd med att en trägen arbetshäst återvänt till stallet.

MONIKA HEMMA I STAN IGEN. Monika som varit briljant på föreläsningarna, spikat varenda tenta i tre och en halv termin med högsta betyg, bäst i test, men som inte fått med sig nåt hemifrån som gör att hon kan hantera en akademisk miljö som har sina normer och förhållningssätt, en inställning i salen, en annan utanför, högfärd och studentspex, latin och läkarsprit, mycket nytt att anpassa sig till, och storasyster som inte är anpasslig säger som vanligt aldrig nåt om sina tillkortakommanden förrän efteråt, när hon prövat på egen hand och kommit ut tilltufsad på andra sidan, till skillnad från lillebror som skulle ha börjat med att beklaga sig.

Men var inte kurserna trevliga? säger morsan, som försöker förstå.

Jodå.

Och du trivdes i kollektivet?

Det är inte det. Det är så... trångt.

Studenterna som är så begåvade, men som har större social koll på varann än vad det är hemma i bostadsrättsföreningen. Det kommer att passa The Brain bättre att läsa i Lund och bo i Malmö, ha studentlivet på lagom avstånd och närma sig det efterhand. Och det är härligt att ha sin syrra tillbaka! Det är med henne som med morsans skrivmaskinsknatter: man märkte henne inte förrän hon var borta. Har blivit lättare att prata med också, Monika, har blivit mer intresserad av vad jag sysslar med, eller om det är jag som börjar prata begripligt för henne – nånting är det i varje fall som gör att vi efter sexton år börjar få in varann på en gemensam våglängd. Och hon vill veta hur det går i skolan. Jag har nämligen börjat gymnasiet.

Det är okej nu.

Du får säja till om du behöver hjälp.

Det är okej nu sa jag.

Men du säjer till?

Ja! Du håller på att bli som morsan, Monika.

Åt det ler Monika. Hon vet att hon har långt kvar till att bli som morsan. Morsan hajar ingenting nu. Hon hade ett svagt grepp om den gymnasiala verkligheten när dottern vistades där, men nu när sonen påbörjat sina tre år är hon helt lost, och han har inte lust att säga det rent ut när hon frågar:

Ska jag hjälpa dej med läxorna?

Jag ska till Didrik.

Är det din nya bästis?

Bästis?

Ja, vad säjer man då?

Inte vet jag.

Kamrat? Är Didrik det?

Han och Jakob.

Jerry William träffar du aldrig nu? Eller Mikael?

När skulle jag göra det, morsan? Jerry William går teknisk på Pauli och Persson på Värnhemsskolan.

Persson?

Micke. Han går fordonsteknisk.

Det låter hemskt att kalla honom för Persson. Ni säjer väl inte det så han hör det?

Jag träffar honom inte alls.

Inte Roland heller?

Han spelar i MFF.

Läser han inte?

På halvfart, tror jag. Han är ungdomsproffs.

Men Didrik och Jakob är bra?

Vad du frågar, morsan.

Ja, bara du har bra kamrater så.

Som Monika?

Jag lämnar morsan med det. Annelie ligger inte direkt på hennes topplista, hon är "dåligt sällskap" för Monika. Morsan vill att det ska vara som förr, med Monika och Hanne över varsin kopp te i köket, lite politisk diskussion att mysa med medan mörkret faller. Men när Monika har återinstallerat sig i lägenheten på Vårgatan sitter hon i den vansinnigt djupa Ikeasoffan med Annelie på lördagskvällarna innan de ska ge sig ut och smuttar på ett grönt kiwivin som Annelie haft med sig från Dragør.

David Bowie hänger kvar på väggen, Ziggy Stardust och Heroes, lysande förpackad vulgärestetik, bryggan mellan rocken som *är* medvetet vulgär och otyglad och discon som enbart vill vara estetik och dekadens, och därmed blir så mycket smaklösare. En av speglarna i spegelväggen har spruckit. Blommorna är döda. Jag hjälper Monika att bära hem nya benjaminfikusar från Oasen på Östergatan, och jag åker hem till henne på eftermiddagarna. Morsan kommer också förbi, är lika förtjust i att ha Monika tillbaka som jag, men kan inte säga det rakt ut nu när Monika avbrutit studierna, säger det med matkassar eller genom att erbjuda sig att t ex putsa fönsterna, så påfallande ofta att Monika börjar se ett mönster i besöken och måste göra klart för morsan att hon inte kan "komma förbi" stup i kvarten.

Varför inte? Du får komma hem precis när du vill.

Ja? För den skull måste det inte vara likadant här.

Jag körde en sväng och tänkte bara titta inom.

Morsan har nämligen skaffat "ny" bil, en silverfärgad Honda Civic. Kör aldrig i stan annars, men är ute ovanligt många svängar vid den här tiden.

Ifall Johan vill ha lift hem.

Jag har cyklat.

Nu får du gå, säger Monika. Vi sitter och snackar.

Morsan vänder på klacken, lämnar dottern med matkassar och ett dåligt samvete. Ett dåligt samvete som växer sig stort och allomfattande och tränger undan alla andra tankar, som får Monika att bli dämpad och kila in händerna mellan låren. Men hon väntar, spänd och orolig för vad hon sagt, vet att hon gjort bort sig och sårat i onödan och även varför hon for ut sådär, men hon väntar med att ringa och be om ursäkt till dan efter, för hon vill markera det oberoende hon skaffat sig under tiden i Uppsala och ge morsan nåt att fundera på.

Ringer i alla fall, och får ur sig det som tynger henne: att hon fått besked om att hon måste stå över till nästa hösttermin innan hon kan fortsätta på läkarlinjen i Lund, och hon bjuder in morsan på en försonande middag. Morsan behöver det, för nu har hon *verkligen* nåt att oroa sig för, dotterns framtid. Men enligt Monika är det bara symptomen på nåt allvarligare, och diagnosen lyder:

Morsan saknar en karl.

En karl? Som Folke?

Nä, en riktig. Som hon kan lita på.

Du tror så mycket, Monika.

Hon är alldeles för ensam.

Vad vet du om det? Det är kanske du som behöver en kille!

Aldrig. Dom man träffar ute är så larviga.

Dom du träffar med Annelie, ja.

Det är klart att Monika inte kan träffa nån kille när hon håller fast vid omdömen som "larviga" i vokabulären. Medan hon haft sitt telefonsamtal med morsan har jag sett mig om bland hennes grejor.

Vad är det här för platta?

Det är Annelies.

Diana Ross? Lyssnar du bara på disco nu?

Jag lyssnar inte... Hon hade den med sej.

Och Diana Ross åker ut när John Lennon skjuts ihjäl av en galning utanför Dakota. Monika går fullständigt i däck. Själv är jag mer härdad sen Ronnie Petterson körde av banan på Monza för två år sen och dog av en propp i hjärtat därför att de italienska läkarna började karva i honom innan de tömt ut blod. Plattorna med Beatles och Lennon hamnar längst fram i Monikas skivback, snurrar dygnet runt på spelaren.

Kan du sänka lite?

...imagine there's no heaven...

Börja inte lipa nu igen!

...it's easy if you try...

För första löningen från Reveny bjuder Monika mig till Köpenhamn. Julhandel. Vi vandrar Strøget fram och tillbaka, glor på prylar, glor på kläder, fönstershoppar, glor på ännu mer prylar på Magasin, fryser om fötterna och knuffas med turistande amerikanska blåhårstanter och bakfulla norrmän som har några timmar i land innan de ska återvända med färjan till Oslo och packningen full av bacon och korv, cyklister, pälsdamer som trippar ut från matsalen på d'Angleterre med små nätta påsar med modehusens diskreta emblem, eccoalternativa skägg, det är rök ur munnarna som tomma pratbubblor i kylan och sångare utanför Vor Frue Kirke med White Christmas i käften och ännu fler sångare vid Gammeltorv, med Jingle Bells på repertoaren, och grönländare och toppluvor och marschaller och paket under armarna, jonglörer, tjutande ungar, dunjacksgäng, det är jul i Nordens huvudstad, det är hets och svett och barnvagnar och tomtar som klämtar käckt i sina klockor och glöggserveringar utomhus som skänker byen det rätta kontinentala stuket som gör svenskarna knäsvaga av längtan ut, svenskar som rest över sundet för att göra klipp i dansk monopolvaluta, det är kyrkan med skramlande bössor och det är alkisar som gör lika tröstlösa ansträngningar att rodda ihop några spänn och flanörer, posörer, charmörer, allt detta åser vi med förundran, tills vi blir stående alldeles matta i den flämtande, framdundrande flocken och flyr in på ett café på Vimmelskaftet och beställer varm choklad med *pisked fløde*.

Monika torkar bort sin gräddmustasch med handens baksida:

Vi åker inte hem förrän vi hittat nåt till morsan.

Hon önskar ju sej aldrig nåt!

Men morsan ska få nåt behövligt den här julen, nåt uppmuntrande, det är slut med vansinnigheterna som fått sällskap med scoutslöjd och underlägg av indianpärlor i skåpen: vinkaraffer, järn för varma mackor, temuggar med marina motiv, flaskställ att hänga på väggen, oanvändbara grejor som förvaras i obrutna förpackningar.

Nädå, hävdar morsan förläget när vi för det på tal, ett stillsamt sätt att tracka henne. Jag tar fram dom ibland. Men jag är rädd om det jag får av er.

Du vet inte var du har det!

Gör jag inte? säger hon och plockar fram underlägget med indianpärlor.

För morsan har ordning på galenskapen.

Nu gäller det. Vi tar i så vi närapå spricker. Bestämmer oss, men behöver en kvarts avkylande funderare i snön som börjat falla ute på Strøget, stora flingor som blir till slask i samma stund som de landar på marken, innan vi återvänder in på Illum Bolighus och med begeistring betraktar hur expediten slår in största modellen av årets julklapp, det moderna stekjärn med glaslock som ingående har förevisats av en demonstratris. Perfekt stekta ägg.

Morsan packar upp det med misstroende:

Teflon?

Kan du steka utan smör, säger jag. Mycket nyttigare.

Så att du kan hålla vikten, fyller Monika i.

Morsan har aldrig haft problem med vikten. Hon har problem med för mycket prylar i skåpen.

Säjer ni det? Ja, tack ska ni ha.

Men morsan låter sig inte genast övertygas, trots den digra broschyr med tips och information som medföljer. Hon fortsätter att använda de gamla gjutjärnspannorna som hon en gång fick med sig från mormor. Men teflonjärnet får stå kvar på diskbänken, och när det blir arbetsdagar igen efter helgerna sätter hon det på prov. Serverar pannbiff utan stekyta. Hon säger inget, hon häller lökskyn över biffarna i stället för runt om.

Sista gången vi ser den julklappen? Nej, för mödrar fattar när deras ungar tagit i så att de nästan spruckit. Morsan fortsätter använda det – med smör.

Visst är det bra, morsan?

Jadå, nästan lika bra som dom gamla.

GYMNASIUM ALLTSÅ. Ekonomisk linje, därför att syo-konsulenten är svag för tidsandan och har garanterat att det är rakaste vägen till framtidens jobb, Borgarskolan och känslan av att hela livet igenom börja om på nytt, och att göra det två steg efter Monika, lära på nytt, industrilika byggnader, 1500 elever, och jag hamnar i en klass där jag inte känner nån förutom Laila, men hon har aldrig räknats och gör det inte nu heller. Jag lär känna andra i klassen, får nya kompisar från Bellevue, Slottsstaden och Limhamn, med det bemedlade skiktets diminutiva namnformer: Didde, Jacke, Pirre, Todde, Ludde. Jag bär med mig mitt löfte från högstadiet, och kan tack vare känslan av klasslöshet plötsligt slå om och bli en annan, hänga av mig den tunga ryggsäck som lastats med bakgrund, historia, bristande självkänsla, det är thank you and good bye till den gamle Johan och välkommen i leken till den nye, som kan spela rollen som den han önskar vara.

Seve Ballesteros, säger Jakob.

Wallenberg, väljer Didrik.

De vill inte ta andra roller – vi pratar om vems bild vi ska sätta på skolleget, för bara nördarna har sitt eget foto. Konsten är att hitta nåt som är fräckt och utmanande, men inte så fräckt och utmanande att det leder till avstängning från matan – Linda Lovelace, Hulken, Hoa Hoa, Frank Sinatra.

Dalai Lama, säger jag.

Dalai Lama?

Jag skämtade. Tony Curtis då.

Ordningsmän i klassen. Eget ansvar för tidrapportering, med fantasifulla förklaringar till varför man är sen om morronen eller inte behagar närvara alls: motvind, akut hjärnförlust, cirrhosis hepatis – och nya ämnen att ta tag i, företagsekonomi, rättskunskap, maskinskrivning, och två nya språk, det kamerala och spanskan, charterturismens och Julio Iglesias idiom, och är man inte fena på franska blir det inte lättare med ytterligare ett latinskt språk, med närliggande verbformer. På franska uttalas i generösa fall halva ordet. På spanska ska varenda stavelse höras tydligt. Det kör ihop sig. Och eget ansvar för tidrapporteringen är inte enbart av godo. Efter första terminen återvänder morsan från ett dystert kvartssamtal med klassföreståndaren:

Nu får du börja bruka allvar, Johan.

Så jag gör läxan, den första läxan som lyder: den råa tuffheten premieras inte längre. Den kraft som hemma på gården las på att hävda sitt revir, på att vinna krigslekarna och närkamperna i fotboll, all den energi som på Dammfri gick åt till att slingra sig undan förtrycket och förnedringen, den kanaliseras nu till att vara hipp, hålla sig med de rätta åsikterna, vara *intressant*. Rötäggen är bortsållade. Nu ska man plugga och samtidigt vara fräck, tjejer och fester *och* betyg, men inte *för* bra betyg, inte plugga *för* mycket, inte göra det på *fel sätt*.

Ny balansgång. Andra villkor för överlevnad nu, för att kryssa sig fram, ett slags streetsmarthet utan att komma från gatan, som slang utan gatans vokabulär, a walk on the mild side.

Teater.

Det måste alltid finnas nån som är ouppnåelig, och på Borgar heter hon Sonja, har rakt blont hår och är idrottstjejen, backfischen och siames utan tvilling i skön förening, tjejen man håller sig på avstånd från, chanslös som man är, men så länge man inte närmar sig och riskerar att göra bort sig och därmed mötas av hennes mördande förakt, kan drömmen om henne hållas vid liv. Det är om henne vi pratar i poolhuset hemma hos Jakob på Caritasgatan i Bellevue, och Jakob är inte den som ger upp på förhand.

Till helgen, säger han trosvisst.

Det ska nämligen bli fest på Falsterbo Golfklubb, 120 pers, och Jakob och Didrik ska dit, och Sonja.

Alla ska dit, säger Didrik.

Och Jakob:

Bara Sonja kommer, så bryr jag mej inte om resten.

Vilken fest det kommer att bli!

Kan man hänga med?

Vad sa du?

Kan man hänga med? upprepar jag.

Vi ligger utsträckta i däckstolar, med Coca-Cola i höga glas och Supertramps Breakfast in America på Bang&Olufsen-anläggningen med dolda högtalare. Jag har hamnat ute på ena kanten. Didrik har pokerfejs, men för ett tränat öga och ett känsligt sinne som lärt sig att uppfatta om man är önskvärd eller inte, går det att registrera en schattering i hans ansiktsuttryck, en tusendelssekundkvick skiftning som röjer att han inte gärna ser att en person med hippfaktor noll komma noll kommer med på festen. Men han har fått en viss uppfostran.

Vill du följa med?

Jaa… om det är okej.

Klart han ska med, säger Jakob. Han räknar på fingrarna upp för mig: Välkomstdrink, trerätters middag, alla drycker inklusive avecen.

Vad kostar det?

Femhundra.

*Fem*hundra?

Ja, det är inte Frälsningsarmén.

Jag måste kolla om jag kan då.

Klart du kan. Det är guldläge.

Men är det inte ganska dyrt?

Fel replik! Johan, att ta en annan roll är inte så lätt som du tror. Bourgeoisien frågar inte efter vad det kostar. Var har du gjort av fantasin och de munviga påhitten? Det är ett annat snack nu, grabben, slut med fittsnacket, järngroggar i regn i parken, garven åt Carina med ändan i vädret i Köpenhamn, Lasses softade foton på väggen. Vilka tankar svirrar genom skallen på Johan? Vigga av morsan?

Porsfyr? Lägg av! Let's get serious. Det hajar Johan också, för han ändrar sig:

Jag hänger med.

Lynt!

Men pengarna...

Det är lugnt. Du kan betala där.

Och Didrik försäkrar:

Jag ringer och anmäler dej i kväll.

Men hur kommer vi dit?

Taxi, säger Jakob.

Till Falsterbo?

Ja? Men har pappa kommit hem, kan han skjutsa oss.

Didrik häller upp mer Coca-Cola.

Är han fortfarande i Saudiarabien?

Är han på semester?

Semester i Saudiarabien? Nä, knappast. Han har ritat ett hotell som dom bygger där nere.

Didrik vänder sig mot mig:

Vad gör din pappa?

En språklig distinktion för de etnografiskt bevandrade att notera: mamma/pappa hör till de ordval som är sprungna ur andra delar av stan än de jag känner till, som det (tillsammans med visst uppförande, t ex vid matbordet: att be om smöret i stället för att sträcka sig) måste slås en brygga över till nu, ett litet men tydligt avsteg från bostadsrättsföreningens huvudlinje morsan/farsan, medan Riksbyggen, där mojan/fajan är den förhärskande föräldrabenämningen, befinner sig ännu ett steg ner på den sociallingvistiska skalan. Det är mycket man inte vill ha upp på bordet nu, Palme på stadion, en syrra som haft Che på väggen och skanderat i Barsebäcksmarscher, en morsa med ackord, sönderslitna axlar och AMU-utbildning i bagaget – det är en lång resa i en enda utandning:

Min pappa? Han är försäljningschef.

För vadå?

Det är nåt byggtekniskt. Han reser mycket, är nästan aldrig hemma.

Min pappa reser också jämt, säger Didrik. För att träffa leverantörer i Tyskland och USA.

Skivan är slut. Jakob stiger upp och vänder på den, höjer volymen en aning. Långväggen består av stora skjutbara glaspartier, och jag kan tänka mig att den pedantiskt skötta trädgården, välvårdad som en parkanläggning, omhändertas av en pensionerad vaktmästare som sköter sina sysslor då familjen inte är hemma och inte kan störas av hans närvaro, för några hundringar i ett kuvert som ställs fram tillsammans med två pilsner i redskapsboden, nu har det minsann blivit fart på mina fantasier, och jag tänker att så ska jag också ha det en dag. Jag säger:

Min storasyster är snart färdig läkare.

Det blir rörelse på ena däckstolen, Didrik som vrider sig mot mig igen:

Min brorsa läser också i Lund.

Monika läste grundutbildningen i Uppsala. Den är bättre där.

Jag trodde det var tvärtom, säger Jakob.

Men jag skakar på huvudet, och fortsätter:

Hon ska specialisera sej. I neurokirurgi. Eller forska.

Det kan inte ligga några pengar i att forska.

Inte i Sverige kanske. Men utomlands.

I USA i så fall, säger Didrik.

Det är det Monika tänker också. Men hon har inte bestämt var nånstans än.

Jakob:

Tänk er att komma in till läkaren, och så är det Sonja som ska undersöka en!

Men Sonja leker inte doktor med Jakob på festen i Falsterbo. Han kan få omkull hur många han vill av de andra tjejerna, han är van att få som han vill, det är Sonja han vill ha, det är Sonja han aldrig kommer att få. Hon ler och går sin väg. Och jag? Tja, jag visar borgerskapets telningar hur man *festar*, och vinner därigenom deras gunst – är man tillräckligt apart passar man in, blir inte en av dem, men en lustig figur som förgyller tillställningen, en maskot som kommer att bjudas igen därför att han roar, är nere på knäna på golvet, uppe på borden med skorna, slipsen som pannband. Tjofaderittan lambo!

Det blir klassfotografering också, till skolkatalogen, som är en import av de som varit utbytesstudenter i det stora landet i väster, i likhet med smaklösheter som turneringar i amerikansk fotboll mellan stans gymnasier och jackor med skolans namn tryckt på ryggen.

Didrik tar plats framför kameran i grå flanellkostym med väst och klockkedja över magen och anakronismen om halsen: röd virkad slips, och möts av ett friskt hångarv och en placering på ena flanken så att ingen ska skymma munderingen.

Fotografen försöker lura av den sura skocken ett leende:

Är det grosshandlarkongress?

Får inget leende från Didrik:

Ska du se till att ta ditt foto nån gång eller?

En krumelur som det inte går att förstå sig på, Didrik, spindelben under en rund överkropp, beställer glassiga kataloger från Taiwan och Hongkong med prylar som han söker agenturen för, inregistrerar en firma, låter trycka brevpapper med egenritad logga i ena hörnet och på det pappret författar han långa, formella brev till "Dear Sirs" och ber om "samples" och "your best price", och med posten kommer efter månaders ivrig väntan multifunktionella plastprodukter (som kam, spegel och miniräknare i ett) och grusfyllda konservburkar som ska pysöppnas och vattnas så att nerpåtade frön kan gro. En Jerry William, fast med den skillnaden att Didrik har sin pappa med svullen plånbok och egen firma i ryggen, kan leka framgångsrik och ser "affärerna" som förberedelser för när han ska "make it big". Ingen framgång hos tjejerna, Didrik, men ett snille i företagsekonomi och han har ett driv som garanterar att han kommer att lyckas, gå i sin pappas fotspår.

Vi står på skolgården efter fotograferingen och drar i tyget på hans direktörsutstyrsel.

Fan, dirren, du ser ut som en riktig hästhandlare.

Har du sålt några kusar än?

Men ge er va!

Men så kommer frågan upp om vad man skulle göra om man plötsligt hade en miljon.

Investera, säger Didrik. Eller starta ett företag.

Du har redan ett företag. Hur vore det med en modernare svid?

Ett större företag, menar jag.

Men Jakob:

En miljon är ingenting. Det måste vara tio om det ska vara lönt.

Jag skulle investera det också. Så kan man leva på avkastningen sen.

Med tio miljoner, säger Jakob, skulle jag fylla ett flygplan med whisky och brudar och flyga till en massa ställen.

Och sen då?

Flyga vidare.

Skulle du inte köpa nåt till dina föräldrar?

Det är min fråga, för jag tänker att jag skulle ha sett till att morsan fick nåt bättre, och Monika, efter att jag lagt undan tillräckligt för mig själv.

Som vadå?

Ett hus till exempel.

Dom har redan två. Vad ska dom med fler till?

Men så ändras förutsättningarna – vad skulle vi göra om det var hundra miljoner? Svår fråga. Tio är mycket. Hundra är ofattbart mycket, som att försöka få grepp om rymdens oändlighet. Jag har inte en aning om vad jag skulle ha gjort. Gett morsan lite mer, förstås, en stuga på Österlen och en ny bil, och en åt Monika, och till körlektioner, så hon slipper ta tåget till Lund. Didrik skulle investerat hundra miljoner också, men struntat i företaget, det hade räckt med avkastningen på kapitalet. Medan Jakob skulle ha fortsatt flyga omkring med en last av sprit och kvinnor.

Om det var en miljard då?

Större flygplan och fler pumor.

Men flyga till samma ställen?

Betänketid. Sen:

Ja, det skulle väl vara tvunget.

Men när jag nu som trettiosjuåring bläddrar i den hundörade, solkiga skolkatalogen är det inte bilden av en ung välmående grosshandlare jag fastnar vid, en bild som man numera kan le åt med viss medömkan, den stackars fånen, utan en kille på samhällsvetenskaplig linje som står med blicken nerslagen, som ser obekväm ut i sin egen kropp, och jag minns hur han kommer lufsande förbi oss där vi står på skolgården, i slitna jeans, sweatshirt med tryck och gympapjuck, är ensam om det i en tid då högsta mode är randiga skjortor med vita kragar, två fingrar bred slips och kragnål. För Roger har också hamnat på Borgarskolan, men håller sig mest för sig själv nu. Vi snackar sällan med varann. Egentligen har väl han och jag aldrig snackat så mycket med varann. Han har blivit en väggstrykare, blicken spikad i golvet, en pluggis som kånkar på sin ständigt trasiga väska, och när vi nån gång möts, Roger, ensamma i en korridor, vid cykelstället på morronen, när våra banor av en slump tangerar varann, säger du:

Läget?

Och jag drar till med:

Lynt!

Vilket får dig att se på mig med oförstående min: jag har tagit efter Jakob och Didrik, hur de driver med den bredare skånska som bl a du pratar, Roger du borde tvinga alla att lyssna så som du nu, när jag har egna barn, kommer till mig om nätterna och berättar hur det känns att som fjortonårig tvingas suga av ett missfoster som Porsfyr, tvingas ner på knä därför att vi som hörde hoten inte vågade ingripa eller säga nåt, skammen att tala om nåt sånt hemma, att ens tala med varann om det annat än som gliringar och hårda verbala tacklingar, jag tänker på det och allt som har hänt i Örebro och i Belgien och på andra ställen i den här sjuka världen, bilderna som finns tillgängliga på Internet, sexturism, när jag ser dig på teve ibland, ser dig skymta bakom Sahlin eller Rosengren i det superdepartement där du har blivit sakkunnig, prydlig, med sidenslips och en stadig blick utan spår av det som hände, eller har du det ständigt på näthinnan, det som kan väcka mig alldeles genomsvettig, hur många nätter har inte det hållit dig vaken? – det är klart att du drivs av en vilja till revansch, att du aldrig känner samma klyvnad som jag därför att du vet så väl varifrån du kommer, var du hör hemma och vart du är på väg, och din historia måste göras hörd, klämta lika dovt över stan som klockorna i S:t Petri kyrka, ut över hela det här landet som håller på att berövas sin oskuld, du bär din lappade väska genom skolans korridorer, krummar med ryggen när du släntrar över skolgården och tittar åt mitt håll där jag står med Jakob och Didrik, för att få kontakt, ett ögonkast, en nick, hukar med uppdragna axlar under den piska jag misstänker att det numera är du själv mer än din farsa som svingar. För din farsa har sett ganska tam ut på sistone, fått sig en avgörande knäck av krökandet, sitter mest inne framför polisradion med stadskartan i knät och gör livet surt för din morsa, mosig och i strumplästen hasar han förvirrad ner till posten med bögslungan om handleden nio på morronen för att lösa ut sjukbidraget. Din egen piska, för när allt kommer omkring har du rört dig från en outsiderposition till en annan.

Didrik får syn på Roger:

Vilken loser. Är det en polare till dej?

Skämtar du?

Han hälsade.

Gjorde han?

Och Jakob:

Där har ni en kille som aldrig kommer att bli miljonär.

DET ÄR INTE BARA ROGER som jag försöker undvika nu. Vårluften sveper in genom balkongdörren som är uppställd på glänt, och bär med sig ljuden av en båge som Lasse trimmar nere på vändplattan, har väl hittat den nånstans, en 500-kubikare, har isär motorn och har ihop den igen och hojtar till Janis, som håller verktygen åt honom och som varit osynlig i snart ett år: skrev in sig på gymnasiet och gick sen hem och la sig på kökssoffan, där han legat sen dess och måste ha lockats upp av våren som är osedvanligt varm i år. Han står med hängande armar och glor apatiskt, ganska lik "passgångaren" om sanningen ska fram. Jag står bakom gardinen och kikar ut. Lasse gasar, det knattrar öronbedövande och ryker blått ur avgaset.

Morsan sitter med fru Havlicek i köket. Fru Havlicek med klut om håret och bekymrad för sin svåger som är arbetslös konsertpianist och ibland spelar med sin bror på tillställningar, bröllop och födelsedagsfester, men tappar lusten när han inte hittar nåt nytt jobb, tjeckiska musiker kan vara hur berömda de vill i Prag, i Sverige har de ingenting gratis. Och morsan är bekymrad på sitt håll, vill se mig i arbete till sommaren, och jag behöver pengar nu, till plattor, kläder, fester, till tågluff med Didrik och Jakob nästa år.

När jag kommer in i köket säger fru Havlicek:

Är du händig?

Johan är duktig på att måla och snickra, svarar morsan.

Kan du klippa gräs med? Annebergsgården behöver en vaktmästare över sommaren.

Och morsan rabblar trossatsen hon fått med sig från Johannesgården:

Vi vill inte vara till besvär.

Men fru Havlicek känner inte till den svenska nationalkaraktären, ängslan att ligga nån annan till last och att behöva trugas.

Jag är glad om jag kan göra nåt. Jag ska fråga.

Men er svåger?

Han är *musiker*.

Bankjobb är vad jag föreställt mig, få in en fot, även om det innebär att sitta i kassan i tre månader och räkna småmynt och växla in checkar. Klippa gräs? På Annebergsgården, pensionärshemmet för tjänstemän, i hörnet mot Pildammsparken och sjukhusområdet? Rota i rabatterna och ansa buskar, beskära rosor, tömma sopkärl och rensa avlopp på spannavis med hår och äckligt mög och köra ner hela armen i toastolarna, eftersom tanterna glömmer att spola. Gräsklipparen är en traktor med brett höj- och sänkbart klippaggregat, saltströare för vinterbruk i aktern, gör åtta kilometer i timmen på rakorna och med skrikande motor. När solen ligger på är det stekhett i hytten, och det är det förresten annars också. Det tar en hel dag att krypa fram över de jättelika gräsplanerna. Det ska göras en gång i veckan.

Jag lär mig jobbet av Josef, ett vithårigt original, en skrotnicke som ligger på knä i rabatterna och snackar med kaninerna, matar dem med salladsblad och rivna morötter, muttrar om systemet som håller lördagsstängt på prov denna sommar och finkammar containrarna och soprummen på "fynd" som han lastar på pakethållaren och trampar hem till sitt gathus i Sofielund. Trädgården prunkar. Josef överlåter inomhusjobben till mig.

Det är lundbergskans skithus, fixar du det?

Nu? Klockan är snart fyra.

Ja, då tar vi kväll. Har hon proppat igen det, får hon hålla sej.

Josef och flottörer. Tanter och spruckna arbetshandskar. Lunch och eftermiddagskaffe i kökets personalrum och fru Havlicek som röker på jobbet, där maken inte ser.

Upp före sex på morronen för att upptäcka att hur gammal man än blir är man sin mors son – morsan återupptar en gammal obehaglig vana från tiden på Strumpan: är uppe ur bingen i samma sekund som reveljen går, den skarpa smällen från brevinkastet när budet droppar in tidningen, brygger kaffe som hon dricker med tidningen uppslagen över hela bordet, men morsan ska ingenstans såhär dags, hon är uppe för att sonen, som ramlar ner på sin plats grynögd och med kuddmärken på kinden, ska infinna sig på arbetet i tid – han har ju 300 meter dit, gubevars – och få i sig en stadig frukost innan – mackorna är bredda.

Han inleder passet med att sittande sova på en pall, längst in i den källarskrubb där verktygen förvaras och med ljuset släckt.

Vad i hundan...!

Josef har, sitt timida sinnelag till trots, krafter till en förbluffande hastigt uppflammande ilska när han hittar vaktmästarämnet bakom presenningarna, rycker upp honom till stående och sparkar ut honom i dagsljuset där morronen står på för fullt.

För den unge vaktmästaren är trött, förtvivlat trött de första veckorna i tjänst, drar benen efter sig i källargångarna och smyger upp på vinden, ägnar timmar åt att fantisera om i vilka salonger möblerna som nu förvaras under skyddande lakan på vindskontoren en gång paraderat, vilka tillställningar, dagdrömmer, halvdvala, all hans energi går ju åt till att växa, han ser i syne, myglar med uppgifterna fram till lunch då han kommer ifatt dygnet och verkligen börjar uträtta nåt.

Detta är att arbeta, såhär ser fyrtio år ut i genomskärning, tankarna på morsan på Strumpan, att hon stod ut, och en sövande lunk mellan sju och fyra med koncentrationen inriktad på vad som ska hända *efter* fyra – ingenting, för man orkar inget och man måste i säng tidigt för att kunna stå på nästa dag också, soffan och somna framför teven, tills man rasar in i helgen på en fredagsfylla att sova ut på – och så söndagsångest inför måndag morron. That's life.

I en veckas tid klipper vaktmästarämnet den långa häcken utmed Rättsvägen, där strömmen av kockumiter nu nästan helt har sinat och ersatts av chilenare på väg till och från Kroksbäck, med en klen, nätdriven häcksax. Och mitt i detta uträttande och svärande över sladdjäveln som ständigt och jämt tråcklar sig in mellan knivarna och måste skarvas samman igen, slår det honom hur mycket han saknar skogen runt Johannesgården, lekarna i backen och fisket, bygga kojor, att vara med morfar i lagården, morfars patinerade nävar som han själv inte är i närheten av, han har revisorsfingrar med ängsligt avgnagda nagelband, morfar med hammaren, morfar på stegen och han själv nedanför, vad skulle morfar ha sagt om han såg honom nu, och mormor, vissa av tanterna här påminner om mormor. De är rara, älskar att sumpa en eftermiddag på att stå och dividera om hur rosor ska beskäras, alldeles under knoppen när den har vissnat, bjuder ibland på nåt att dricka efter att de fått avloppet rensat, sticker till mig en tia innan jag försvinner ner med hissen som en osynlig tjänsteande. Men gubbarna... man är rädd att inte vara till lags, att inte göra rätt för sig, det är drängen till bonden, malajen till majoren... de som varit verkmästare är hyggligt folk, vet hur det är att stå med båda bladen stadigt förankrade mitt i skiten, men ju högre upp i bolagens ledning gubbarna suttit, desto bittrare anleten, desto hårdare ton till vaktmästarna, till städerskan som inte pratar begriplig svenska, till personalen i matsalen, för vi talar här om en abstrahering, eller hur.

Om ni vattnar sparsammare, rinner inte vattnet ut över plattorna!

Det är gubben Ehrensvärd, hackar oupplåtligen på hur trädgården sköts, på att hans bil blir dammig när vi baxar ut traktorn ur garaget, på att han inte bemöts tillräckligt artigt, på att jag har luggen i ögonen, på att – och mitt tålamod tryter och en kanon gör sig hörd inom mig, en kör som består av morsans röst, Monikas, Rogers, Åsas, herr och fru Havliceks, ja hela bostadsrättsföreningen stämmer upp, förenar sig i min röst som ger ifrån sig ett okontrollerat, atonalt:

Gubbjävel!

Och skyffeln åker i backen och jag tackar för mig, men hinner inte inom dörren där hemma förrän telefonen skräller, och intendenten:

Du får tio minuter på dej att komma hit!

Förbannande alltings orättvisa vankar jag tillbaka och under denna golgatavandring lovar jag mig att vad som än händer ska jag alltid komma ihåg var jag kommer ifrån och ta mig tid och snacka med och vara vänlig mot dem som håller rent från skit runt en, byta några ord om vädret och årstiden och ställningen i Allsvenskan.

Sextusen i månaden och gröna brallor i rivtåligt, svettbefrämjande material. Bar överkropp och solen som sveder axlarna. Intendenten som får så många samtal från Ehrensvärd att han måste ge sig ut från kontoret och handfast styra upp verksamheten. Tröja på. Ett beslut han inte ser bekväm ut med att fatta, är ju egentligen en vänlig själ och har till skillnad från Ehrensvärd själv varit ung en gång. Tjugofem grader i skuggan. Jag är glad att Jakob och Didrik tillbringar sommaren i sina familjers sommarhus i Falsterbo, att de inte kan se mig här. (Och inte Sonja heller för den delen.) Annat är det med Carina, som passerar varje dag, jobbar på sjukhuset över sommaren, städerska, ganska sexig nu faktiskt, med ett tunt linne under en sliten skinnjacka från Myrorna, blekta jeans och conversedojor. Ser ut att gå på tyngre grejor än Hesse och Sandemose nu.

Och du? säger hon.

Jag kunde fått jobb på bank, men här får man jobba med riktiga mänskor.

Är dom inte det på banken, riktiga?

Vadå, här är jag till nytta. Som du på sjukan.

Nytta? Jag svabbar golv.

Men du träffar väl folk? Det är lärorikt.

Jaha du. Det är ett skitjobb.

Carina drar en hand genom sitt stripiga hår. Jag hänger över traktorratten med genomsvettig tröja. Hon kör händerna i fickorna på skinnpajen, läderremmarna runt handlederna, och det som en gång band oss samman, som vi hade gemensamt, vad det nu var, har eroderat, hon är så fjär och kylig, så vuxen, har ett urbant drag i ansiktet, och jag känner mig som en bortkommen tioåring igen. Inget skäl att ta upp den där festen i Bellevue vi träffades på för nån månad sen, pinsamt för oss båda, fylla, *hur är läget!*? Då. Nu:

Har du nån kontakt med Cissi?

Vi går i samma klass. Hon är inte punkare längre.

Humanistisk? Hur är det?

Det är nog inget för dej.

Nä, jag vill gå en linje man blir nåt på.

Ja, lycka till då med att bli nåt. Du får ha det så bra.

Ungdomen är banal. Ålderdomen kan vara hemsk. Jag tänker inte bli gammal, inte på ett gammalt vis, och tankarna på morfar går i repris i skallen – morfar, ta min hand!

Efter tredje signalen öppnar fru Gröndahl.

Ja?

Jag ska laga toaletten.

Vad är det för fel på den?

Inte vet jag. Men ni har ringt.

Varför skulle jag det?

Till intendenten.

Det förstår jag inte.

Så toaletten fungerar?

Hur ska jag veta det? Det är bäst att du kommer in och tittar. Men det får gå snabbt, för min make anländer när som helst.

Det tar en styv timme att få ordning på toaletten, som är proppad upp till sitsen med papper som hon försökt spola ner, med gummi-handskar på händerna och utan djupa andetag. Lukterna sitter ändå kvar i näsan efteråt, blandar sig med den ljuvliga doften av en stek som står i ugnen. Välfejad lägenhet, fem rum, möbler som ser osuttna ut, kammade mattfransar, barn och barnbarn som ler i ram bredvid porslinsfigurerna – som på museum.

Jag ser mig omkring efter tanten och hittar henne i matsalen där bordet har dukats för åtta: tre kristallglas vid varje kuvert, stearin-ljusen i silverstakarna är till hälften nerbrunna. I sopptallrikarna är servetterna vikta som svanar. Fru Gröndahl ställer fram räfflat smör i små byttor, kuvertbröd i en korg, sen känner hon efter hur hals-bandet sitter. Hon har bytt om till klänning.

Jag förstår inte vart dom tar vägen. Du har inte sett dom?

Er man?

Och hans affärsbekanta. Jag har förberett lunchen.

Då är dom bra sena. Klockan är över tre.

Förhandlingar kan dra ut på tiden. Det är brukligt.

Han har inte hört av sej?

Hur skulle det se ut om han gick ifrån för att ringa hem?

Dom är säkert på väg.

Steken är nog torr nu.

Toaletten fungerar i alla fall.

Har den varit sönder?

Det var stopp.

Stopp? Det tror jag inte. Då skulle jag ha ringt intendenten.

Fru Gröndahl följer mig till dörren. Hon saknar skor på fötterna.

Du vill kanske ha en bit?

Er man kommer snart.

Det finns plats för dej också vid bordet.

Jag slutar snart.

Men en stund till kan du väl stanna?

Jag måste gå nu, tyvärr.

Finns det inget jag kan fresta dej med? En liten stund?

Jag har stigit in i hissen när hon föreslår:

Inte ens lite glass?

Dan efter tar jag förmiddagsfikan tillsammans med fru Havlicek. Hon nickar instämmande när jag berättar om gårdagen.

Så gör hon alltid. Lagar det fem dar i veckan.

Soppa och stek?

Och bakar. Hon är, vad heter det... fru Havlicek skruvar pekfingret mot tinningen.

Men då borde väl hennes man kunna höra av sej när han är så försenad.

Fru Havlicek tänder en av sina hemliga cigaretter, blåser röken upp i taket innan hon svarar:

Hennes man dog för sex år sen.

Jodå, man kan längta tillbaka till skolan.

TELEFONEN RINGER på eftermiddan:

Ni måste hämta mej!

Är det du, mormor?

Jag måste evakueras! Det är ryssarna!

Lugna dej, mormor, så får du snacka med morsan.

Morsan får luren med en hysterisk mormor i, morsan som just är hemkommen, står med höstkappan på och med matkassar i händerna, kassar som inte längre pryds med kooperationens mörkblåa evighetstecken utan Icaemblemet, därför att utbudet av varor har bredd och djup på Ica och kan handlas på kupong, till skillnad från Solidar där butikschefens lönekuvert inte påverkas av försäljningen och vinsten är tänkt att gå tillbaka till medlemmarna i form av återbäring, men vinsten sjunker när det inte finns incitament att sälja, och därmed också återbäringen, pengar direkt i näven eller eventuell framtida utdelning, ett enkelt val som inte måste tyngas av ideologiska doktriner, herregud, vad har mortadella och grevé med politisk medvetenhet att göra, *egentligen*? – och morsan har i varje fall inte tid att fundera över såna värderingsrelaterade förskjutningar just nu, hon har hörselgångarna fulla av mormors upprivna röst. Jag gör en grimas: mormor har blivit knäpp! Morsan sjasar undan mig med en ilsket viftande hand och trycker luren hårdare mot örat, lyssnar, svarar med långa mellanrum:

Det *blir inte krig*, mor. – Nä, vi har inte hört nåt, nä. – Jag ska komma, jag lovar, men jag jobbar hela veckan. – Ja, jag ringer honom. – Nä. Nä! Stanna hemma tills jag hör av mig igen.

Hon lägger på. Suckar. Slår på radion. Och vi hör på extrautsändningarna att en minkfarmare på förmiddan underrättat marin-

300

basen i Karlskrona om att en sovjetisk ubåt ränt upp på land med fören i vädret i Gåsefjärden. Morsan säger:

Så då är hon inte *helt* borta. Men det hjälps inte.

Hon tar telefonen igen och ringer till Uddevalla, talar med Leif om att nåt måste göras nu, det går inte längre, deras mor är så vimsig att hon inte kan ta hand om sig själv längre. Till helgen samlas vi på Johannesgården, morsan och jag och Monika, som motvilligt låtit sig övertalas att följa med, och Leif och Lisbeth. Då har morsan också ringt en uppsjö med andra samtal för att mormor ska omhändertas.

Mormor som möter på trappen, men som ser ut att ha råkat hamna där av misstag.

Vad trevligt att ni kunde komma! Middan är snart klar.

Leif ger henne en hastig kram:

Vi ska inte ha nån middag i dag, mor.

Innan han tränger sig förbi henne in, och slår upp ett fönster. För mormors klänning är fläckig och det luktar surt om henne, som kattlåda som inte töms, och rummen är ovädrade, i köket stinker det. Ingen middag står och puttrar på spisen.

Monika går på toa. Hon nyper om näsan när hon kommer ut:

Ska du kissa? Gå utomhus.

Och morsan som suttit liksom innesluten i sig själv under färden upp får ta tag i utvecklingen. Hon tittar inte på det uppställda köket, eller prylarna som ligger framme, med samma sentimentalitet som förra sommaren, nu är det allvar, ansvar. Hon förklarar för mormor:

Vi ska fara till hemmet som jag berättade om. Har du packat?

Persilja? Den har rådjuren ätit.

Har nästan ingen hörsel alls nu, mormor.

Inte har hon packat heller. Morsan får rota fram en gammal presspappsväska från vinden. Hon och Lisbeth fyller den med kläder och en necessär medan Monika sitter och pratar med mormor. Håller henne i händerna som på morfars begravning. Leif står ute på stallbacken, "behöver luft för att tänka klart".

På hemmet i tätorten visar föreståndaren oss runt, matsal och dagrum, ett dagrum med brandsäkra gardiner och stora fönsterpartier ut mot löven som faller av träden och där två gubbar har slocknat framför en lika slocknad teve, den ene dreglande, högt mumlande eller om det är snarkande i sin rullstol, huvudet i nackbrytande vinkel, skallig och kycklingfjunig nacke, klorna om armstöden. Jag tänker på Annebergsgården och fru Gröndahl och att detta är en annan värld. Det är här mormor ska slutförvaras, änden på ett liv på gården, djuren, somrarna, mormors kakor, morfars händer, och jag skulle aldrig vilja behöva sätta morsan på ett sånt här ställe.

Rummet som ska bli mormors är inrett med hörnsäng, nattduksbord, stol och bord och rakryggad lässtol, ett stadigt blont möblemang som ska tåla åldringars hårdföra slitage, väggfasta lampor, plastmatta och blankvita glasfiberväggar.

(Sidoscen: Hur Leif tar på sig solglasögon, Lisbeth rycker av honom dem, nej inte rycker, *trär* av dem med överraskande ömhet, och hur han tar tillbaka dem och sätter dem på sig igen för att han fått nåt i ögat.)

Så trevligt, säger mormor.

Ingen annan säger nåt, så hon fortsätter in i rummet, lite avvaktande inför de 20 desinficerade kvadratmeterna.

Här kommer jag att trivas.

Mormor tar ett steg till, vänder sig mot oss, ser på oss där vi står kvar i korridoren, ser sig om, ser på oss, tar ytterligare ett steg in. Upprepar:

Så trevligt.

Morsan öppnar det inbyggda hallskåpet.

Jag ska hjälpa dej att packa upp.

Mormor tittar ut genom fönstret.

Fin utsikt. Vem bor här?

Men morsan kan inte svara henne. Hon hänger upp mormors kläder, säger till föreståndaren:

Jag kommer med fler grejor nästa helg.

Vill ni ta hit en egen möbel så går det bra, svarar hon. Om den inte är för stor, vill säja. Eller hänga upp egna tavlor.

Man blir ju bara ledsen av att se det, säger Leif efteråt, när vi kliver in i bilarna. Va? Och nu är det gården kvar.

Men hur beklämd han än blir, är Leif inte sugen på att slököra tillbaka genom samhället och riskera att bli igenkänd av nån som kan minnas "Leffe" som i sin ungdom cruisade längs Järnvägsgatan med en Cheva med rävsvans i antennen, polisonger och Elvis. Leif ger gasen en ordentlig tryckare, och när morsan bromsar in Hondan bakom hans Granada på gårdsplanen har han börjat hitta sig själv igen:

En japanare? Har du skaffat riskokare?

Till mig säger han:

Hjälper du till? Vi måste stänga av elen och vattnet.

Vi slår av huvudströmbrytaren och skruvar för säkerhets skull ur propparna också, och jag och Leif går tillsammans runt och drar ut sladden ur teven, radion, lamporna, stänger av elementen, och därefter pannan i källaren, vattnet, drar för gardinerna så att bara ett grått, sorgligt ljus silas in. Under tiden har morsan och Lisbeth tagit fram vad morsan ska ta med till mormor nästa helg. De delar upp krukväxterna mellan sig, fast begonierna får stå kvar, och de rensar ut i skafferiet och tömmer kylen på en halv liter för gammal mjölk och sjutton oöppnade paket messmör. Sen är det frysens tur. Lisbeth ligger på knä och gräver ut:

Titta här! Att hon sparat allt detta!

Hon läser högt på portionsförpackningarna:

Pannbiff med lök. Kotlett och sås. Dillkött.

Medan morsan står bredvid och ser en infryst semester vräkas ner i slaskhinken.

Stekt spätta...! Och vad är det här, gamla kakor och bullar!

Det dunsar i hinken.

Morsan föreslår:

Vi kunde tina nåt och äta innan vi åker. Ni har lång väg att köra.

Lisbeth reser sig, borstar av knäna.

Vi tar en pizza på vägen.

Och Leif säger:

Då är det bara lagården kvar.

Men den tar jag ensam. Jag kopplar ur strömmen i lagården och i verkstan, står sen i det fuktiga gråmörkret och andas in den unkna luften, pillar på verktygen, den kalla metallen, en rostig sågklinga, rubankar med märken efter fingrar som nött träet, och jag stoppar ner en klumpig gammal hovtång i bakfickan och drar tröjan över, och jag återvänder, fast inte genast, för jag svänger inom igen till kättarna som börjat murkna och plockar ner det spindelväviga porträttet av partiledaren från dess spik och lutar det mot väggen med baksidan utåt.

När jag kommer in, är industrins man uppe i varv:

Gården står och förfaller! Vi borde sälja i tid.

Sälja?

Det är Lisbeth.

Är du rent från vettet? Medan din mor är i livet?

Ja, du tror väl inte att hon kommer tillbaka?

Snälla, kan vi prata om det nån annan gång? säger morsan. Vi ska ändå inte sälja nåt i dag, eller hur?

Leifs svar blir till ett grymtande. Han purknar till, ger sig ut på stallbacken, behöver mer luft för att tänka klart.

Vad är det med honom? Tar detta med mor honom så hårt?

Jag tror inte det bara är det, säger Lisbeth. Det är nog jobbet också.

Vadå?

Nä, det har varit lite skakigt på sistone. Han är rädd att få gå.

Har han sagt det?

Han har inte sagt nåt. Han tycker inte om att prata om det.

En annan som har varit ute och tänkt är Monika. I bilen hem börjar hon att prata:

Att ni kan lämna henne på ett sånt ställe.

Och morsan som måste motivera ett beslut hon inte gillar själv:

Vad ska vi göra då? Hon kan inte ta hand om sej själv.

Men *där*? Och vad händer med gården?

Jag vet inte, Monika. Som Lisbeth sa: vi kan inte göra oss av med den medan mor är i livet.

Det är nu Monika får till det, får ur sig det som hon klurat på under dan:

Jag kan ta över gården.

Morsan som släpper foten från gaspedalen:

Du? Hur skulle du kunna bo där?

Jag kan sköta gården, och ha djur där.

Guppies? kommer det från baksätet.

Du vill alltså flytta nu när du äntligen börjat läsa igen?

Monika har nämligen påbörjat studierna igen, i Lund.

Jag skulle kunna bli veterinär i stället, säger hon. Jag gillar att bo på landet.

Som Sören och Britt menar du? Som fått slita på bruket där uppe sen fåraveln gick i stöpet? Vill du ha det så?

Jag hinner läsa också, ska du se. Det är inte det viktigaste i livet.

Inte? Det är inte viktigt? Nähä. Då vet jag det.

Morsan ger gas igen så att nålen ligger klistrad vid 90-strecket på hastighetsmätaren, och mer sägs inte, inte förrän vi bromsar in på Vårgatan för att släppa av Monika. Då har morsan funderat flitigt i tio mil:

Det är gröna vågen-romantik att vilja ge sig ut på landet och leva fattigliv igen!

Monika har klivit ut ur bilen. Hon har också haft tio mil på sig att fundera. Hon lutar sig in:

Som om det är så mycket bättre att leva fattigliv i stan!

Ja, det är bättre! Mycket bättre!

Och morsan drar igen dörren efter Monika och sätter fart på ris-kokaren.

MONIKA FÖR INTE SITT LANTLIGA INFALL på tal fler gånger, känner väl att tidsandan är på väg i en annan riktning. Fårklippning är ute. Börsklipp är inne. Jan Carlzon håller charmkurser i hangarerna på SAS. På Borgar startar en aktieklubb. Jakob och jag tänker gå med, men Didrik avfärdar det:

Aktier är inget man *lär* sej.

Hur mycket kan du om det då?

Köp billigt, sälj dyrt – det är allt. Behövs inga klubbar för sånt.

Vi hänger över flipperspelen i simhallsbadets kafeteria, ett spel med dubbla armar på båda sidor som är svårt att tilta och lätt att få frispel på, gör oss ingen brådska, efter håltimmen är det psykologi och det finns säkerligen nån freudiansk förklaring till varför vi ständigt är försenade.

Du, jag har en polare som var på bio i Stockholm, säger Jakob. Så började han snacka med killen i stolen intill. Dan efter hade han jobb som mäklare.

Börsen? hånar Didrik och ser sin kula rinna ner mellan flipperarmarna. Det är som att sälja begagnade bilar.

Eller blomfrön i konservburkar?

Det är skillnad på att bygga *nåt eget*.

Jakob skjuter iväg sin kula.

Vet du vad man tjänar som börsmäklare?

Ska du flytta till Stockholm? säger jag.

Ja, inte en chans att jag stannar här.

Du också, Didde?

Nä, jag ska först till USA och läsa på universitet.

Det är i Stockholm jobben finns. Och pengarna.

Jakob lobbar upp kulan i hålet i slutet av en lång kanal. Det dunkar till i kolumnen för frikulor på det elektroniska räkneverket.

Den här stan är ju helt död!

Vad tänker du göra, Johan?

Jag har inte bestämt mej än.

Säj inte att du ska bo kvar i den här hålan.

Jag reser nog också utomlands, tror jag.

Vart då?

Kanada kanske. Eller Australien.

Australien? Det är lynt.

Lunchrast. Aktiekurs. Två allvarsamma pojkar som plockar upp Veckans Affärer ur sina attachéväskor och sätter igång att leda "diskussionen". Rummet fylls av ord som emission, p/e-tal, index, kvartalsrapport, utdelning och split, och som man måste behärska för att tolka börssidorna på morronen, inte för att man har nåt att satsa utan för att ha nåt att säga på rasterna, ha en åsikt, rabbla kurser och prognoser, Perstorp, Swedish Match, SKF, Fagersta, Volvo – Volvo, börslokomotivet, draghästen i svensk industri, gult och blått, trätofflor, dalahästar, Gustav Vasa, allemansrätt och höga skatter: Sverige, fosterland – Volvo och PG Gyllenhammar, som gör strålande ifrån sig trots avbrutna affärer med Saab, med Anders Wall och Beijer Invest och med Norge om olja i utbyte mot bilar – en ambassadör med lustig dialekt. Det är med den lustiga dialekten i bakhuvudet som vi lär oss överkursen i det kamerala språket. Kommer hem med helt nya idéer om hur hushållskassan kan förvaltas.

Du borde ta och investera lite.

Morsan som bara stirrar på mig.

I aktier.

Har du blivit tosig?

Med de nya orden lär man sig konstruera satser om framtida vinster, det fria näringslivet och om löntagarfondernas ondska, ser Hans Werthén i hans friska öga, marsch den 4 oktober, tal, stalinism och stöld, man inlemmas i det maskineri som rullar igång under sjuttiotalet och som kommer att leda till att arbetarna drygt tjugo år senare hellre jobbar extra på första maj än demonstrerar och teatern talar om sin publik som kunder, konsumenter blir aktörer, alla låter som företagsledare, marknad, flexibilitet, outsourcing, social kompetens, ladda varumärket, den som har flest prylar när han dör vinner, för att se hela bilden måste man stiga ut ur ramen och därför ser man den först senare, förändringen, vi befinner oss mitt emellan förbudet mot enarmade banditer och ett televiserat casino som lördagsunderhållning, mitt emellan dubbeljappens *Stor nog att bjuda på* och Magnumglassens *För god att bjuda på*, folket skriker efter valfrihet och i kiosken på hörnet utanför Borgarskolan brer Gunnar Gam med lökringar under armarna och myntfettiga fingrar tjockt med smör och hyvlar hushållsost på russinstinna kungsbröd, fem spänn för en bulle de dar då skollunch i en industrislamrig källare inte lockar, och i honom får man en föraning om de fria marknadskrafterna som är i antågande, entreprenörerna, monopolutmanarna, de beredvilliga behovstillfredsställarna, de kvickskaftade killarna och tjejerna som ska ge oss det samhälle vi ber om, utfodra och frälsa oss med reklamkanaler och kinderägg och antibakteriellt diskmedel och radion sönderspelad av soul själlöst utslätad som en misslyckad knäckdeg, tills vi är två steg ifrån att den offentliga sektorn tar till sponsring, ljusblå brandbilar med hemglassjingeln i hornen, läkarrockar med läkemedelsproducenternas logga på ryggen, våra barn lär sig räkna med Ronald McDonald, vårdhemmet Astra-Scandic, bara vänta och se, vänta och se, vi är två steg därifrån, Halloween, "den nya svenska traditionen", det här landet håller i realtidsöverföring på att förvandlas till ett low end-Amerika i pocketformat, billighetsupplagan, har vi blivit så mycket klokare, lyckligare, face it, det är handlarna som vunnit, nasarnas revansch, vi tillbringar lunchrasterna i ett illa vädrat klassrum och läser börskolumner och får hjärnorna förvridna av de kollektiva drömmarna om framtida individuella förmögenheter, vi är på väg mot den nya ekonomin, intellektuellt kapital och IT-revolution och en eufori då allt lättar från marken som på en tavla av Chagall, för nånting händer, och när man upptäcker det, och vad förändringen

gjort med en, sitter man alldeles fucked up med betongröv i medel-
klassen, har tagit steget in i en ny tillhörighet och får ett nytt slag i
ansiktet, tankar som jag vet kommer att hålla mig vaken i natt: att
inte höra hemma här heller, att inte höra hemma nånstans, att ha
lättat från ett sammanhang och ympats in i ett annat med en ymp-
skåra som aldrig vill läka, det är att stå med mössan i hand, böjd
nacke, alltid böjd nacke, livet igenom, och inte veta var man befin-
ner sig politiskt, socialt, kulturellt, moraliskt, lojaliteter, lojaliteter
därför att det finns ingen trygghet, det finns ingen bas, det finns
ingen grund att stå på när man en gång givit sig av, *det* är vad jag
tänker på i kväll när vi ligger i vår Hästens säng med Bo Kaspers på
låg volym på nattradion, två affärsjurister med breda kontaktnät
och fulltecknade time managers, nouveau riche, javisst, och jag läser
ett kontraktsförslag angående rättigheter på nätet, Helena en roman
av Marianne Fredriksson, och hon slår ihop boken och säger att vi
borde ta och titta på det där huset som är till salu på andra sidan
Bellevuevägen, en skillnad på 75 meter och en halv mille för en näst-
an identisk villa för att höra till ett annat rektorsområde och där-
med få in Hannes och Agnes på bättre skolor, bättre lärare, mer
resurser, ge dem en bättre start, och jag vänder mig mot henne och
svarar att det trots ränteläget kan bli kärvt att både flytta och skaf-
fa det sommarhus hon hittat i katalogen från Mats Uppvik och
Döttrar i Kivik, en liten kringbyggd gård utanför S:t Olof i behov av
viss renovering, när den egentliga anledningen är att jag skulle
känna mig obekväm med att stolpa omkring på Österlen i vita linne-
kläder, dricka svala jordgubbsdrinkar, grilla i grannens trädgård, å!
den där sidentunna konversationen som svävar omkring i sommar-
skymningen, konstrundor, att ständigt vara så rätt, la dolce vita –
det är att ha fastnat med fötterna i sugande lera, ja jag vet, det är att
inte kunna ta sig loss ur sina föreställningar, och Helena surnar
naturligtvis till och slår upp sin bok och läser så intensivt att ingen-
ting kan fastna och jag stiger upp ur den äktenskapliga bädden och
smyger in i Hannes rum, sätter mig vid hans sida, smeker hans hår,
hör hur han snusar, drömmer en egen värld, och vad kan jag ge

honom för att han ska bli en hel mänska och inte tudelad som sin far, en far som gått vilse nånstans mellan det att Transports ordförande Hasse Ericson får sparken för att ha semestrat på Kanarieöarna och att den största svenska drömmen är att skickas till Robinsonön och bli borttröstad, och jag inbillar mig inte att en sån som Jakob, som aldrig vistats en sommar i en överhettad traktorhytt, aldrig sett sin morsa placeras på kanten av julbordet eller burit en ärvd skjorta med potatistryck, ska fatta ett smack av vad jag pratar om eller känna igen sig i min beskrivning, jag begär det inte av honom där han sitter och vaggar på stolen, klickar med kulspetspennan och högt kungör:

Jag tror jag ska gå in i Volvo.

Och Jakob "går in i" Volvo för några tusen som han lånar av sin pappa. Säljer ett par månader senare och har då gjort sig en vinst på trehundra spänn, en löjlig summa i sammanhanget, men Jakob som kastat sig in i handeln med liv och lust och tillskansat sig en finansanalytikers hållning får det att framstå som ett svindlande belopp, och det räcker för att man ska få smak för det och förstå hur mycket pengar det verkligen går att göra. Jag måste ta upp det med morsan igen.

Aktier?

Vet du vad man kan tjäna?

Eller förlora. Vad tror du skulle hända om vi förlorade pengarna?

Man förlorar inte om man hänger med. Det går upp.

Det är ungdomens naivitet som tar sig ton, som vet allting bergsäkert och som, när morsan återgår till sin bok:

Var inte så snål!

Snål!?

Boken landar i soffan – morsan är uppe på benen, mer målmedveten än ilsken, tar fyra långa kliv till sitt sovrum, där hon ur lådan i nattduksbordet drar fram två papper:

Vad är detta? Läs!

Sonen håller för en gångs skull tillbaka sin ungdomliga naivitet och får upprorsandan körd i halsen. På kontoutdragen från banken läser han att morsan sen en tid tillbaka sparar en hundralapp i månaden var åt honom och systern i en allemansfond.

Morsan säger:

Tänkte att det skulle bli en överraskning. En grund för er när ni bildar familj. Eller om ni köper bostad.

Hon viker samman papperna och lägger tillbaka dem i lådan.

Men säj inget till Monika än. Hon skulle bli arg om hon fick veta det.

Jag tror hon skulle bli glad.

Hon är så envis. Hon ska göra allt på sitt eget vis.

Säger morsan och återvänder cool till sin bok.

JAG HAR FÖR MIG att jag började den här historien med säga att det är nåt visst med att ha syskon. De ska inte bara vara ett stöd, de ska dessutom utgöra förtrupperna, ta smällarna, de konflikter mellan föräldrar och barn som blir allt mattare ju längre ner i ordningen man kommer. Och Monika har tagit många smällar, så många att man skulle tro att hon inte vill ha fler konflikter med morsan, men nu kommer hon i stället hem och börjar ha åsikter om vad morsan gör. Det blir en kamp mellan mor och dotter om vem som bestämmer vad i vems liv, en ojämn kamp som dottern oftast vinner och där för många sår rivs upp, det är en kamp söner inte behöver utkämpa, särskilt inte lillbrorsor, eftersom mödrarna aldrig kommer att släppa greppet om oss, och med såna framtidsutsikter finns det inte stora skäl att dra upp ett helvete. Om man inte är särskilt lagd för det, vill säga.

Det tar inte lång stund för morsan och Monika att ryka ihop, alltid finns det nåt att bli oense om, nåt jag inte begriper. Och jag tror att det är såna stunder som formar oss män, som lockar fram det finska i oss, det ordkarga, tystnaden, som får oss att känna oss uteslutna och därför dra igen dörren efter oss och ge oss ut på stan.

Hamnar hemma hos Didrik, vars pappa köpt ut en hela Gilbey's och tolv flaskor Krombacher till oss men låst barskåpet innan de rest på golfweekend. Det är inget stort problem. När det inte finns mer att dricka lyfter vi ut skåpet från väggen och skruvar loss bakstycket, och några timmar senare ordnar Jakob in oss på Trocadero, med simmiga blickar glider vi förbi kön, skingras efter garderoben.

Första gången där, jag flyter runt med strömmen av folk som rör sig utmed dansgolvet, *I will survive*, uppför en trappa, in i baren där Jakob redan står med öl i näven och hänger över en tjej, han snackar på och smilar och lägger en hand på hennes höft som han får hålla kvar, lutar sig mot henne, säger nåt som får henne att skratta, hennes ögon då, jag tränger mig in bakom dem, beställer, får igång nåt slags samtal med en tjej nyss hemkommen från New York, mellanlandning, på väg till Paris eller om det är London, modelljobb, det här är great, säger hon och när jag bjudit henne på en drink frågar hon om jag har eller kan skaffa, vadå? jag förstår inte, och sen är hon borta och jag vänder mig åt andra hållet, slår snoken i en bodybuildingbringa, rena betongen, låter mig föras med i flödet av folk igen och uppfattar i ögonvrån hur Didrik bryter sig in i ett gäng med transor och hårdspacklade faghags, vet inte riktigt vad han ska tro, vem som är vilket kön, kör upp en näve i skrevet på en av dem för att försäkra sig, han skrattar och hon skrattar också och gör likadant på honom, trycker till, och det sista jag ser är hur han viker sig av smärta, sen är jag ute på balkongen ovanför dansgolvet, svalare, inte så packat, ställer mig vid balustraden och tittar ner, *it's raining men*, rökmaskin och pulserande ljus, upptäcker Jakob och tycker först att han dansar ensam, vilt, hängivet, men han håller i en liten tjej, en verkligt liten tjej, har lyft upp henne i famnen och svänger runt med henne som en docka, hissar upp henne i luften och fångar henne, och bredvid mig står nu en kvinna i fyrtioårsåldern, tajta leopardbyxor, stilettklackar, jag lägger en arm om hennes midja, eller om handen hamnar längre ner, och försöker se henne pilskt i ögonen och frågar om hon vill dansa först och hon vrider sig mot mig, synar mig, säger inget, lyfter bara bort min hand och kastar sitt glas mot mig, dra åt helvete! men jag duckar, rödvinet landar över ryggen på mannen bakom och det blir tumult, vakter och civilsnutar rusar till, nån får en smäll så han stupar, då är jag redan på väg in i baren igen där jag varken hittar Didrik eller fotomodellen, vet inte vart jag ska ta vägen, går en runda, förlorar pengar på rouletten och är därefter tillbaka på balkongen, kanske är det toaletten jag letar efter när nån griper mig om axlarna.

Vad fan gör du på ett sånt här bögställe?

De är präktigt påstrukna, Lasse och Rolle. Lasse garvar och ska hälsa, men hans hand missar min, han faller framåt och vi får tag i honom och kan luta honom upp mot väggen.

Vad gör ni här själva?

Vi har turat.

Rolle nickar ner mot de dansande: Vilket jävla place! Pekar på blonderad pojke i skinnbyxor och med bar överkropp: Kolla vilket äckel!

Nu sticker vi! skriker Lasse rakt ut.

Ska du med? Vi drar till Baldis.

Nä, jag är här med...

Klart du ska med, Kraftajävel! Lasse skjuter ut från väggen. Var är Persson?

Jag har egentligen inget emot att de drar mig med sig nerför trappan. På nåt sätt får vi tag på Persson, eller han oss, när vi passerar dansgolvet går han före, cigg i gipan, garvet påslaget, armar grova som lyktstolpar, han skyfflar brutalt undan folk så att vi kommer fram med Lasse, fram till stockningen vid garderoben. Bökigt och otåligt där, skrik, brickor som det viftas med i luften. Så böljar hela massan och plötsligt har jag Jakob framför mig, knackar honom i ryggen.

Vi ska vidare. Ska du med?

Hans leende när han vänder sig om och upptäcker mig, samma leende som han bär i teve i dag när han förklarar varför det företag han är VD för är ett av de snabbast växande inom telekombranschen i Sverige, bländande, det leende som alla charmeras av, även den tjej som han håller om.

För helvete, Jakob, hon är ju dvärg!

Hans leende: Fitta som fitta.

Hans leende som raderas när han får syn på de tre musketörer som omger mig. Lasse skjuter fram kardan, hallå ja, men Jakob gör ingen ansats att hälsa, ser på mig sådär intensivt, så rör sig kön ormlikt igen och han hamnar långt ifrån oss.

Utanför står Jerry William, har inte släppts in, för full, du får gå ett varv runt kvarteret och lufta dej, han har gått tretton varv, fjorton, det gör ingen skillnad, han hänger med händerna djupt nertryckta i fickorna, fryser, huvudet framåt, blicken i kullerstenen, svajande.

Häng med, Jerry William!

Får styrfart och kommer efter oss till Baldakinen, hon 23, han 25, vårdad klädsel, och alla fem direkt in på toaletten i entrén, där ordningen bestäms, Rolle är först ut, han hänger av sig rocken, får en bricka, kommer tillbaka, vi hjälper Lasse på med Rolles kavaj och rocken utanpå, knäpper, du måste hit sen, upprepar Persson för honom gång på gång, annars får vi stå här hela natten, och Lasse lovar och tar sats ut genom dörren, men sen dröjer han, och Rolle skriker att vafan! högt så att Persson är tvungen att trycka till honom och när Lasse äntligen återvänder har han ändå varit inom och svept en bira, sen är det min tur och jag tror att Persson är sist att hänga av sig innan vi alla går in.

Av nån anledning önskar jag att ingen från plugget ska se mig här, som om det skulle göra nåt, jag menar, är de själva här finns det inte mycket att säga och vi vet ju alla varför vi går hit.

Jerry William och Lasse ramlar ner vid ett bord, beställer stora stark och dubbla Jägermeister. Jag hänger på Persson, vi slår en lov runt dansgolvet, kramdans till orkester, sex solskensstämmor i silverskjortor, spanar in hur tillgången är, skaplig, och vi gör tummen upp till Rolle som slagit sig ner i fyndhörnan och fått in en flaska champagne i ishink och två glas, förutseende är han, Rolle, och på väg tillbaka stöter vi ihop med två pastellbrudar som inte ser allt för svåra ut.

Två obligatoriska danser – därefter baren. Jag arbetar rätt hårt med henne som jag hamnat med, får in ett par Gröna hissen. Hon gulpar genast i sig sin. Det blir rosa märken av läppstiftet på glaset. Persson lutar sig mot mig:

Är det klart? Ska vi sticka hem till mej?

Var har ni era kavajer?

Vakten står bredbent bakom oss. Medan jag vrider mig mot honom får jag syn på en mörkblå kavaj som lämnats hängande över en stolsrygg.

Där.

Och din då?

Persson står kvar med ryggen mot honom, ser över axeln, cigg i käften, tänder den, andra handen på brudens stjärt, taskig timing att störa honom nu.

Vad är det?

Var är din kavaj?

Min kavaj? Vad tror du?

Men Persson som för tillfället är mer sugen på bruden än på fighting gör en snabb sondering, pekar överlägset på samma som jag.

Är ni siamesiska tvillingar eller?

Men vakten avbryts av Lasse som stapplat fram. Han är på väg att förlora balansen när han slår till vakten över armen, betydligt snärtigare än avsett.

Vad är det om? Vad fan… fan har dom gjort?

Varför har inte *du* kavaj på dej?

Lasse kör fram båda armarna, synar dem, senast han såg dem var de trädda i ett par kavajärmar.

Den hänger väl där borta, får han fram och gör en gest med hela armen.

Så ni är tre om den?

Lasse gör nåt slags rörelse åt ett annat håll, eller om det är en manöver för att inte falla samman:

Då är det väl den där då!

Det är signalen. Vi sticker iväg åt varsitt håll. Exakt tre sekunder senare får jag närkontakt med golvet, känner mattan pressas in i min kind, vaktrösten i örat:

Nu tar du det jävligt lugnt!

Han fattar grepp om min ena arm och i håret och sliter mig upp, och så mycket begriper jag att nu gäller det att knipa käft, att inte behöva bjudas på en tur utom köket där jag ska råka ramla och slå upp skärsår i ansiktet, tillfoga mig själv stora blåmärken, spräckta revben, oförklarliga olyckor de där fallen.

Har du nån kavaj eller inte?

Nä.

Då åker du ut.

Men ta det lugnt. Jag skulle ändå hem.

Fogligt låter jag mig fösas fram över dansgolvet, där dansen är avstannad, men när vi närmar oss foajén är det nån som stoppar oss. En man i beige kostym som säger:

Han är med mej.

Jag har aldrig sett karln förr men har just nu ingen anledning att invända.

Släpp honom, är du hygglig, ber han och tar vakten i hand, och det är inte mycket som är tydligt och klart för mig, men en sak ser jag och det är sammanvikta sedlar som byter ägare i det handslaget, och i nästa sekund är jag på väg åt ett annat håll, ledd vid armen av den här mannen.

Vad vill du?

Vi sitter här borta.

Han knuffar mig framåt, för nu är jag mindre samarbetsvillig och försöker bryta mig loss.

Bråka inte, kommenderar han och nyper hårdare om armen. Du har redan ställt till nog med problem.

Och när jag ser Monika vinka från ett bord innerst i lokalen slutar jag att streta emot.

Du kan släppa mej. Jag ser henne.

Men han håller fast tills vi är framme vid Monika som kramar om mig, är nog lite full hon också, syrran, kramar om mig som om hon mötte på perrongen efter en lång resa.

Vad håller du på med?

Hon hjälper mig ner på en stol. Och hon presenterar mig för honom, Stig, han som kallar till sig servitrisen och beställer nya paraplydrinkar till sig och Monika, läsk till mig, du har redan fått vad du tål, lite irriterad är han allt över att plötsligt ha mig mellan sig och Monika. Känns rätt bra att störa honom sådär, men så värst mycket har jag inte att tillägga, låter dem pladdra, det är ju glasklart vad de har för sig, syrran och det här fyndet som förstört min kväll. För hellre kastas jag ut än sitter här, nu finns inga historier att berätta, bara en sanning att undanhålla. Räddad av en fubbick i beige kostym.

Monika är smart nog att fatta att hennes affär inte går att tysta ner, att morsan kommer att få reda på den och att det därför är bättre att hon själv talar om hur det ligger till. Dan efter sitter hon vid köksbordet medan morsan står vid spisen och steker kotletter. Det lyser om henne när hon berättar om nattens hjälte.

Men morsan slocknar, lägger ifrån sig stekspaden, slår av värmen, drar ut stolen mitt emot sin dotter:

Vad ska du med en man till som är gift?

Han ska skilja sej, har jag ju sagt.

Och det tror du på?

Han har lovat!

Det är nu jag borde resa mig och fly, bli finsk, ge mig ut på stan och dricka, men det är söndag och skallen värker, jag får sitta kvar, lyssna till det samtal som river upp sår mellan mor och dotter, höra morsan:

Tror du verkligen att han skiljer sej när han har tre ungar?

Se hur hon tar efter Monika, men hon drar undan sin hand från bordet, morsan låter sin ligga kvar, utsträckt mot syrran som trutar med läpparna, är på väg att börja lipa, stirrar ut genom fönstret.

Tänk på din framtid, Monika. Du kan väl läsa klart först innan du träffar nån?

Inget svar.

Monika, lyssna på mej. Han är nästan dubbelt så gammal som du.

Det är fan vad du tjatar!

Monika far upp, flyger på dörren.

Som om du själv alltid varit en ängel!

Hon drämmer igen dörren så att hela huset vibrerar, hon tar trap-

porna ner, och sen ljudet av hennes halvspringande steg över sten-
plattorna, bort till bussen som hon tror ska föra henne nån annan-
stans, till ett annat sammanhang, ett annat liv. Och medan hennes
steg ännu hörs reser sig morsan, oändligt långsamt, och går in i var-
dagsrummet där hon sjunker ihop i soffan med händerna för ansik-
tet.

MORSAN FÅR EN SÖMNLÖS NATT, och på morronen, före frukost, ringer hon Monika och gjuter olja på vågorna, ber om ursäkt, visst det är ditt liv, du måste få göra som du vill, jag vill dej bara väl, och ber att få träffa Stig, vilket Monika snörvlande lovar att hon ska få, om hon garanterar att inte fråga om hans familj.

Medan jag vädjar:

Måste jag vara med?

Hur skulle det se ut annars?

Han är en fåne!

Vad vet du om det?

Han heter *Stig*.

Nu ska du inte vara sån. Ni kanske gillar varann.

Morsan står som ett hembiträde i hallen och tar emot när de infinner sig för middag och beskådning. Monika med ett leende på läpparna, guldlänk om vristen och sin arm under hans, Stig som räcker morsan en kvast nejlikor som han hållit dold bakom ryggen. Mig ger han en klapp på axeln:

Vi tar det lugnare i kväll, va?

En gång fubbick, alltid fubbick. Och fubbicken bär sin beigea kostym, med uppslagen vit skjorta och loafers med tofsar. Iförd den utstyrseln kliver han rakt in i ett familjeliv som inte kan vara så olikt hans eget, förutom att vi ligger tio, femton år före.

Middan står på eftervärme sen en timme. Morsan tar för syns skull en vända ut till spisen, lämnar mig och Monika stående på parketten där Mr Beige gör små bruna skokrämsspår med sina fyrtiofemmor innan han droppar i soffan, fäller ut armen över ryggstödet som en paraplydrinkspascha på nattklubb, slänger ut benen under soffbordet.

Hur är läget, junior?

Hur är läget själv?

Under kontroll.

Monika som skrattar lågt. Jag som verkligen inte tror att vi kommer att gilla varann, biter samman. Morsan som återvänder med blommorna i en vas som landar på bordet.

Se vad fina dom är!

Stig som myser.

Ja, är dom inte?

Och morsan:

Nu är ni varsågoda.

I köket väntar vardagsporslinet och morsans paradrätt, kyckling med gräddsås, pressgurka och gelé, förutsägbart som Arne Weise på julafton, men morsan har en överraskning: Stig placeras på min plats bredvid Monika. De sitter uppsträckta som Charles och Diana. Morsan ger mig ett ögonkast: bråka inte nu, sätt dej – och börjar slå upp vin. Hon häller upp ett halvt glas till mig.

Så att du också får smaka.

Klart han ska ha ett glas, säger Stig.

Han är inte så van, säger morsan.

Stig flinar mot mig:

Är du inte?

Stig!

Monika smeker hans hand. Sen vrider hon fatet mot honom:

Börja du.

Och morsan kan inte bärga sig:

Monika har berättat att du är i byggbranschen.

Det kan man säja. Jag är ingenjör.

Det måste vara underbart att vara så händig.

Jovars. Jag sitter ju mest på kontoret.

Bor du här i stan?

Nä, i Staffanstorp.

Det var bara det som fattades! Och till den som aldrig varit i kranskommunen Staffanstorp säger jag: medelklassutopin om ena foten på landet, den andra i staden, identiska kåkar uppsmackade i linjeräta kvarter med exakt lika små kvadratiska tomter, ett tätt, brunbetsat prefabgytter omgivet av hela den skånska slätten.

Och du har barn, har jag förstått?

Vad är det här, tiotusenkronorsfrågan!? utbrister Monika, och morsan vågar inte fråga mer.

Men Stig visar oväntade kvaliteter. Han konverserar på med morsan, frågar henne om allt möjligt, skämtar med henne och får henne på gott humör, lyfter sitt glas, om kupan, och skålar med henne, och han ställer fjantiga frågor till Monika, frågor som han redan vet svaret på och ställer enbart för att få in henne i samtalet, för att hon inte ska sitta och surna till när det visar sig att han och morsan har mer gemensamt att snacka om, och till mig, men där får han ett stone face i retur, inte ett svar, och om nån skulle ha anledning att bli en aning purken så är det morsan, därför att han inte berömmer hennes kokkonst i tillräcklig utsträckning. Morsan säger:

Ta mer, Stig, det är härligt med gäster som kan äta.

Och han tuggar och lägger för sig och snackar på.

Mer gelé också?

Det blir kaffe och toscakaka i vardagsrummet. Stig sjunker ner där han satt innan, och han förställer rösten:

"Har ni norskt kaffe också?"

Men morsan fattar inte.

Detta är Gevalia. Skånerost.

Ä, du vet. "Finns det svenskt kaffe på grisfesten?"

Finland har Kalevala, Danmark har Holberg och HC Andersen, Norge har Ibsen, Island sagorna och Laxness, Sverige har Sällskapsresan som gemensam kulturell referens och uttolkare av folksjälen, och morsan har inte sett filmen. Det har Monika. Hon skrattar lite förläget åt töntigheterna. Stig skrattar också och smuttar på likören, hade nog önskat sig nåt starkare, men han snattrar vidare, spelar den välrepeterade rollen som svärmorsdröm, och övergår till sin hobby, försöker slå i mig att go-cart är nåt för mig.

Följ med till Lockarp en gång och prova.

Det är nog inte min grej.

Du får låna min go-cart. Overall och hjälm har dom där.

Men det vore ju trevligt! tycker morsan. Klart du ska passa på!

Monika ser ut att begripa vad jag tänker, men hon säger inget. Stig berättar vilken fin klubb han sitter i styrelsen för, med sammanhållning och gemensamma tillställningar och resor, och morsan klampar vidare.

Du behöver en hobby, Johan.

Gör jag?

Det blir lättare för dej att ta körkort sen.

Tror du jag ska ta körkort för go-cart?

Morsans ordlösa dragning på munnen: inte den tonen till mej, tack.

Vi säjer såhär, avgör Stig samtidigt som han sträcker sig efter mjölken som morsan hällt upp i en snipa som måste vara ny: Ring när du känner för att följa med. Du är välkommen när som helst.

Han tittar ner i snipan:

Det här räcker ju bara till mej.

Och häller upp i sitt kaffe.

Monikas blick mot morsan, och morsans tillbaka när Monika reser sig och stegar ut i köket och hämtar mjölkpaketet, drämmer med ett överslätande leende ner det i bordet:

Vi har gott om mjölk.

Morsan som rör i koppen, låtsas oberörd:

Du som är så duktig på att köra, kan inte du övningsköra med Johan? Jag är själv så osäker.

När ska du ta körkort?

Jag ska gå på körskola.

Ja, det får du göra, säger Monika, som äntligen täcker upp för sin bror, eller om hon tycker att hon hamnat väl långt ut på kanten av samtalet:

Ska du lära nån köra, får du börja med mej.

Ska du kunna köra också? säger morsan. Räcker det inte med att du får middan serverad i bilen?

Hon ler, och lockar ur Monika ett minimalistiskt garv.

Vadå? säger Stig.

Nä, det var inget för dej, säger Monika.

Men berätta!

Du skulle ändå inte förstå.

Var det internt?

Ja, det kan man säga.

Han tittar hjälplöst på Monika. Och hon och morsan och jag garvar lite till.

Efteråt, när Monika och Stig tackat för sig och han kysst morsan på kinden och tagit mig i hand, hjälper jag till att duka av. Morsan säger:

Han var ju riktigt trevlig. Jag som var så orolig innan.

Morsan, han är fånig, säger jag, måste stå fast vid min ståndpunkt, även om jag kanske håller med morsan.

Så säjer man inte, Johan. Det är din systers fästman.

Morsan biter sig i underläppen, suger liksom in den i munnen, fundersamt:

Men han är inget för henne.

MONIKA TILLBRINGAR ALL TID med Stig nu. Hon åker in till föreläsningarna i Lund, har full fart framåt på studierna igen, men deltar aldrig i studentlivet eller umgås med sina kursare. Det händer att hon rycker in och jobbar extra i kassan när chefen ringer efter förstärkning, och hon träffar fortfarande Annelie då och då, men inte lika ofta, för på fredags- och lördagskvällarna stannar hon och Stig hemma och cocoonar för sig själva.

Och jag måste ringa innan och höra om det passar att jag kommer.

Vad sa morsan? vill Monika veta.

Hon tyckte det var en trevlig kväll.

Sa hon verkligen det?

Monika som köper ut vin åt mig, som jag måste hämta på *torsdan*, med åtföljande utläggningar om vad som händer med hjärncellerna och centrala nervsystemet medan man fortfarande växer.

Det är inte så farligt, vi ska vara tre på flaskan.

Är det du och dina rika vänner?

Jag är faktiskt myndig, Monika.

Vad jag vet är du bara sjutton än.

Nu är du som morsan.

Det var inte meningen. Förlåt.

Att Monika inte träffar Annelie lika ofta innebär också att hon börjar få ordning på musiksmaken, spelar in Jackson Browne och John Mellencamp på kassett till mig och ger mig Springsteens Nebraska i present när det gått extra bra för henne på en tenta. Monika, min syster.

Är du nöjd med Stig?

Vad är det för fråga? Han är väldigt rar.

Han är väldigt gift också.

Inte så länge till. Vill du ha nåt att dricka?

Du gör morsan lessen, märker du inte det?

Och det har du aldrig gjort?

Inte så.

Hon får lära sej att släppa taget. Jag är vuxen och lever mitt liv.

Vad ska du då med Stig till?

Vet du vad, Johan, du vet alltid vad som är rätt och hur man ska vara.

Ska du säja.

Du borde skaffa dej en flickvän, så kanske du ser det annorlunda. Jaha du.

Du tror att allt är så enkelt, det är felet med dej.

Och vad är felet med dej då? Som inte kan skaffa en kille i din egen ålder.

Jag är *kär* i Stig. Sånt styr man inte själv.

Visst, bara du är lycklig så.

Ja, det är jag. Ska du ha te, eller?

Ja tack. Och kan vi lyssna på Nebraska en gång till?

Travar med snordyr medicinarlitteratur på bordet, romaner på golvet, Monika har gått med i Bonniers Bokklubb och glömmer jämt att avbeställa, och Stigs grejor i kartonger som står staplade framför spegeln i hallen. David Bowie har ersatts med planscher med mänskans anatomi på väggen över skrivbordet, och i kokvrån hänger en tavla som föreställer trappan med kvinnans åldrar. Det är tydligt att morsan, som tar lite längre tid på sig i badrummet för att få ansiktet och håret i ordning – linjerna runt munnen som fördjupats, läppstiftet som åker på oftare – påbörjat vandringen nerför den trappan. Det är som om nåt i hennes väsen, inuti henne, slipats ner. En långsamhet eller en eftertänksamhet som blivit påtagligare. Som om gravitationen suger hennes energi neråt och det manifesteras i brösten som drar söderut. Det sker gradvis och omärkligt, och plötsligt är det annorlunda. Hon har börjat kommentera sitt utseende som om hon ser det ur ett annat perspektiv, inte längre hur det

skulle kunna bli, utan hur det skulle kunnat vara, och hon kan ägna
en kväll åt att ordna med papper och handlingar som hon rotar fram
ur nån låda.

Det är för mormor, säger Monika, allvetaren. För att hon kom-
mer att dö snart.

Som morsan blivit glömskare?

Dumma dej inte. Vem är äldst i släkten sen?

Kallar du oss för en släkt?

Du vet vad jag menar.

Finns inte många att välja mellan.

Hon är next in line.

Och det tänker hon på?

Är det inte naturligt? Hon börjar få bråttom.

Hon förbereder sig på att dö?

Det sa jag inte. Jag sa att hon känner av tiden.

Och det är inte samma sak?

Vad tror du?

Vad du vet mycket.

Jag lovar, snart börjar hon prata om barnbarn.

Men Monika vet inte riktigt allt. För morsan säger:

Jag tror jag ska söka nytt jobb.

Morsan är tidigt uppe på söndagsmornarna och hämtar tidningen
till sängen, där hon försjunker i platsannonserna (och, jodå, kon-
taktannonserna också, det ser jag på hur hon vikt tidningen), ring-
ar in med rödpenna, läser dem igen till frukost och river ut, medan
jag tar mig an sporten. Kanske hänger det ihop med Monikas giss-
ning, kanske hänger det samman med att hon inte längre trivs på
Länsstyrelsen:

Jag står inte ut en dag till med Thatchers gnägg!

Hon har börjat tacka nej till "tjejmiddagarna" också:

Det blir så tramsigt utan karlar.

Och hon har tröttnat på fjäsket för chefen och oroar sig ständigt
för vad som sägs om henne, eftersom det tisslas så mycket bakom

ryggen på alla på avdelningen. Det snackas så mycket att ingenting produktivt blir gjort.

Det är som politik, konstaterar hon klarsynt.

De sjuor utan streck på magen som hon övat sig till fulländning att skriva har hon ingen nytta av i avdelningens fortlöpande datorisering. Hon åker iväg på nya kurser för att lära sig nyheterna, återvänder frustrerad:

Om vi fått jobba med det i stället, hade det tagit halva tiden att lära sej! Och vi hade fått nåt gjort också!

Långa fikapauser och det offentligas icke-tempo, som morsan kallar det, korridorhasarnas stilla lunk i tre fjärdedelstakt, passar inte henne som är van från Strumpan att slita hårt, hemifrån gården att man sover bäst efter en dags hederligt arbete. Av samma skäl gillar morsan inte bidrag, det strider mot hennes heder, hon har fostrat två barn utan en krona i understöd – barnbidragen har hon aldrig rört, utan satt in på varsin bankbok till Monika och mig för "framtida behov". Pengar som sen inte får "slösas" – Monika fick t ex inte använda dem att köpa möbler för:

Dom kan vara bra att ha sen.

Och jag får inte lägga dem på en bil, när jag börjat läsa i Lund och vill slippa ta tåget till föreläsningarna. 18 års sparande (minus 500: uttag för fest på Falsterbo Golfklubb) – till vad? Klart att det inte kommer att sättas sprätt på allemansfonderna heller. Pengarna har blivit heliga, monument över ett ekonomiskt sinnelag, att driva upp två plantor på en usel lön. En ärestod över "att göra rätt för sig".

Jag vill ut i näringslivet, säger morsan nu. Där måste det vara lite mer go.

Hon plockar fram Facit Privaten ur garderoben och knattrar samman ansökningar, gör upp en meritförteckning, en mycket kort meritförteckning, men en meritförteckning är vad som efterfrågas, som hon i smyg kopierar under lunchen. Hon skriver adressen för hand på kuvertet, anstränger sig att få till det så snyggt hon nånsin kan. Som om nån redan när posthögen gås igenom ska utbrista: Så vackert! Henne ska vi ha!

Arbetslösheten noterar nya rekord varje månad. Bogdans morsa och farsa har fått sparken från Strumpan nu, och det finns inte plats på nån arbetsmarknadsutbildning för dem. Strumpan ges näring med samma hand som tog ifrån den tillgångarna – statlig affärsmoral. Rykten gör gällande att all produktion ska flyttas utomlands, eftersom det svenska humankapitalet har så hög sjukfrånvaro. Det är nerför backen för Strumpan, finns ingen räddning längre, den sista strumpbyxan paketeras i nittiotalets början och fabriken tystnar, kvinnorna på gatan, tack och hej, ingen utbildning, ingen framtid, statistik, kom igen tjejer, kvinnor kan, och efter att ha stått tom i flera år byggs den solida, vackra tegelbyggnaden i början av det nya millenniet om till chic kontorsbyggnad för tjänste- och kunskapsföretag och butiker som kränger mobiltelefoner, datorer och andra husgeråd, den globala byn har kommit till stan, trådlöst i den gamla strumphallen, det är bara logiskt, Arbetet i konkurs, MFF som är nere i Superettan och vänder efter 64 raka säsonger i Allsvenskan, arbetarrörelsens flaggskepp som båda sänks under ledning av en pensionerad bankdirektör, Kockumskranen är till försäljning och hamnområdet byggs om till högskola och lyxbostadskvarter med ett 187 meter högt skruvat HSB-torn, stans mentala karaktär förvandlas, du ska tro att du är nåt, och datorns ordbehandlingsprogram korrigerar "tekoindustri" till "teknoindustri", det är också logiskt, om man tänker efter.

Bogdans föräldrar stämplar. Herr Havlicek har fått sluta på Anderssons Musik. Han och brodern går som nattvakter på SJs rangerbangård. Morsan kallas till enstaka intervjuer. Och får korta, förkopierade svarsbrev med tack för visat intresse. Hon rycker uppgivet på axlarna:

Det är som jag trodde. Jag har blivit för gammal.

JA, MORSAN ÄR NERE I KÄNGORNA, trivs allt sämre på Länsstyrelsen ju mer hon tänker på att hon måste vara kvar där. Det är klumpen i bröstet som gör sig påmind.

Kan du inte söka fler jobb? föreslår jag.

Det är inte lönt. Dom vill ha yngre, välutbildade.

Men skicka in i alla fall.

Jag får se. Det finns inte mycket att söka.

Men senare den våren ringer det en man och ber att få tala med morsan. Han vill träffa henne. Och morsan som aldrig kör bil i stan annars tar riskokaren ner till Citadellsvägen. Kommer hem triumferande, med en anställning som kontorist på Dahlgrensgruppen:

Det var inte det jobbet jag sökte. Men dom hade behållit min ansökan i väntan på att nåt annat skulle bli ledigt.

Har köpt en flaska champagne på vägen hem också. Ringer Monika och berättar glädjestrålande nyheten, bjuder hem henne, och Stig, på ett glas på kvällen så att vi kan fira.

Efter första arbetsdan strålar hon:

Dom var så vänliga. Här kommer jag att trivas.

Hon ska ha hand om den ekonomiska rapporteringen från Hallbergs Guldsmedsbutiker. Varje måndag skickar butikerna in sin försäljningsredovisning och kvitton på utgifter för föregående vecka. Det är morsans jobb att kontera och sammanställa uppgifterna, kontrollera att de stämmer, och när de inte gör det, lösa problemet tillsammans med butikschefen. En av dem hon därmed måste ha kontakt med varje vecka är – Lisbeth.

Och morsan bemöts plötsligt på ett annat vis av Lisbeth. Det kommer kort på högtidsdagar som *hela* familjen i Uddevalla skrivit under, och det är inte morsan som måste ringa varje gång hon vill ha kontakt med sin bror. I stället är det Lisbeth som hör av sig nästan varje söndagskväll, ringer för att "höra hur det står till", kallpratar med morsan, passar på att säga nåt om veckans siffror, som hon kommer att ringa om fem gånger till på måndag och tisdag, innan Leif får ta över luren.

Hon är hopplös! stönar morsan. Hon begriper inte att dom inte kan slå in försäljningsbeloppet som kontanter när kunden betalar med presentkort. Då bokförs försäljningen två gånger.

Ska du inte säja till din chef?

Nä, det kan jag inte göra. Jag får ordna det i redovisningen.

Morsan clearar med siffrorna så att Lisbeths fel inte blir synliga. Klart att Lisbeth är angelägen om att hålla sig väl med henne nu.

Morsans humör genomgår en förändring, har aldrig varit bättre. Hon får nya vänner, köper smycken till personalpris och gillar att ha arbetsuppgifter som innebär mycket kontakter, är ju egentligen en utåtriktad person, morsan. Är naturligtvis underbetald här också, kvinnorna gör grovgörat medan männen har slips och tjänstebil, fast här berömmer ekonomichefen henne, och han lyssnar när morsan kommer med förslag på hur redovisningen kan effektiviseras. Han inte bara lyssnar, han ser till att ändra rutinerna. Ger morsan ansvar för att ta fram nya internblanketter, och hon sitter vid köksbordet på kvällarna och skissar kolumner på A4-block.

Monika kommer hem på söndagarna och äter middag med oss, medan Stig, som har flyttat in hos henne, träffar sina barn. Morsan som är nyfiken:

Har du träffat dom?

Inte än. Stig vill att dom först ska vänja sig vid att han inte bor med dom längre.

Det låter klokt, säger morsan. Jag måste säja att han ger ett allt bättre intryck.

Monika rodnar, vet inte vad hon ska säga. Det blir:

Tack.

Sen tar morsan fram och visar sina utkast till blanketterna, vill ha synpunkter på hur de kan förbättras ytterligare och höra hur vi tror att de kommer att fungera. Monika säger:

Dom är fina. Det är så skönt att se hur bra du trivs där.

Ja, jag trivs verkligen.

Morsan lägger undan skisserna, så att vi inte ska fläcka dem när maten kommer på bordet. Säger:

Och kan ni gissa vem jag åt lunch med i veckan? Fredrik Roos!

Finansmannen? säger jag. Som har Skånska Banken?

Ja, han. Han *äger* hela koncernen!

Medan Monika är mer skeptisk:

Ni två käkade lunch tillsammans? Ni två?

Jaaa, han slog sej ner vid vårt bord. Åt pyttipanna.

Vad hade ni att prata om då?

Vi pratade fotboll, faktiskt.

Fotboll? Ni två?

Ja? Och så berättade han om en konstutställning han sett.

Sa han inget om börsen? frågar jag.

Nä, borde han det?

Monika som himlar med ögonen:

Han är en yuppie, morsan!

Vad är det?

En börsklippare. Han och Erik Penser.

Morsan som ser oförstående ut:

Nädå, Fredrik är inte alls sån. Han är så rar så.

Och jag frågar Monika:

Skulle det vara fult att tjäna pengar, menar du?

Det är inte fult. Men han är en superkapitalist. Andra gnor, han snor.

Men ge dej! Hur mossig får man vara?

Och morsan försvarar honom också:

Du skulle inte säja så, om du kände Fredrik.

Jag vill inte känna honom.

Det vill jag, säger jag. Jag skulle vilja ha några börstips av honom.

Du är bara avundsjuk, Monika, för att jag lärt känna honom.

Monika håller inne på kommentarerna, vill inte förta glädjen för morsan. Morsan som aldrig tog realen, som har jobbat sen hon var femton, Johannesgården, passat andras ungar, skrubbat hotellakan på ett tvätteri i Örkelljunga, innan hon bestämde sig för att flytta till stan och hamnade i industrin. Nu sitter hon vid samma bord som Fredrik Roos, kapitalets och yuppieerans främsta ikon, den döende dandyn, och morsan tycker att han är rar!

Union Special – Fredrik Roos.

Morsan!

FÖR ATT FÅ IHOP TILL TÅGLUFFEN med Jakob och Didrik har jag jobbat extra på pensionärshemmet sen i julas, är där på lördagsmornarna och skiftar sopkärl och ser efter rabatterna till våren. Och jag behöver varenda krona. Jakob har dragit upp planerna, prickat in de rätta grekiska inneöarna på kartan, Italien, Marseille, Paris, och på vägen tillbaka en tur över engelska kanalen till London, där vi ska få låna en lägenhet vid Trafalgar Square av goda vänner till hans föräldrar.

Hur ska du orka allt det?

Det är morsan som oroar sig för att skicka ut sonen i det okända, hon har hört så många otäcka historier om vad som händer på tågen, historier som Monika släpat hem från sina resor men som aldrig fick morsan att oroa sig för *henne*. Monika som förmanar:

Ta med dej kondomer.

Vilket i stort sett är detsamma som att bekräfta att jag hade rätt i mina gissningar om vad hon hade för sig i Paris. Men hon tillägger:

Så att du inte får aids.

Jag är inte bög.

Alla kan få det.

Tar du med dej det?

När jag ska resa med Stig?

Monika och Stig har nämligen bokat två veckors charter till Algarve. Och hon vill låna mig sin gamla dassiga ryggsäck med svenska flaggan på locket, men jag köper hellre en ny, för jag vill inte bjuda Jakob och Didrik på ett garv redan innan vi hunnit ombord på flygbåten till Köpenhamn.

Mats Wilander går till sin första final i Franska öppna. Vi sitter i källaren hos Didrik och ser matchen, servas av hans mamma med glass och Coca-Cola och hans pappa är nere och hälsar, har glömt att vi träffades när klassen gjorde studiebesök på hans firma, och nu har vi inte stor lust att sitta uppsträckta och svara på hans frågor. Wilander har vänt matchen och håller på att spela upp Guillermo Vilas på läktaren. Silence, s'il vous plait!

Det är när Wilander har tagit det tredje setet blankt och är en bra bit in i det fjärde som Jakob häver ur sig, liksom by the way:

Vi sticker första veckan på lovet.

Men vi sa ju slutet av juli! Jag måste jobba först.

Men gör det sen i stället, vet jag.

London då? Vi har lägenheten...?

Det är inställt. Dom behövde den själva.

Didrik har inte reagerat. Han följer matchen. Det är klart att han har vetat om detta innan. För mig är det omöjligt att resa tidigare.

Jag måste ha ihop mer pengar först.

Låna så länge. Det löser du.

Jag tänker att jag skulle kunna ta ut mer av barnbidraget, eller kanske låna av Monika, men det hjälper ju inte.

Jobbet kan jag inte ändra nu.

Men Jakob lyssnar inte. Han faller på knä framför teven – Jaa! – när Wilander höjer sina spinkiga tonårsarmar i en segergest.

Jag känner igen det, för jag har sett det förr, sveket som tar form framför mig, det är bekant, en kär gammal vän som avlägger regelbundna visiter, opålitligheten som det enda pålitliga, jo, det finns en trygghet i det också, även det är en grund att stå på, för dess motsats, tilliten, är det svårare att veta hur man ska förhålla sig till.

Så ni kan inte vänta några veckor?

Vi måste ju till Spanien. Till fotbolls-VM.

Och Didrik, som sänker volymen på teven med fjärrkontrollen:

Kan du inte byta jobbperiod?

Nä. Det är för sent nu.

Sorry.

Okej.

Du blir inte lessen, va?

Nädå. Det är okej.

Men en sak är säker: Det tar emot att erkänna att man inte räknas av dem man blivit kompis med, som man *trott* sig ha blivit kompis med. Och när jag tvingas erkänna det, för mig själv, för morsan, förstår jag hur det kom sig att morsan försvarade Strumpans ledning inför mormor. Morsan som säger:

Och dom ska kalla sej vänner!

Dom vill ner till VM. Det är allt.

Spelar ingen roll. Så gör man inte.

Det är inte så farligt. Jag kan tågluffa nästa sommar i stället.

Men jag hör ju själv hur ihåligt det låter. Och morsan ser på mig med ett ansiktsuttryck som betyder: jag har också varit där, för jag lovar er att om nån vet hur det är att bli lurad så är det morsan, grundlurad, hon vet att enda sättet att bibehålla självrespekten och inte bli bitter är att försvara sveket, att ställa sig på svikarnas sida och göra deras argument till sina, och att jag gör det för att även skydda henne, från att bli sårad eller ledsen för min skull, och hon vet att vad man behöver är tröst, men inte tröst av det medlidande slaget. Hon säger:

Nu kan du ta körkort i stället för pengarna.

Morsan låter det stanna vid det, hon säger inte: bästa sättet att bli besviken är att skaffa sig vänner, eller nåt annat förnumstigt som man inte vill höra. Det känns bra att kunna sitta med henne och inte säga så värst mycket mer. Morsan kan man lita på. Men på natten, när hela vidden av sveket står skrivet som i eldskrift i taket och sommaren i ett slag förvandlats till en tre månader lång Takla Makanöken som ska genomlidas och som man snarast möjligt vill lägga bakom sig, går det inte att somna... ryggsäcken som står lutad mot väggen, packad med förväntningar, föreställningar, drömmar, de omvittnat lättsinniga interrailtjejerna på Mykonos, fingrarna sönderstuckna på rostaggar, stanken av sopor, Ehrensvärds gnäll i örat, taxfreesprit på Rødby-Puttgarden, cosa nostra-barer i Neapel, diskoteket Hippodrome i London... klicket när morsan känner efter att dörren är låst och jag vänder mig in mot väggen, det hjälper inte ett skvatt... jag skulle behöva ge mig ut och bli finsk, finskare än nånsin förr, finskare än Kekkonen, Karelen och risbastu, men jag kommer inte på nån att bli finsk tillsammans med, och för övrigt är morsan inte den som har sprit hemma i onödan.

Således inleds sommaren med att jag går en runda i kvarteret, den vanliga rundan när klumpen i bröstet kramas åt, vrids åt ännu ett varv. Jag tar en tur ner i stan också, men där finns naturligtvis ännu mindre nån att snacka med, för jag söker förtvivlat efter nån att hålla mig till denna sommar, nån vän, hittar ingen i stan, hittar ingen nere på gården, ingen vid kiosken heller nu längre. Vid stora lekplatsen står en rest av gänget och hänger.

Kul att se dej, Johan. Var har du hållit hus?

Vadå hållit hus? Grabbar... Johan har hållit sig undan ett tag. Han har inte haft tid. Han har försökt ta sig bort från sitt sammanhang. Han har känt sig obekväm. Klämts mellan det gamla gänget och den nya tillvaron med andra vänner. Nu är han tillbaka där han hör hemma. Eller gör han det? Nej, han står med ena foten i en annan värld, med den andra kvar i den bekanta världen, för baksidan av att känna sig klasslös är att inte ha nån tillhörighet, och genom att nu luta sig på denna den andra foten kan han sänka axlarna ett slag, gabba med de andra i sommarskymningen, här behärskar han åtminstone reglerna och skämten – det är att gå i depå.

Han strålar samman med gänget på Ribban när han rensat klart för dan i rabatterna. Rolle har med sig en frisbee, men ingen har lust att kasta, egentligen inte han själv heller. Det är för varmt. Rolle rullar ut badlakanet och lägger sig, frågar:

Hörde ni om Lasse?

Vadå?

Snuten sög honom för ett intjack. Så hans morsa kastade ut honom.

Åkte han inte in då?

Han fick nån månad på en ungdomsanstalt, sen släppte dom honom.

Och nu?

Ja, säj det.

Och Roger då, var är han?

Rolle har ordning på honom också:

Han är helt psyko den, jobbar med ungar på ett kollo hela sommaren.

Persson har med sig en kylväska med keso och mjölkförpackningar. Stup i ett kränger han bort och snackar proteinpulver och aminosyror med de pumpade biffarna nedanför badvaktstornet.

Måste du dricka mjölk hela tiden?

Det bygger upp benstommen.

Tre liter om dan?

Jerry William, som är den som det är enklast att hitta ett gemensamt språk med nu, ligger på mage och förklarar kretskort och dataprogram. Det handlar om ettor och nollor och deras inbördes ordning och det räcker gott och väl för mig att veta, mina kunskaper om datorer sträcker sig till skolans ABC 80 med externt minne i form av en kassettbandspelare. Den tar två lektioner att "programmera" så att man får upp sitt namn 336 gånger i åtta kolumner på skärmen. För Jerry William är det en skön ny värld. Han snackar om firman han ska starta. Munväder, avfärdar man det och glor lojt upp på molnen som driver in över land, koncentrerar sig på att få en snygg bränna av dagens sista sol, men liksom andra tvärsäkra utsagor om framtiden för de andra i gänget kommer man att få det kört i halsen, med besked – nästa år hoppar Jerry William av från teknisk och lär sig programmering på egen hand, kämpar dagar, kvällar, nätter och helger för att lära sig nåt som är så nytt att man inte lär sig det utan *skapar* det, sen egen firma, källarskrubb som växer till flådig lokal i city, till ett våningsplan i den gamla fabriksbyggnaden på Bergsgatan som restaureras till IT-hus och dotterbolag i en av hitech-skraporna vid Hötorget i Stockholm, visitkort: William Hanelund, VD ComProg (f d JW Computer Programming), ett tillväxtföretag som kör om de akademiska snillena på Ideon i Lund i ytterfilen, svisch, och Jerry William får fem minuter i enrum med Bill Gates när denne håller ett seminarium på Konserthuset, medan handelsministern otåligt trampar i korridoren utanför, men nu utbrister han, Jerry William alltså:

Ett sista dopp, sen drar vi hem till mej!

Föräldralösa veckor. Jerry Williams föräldrar semestrar vid Gardasjön. Rolles har flyttat ut till kolonistugan de skaffat på Ärtholmen. Morsan har lämnat lappar med instruktioner om blomstervattning och handkassa på bordet och proppat frysen full, ifall jag skulle tröttna på att steka hamburgare, och kört upp till mormor på hemmet för att döva sitt dåliga samvete för att hon inte besöker henne tillräckligt ofta. På hallmattan landar ett vykort från Monika och Stig, med bild på nakna brudar som åmar sig i motljus i sanden, för att retas med brorsan.

Ute på T-bryggan sitter Åsa och Laila. Laila i hel baddräkt, torrt hår och händerna instuckna under låren. Åsa topless! Inte tittar vi åt deras håll för det, och inte de åt vårt. Vi har känt varann nästan hela livet, och nu hälsar vi inte på varann... va? Bara Rolle:

Ska vi inte bjuda med dom i kväll?

Två stolpskott?

Ska vi sitta utan tjejer i kväll igen?

Var du med dom då.

Lägg av. Dom är justa.

Men inte går Rolle bort till dem. Det är bara tugget som maler på som vanligt. Vi badar tills mörkret faller, då vi hoppar från taket över omklädningsbänkarna, trots taggtråden som är på plats nu. Varma sommarkvällar som avslutas med att vi sitter på Jerry Williams balkong och dricker spanskt lantvin och hemkört, och Rolle har odlat maje på fågelfrön och pipan går runt.

Nu ska ni få höra nåt!

Jerry William lägger Springsteens Darkness on the edge of town på spelaren och han snålar inte med volymen, han låter hela bostadsrättsföreningen få njuta av Adam raised a Cain, och de hemmasemestrande, kaffekoppsklirrande grannarna bakom pelargonerna på balkongerna intill sätter gevaliat i vrångstrupen och flyr inomhus.

Den här sommaren är det som att höra den plattan för första gången, det är inget supertramplarv, det är kraften, det är energin i ett sluskigt rockgäng som väller över oss, det är enkelt, det är rakt, oemotståndligt, det är bootsen i asfalten och skogshuggarskjorta med avrivna ärmar, guran daskande mot låren, nästan lika starkt som Bogdan på Lorensborgs fritidsgård faktiskt, det är rock för dem med en klump i bröstet, och man kan senare i livet tro sig vara sofistikerad finsmakare för att man tycker att Miles Davis Kind of blue är den bästa jazzskivan nånsin och botaniserar i drivorna med klassisk musik, pluggar Bachs verkförteckning, eller, lika intellektuellt high brow det, fast i andra änden av skalan, påstå sig veta vad Bob Dylan handlar om, men det är här allting börjar, texter för dem som har smaken av tillvarons botten klistrad i käften, till musik som rymmer ens själs oförställda glädje, sex, åtrå, längtan... sommaren kan vara nåt att ha trots allt!

Det blir gröna vaktmästarbrallor i tre månader nu när min European Tour ställts in. Josef river morötter till kaninerna. Gubben Ehrensvärd kolar i midsommarens värmebölja. Det känns som en lättnad, fastän den lättnaden är komplicerad att ta till sig. Han måste ju ändå haft nåt gott i sig – nej, vid närmare eftertanke, inte en tillstymmelse. Bara intendenten ser ut att sörja en smula.

Fru Gröndahl släpper in mig när jag ringer på under förevändning att jag ska kolla toaletten. Jag är nyfiken på om hon verkligen lagar middag för åtta varje dag. Det gör hon. Jag stannar och lunchar med henne. Vi sitter vid det uppdukade bordet och äter en aningen torr stek medan vi väntar på att hennes make med affärsbekanta ska lämpa portföljerna i hallen och veckla ut servetten i knät – avtalet äntligen i hamn! Hon strålar av värdinnelycka och lägger för mig mer, det är grevinnan som serverar betjänten, grevinnan som frågar hur betjäntens förmiddag varit, och säger:

Såhär års brukar vi resa till Verona och lyssna på opera. Tycker han om opera?

Jag gillar rock.

Är det Elvis Presley eller vad han heter?

Nä, det är nåt annat. Bruce Springsteen lyssnar jag på.

Jaså han. Honom har jag aldrig hört talas om. Men min make vet säkert vem det är.

När jag berättar om det på kvällen är det ingen i gänget som tror mig. Rolle:

Du skämtar, va? Hon lagar inte middag varje dag, med soppa och efterrätt?

Jag svär.

Så skulle man ha det, säger Janis, drömmaren.

Du har det ju så!

Är det inte svårt att träffa tjejer, Janis? Inte så många som tittar förbi kökssoffan, va?

Ä! Jag är skoltrött, det är allt.

I två år!?

Ja?

Vi ligger på vallen runt gräsmattan på gården, är tillbaka där allting började. Vi har kickat boll i skymningen. Persson har med sig sin bergsprängare, och har kilat in ett grässtrå mellan tänderna:

Du har ett år kvar, va, Johan? Vad ska du göra sen?

Frågan som man inte vill höra. Det är lättjans sommar. 1982, sista sommaren då allt är lek, ännu måste jag inte ta tag i det som kallas allvar och framtid, men det gör sig påmint, och det hör också till det som, förutom att vi så tydligt anträtt olika vägar nu, gör att läget mellan oss har förändrats. Vänner som vet att snart står nåt annat för dörren. Och frågan man inte vill höra därför att man inte vet nånting alls om vad man ska göra, mer än att man vill ha det bra, stålar på fickan och gott om ledig tid att smälla dem, och absolut inte leva det liv som våra föräldrar levt. Jag svarar:

Flyttar kanske till Stockholm.

Tjockhult? Du?

Ska du ha attachéväska också?

Gänget får sig ett rejält garv med magstöd och rullningar i gräset. Det bjuder jag på, grabbar.

Vad skulle du göra där?

Det är där jobben och pengarna finns.

Vad tycker din morsa om det?

Vet väl inte jag! Fråga henne! fräser jag, för frågorna börjar bli väl påträngande från de här spånskallarna. Du själv då, Persson? Ska du ha jobb som bilmek nu?

Aldrig i livet. Men det var ju det enda jag kom in på.

Han spottar ut grässtrået.

Lärare verkar bra, mycket tid för träning och så.

Bli en ny Palin?

Ska du ha på käften?

Och vi får oss ett nytt friskt garv.

Medan Janis har legat och stirrat upp i natthimmeln sådär frånvarande som bara han kan. Fladdermössen svirrar i luften. Han sätter sig upp:

Det är ändå skit samma vilket.

Han slår ut med händerna. Och vi vet vad han menar. Det tjänar ingenting till att oroa sig eller att göra upp planer. Inte i natt. Inte den här förtrollade sommaren. Det är skit samma. Fotbollen kommer fram igen. Vi spelar i mörkret, blir fulla och galna. Rolle har lekstuga med oss. Det är också skit samma. Vi ser inte bollen men springer ändå, tacklas, ramlar omkull, kutar omkring och garvar åt allt och inget i den ljumma natten, eller om vi springer för att det vi tror är framtiden ska hinna ifatt oss annars. Persson skruvar upp sprängaren. Adam raised a Cain. VM-kungen Paolo Rossi rör oss inte i ryggen. Beckenbauer är tillbaka, Gerd Müller och Bosse och Tapper, Janis i mål som Ronnie Hellström, idolerna håller, de håller en livstid, men inte vi. Utpumpade sjunker vi ner på gräsvallen och knäcker kapsylen av varsin öl. Härligt att se er igen, grabbar! Framtiden, here we come.

ARTON. MYNDIG. Hälften av lektionerna på körskolan avklarade och ett helt liv att ta tag i. Det är slut på sommarens lek. Obekvämt med det gamla gänget när höstvindarna suger tag i dig, obekvämt att vara tillbaka på Borgarskolan med. Hittar ingen naturlig plats, inget självklart sammanhang. Men hallå! Vad gör du? Söker du upp Roger och urskuldar dig med att du haft en downperiod? Eller låtsas du att ingenting har hänt mellan dig och Jakob och Didrik, lyssnar glatt på deras historier från tågluffen? På Jakob:

Vilken strand det var på Mykonos! På natten var den full av par som höll igång. Behövdes inga sovsäckar där.

VM då? Vilka matcher såg ni?

Didrik:

Nä, vi kom aldrig till Spanien.

Du hänger i ändå? Ja, du hänger i. Det är som när du stod med gänget vid kiosken, du vill inte förlora det du nått, och nu har du ingenting bakom dig att vända dig till heller. Du fortsätter att umgås med dem som inte delar dina villkor, även om du är mer avvaktande nu. Du är med på deras herrmiddagar, sjöslag med bordsplacering och smokingar från secondhanden på Baltzarsgatan. Och du följer med till Rådhuset för att se Ulf Adelsohns ultrasleaziga, tevefierade valkampanj, ballonger och jubel och ett budskap som vänder sig till ungdomen och krattar i manegen för framtida högeruppsving. 25-öresretorik, om du frågar ditt vuxna jag. Men nu står du med Jakob och Didrik och lyssnar på den nya tidens sanning.

Bakom Adelsohn står de kommunala hotshotsen på parad, hungriga på att förvandla arbetarrörelsens vagga till moderat experimentverkstad. I publiken upptäcker ni er samhällskunskapslärare, hur han applåderar nävarna illröda, och du förstår utifrån vilka värderingar han sätter betygen.

Du applåderar också, för att alla andra applåderar, och för att du också tröttnat på den betonggråa ledan som sveper in över landet som dimman i november, lunket, idéfattigdomen, bristen på visioner som talar till dig och din vilja att slå dig loss. Du packar skallen full av argument, griller som du tror ska göra nåt för dig, och med den nya sanningens ironi lär du dig använda sosse som skällsord, inte i politisk mening, utan för allt som står för beigehet, lagom, viljelöst, ett retarderande icke-framåtblickande.

Adelsohn skiner, drar sina nötta meningar ännu ett varv. Han höjer armarna i luften. Ballonger och applåder.

Eller misstror du det? Kanske. Ja?

Men du är där.

DET FINNS ANDRA, NYA KAPITEL att skriva med en annan stolthet. För till gymnasieliv och tillvuxnande hör skoldanser då man står i ett hörn på Kulturbolaget på Erikslust och spanar ut över dansgolvet, för även om man numera hör till det bredkäkade gänget så intar man den position man vant sig vid, på kanten, det gör inget, att tillhöra den rätta kretsen är som ett starkt varumärke.

Hon med pageklippt blont hår och smala handleder som tar sin andra runda förbi här nu, varför har jag aldrig sett henne förr? Jag har sett henne varje dag i två år, men inte *såhär*. Hon går i parallellklassen, har haft tandställning och är kompis med Sonja, och kommer hon förbi en gång till måste jag komma på nåt smart att säga.

Hej.

Hej, säger hon, Charlotte.

Vill du dansa?

Det är för varmt.

Sen kanske?

Kan vi inte gå ut och lufta oss i stället?

Vi är ute och "luftar oss" i den svinkalla blåskatarrvinden som sveper över parkeringen, röker hennes sex sista Camel under Porschen som i reklamsyfte lyfts upp på taket över entrén. Detta är annat än Baldis, detta är allvar, och att allvar kan vara så enkelt, efter en så svår tid för Johan, kvalet i somras, valet i höst.

Vi huttrar tafatta frågor till varann, ögonkast, vi fryser så vi skakar, spänner hela kroppen som en krampande muskel för att verka oberörda av kylan, innan vi ger oss in igen i det omfamnande mörkret och dansar sista dansen, tre tryckare på raken, omslingrade i ett hårt grepp, hon trycker magen mot mitt stånd, vi kysser varann.

Får jag följa dej hem? frågar jag.

Det är nog ingen bra idé. Men vi kan träffas i morron.

Okej. Jag ringer dej i morron bitti.

Jag ringer Charlotte så tidigt på morronen att det är tveksamt om det är morron än, innan jag somnat, för jag kan inte somna, jag behöver ingen sömn, och i fullt dagsljus och klar i skallen kommer jag att sakna modet, så tidigt att bara hennes pappa är uppstigen, om han nu är det, han låter inte vaken, i varje fall är det så tidigt att han vägrar att väcka sin dotter, lovar att hon ska ringa tillbaka *i morron bitti*.

Det blir den längsta morronen i Johan Krafts liv, och när Charlotte äntligen ringer, tjugo över nio, säger hon:

Har du lust att hitta på nåt?

Vadå?

Vet inte. Vad tycker du? Promenera längs stranden?

Vi träffas vid Kallbadhuset, går blyga utmed vattnet, förbi handikappbadet och ut mot masterna som sticker upp som en spretig punkfrissa från småbåtshamnen på andra sidan kullarna, upprepar våra tafatta frågor från i går och trampar snett i sanden så att vi kommer nära varann, tar tag i en arm, om ryggen, det är därför vi är här, eller hur?

Charlotte föreslår kaffe och kanelbulle på fiket ute på Kallis, på kvällen bio, dan efter te hemma hos henne, i huset på Sannavägen, en asfalterad tarm på randen till Limhamn, där jag presenteras för föräldrarna, en mamma som snor runt och är 100% vänlighet och en pappa som reser sig ur fåtöljen med läsglasögonen på nästippen.

Så det är du som ringer på nätterna?

Vi dricker te tillsammans med dem, det är rena abbatillställningen, och pappan, försäkringstjänstemannen, frågar ut mig om mina familjeförhållanden och framtidsplaner.

Pappa! vädjar Charlotte. Johan är inte här för att teckna en försäkring.

Men Lottie, säger han, vi karlar måste ju lära känna varann.

Men mer får han inte veta, för Charlotte tar upp mig på sitt rum

i stället. Och allt är enkelt igen, vi kysser varann under hennes ris-
lampa, och hon säger:

Du kan sova här i natt om du vill.

Måndag morron väntar Jakob och Didrik på mig på skolgården.
Redan innan jag hoppat av cykeln och langat in den i stället vet jag
vad Jakob kommer att fråga.

Är du ihop med Charlotte nu?

Hur så?

Klart du är.

Ja, vad är det med det då?

Har du knullat henne då?

Hur gick det för dej med Sonja?

Ä! Nämen good luck.

Johan och Charlotte. Jag tänker inte fråga om vi är ihop, sånt
känner man. Som när jag knallar fram till henne på rasten där hon
står med de andra tjejerna och röker utanför gamla gympasalen och
deras röster sjunker, tjejer i märkeskläder som kan sminka sig utan
att det märks och som jag aldrig skulle ha vågat närma mig annars,
om det inte vore för att Charlotte vänder sig om och kommer mot
mig, medan de andra följer henne med blicken, hon tar min hand
och vi vandrar iväg. För att vara ihop är något av en mellanställ-
ning, eftersom man samtidigt står lite utanför den krets som gjorde
att man upptäckte varann.

Det känns också när vi tillbringar lördagarna inne i stan. När vi
flyter in på NK hand i hand och prövande drar i bengerpolona och
kollar in skjortorna från Matinique innan vi fortsätter till glass och
kaffe på Saluhallen.

Och det känns också när vi tillbringar lördagskvällen på fest med
hennes vänner, eller fest är det inte, i varje fall inte vad jag menar
med fest, det är fyra, fem par som träffas hos nån vars föräldrar är
bortresta, städade tillställningar där tjejerna samlas i köket och
fnittrar över vitt vin medan de förbereder maten och killarna sitter
med öl i soffan och snackar skidåkning och BMW 525, som alltid
nåns pappa just har fått som tjänstebil och lånat ut till grabben över

347

helgen, medan en samlingsplatta med Barry White eller hits från Tamla Motown snurrar på försagd volym i bakgrunden.

Tillställningar som slutar med att vi sitter parvis i sofforna och ömt håller om varann medan stearinljusen brinner ner och slocknar med ett flämtande och nån som ser ut att ha funderat ingående låter blicken glida över oss alla och säger, med en nästan religiös ton i rösten:

Kan vi få det bättre än såhär?

Charlotte har den egenheten att hon tagit konsekvenserna av den undermåliga skollunchen. Hon äter aldrig på skolan, och det i sig räcker ju egentligen för att bli förälskad i henne. Hon sitter i stället på Hämmerleis konditori med en kopp kaffe och en ostfralla, tänder en cigg som lämnas att självdö i askfatet.

Jag tittar på klockan och säger att vi börjar snart.

Jag har håltimme.

Men jag har dubbellektion i redovisning.

Måste du? Det är så tråkigt att sitta här själv.

Jag skolkar en lektion, två, åtskilliga lektioner, de lektioner Charlotte vill hitta på nåt annat. Klart jag gör vad som helst för att få vara tillsammans med världens underbaraste tjej, som skrattar åt mina skämt, som kan berätta i detalj om första gången hon såg mig, på Falsterbo Golfklubb.

Du hade en vit skjorta.

Hade jag?

Minns du inte? Vi satt vid samma bord.

Ja, just det ja.

Sen hur länge har hon lagt märke till mig? En evighet.

Dej ser man ju överallt. Ja, eller ni tre.

Vadå vi tre?

Ja, du och Didde och Jacke. Ni hänger alltid ihop.

Ja, vi är bästisar.

Som en svanssvängande jycke med tungan dreglande utanför munnen sitter man trånande och tigger uppmärksamhet och ömhet, viskar ord hämtade från hollywoodromantik, sliskiga sötsaker, tar till vad som helst för att bli rafsad bakom öronen, kliad under hakan, sitter vackert och nöjer sig med att från och till få en godsak från hennes bord, ett leende, en puss, ett "älskling", vad som helst som bekräftar kärleken, och man älskar det, älskar det, man kommer att älska denna kvinna livet ut, vill gifta sig med henne, leva sitt liv vid hennes sida, för man har inte en aning om hur förälskelsen, högheten, slätas ut av löften i nöd och lust, och får man en aning om det intalar man sig enkelt att sånt händer andra, aldrig mig, inte oss, vardagens rutin kommer aldrig att kalka igen den här högtryckskokaren, slentrian står inte i ordboken, leda är en okänd trakt i ett fjärran land, att det ska komma en dag då man fantiserar om att befrias från sitt koppel och få springa som en löshund och sniffa på ungtikarna igen, den kanalen tar man inte emot på, det är långt senare, lite långt senare, efter år i äktenskapets hägn, som när jag och Helena kör ut till brofästet på Lernacken för att som premieprenumeranter på Sydsvenskan få gratis inträde till utställningen om bron som ska få stan att smälta in som förort till Köpenhamn och där står Cissi i informationen och ser ut som hon alltid har gjort, förutom under punkåren, och jag säger till Helena att gå före ni så kommer jag efter och till Cissi säger jag att det var länge sen, hur länge sen? tio år, femton? jobbar du här? och hon svarar ja, och är det din familj? vilket jag nickar jakande till och vill veta om hon har nån och hon lyfter upp handen med spretande fingrar och ringfingret är utan ring, men jag har en dotter som är elva, tillägger hon, en dotter som hon berättar att hon fick under åren i New York, konstskolor, work shops, tuff stad att slå sig fram i, för tuff, sen marknadsstudier och ett år på ett Marketing Management University i Lausanne innan hon återvände till hemstaden ensam med en unge, gott för hånarna, skadeglädjarna, de glädjeskadade, att hon fick vad hon tålde, bitchen sattes på plats rejält, hon som alltid trodde att hon var nåt, det stora livet i den stora världen och sen hem igen kuvad, hon skrattar åt det nu, låt dem snacka, men det var bittert då, och apropå ingenting alls, säger hon, har du läst nån av Carinas böcker, Carina som gav sig av till Stockholm genast efter studenten, rektorns namnteckning hade inte torkat på betyget innan hon stod med standbybiljetten på Sturup, och jag måste tillstå att jag inte läst nåt av henne men sett henne på bilder, kultursidor, intervjuer, i Röda rummet på teve som vi tittade på därför att Helena ville se Björn Ranelid som hon är omåttligt förtjust i, en man som med sin verbala spänst ledigt passerar hela den svenska kåren av slipade försvarsadvokater inkl Silbersky och ger mig ett sting av avundsjuka, eller när Carina t ex varit på Gleerups i Lund och mottagit ett litterärt pris eller suttit hos nån bokhandlare här i stan kring jul och signerat den bok som lär handla om vår uppväxt och som hon breakat med, jag läser inte mycket skönlitteratur, erkänner jag, tidsbrist, det blir mest kontrakt och finstilta dokument, och Cissi säger att det är synd, att jag skulle tycka om Carinas böcker, känna igen mig, vad hon nu menar med det, och hon fortsätter: vi borde ses igen, allihop i gänget, vi har så mycket att prata om, kanske ordna en klassträff, och jag instämmer motvilligt för att inte framstå som en soffpotatis, och Hannes kommer och drar mig i armen, skynda dej, pappa, och till Cissi får jag ur mig det fullständigt meningslösa vi kan väl höras, jag står i katalogen, jag måste gå in nu så min hustru inte undrar vart jag tagit vägen, och vi säger hejdå och vet samtidigt att ingen av oss kommer att ringa, lika lite som vi kommer att ordna en träff, men precis när jag vänt mig om frågar hon vad jag gör nuförtiden, och jag svarar att jag är jurist, ojdå! häpnar hon, det hade jag aldrig trott att du skulle bli, och medan Hannes släpar mig in i utställningshallen svischar en tanke genom mig att jag borde återvända till informationsdisken för att få höra vad hon trodde att det skulle bli av mig, men där inne väntar Agnes, och Helena: vad du dröjde, vem var det? och jag säger att det var en gammal granne, Helena vill veta vad hon heter, Cecilia, jag frågar: har ni hunnit se allt redan? och Helena: är det allt? du berättar aldrig nåt! och jag tar Agnes i handen eftersom hon hittat nåt som hon vill visa, låter henne ta mig med bort från frågorna och anklagelserna, Helena kommer inte att återkomma till dem, bara vara dämpad resten av dan, dvs inte säga ett ord för mycket till mig, jag orkar inte ens bry mig om det, det är en bit av äktenskapets glädjelösa trygghet, en eftermiddag med ungarna fladdrande omkring en som vida byxben, ingen tid för intimitet längre, ingen lust heller för den delen, sex varannan lördag halvt om halvt i sömnen, lite på lyset och mest för att det hör till, för att det inte ska vara uppenbart att det gått *så* långt, men om det har jag som sagt inte en aning när du drar upp en Camel till, Charlotte, du är så underbar, så bedårande när du droppar paketet på bordet och jag, den förtrollade, skyndar mig att dra stickan mot plånet och tända den, jag älskar alla dina nycker, hur du knycker på nacken, fryner på näsan, ler och håller min hand på rasterna, vid flipperspelen hos Gunnar Gam, i din säng när dina föräldrar är i stugan i Beddinge, vi lär oss kärlekens språk, det världsomfattande, teckenspråket, vi talar allas lovelingo. Det ropas världen över. Det viskas av dig och mig. Och blänket av lust i dina ögon när du böjer dig fram mot lågan.

Kan du inte hoppa över redovisningen?

Jag var där inte förra gången heller.

För *min* skull?

Okej då.

Vänta, sätt dej inte. Du fyller på mitt kaffe, älskling, när du ändå är uppe.

Lyckligt viftar man på svansen och trippar till kannan.

MORSAN GÅR PÅ ÖVERTID hela hösten. Skickas på resor till buti-
kerna ute i landet för att introducera redovisningsblanketterna hon
tagit fram, som ska underlätta deras rapportering, och i slutänden
hennes arbete. Tillbringar en vecka i Stockholm, veckan därpå i
Göteborg, lämnar lägenheten åt mig och Charlotte för egna även-
tyr… Och ekonomichefen ser till att hon får komma till en massör
som behandlar hennes axlar en timme i veckan.

Det är det jag har vetat hela tiden. Det var hit jag skulle!

Säger morsan, som tycker att det roliga börjar nu, och som i ren
glädjeyra bjuder oss på teater, mig och Charlotte, Monika och Stig,
morsan i centrum, som alltid, belåten med att ha oss samlade kring
sig som den stora familj hon alltid önskat sig. Morsan som aldrig
varit särskilt begiven på teater, men hela stan pratar om "Natten är
dagens mor" – och tacka fasen för det! Det är Noréns pjäs och det
är Göran Stangertz uppsättning. Norén är ett geni. Stangertz är ett
geni. Det behövs inga teaterapor på första parkett för att tala om
det för oss. Vi sitter nitade i stolarna av trycket som strålar ut från
scenen. Rena Uddevalla! Vi har chocken monterad i ansiktet redan
i pausen. Och Monika vill hem.

Jag mår inte bra.

Morsan känner på hennes panna.

Det kan inte vara pjäsen. Är det glasögonen?

Monika har nämligen fått glasögon, som hon tar av och på ideli-
gen.

Det är magen, säger hon. Jag mår bara illa.

Och Stig, som gissningsvis har nog med familjedramer utan att
behöva se det på teatern som underhållning, verkar närmast lättad
över att få ledsaga Monika hem.

Medan jag och Charlotte och morsan bänkar oss för att ta emot mer stryk.

När Monika kommer hem söndan därpå är hon kanske aningen blek, men hon mår bättre. Med sin känsla för timing stormar hon in precis när det är dags att sätta sig till bords. Hon sjunker ner på sin plats.

Att jag missade andra akten! Vi måste dit igen.

Ska du ha dom glasögonen alltid?

Nä, mest på långt håll. Som när jag kör bil.

Stora runda saker med svarta bågar, täcker halva kinden, liksom drar ansiktet neråt.

Men du har inte körkort.

Jag kanske tar. Eller på bio.

Morsan sätter fram tallrikar och glas. Monika är uppåt bakom visiret, protesterar inte när morsan lägger för henne, eller när morsan propsar på att hon ska ta mer morötter för att få färg på kinderna, eller när morsan:

Hur är det med Stig?

Bara bra. Han hälsar.

Kan han inte följa med hit oftare?

Men Monika petar i maten, kör runt en potatishalva i löksåsen, makar fläsket åt sidan. Det är kritik, och morsan är som sagt känslig för kritik. Morsan säger inget, äter, säger ingenting alls på flera minuter, tittar på Monika, på hennes tallrik, säger sen:

Vad är det Monika?

Ingenting.

Nåt är det. Det syns på dej.

Nä, inget. Jag är inte sugen bara.

Ät i alla fall lite mer morötter.

Morsan..., börjar Monika. Hon gör en paus. Det är ingen konstpaus. Hon lägger ifrån sig gaffeln med den spetsade potatisen:

Vi ska ha barn.

Wow! Snyggt jobbat, syrran. Grattis!

Du menar inte det?

Morsans röst är neutral; det är egentligen mer ett utrop än en fråga.

Hur långt?

Jag har varit hos barnmorskan.

Morsan tar upp servetten från knät.

Vet Stig om det?

Klart han gör.

Vad tycker han?

Han hoppas att det blir en pojke.

Är det vad han säjer?

Monika som höjer rösten:

Vad är det med dej? Han skulle bli lika glad om det är en flicka.

Och du, har du funderat igenom det ordentligt?

Behöver man fundera på det?

Morsan tar ett djupt andetag som om hon skulle släppa ur sig en tung suck, och det är inte för att detta är svårt att berätta som det rullas upp ruta för ruta för mig, det är för att jag åtskilliga gånger har spelat upp det på min inre projektor, som ett italienskt drama i fadda färger, gång på gång matar jag in den här sekvensen, ser den i slow motion, fryser bilden, för att förstå vad det är morsan menar, vad det är som döljs bakom hennes ord, för det kommer ingen suck, utan:

Jag vet inte hur jag ska säja det, Monika... men du tänker inte behålla det?

Nu släpper Monika kniven också. Och morsan:

Det låter hårt, jag vet, men jag säjer det för din egen skull.

Du kan inte vara klok!

Enbart för din egen skull.

Monika vrålar:

Du *är* fanimej inte klok!

Men det är morsan som är på benen, som ställer sig upp med en mening på läpparna. Hon sväljer den. Hon dukar av i stället, med kaviga rörelser, spolar tallrikarna under en hård stråle, tappar upp diskvatten med en rejäl skvätt Yes i. Ur diskhon reser sig ett moln av lödder. Morsan vänder sig halvt om:

Hur ska du kunna ta hand om ett barn nu?

Vi är faktiskt två! Och Stig är van!

Monika har fått färg på kinderna. Det behövdes inga morötter.

Var inte så förbannat naiv! svär morsan – svär! – och hon börjar gnugga tallrikarna med diskborsten, slänger med en skräll upp dem i torkstället.

Du förstår inte vad det innebär.

Nä, vadå? Berätta för mej.

Men morsan berättar inte, hon diskar frenetiskt, hon har aldrig varit såhär förr, det är inte i närheten av när hon blossande av ilska trampat runt efter ett förnedrande samtal med Lisbeth eller när mormor bannat henne för att hon inte reste hem ofta nog. Hon gnuggar och gnuggar, flår glasyren av tallrikarna.

Vad innebär det då? Du som vet allt.

Morsan gnider av bara farten några varv till innan hon får kontroll över sina rörelser och håller händerna stilla, samlar sig, med ryggen mot Monika:

Man får inte tid att bli vuxen.

Nä, det märks!

Monika lämnar morsan med det, följer sitt gamla mönster, flyger upp och ut ur köket, men inte ut genom dörren, hon tar sikte på mitt rum, halvvägs dit minns hon att hon inte har där att göra längre, hon fastnar ute i soffan. Medan morsan står med händerna nerstuckna i diskvattnet, rör dem inte, tänker, eller om hon inte tänker alls, lägger i alla fall band på sig, innan hon ger sig efter henne:

Monika –

Jag vill bara bli lycklig!

Lycklig! Var har du fått det ifrån? Meningen med livet är att leva, att inte bli olycklig!

Tystnad. Dropparna som plaskar mot det rostfria stålet. Där inne lyssnar de båda till orden som klingar ut mellan dem, och jag också. Det är morsan som har blottat den stenhårda klump som finns i hennes bröst, den förhårdnad som format hennes natur.

Jag ber dej, Monika. För din egen skull.

Kan du förklara varför?

Nu kommer sucken, blytung, hämtad från morsans innersta kamrar.

Du vill att jag ska plugga, va? Det är det enda viktiga för dej.

Det är inte det.

Ljudet när nåt – glasögonen? – landar på bordet.

Nä, men då så.

Monika –

Det spelar ingen roll vad du tycker.

Om du ville försöka lyssna...

Tänk om jag skulle göra abort och inte kunde få barn sen.

Du vill verkligen ha det?

Ja!

Då finns det inget jag kan säja.

Du säjer ju inget.

Monika, förstår du...

Vadå?

Tror du verkligen...

Men morsan fullföljer inte det andra försöket heller. Hon återvänder in i bild, sliter ner tallrikarna från stället och sätter igång att diska om dem, ger det sista av glasyren en match.

Hur ska jag få henne att förstå?

Det är morsan på kvällen, efter att vi sett Aktuellt, effekterna av en månad med 16% devalvering och prisstopp, Palme är förresten tillbaka vid rodret, Brezjnev dör i Moskva... Hon säger det inte på ett sätt som vill ha svar. Hon säger:

Hon är alldeles förhäxad av Stig. Bli med barn vid tjugotre.

Hon säger:

Det är henne jag är bekymrad för, inte bara hennes utbildning.

Och:

Du och Charlotte skyddar er väl?

Morsan!

Ja ja, jag bara frågar.

Hon stänger av teven med fjärrkontrollen.

Pengarna är inte värda nånting nuförtiden, muttrar hon.

Sen sätter hon sig upp.

Jag måste ringa och prata med henne.

Låt henne vara, morsan.

Morsan ser på mig, tar fjärrkontrollen i andra handen, har ett nytt armband som rasslar mot knapparna, hon skjuter upp det på armen, rättar till kjolen över knäna, lutar sig tillbaka.

Jag väntar väl, då.

Några dar senare sitter jag hemma hos Monika för att få hjälp med franskan, sortera ut de sista spanska glosorna ur rotvälskan, nersjunken i hennes vansinniga Ikeamöbel. Monika sitter mitt emot på en pinnstol, med händerna knäppta över magen, som om hon redan bar på en stor oformlig medicinboll i åttamånadersklassen. Fortfarande förvirrad efter morsans utbrott.

Vad tog det åt henne?

Hon blev nog lite chockad. Du får gå lugnt fram med henne.

Hon gillar inte Stig, det är därför.

Hon har sagt att han tillhör familjen nu, intygar jag – men nämner inte att morsan tillagt att vi därför får göra det bästa av situationen.

Har hon?

Ja.

Du skämtar inte?

Vad tror du?

Nu?

Nä, innan.

Vad är det med henne då?

Nej, de förstår inte varann, mor och dotter, den ena betryckt över att bli mormor, den andra besjälad av att bli moder, och Monika vet att hon kommer att bli en bra mor, och Stig en bra far. Hon har råkat se honom på stan med sina barn, vilken bra hand han har med dem, lekfull men ändå bestämd, köpt korv, burit när den minsta tröttnat, och de har stannat på lekplatsen utanför Konsthallen och barnen farit runt benen på honom som små änglar, medan Monika iakttagit dem på avstånd och blivit "varm inombords av att se dom". Värmen finns kvar i rösten när hon berättar.

Men hon var alltså med?

Ja, vadå? Hon är fortfarande deras mor.

Men hur mycket träffar han dom egentligen?

Ska du också börja nu? Han är fortfarande deras far.

Jag ska säja dej en sak, Monika.

Ja?

Du är jävligt korkad.

Jaha?

Nä, det var bara det.

Monika reser sig. Går vaggande omkring på golvet. Stannar och lägger händerna på magen, känner efter, känner självfallet inget än, det finns ingen mage att känna. Men hennes gång är redan förändrad. Och hennes bröst, nu när jag tittar efter. På bordet ligger Ett barn blir till överst i en trave med böcker från biblioteket om graviditet och barn. Jodå, hon är förberedd, syrran.

Vi har varit och tittat på hus, säger hon.

Hus?

Mest för att se.

Ni ska inte ut på landet?

Det är inte bra för barn att växa upp inne i stan.

Nähä du. Har du tagit nån skada?

Det blir nog inget direkt, men så småningom, säger hon och sätter händerna i korsryggen.

Men säj inget om det till morsan, är du snäll. Då får hon ett nytt anfall.

EXISTENSMAXIMUM. Eftermiddagarna på Charlottes rum då vi ligger i sängen och hånglar och viskar ömheter och förslag som får oss att rodna, till Hansson de Wolfe United och ljudet av hennes mammas tassande steg utanför dörren.

Vad gör din mamma? har jag frågat Charlotte.

Vadå gör?

Ja, vad gör hon på dagarna?

Hon är hemma.

Är hemma? Alltid? Bara vistas där, ständigt och jämt? Hur då? Rör hon sig fritt? Får hon gå ut i trädgården? Händer det att hon rymmer?

Hon kan i alla fall knacka på dörren, när pappan kommer hem:

Vill ni inte fika med oss nu?

Med skjortsnibbarna hängande utanför rumlar jag efter Charlotte nerför trappan, där väggen pryds av kopior av antika militära kartor bakom glas och tunn guldram, till vardagsrummet där det doftar av nybakade scones, som vi mumsar på med lemon curd, och pappan drar koftan om magen och skickar iväg nya frågor om familjen till mig.

Att bli insläppt i familjens sköte är också att upptäcka hur den man älskar förändras. Man ser det först som nåt charmigt, som en del av personligheten, sen som nåt man inte fattar och slutligen som nåt irriterande, som inte slutar klia. För att dölja att hon röker suger Charlotte på Tulo, och med pappan i närheten blir hon the girl next door, som hämtar hans filttofflor, som inte säger emot när han säger nåt om kvinnor hon inte skulle acceptera från nån annan, som droppar två bitar socker i kaffet åt honom – för han ska ha kaffe när vi andra får Earl Grey – och med mig intill sig blir hon medveten om

det själv, och hon märker att jag har sett det och att jag känner mig
främmande för den sidan av henne.

Kan du inte vara dej själv? föreslår jag.

Jag *är* mej själv. Fast på ett annat sätt.

Hur då?

Jag är som jag är hemma.

Vad innebär det?

Det innebär att det får du stå ut med.

Det blir jul i år också. En jul som är gnistrande kall och borde till-
bringas framför en öppen brasa. Vi har ingen brasa. Vi har skaffat
en video. Med en trackingknapp som Stig är framme och skruvar
på, så ofta att morsan tröttnar:

Det gör inget om det är *lite* blurrigt, Stig!

Det ska gå att få bort dom där linjerna...

Så länge du sitter i vägen ser vi ändå ingenting.

Stig som nog tycker att morsan kör med honom väl mycket nu,
sätts t ex att undersöka vad som finns på de videoband som morsan
spelat in på utan att göra några anteckningar. Morsan som redan
har spelat in mängder med program som hon inte skulle se annars,
som hon inte ser nu heller, hinner inte, eftersom hon behöver spela
in nytt på banden. Han har ju ändå gjort hennes dotter med barn,
så man får säga att han kommer lindrigt undan, medan morsan och
jag provar glöggen och Monika dricker julmust och dukar, innan
hon får lägga sig och vila ett slag.

Ja, Stig firar julafton med oss, har med sig orimligt dyra presen-
ter till oss alla tre, som om det gick att förhandla sig till en bättre
position, men själv får han ingen vidare utdelning under granen. Jul-
dan stannar han och Monika för sig själva på Vårgatan, har fått
med sig skinka och ris à la malta av morsan, och på annandan är
Monika tillbaka, då Stig kör till Staffanstorp och firar jul en gång
till.

Medan morsan ger sig upp till mormor på hemmet när julhelgen
är över, och Charlotte och jag får lägenheten för oss själva. Och

snön faller. Vi är ute på gården i mörkret på eftermiddagarna och rullar oss i den tunga blöta snön, äter snö, fryser, gnuggar oss varma, med mössorna nerdragna till ögonbrynen, och gör snöänglar i ljuset av belysningen i den uppriggade granen och skrattar åt de lantliga nyckerna, fuskspröjsen, epidemistjärnorna och trappstegsljusens formpressade trevnad av plast. Ungarna har rullat snögubbe under dan, vi rullar också snögubbe, avslutar med att trycka fast två morötter, en till näsa och en rakt ut längre ner... och sen hem, av med de genomblöta kläderna och glida ner i ett värmande skumbad. Det är den vackraste jul jag upplevt, vi sover och älskar och äter frukost nakna i sängen i pojkrummet, är skamlösa i vår njutning – så mycket man kan ha mormors jordgubbsmarmelad till...

Charlotte går obekymrad omkring naken i lägenheten, sträcker på sig och åmar sig framför spegeln i hallen, kammar sitt blöta hår bakåt med fingrarna och sätter sig på huk med ryggen mot mig och bläddrar i skivbacken.

Har du inget annat?

Roxy Music? svarar jag som inte kan slita blicken från groparna ovanför hennes skinkor. Avalon?

Han är så slibbig.

Bryan Ferry?

Lustans Lakejer då? Eller Ratata?

Det blir varken eller. Det blir en Johan som masar sig upp ur bingen och omfamnar sin flickvän bakifrån där hon sitter på golvet. Det blir på mattan. Det blir halvliggande i soffan framför teven, en fransk film med Jean Gabin på dansk teve, vin och nötter och fikon, med balkongdörren på glänt så att kalldraget slickar parketten, för att det är mysigt att frysa tillsammans under filtarna – och det blir aktivitet igen.

Snömassorna gör att morsan får stanna en dag längre på hemmet. Det gör inget. Vi har ändå glömt datumen. Men morsan återvänder förtvivlad, lägger inte ens märke till kaoset i sovrummet. Mormor har varit så förvirrad att hon stundtals inte känt igen henne. Morsan har haft ett långt samtal med läkaren, ett ännu längre på telefon med Leif, och hon har haft att göra i fyra och en halv timme med att köra hem i snömodden, bakom en saltslunga. Morsan som kör på sommarsulor året runt, eftersom det är "onödigt" att kosta på bilen vinterdäck.

Hon sätter på kaffe och gör en runda med fingret i krukorna. Säger:

Amaryllisen hade nog mått bra av vatten.

Skamsen lunkar jag efter när hon vattnar, för *alla* blommorna mår bra av vatten just nu. Men jag har annat i tankarna.

Charlotte har bjudit in mej på deras fest med släkten i morron, säger jag.

Jaså, det var ju trevligt, svarar morsan. Du tror inte Charlotte har lust att komma hit och fira med oss i stället?

Det är liksom redan bestämt.

Hon fyller på vattenkannan:

Då blir det bara jag och Monika och Stig.

Men Monika mår inte bra när hon ringer morronen därpå. Hon och Stig har beslutat sig för att vara för sig själva. Och jag har inget val:

Då tackar jag nä till Charlotte.

Det kan du inte göra nu!

Du kan inte sitta ensam på nyårsafton, morsan.

Det kan jag så många kvällar annars. Klart du ska vara med din flickvän.

Och sen, när jag är på väg in i duschen, tillägger hon:

Vi får festa till på laxen en annan gång.

Inget mer. Inte ett ord till. Bara precis så mycket att det inte går att ändra sig och stanna hemma. Hela nyårsafton sitter man middan igenom på helspänn, med en av Charlottes fastrar till bordet, en kärring som luktar sill och matar sin pekinges med små bitar av oxfilé provençale som hon smyger till den under duken, och man är med ute på den glashala gatan och åh!ar inför de kostsamma pjäserna som Charlottes pappa, på sniskan och med cigarr mitt i grinet, skjuter upp tillsammans med grannarna, innan man äntligen kan få tacka för sig och cykla hem efter kaffet, genom den stjärnklara natten, med knastret av iskristaller under däcken, till morsan som fortfarande är uppe, har spelat in tolvslaget på videon, frågar:

Var det en trevlig fest?

DET GÄLLER ATT LIGGA I nu. Hela skolgången har varit ett vacklande mellan ambitioner och anarki, och med sista sträckan kvar på en tolvårig uppförsbacke håller det inte längre att skolka. Jag biter samman och måste förklara för Charlotte att hon dessvärre får klara sig utan sällskap på Hämmerleis när hon har håltimme, för samtidigt har jag upptäckt finessen med redovisning: Första året begriper man absolut ingenting, andra året begriper man inte heller nåt av, men man begriper vad man läste första året, och tredje året kommer man in i en andra andning och alla bitarna faller på plats, som ett årsbokslut där debet och kredit går jämnt upp på vartenda konto, och på köpet får man, äntligen, klart för sig vad Palin menade med "matematikens skönhet".

Morsan säger:

Ja, Bernt gick ju ut med fina betyg.

Det är en ständig jämförelse. Rapporter som håller spänningen vid liv i samtalen med Uddevalla. Har morsan fått in en avkomma på universitetet, ska inte den andra misslyckas helt:

Skaffa dej en bra utbildning. Sen kan du göra vad du vill. För du söker in till Lund i höst?

Knappast, morsan. Jag ska ha sabbatsår.

Sabbatsår!? Från vad?

Vila upp mej. Ta ett jobb nånstans.

Se hur bromsarna dras åt i ansiktet på morsan. Sabbatsår. Det finns inte på världskartan. Det är inget morsan kan stå och klämma ur sig på jobbet eller nere i tvättstugan:

Min yngste har tagit sej ett sabbatsår, han kopplar av.

Nej, sabbatsår är ett hån mot den som aldrig förknippat sitt arbete med avkoppling. Morsan kan bara ta det på ett sätt: som en ren förolämpning.

Vad hade du tänkt vila upp med för jobb då?

Kanske nåt i hamnen. Det är bra betalt.

Hamnsjåare?

Ja?

Du ska upp i svinottan för att stå nere i hamnen och tigga påhugg för dan? Är det vad du kallar sabbatsår?

Hetsa inte upp dej, morsan. Jag skämtade.

Morsåns ansiktsdrag som slappnar av, en aning.

Jag tänkte väl det.

Det är lumpen först, sen får vi se.

Och som en inledning på lumpen är det två dagars mönstring i Kristianstad. Som föregås av diskussioner med Jakob om det obegripliga i att han löptränar och kör 200 armhävningar och 500 situps om dan för att tas ut som kustjägare, medan man själv är inställd på att göra alla tester så *dåligt* man kan, bara precis över gränsen till godkänt, för att inte klassas som malaj – vilket man är rätt fin på, eftersom det inte är nåt annat än en invertering av den teknik man använt sig av för att inte utmärka sig åt andra hållet under den tolvåriga uppförsbacken, egentligen.

Hämtning efter bostadsområde. Hela det gamla gänget stiger ombord på bussen. Rustade med gott mod som inför en skolutflykt. Jerry William på sätet längst fram, gafflar med chauffören med garvet klistrat mellan öronen. Bredvid landar Janis med sin grådaskiga, noppiga MFF-halsduk hårt lindad om halsen och en allt mer frånvarande uppsyn.

Det är som i somras: Man kliver inte rakt in i gemenskapen och gabbar på. Värst är det med Roger, som jag inte vet vad jag ska säga till, ångrar kanske en och annan omväg som jag tagit för att slippa mötas. Vi står med bar överkropp i kön till ett bord där vi ska lyfta ett trägevär – för att det ska konstateras om vi är höger- eller vänsterskyttar, enligt den militära metod som menar att det vore omständligt att fråga oss och som ger en föraning om den fördumning som väntar – och Bogdan, med arrogans och det storlockiga håret nere på ryggen, har varit hos Tattoo Jack i Nyhavn och fått

Beethovens nuna tatuerad på ena axeln, vägrar att röra träbiten, vägrar rätt mycket nu, t ex att spela på en platta med Dan Hylander, med den nonchalanta motiveringen att det är för mainstream, sockerrock, är själv fullt sysselsatt med att elektrifiera Bach.

Bogdan är fast besluten att göra sina månader på daghem, och det låser sig för den stackars saten som har hand om testet, han fastnar mellan sin medkänsla och det ansvar han tilldelats, han och Bogdan glor på varann, och det är då, under vapenstilleståndet, som Roger knackar mig på axeln:

Träffar du Lasse nåt?

Lasse, nä.

Han är inte här.

Lasse var inte med på bussen i morse. Har nån sett honom sen hans morsa kastade ut honom? Nån har hört att han ska ha suttit i Jesusparken, nån annan att han ska ha tagits in på Östra, sluten avdelning... rapporter har dessutom influtit om att ett par killar i rasthallsgänget ska ha slocknat av överdoser... men Lasse, nej, inte ens Rolle vet vart han tagit vägen.

Hoppas att det inte hänt honom nåt, säger Roger.

Hur har du det nu? säger jag, för Roger är en schysst kompis, trots allt.

Medan Bogdan tas åt sidan av ett befäl. Dan efter kommer han inte till bussen. Inte Janis heller.

Morsan har fått för sig att det ligger ett korn av sanning i sonens skämt om att gå på beting på lastkajen, liksom hon tar hans vidare studier på allvar. Hon har ringt och haft ett samtal med klassföreståndaren under tiden han varit i Kristianstad:

Hon säjer att du har huvud för siffror, men att du borde lägga manken till. Ska du kanske bli revisor?

Det är svintrist!

Svär inte så, Johan.

Det är ingen svordom.

Ja, använd i alla fall inte ett sånt språk här hemma.

Det är betygen i historia och samhällskunskap som måste upp, bland annat. Som om vissa kunskaper, säg årtal och kungar, stats-skick och författningar, inte vill fastna, de saknar kontaktyta med min verklighet. Och Monika har inte tid nu, hon måste packa. Jag cyklar till henne i alla fall, och hjälper henne att packa.

För Stig fortsätter att överraska. Det är han som ligger bakom deras rockad. Han har skaffat dem en större lägenhet, en tvåa på Kili-an Zollsgatan i väntan på att en trea ska bli ledig i samma fastighet.

Ribersborg? sa jag när Monika berättade det. Det är inte särskilt alternativt vänster, va? Är det inte mer som Upper West Side Man-hattan?

Spelar det nån roll? sa hon. Stig tycker det är bättre miljö för bar-net.

Att flytta från Värnhem till Ribersborg är nämligen svårare än att röra sig fritt mellan Östberlin och Västberlin. Stadsdelarna är lika centrala, har likvärdiga kvarter och brist på affärer, men mentalt är det ett galaxavstånd mellan dem som måste överbryggas, det är den segregerade småstadens dilemma.

Jag packar alltså åt Monika, och vid månadsskiftet hjälper jag och Charlotte till att bära ut hennes och Stigs pinaler till släpet som de hyrt på en mack, och upp igen på fjärde våningen i en trappa utan hiss. Monika sitter på en stol i hallen med händerna om magen som börjar synas nu och dirigerar sakerna på plats, med så få ägodelar blir det en... luftig möblering. Morsan står i köket, lagar flyttmid-dag och klär hyllplanen med vaxpapper.

Monika och Stig, med bådas efternamn på brevinkastet. Balkong finns här också, med utsikt över Öresund. Stig tar ut oss på den för att beundra vyn.

Där är strandpromenaden, och åt andra hållet ligger Kungspar-ken. Kan man ge ett barn en bättre uppväxt?

Stig, säger Monika, som gärna vill balansera sanningarna. Det var inget fel med Vårgatan heller.

Inte? Där hade vi fått gå med barnvagnen ute på motorvägen.

Du är då omtänksam, säger Charlotte.

Medan morsan muttrar:

367

Fyra trappor med barnvagn?

Således blir det till en ny gatuadress som jag får cykla när jag behöver hjälp med historian och samhällskunskapen. Men Monika är inte lika tillmötesgående längre:

Jag orkar inte nu. Stig kommer snart.

Stig, är det allt du har i skallen?

Vad är det du måste veta? stönar Monika, har tröttnat på en lillebrorsa som är van att slippa tänka själv.

Träffar du honom varje dag?

Träffar? Vi bor ihop.

Du vet vad jag menar. Är han aldrig med sina barn nuförtiden?

Men det är han säkert, har i alla fall fått upp dem bakom glas och ram på väggen, barn med tandgluggar och friska leenden, och har haft dem över natten hos sig och Monika, så att hon ska få lära känna dem.

Du har lexikonen, säger Monika. Använd dom.

Och efter mig i trappan:

Slå en signal om det inte står i dom.

Så det blir att trampa hem genom stan, uppför Mariedalsvägens svaga sluttning, över Regementsgatan i den motvind som alltid blåser oavsett i vilket väderstreck man beger sig och oavsett vilken del av stan man befinner sig i, över Köpenhamnsvägen, svänga vänster in på Stadiongatan: motvind, och över Stadionområdet där Garrincha och Dinge David inte har synts till på länge.

Hem. Sjunker genomsvettig ner på knä framför bokhyllan där de gröna uppslagsverken står vända med ryggen mot mig som en hånfull påminnelse om morsans nederlag den där julen. Och det är nu jag fattar, verkligen *fattar*, att morsan ändå vunnit på lång sikt, att tiden arbetat för henne, och att hon naturligtvis vetat om det hela tiden, lexikonen som är det enda hon skaffat utan att ta hänsyn till nästan-filosofin. Jag drar ut böckerna och börjar läsa, och har man börjat läsa i ett uppslagsverk så är man fast, det är beroendeframkallande. Jag läser vidare, söker på måfå och hittar nya artiklar, nya ord, ord som jag inte visste fanns.

Morsan går förbi, ser på sonen som sitter på golvet omgiven av gröna lexikon. Säger inget. Fortsätter ut i köket.

Hamnen, va?

MONIKA, DEN ICKE-ANPASSLIGA som börjat anpassa sig, till att bo på Ribersborg, till att leva med Stig, till att bli mor. All uppmärksamhet riktas mot Monika och hennes mage, för man vill veta från dag till dag hur det känns, om hon känt några sparkar, det har hon inte, nu är det Charlotte och jag som "kommer förbi" på väg från plugget, innan Stig kommer hem från ingenjörskontoret, vi lägger handen på den växande magen för att känna, Monika har rätt, det känns inget, först på senvintern känner Monika själv nåt, och vi besöker henne ännu oftare, så ofta att hon till slut säger:

Hur vore det om ni nån gång frågade hur *jag* mår?

Så lagom till våren vänder man sig om – och där står morsan! Och plötsligt ser man att under glädjen med jobbet står inte allt rätt till. Morsan bekymrar sig för mormor och liksom tyngs av tanken på att dottern är gravid med en man som sanningen att säga inte är den omedelbara svärmorsdrömmen. Ovanpå det ett hem som ska hinnas med på kvällen, i hemmet sitter sonen och lyssnar på musik i lurarna.

Johan!

Va?

Kan du inte hjälpa till lite? Städa ditt rum åtminstone.

Hinner inte, morsan. Prov i morron.

Men trots lurarna – en ägghalva på vardera sidan skallen – är sonen tillräckligt receptiv för att uppfatta att morsan har en svacka. Han tycker att han gör vad han kan för att muntra upp.

Ska vi göra en utflykt till Österlen?

Bara du och jag?

Och Charlotte. Vi kan ju fråga Monika också.

Hon ska säkert ha med Stig.

Ja?

Vi har det väl bra här, har vi inte?

Han låter det gå en vecka, sen gör han ett andra försök:

Du jobbar jämt, borde du inte ta ledigt nån gång?

Vad skulle jag göra då? Gå ut med hunden?

Till allt det underliga med morsan den här våren hör att den hon vänder sig till är Lisbeth, som hon börjat trivas med, "vi kan prata med varann på ett annat sätt nu", avhandlar en hel del annat än jobb i telefonen, och för första gången hör jag morsan skratta när hon har Uddevalla i andra änden.

Det blir så när man jobbar ihop, säger hon när jag frågar hur förändringen kan komma sig: Vi har upptäckt andra sidor hos varann.

Som om inte det var nog kommer Lisbeth ner till oss några dar, får knoppa i en tältsäng, för den nya soffan i blommig kretong som morsan investerat övertidspengarna i är inte avsedd för att bädda i, höll den förra i tjugosju år ska inte denna vara sämre. Den förra håller förresten än, hemma hos Monika och Stig, eftersom deras Ikea-soffa inte överlevde flytten.

"Arbetsresa" kallar Lisbeth det, för att träffa ekonomichefen och reda ut en del oklarheter i bokföringen som är av ett sådant slag att morsan inte kan dribbla med dem, men framför allt för att komma hemifrån. I Uddevalla pågår nämligen kriget för fullt. Kristina har över en natt gått från att vara en skygg liten flicka med flätor och bomullsklänning till en tonårstjej med orange hår som gör vild revolt mot sin förstockade farsas reglemente, har en tjugoårig assyrisk pojkvän och hänger nere i centrum med en flock äldre ungdomar om kvällarna. En flock som Leif misstänker för att sniffa och ägna sig åt osedligheter, särskilt sen han vid en rutingenomgång av Kristinas skrivbordslådor grävt fram cigaretter, Karlssons Klister och kondomer. Leif å sin sida viker inte en tum från de ramar han satt upp för utegångstider, läxläsning, klädsel...

Bernt hade vi aldrig några problem med, beklagar sig Lisbeth, som slutat röka och tuggar tuggummi konstant i stället.

Här vill jag skjuta in att Bernt är en nörd, att *det* är ett saftigt problem att sätta tänderna i, men Lisbeths sorgliga allvar säger mig att jag bör ligga lågt. Morsan får rycka in.

Kanske ska ni sätta er ner med henne och prata om vad ni förväntar er av en fjortonåring, och lyssna till hur hon vill att ni ska vara som föräldrar, föreslår hon.

Det är vad jag säjer till Leif, svarar Lisbeth. Men han tycker att Kristina är för ung för att bestämma nåt själv.

Morsan lyssnar tålmodigt på Lisbeths berättelser från fronten och ringer sen upp Leif och försöker förklara att tjejer i Kristinas ålder kan må bra av lite lösare tyglar, vilket han först efter lång övertalan kan se en poäng med, men han har svårare att övertygas om att en vit råtta som husdjur kan vara av betydelse för en ung kvinnas emancipationsprocess.

Vad är felet? Vi har aldrig nekat henne nånting. Hon har fått allt vad hon pekat på.

Det är Lisbeth till mig under tiden morsan och Leif överlägger.

Var Monika aldrig besvärlig?

Monika? Nä, hon pluggade jämt.

Kan tänka det. Och du har ju alltid varit foglig.

Det funkar tyvärr inte att skrika jävla subba! till en som insett att hon varit en jävla subba och faktiskt försökt bättra sig, kom med den där Lacosten och allt... Men hur skulle jag kunna förklara för henne att Monika och jag aldrig haft nåt inom hemmets väggar att göra uppror mot, i varje fall inget som kräver revolution, och morsan har aldrig gjort misstaget att skämma bort oss med en massa dyra, onödiga prylar (det är nästan-filosofin som segrar igen!).

Morsan återvänder:

Dom har slutit fred.

Å tack, Bodil!

Lisbeth stoppar in ett Toy till.

Jag står inte ut när dom bråkar!

Samtidigt misstänker morsan att kaoset lika mycket har sin grund i hur Leif själv har det. Leif med värk i lederna, särskilt när vädret är rått, och det är det ständigt i Uddevalla, har det trögare att hänga med i de yngre killarnas tempo, killar som kommer från skolbänken och som han strax har över sig, och orderingången sviktar, japanerna håller på att sopa de svenska varven av mattan, folk har fått gå nu och det har talats om ytterligare permitteringar – det är vad morsan refererar efter att hon och Lisbeth suttit uppe en kväll över en flaska rött.

Men jag inbillar mig inte att morsan därmed återgett allt av deras samtal, för även om det säkert tagit emot så har hon så klart bjudit på sin oro för Monika i utbyte. Kanske säger Lisbeth nåt som skänker Monikas graviditet andra proportioner, eller om det är för att morsan tycker att det är skönt att få tala ut med nån när det kärvar i familjemaskineriet, bekymmer som det inte går att servera fru Havlicek till kaffet, tyngden ser i vart fall ut att lätta med åtskilliga kilon från hennes axlar.

Väninnor? Visst.

Klockan är tjugo över fem på morronen när Leif ringer med en affekterad röst som far upp i falsett. Kristina har inte tillbringat natten hemma! Och jag får skjutsa Lisbeth till första morrontåget, Lisbeth med blicken stint fram hela vägen till stationen, tuggar, medan morsan har fullt upp med att lugna ner sin bror och hindra honom från att polisanmäla assyriern. Jodå, morsan fixar det också.

Hur var det? säger jag hoppfullt efteråt, när uppståndelsen verkar ha mattats. Hade hon fuskat med redovisningen?

Fuskat nä, men hon förstår sig inte på dom nya kassaterminalerna.

Klarar hon dina blanketter då?

Jadå. Nä, kanske inte riktigt. Men jag presenterade henne för Fredrik Roos, säger morsan och sneglar på de gamla skolfotona av mig och Monika i hyllan. Monika med tennisströjans krage vikt över den röda sweatshirten, mittbena och halsbandet med guldhjärtat framhängt, och jag med rufsig sidbena och skjortan med potatistryck knäppt upp i halsen.

Det saknas ett foto på hyllan. Ett av morsan. Men det har aldrig funnits nåt, liksom det inte finns nåt annat här som utgör ett personligt spår av henne.

Vi kanske ska göra den där utflykten i alla fall, säger morsan. Ringer du Monika?

MEDAN JAG FÅR EN ALLT STARKARE känsla av att Charlotte är på driv.

Som en sen kväll på Kockska krogen, som de här åren är rena fritidsgården för ungdom med drink i näven, oliv på tandpetare och Lagerfeld på kinden.

Vi står i baren, spanar efter nån vi känner att nicka en hälsning till. Jag har festat mig igenom en årskalender av nätter här nere i de mörka källarvalven tillsammans med Jakob och Didrik, och det har Charlotte också, med sina vänner. Nu vill det sig inte.

Är vinet gott?

Utmärkt. Och din öl?

Smakar bra.

Orden är försvunna när man går ut som par på krogen, de har sjunkit till botten av glaset men hur tappert jag än dricker får jag inte fatt i dem.

Jag ska ha en öl till. Vill du ha nåt?

Tack, men jag har halva vinet kvar.

Ingen i närheten jag känner, och Charlotte tittar åt sitt håll, vinkar till några väninnor. Jag önskar att jag kunde ge mig in i mängden och gå loss, men nu är vi två och jag måste göra nåt åt den frostiga situationen och jag kommer inte på en enda förlösande replik, inte ett skämt som hon inte hört sjutton gånger förr. Charlotte som tittar mot två V-ryggade typer med armbågarna stadigt förankrade i bardisken, blonda, väderbitna, särskilt han med en lugg som sveper ner över halva ansiktet som ett vindfyllt segel och ett smil brett som ärret efter en blindtarmsoperation. De är solbrända i april, well done. Vindsurfare. Brallorna fulla av stake. Och de tittar ogenerat tillbaka, sätter i sig Charlotte bit för bit.

Jag tystnar fullständigt, tunghäfta, hettan i pannan, och gör mig ett ärende till toan för att vinna betänketid och komma tillbaka med några saftiga oneliners att höja humöret med.

Jag blaskar vatten i ansiktet, stirrar mig i spegeln, och jag ser mig själv för första gången! För vad jag möts av i spegeln är bilden av en kille som redan har förlorat den han håller kär och inte har nåt att sätta emot, men han vill inte erkänna nederlaget, inte än. Han återvänder in – där blindtarmssmilet skruvat loss armbågarna från bardisken och flickvännen står upptryckt mot tegelvalvet med honom hängande obscent nära. Och hon gillar det!

Men han störtar inte fram. Han drar ut på plågan, går ett varv runt baren, försöker intala sig själv att hon får prata med vem hon vill, han är inte svartsjuk, det lyckas inte, så snart står han där och presenteras för den andre. Han låter nästan religiös. Brädsekten? Dessutom är han taktiker: vänder sig till Johan för att mjuka upp honom, men ställer frågorna till Charlotte för att mjuka upp *henne*. Hon fnittrar glatt:

Johan kan ingenting alls om surfing!

Nu sticker vi, Charlotte. Här händer inget.

Jag stannar ett tag till, men gå du om du är trött. Det är okej.

Men så lätt ska den blonderade blindtarmen inte få det. Jag förnedrar mig, stannar till the bitter end, bevakar mitt revir, nickar instämmande men lyssnar inte på honom längre, skrattar när de skrattar, Charlotte som skrattar allt mer hysteriskt åt hans skämt och inget alls åt mina kommentarer, och när han äntligen drar vidare till andra jaktmarker är hon plötsligt genomtrött och vill hem.

Det är första tecknet på att nåt är på väg att glida en ur händerna. En kort tid av lycka för Johan Kraft.

Det andra är detta:

Helgen därpå ställer Charlottes föräldrar i ordning huset i Beddinge för sommaren och jag bor hos henne. Vi ligger och småpratar i sängen innan vi är vakna nog att stiga upp, när Charlotte anklagar mig för att vara morsgris, fast hon använder inte det ordet, hon säger bunden, beroende, att jag måste släppa greppet.

Vilket grepp?

Du måste göra dej fri.

Fri från vadå, Charlotte?

Märker du inte att du gör allt efter hur du tror att din mamma vill att du ska göra. Inte vad du vill. Eller jag.

När blev det kriminellt att ha ett bra förhållande till sina föräldrar?

Det är sjukt. Jag känner mig alltid utanför hos er. Ni är tajta som ett gammalt par!

Vadå, morsan gillar ju dej! Jag ser inget fel i det.

Men det gör jag! Och din mamma har ingen möjlighet att utvecklas när du är så beroende.

Utvecklas? Ska det komma från dej? Din mamma är hemma!

För att pappa har ett så viktigt jobb, ja!

Vi har inte älskat på morronen, inte i går kväll eller i natt heller, och Charlotte har sovit i trosor och t-shirt, Charlotte som gillar att vara naken och dra av sig täcket och sträcka på sig med armarna upp mot sänggaveln. Det har varit en sur och grinig helg för oss båda och detta gör det inte mycket bättre. Jag tänker på Charlottes förhållande till sin pappa – och ser ansiktet i spegeln igen, mig själv! Att inte jag heller har förmått transformera mig till den äldre mänska jag trott mig vara, barndomens trygghet med morsan är nu ett ankare som hindrar en från att lämna hemmahamnen, det är aktieklubben och allemansfonderna igen – den ungdomliga naiviteten nerkörd i halsen med full kraft en andra gång, så mycket svårare att svälja nu!

Jag griper efter det sista halmstrået:

Vad ska vi göra till valborg?

Charlotte som drar åt sig täcket, upp till hakan.

Varför frågar du mej? Varför är det alltid jag som ska ordna allt?

Därför att om jag gör det, ändrar du det ändå.

Jaha du. Ja, jag vet i alla fall vad jag ska göra. Jag ska till Beddinge med Sonja och en kompis till henne.

Ni tre?

Det är en tjejgrej.

Och då kan inte jag vara med?

Om det är en tjejgrej?

Jag knökar upp kudden under mig, halvsitter i sängen, ser hur pressad Charlotte är av situationen, och jag måste välja sida – men har jag inte redan förlorat? Jo, det har jag.

Och vem är hennes kompis?

Madeleine heter hon.

Du känner henne inte?

Inte så bra.

Har du träffat henne *nån gång*?

Hon kommer ner från Stockholm.

Älskar du mej?

Vad du tjatar. Det vet du.

Men du firar alltså hellre valborg med en som du inte känner än med din pojkvän?

Jag vill gärna vara med dej, men… Du förstår inte. Nu har jag och Sonja bestämt, och det blir inte samma sak med en kille där som med bara tjejer.

Nä, jag förstår inte. Jag får inte vara med för att jag har fel kön?

Ja, om du nödvändigtvis vill se det så, svarar Charlotte. Vad du kan prata i dag. Tänk om du haft lika mycket att säja när vi går ut.

Du lyssnade ju bara på den där blonderade deodoranten!

Därför att han var artig och intressant, ja – till skillnad från dej!

Det är faktiskt inte ett tecken. Det är en dumpning. Jag kommer i kalsongerna och ur sängen, i resten av kläderna, och vi äter frukost med radion på innan jag säger hejdå. Och vad jag tänker på när jag drämmer igen dörren bakom mig är hur de, familjen Fin, kommer att sitta framför teven i kväll, i sin trevliga villa på sin trevliga adress och dricka sitt lagom varma te och bre len lemon curd på nybakade scones. Det kommer att vara precis lika präktigt som tidigare, utan mig, ordningen återställd, och om de ens märker nån skillnad så kommer hennes pappa att dra koftan om magen och föreslå att hon följer med ut på banan i morron och går några hål

378

med honom, frisk luft kan göra henne gott.

Så är det.

Jag cyklar hem, nej jag stiger av och leder cykeln från Rudbecksgatan, för jag vill dra ut på det så långt det nånsin går innan jag måste berätta det för nån som kommer att försöka trösta mig med att säga att det finns andra flickor som säkert är bättre för mig, dvs berätta det för min icke-utvecklade morsa, och för att jag har ingenstans att ta vägen.

Jag håller hårt om styret och kickar stenar framför mig, hela detta förbannade liv har jag kickat stenar framför mig, stenar som heter Persgård, Porsfyr, Palin, Folke, Lundblad, Ålen, Ehrensvärd, nu heter de Charlotte, och när jag kickar på en så kickar jag samtidigt på alla de andra också, de går inte att frigöra sig från, man är född till stenkickare, kommen ur stenkickarklassen, till stenkickarna ska man alltid höra, för hur mycket man än kickar och försöker sparka sig fri så kommer det alltid att ligga ett överflöd av sten på ens väg, berg av sten som tornar upp oavsett i vilken riktning man prövar att gå.

På kvällen ringer Jakob:

Hörde att det tagit slut med Charlotte.

Mm. Hur så?

Fick du knulla henne då?

Har du med det att göra? Hur går det själv med Sonja förresten?

Ä! Men vad var det jag sa? Good luck.

379

MEN MORSAN HAR INTE TID att trösta. För Monika föder en dotter. När vi kommer upp på förlossningsavdelningen håller hon på att amma henne, uppallad med kuddar bakom ryggen och med sjukhusskjortan uppknäppt. Monika skiner av trötthet och lycka. På en stol bredvid sitter Stig, skäggstubbig och mörk under ögonen, ser betydligt mer medtagen ut än Monika, som om han inte har krafter kvar att skina med. Låter matt gör han också:

Tjugotvå timmar för leverans. Vi har inte sovit sen vi kom in.

Du borde åka hem och vila, säger morsan.

Stig reser sig så att morsan kan sitta, är så förvirrad att han tar både henne och mig i hand, men hon fortsätter fram till den lilla och rör vid hennes fjuniga huvud. Får en första instruktion av Monika:

Var försiktig. Är du kall om händerna?

Morsan tar inte bort sin hand. Hon smeker flickans kinder och säger det alla mormödrar världen över säger första gången med sitt nyfödda barnbarn:

Så söt hon är, så lik dej. Titta så små händer! Jisses. Och näsan, vad gullig! Vad ska hon heta?

Nathalie.

Nathalie?

Morsan smakar på namnet. Men Monika har förberett sig på vad morsan ska tycka:

Och Gerda efter mormor.

Nathalie Gerda Kraft?

Gerda Nathalie Kraft. Det låter finare så.

Det blir väl Forsberg så småningom, säger Stig med släpig stämma.

Han vänder sig med trötta, irriterade ögon mot ljudet av en skrikande bebis och en besökande familj på andra sidan förhänget. Det ligger sex nyblivna mödrar på avdelningen.

Nathalie gör en rörelse med ena armen, och morsan är inte sen:

Sån var du också. Precis sån!

Har du sett en finare unge? säger Stig till mig.

Jag trär in lillfingret i den lilla knubbhanden.

Får jag hålla henne?

När hon ätit, svarar Monika och makar över dottern till det andra bröstet, håller fram bröstvårtan till den lilla munnen.

Hon äter hela tiden.

Äter och bajsar, säger Stig.

Åk hem och sov nu, Stig, säger morsan. Du ser ut att behöva det. Och Monika klarar sej bra med oss.

Jag klarar mej också.

Sätt dej i alla fall. Har du fått nåt kaffe?

Jag är van, säger han lågt, nästan sväljer sista ordet.

När Nathalie är mätt låter Monika mig hålla henne. Hon kniper mjukt med ögonen i rynkansiktet. Jag håller henne, andas in hennes varma doft i nacken, och morsan står intill och ser alldeles salig ut, mormor, viker ner kanten på filten för att se bättre, och på andra sidan har jag Stig, men liksom distanserad eller om det är tröttheten som slår igenom med full kraft.

Den lillas andetag, de fina ryckningarna i ansiktet när hon somnar. Morsan får också hålla. Får en andra instruktion av Monika:

Ta i henne försiktigt. Håll om huvudet.

Jag har fostrat två barn, och vad jag kan se har dom klarat sej förträffligt.

Sen sträcker Monika armarna efter sin dotter, längtan, sluter henne till sitt bröst, vaggar, snusar henne i nacken, drar in djupt, strålande, och jag kommer på mig med att för första gången se hur vacker Monika är, ja riktigt vacker. Monika, min syrra. Vilken morsa!

Monika får ligga kvar över helgen. Måndag eftermiddag ringer hon och ber morsan komma och hämta henne: Stig har nyss lämnat ett meddelande till en av sköterskorna, han har kallats till ett angeläget möte och kan inte komma ifrån.

Det blir jag som rattar riskokaren, med Monika i baksätet med Nathalie hårt tryckt mot sig, insvept i en pläd som morsan haft med, och trots att jag krypkör:

Men ta det lugnare! Vi har ett barn här bak!

På Kilian Zollsgatan slokar växterna. Men morsan känner i krukorna och konstaterar att Stig nyligen vattnat, alltför generöst enligt morsan, och han har sorterat posten, lagt tidningar och reklam i en trave på soffbordet, brev och räkningar i en hög bredvid. Tio röda rosor står i en vas och mot vasen lutar ett gult avlångt kuvert – "Monika tillhanda".

Du håller henne, ber Monika och lägger Nathalie i min famn.

Hon luktar på rosorna och bläddrar igenom den sparsamma posthögen innan hon tar det gula kuvertet med sig in i köket för att sprätta upp det med en fruktkniv och läser brevet med ryggen mot oss. Hon läser länge. Sen stoppar hon ner det och lägger det ifrån sig och så går hon mot sovrummet, de sista stegen springer hon, hon gråter, med ett frustande, hon kryper samman i fosterställning i sängen, drar upp knäna till bröstet och slår armarna om dem, gråter med en urkraft som om alla fördämningar rämnat och slussarna står vidöppna i tårkanalerna.

Men vad är det Monika?

Morsan får naturligtvis inget svar. Monika flämtar luft mellan attackerna, kippar ett par andetag och sen bryter det lös igen. Hon skälver. Morsan lägger en hand på hennes kind, Monika slår undan den. Gång på gång. Och Nathalie börjar tjuta. Jag går runt med henne, vet inte vad jag ska göra, vyssar, försöker tafatt vagga henne till ro, men hon lugnar sig inte, hon tjuter mer, som om Monikas fullkomliga tröstlöshet fortplantar sig till henne. Men Monika hör inte det heller.

Får jag läsa?

Morsan tar fram brevet ur det gula kuvertet, det ligger sedlar i det också, hon räknar dem, fem tusenlappar, och hon läser, det är ett kort, handskrivet brev. Hon ser upp från det:

Han bad inte att få tala med dej, va? När han ringde.

Monika hulkar. Försöker ta sig samman. Det lyckas inget vidare.

Ska jag sätta på lite te? säger morsan.

Monika rister svagt på skallen.

Nathalie är igång allt vad hon förmår nu, och jag misstänker att hon gjort i blöjan också.

Vad ska jag göra?

Ge henne till mej, säger morsan och tar över. Hon sätter ett finger innanför blöjan och luktar:

Det är ingen fara än.

Hon vaggar Nathalie, bryskt, och får henne att sluta gasta. Morsan sätter sig hos Monika, och nu får hon hålla om henne med sin lediga arm. Hon sitter så, väntar på att Monika ska samla sig.

Han lovade..., börjar Monika efter ett tag, men rösten dör ut. En ny attack kommer över henne. Hon torrgråter.

Du får följa med hem nu, bestämmer morsan. Jag ska packa åt er.

Nä...

Du och Nathalie får ta mitt rum. Jag lämnar er inte ensamma här.

Han kan ta sina jävla pengar!

Tänk inte på det nu.

Jag ska skicka tillbaka dom! Jag vill inte ha... Till hans fru!

Seså. Du kan komma att behöva dom.

Aldrig i livet!

Morsan lämnar över Nathalie till mig igen. Hon håller Monika om axlarna och hjälper henne att långsamt sätta sig upp. Monika sitter på kanten av sängen, stirrar rakt fram, uttryckslös, sitter stirrande hela tiden medan morsan letar fram en resväska ur klädkammaren och packar. Hon visar fram plaggen för Monika, som inte reagerar, de rödgråtna kinderna skiftar till en blekhet, sen en vithet. Monika andas genom munnen, snorar, händerna inpressade under låren, armarna tätt intill kroppen – och några hundra år senare reser hon sig beslutsamt och hämtar telefonkatalogen.

Morsan som genast är framme vid henne:

Vad ska du göra?

Han lämnade inte nycklarna!

Men Monika, nu? Du borde...

Morsan fullföljer inte meningen. Monika får som hon vill. Hon ringer med sprucken röst efter en låssmed som kommer och byter kolv och sätter in ett nytt sjutillhållar, och morsan ber honom montera ett tittöga också innan hon skriver ut en check.

När montören gått, hämtar hon Monika som lagt sig igen.

Vill du ta Nathalie själv?

Men Monika tar morsan under armen och skakar på huvudet:

Inte nu. Johan klarar henne.

CHARLOTTE RINGER NÅGRA GÅNGER, tycker att vi ska fortsätta "vara vänner", frågar med prövande röst hur jag har det, intygar att det är viktigt för henne att veta att jag mår bra, när jag säger att det är aningen sent att tänka på det *nu*. För de här samtalen har egentligen ett annat syfte: att döva hennes skuldkänslor och fylla ut den plötsliga ensamheten. Förmodligen tycker jag inte att hennes skuldkänslor sitter djupt nog. För jag måste vara hård, tänker inte vara både försmådd älskare och tröstare åt henne. Jag håller samtalen oanständigt korta – vilket är det enda anständiga gentemot oss båda.

När jag är säker på att hon inte är hemma, och inte hennes pappa heller, hämtar jag de grejor jag haft liggande i hennes rum, och lyssnar tålmodigt på hennes mammas utläggning om hur ledsen hon är för att det tagit slut. Men det är inte den sortens förståelse man behöver efter att ha avfärdats, och jag måste samtidigt tillstå att det i all bitterhet också ryms en försvarlig portion känsla av befrielse, att få vara sig själv igen och slippa förställa sig för att behaga.

Monika är den som erbjuder den rätta sortens förståelse. Monika som har flyttat hem till Kilian Zollsgatan igen, som monterat säkerhetskedja på dörren också och öppnar en springa, kontrollerar att jag verkligen är den jag varit i nitton år – efter att ha kikat i tittögat – drar igen och lyfter av kedjan. Har dessutom skaffat hemligt telefonnummer.

Det är rena Fort Knox du bor i, Monika.

Monika som ser tärd ut, är uppe nätterna igenom, och efterverkningarna av chocken sitter i. Hon lyfter upp Nathalie från spjälsängen som morsan röjt fram ur förrådet och byter på henne. Nathalie är grinig, vill ha bröstet, får bröstet.

Du måste rycka upp dej – föreslår han som själv inte har nån VM-titel i att rycka upp sig.

Jag skiter i Stig, säger Monika. Det borde du förresten också göra, med Charlotte.

Men det är sånt man säger när man inte menar vad man säger. Monika skiter inte i Stig. Hon vill slå ihjäl honom. Och jag skiter inte i Charlotte (liksom jag inte skiter i Cissi, och inte i Birgitta heller, om jag ska vara ärlig).

Således lär vi oss en livets realitet samtidigt: att förlita sig mindre på kärleken som slår en blind, och man trubbas av lite mer för var gång som porten slängs igen i ansiktet på en och när det skett tillräckligt många gånger känner man inget längre och kan se på den, kärleken, med helt öppna ögon, att härdas kallar vissa det, jag menar att det är att förhålla sig till den utifrån ett nyttoperspektiv. Precis som morsan, när Monika fortfarande var gravid och luftade ett slitet tema, påstod att morsan borde träffa nån ny:

Prat. Vad ska jag med en karl till?

Så du slipper vara ensam.

Jag har vant mig vid att leva själv. En karl skulle vara i vägen.

Johan säjer att du läser kontaktannonserna.

Jag vill se hur utbudet är. Det är magert.

Morsan dyker upp hos Monika varje eftermiddag nu, hinner dessutom oftast med en sväng på lunchen. Monika protesterar. Men morsan är morsa, hon kommer ändå.

Jag klarar mej, morsan.

Tro mej, det gör du inte.

Det skvalpar omkring blandade känslor i morsan också, kan vi förmoda, glädjen med barnbarn, kunna skämma bort besinningslöst utan att ha ansvar för att det ska bli mänska av ungen (för barnbarn omfattas inte av nästan-filosofin, visar det sig), en ny roll att spela i familjens uppsättningar, familjen som fylls på underifrån och ställer morsan – som Monika så insiktsfullt uttryckte det – next in line, mormor... samtidigt som hon ser dottern följa en väg hon känner alltför väl.

Morsan har tagit upp stickningen igen, stickar barnkläder i dock-storlek på löpande band framför teven på kvällarna, bär med sig kläder och matkassar till Monika. Ställer sig i köket och steker pannbiff, diskar, torkar, sätter upp porslinet på vaxpappret i skåpen och gnider diskbänken med den nya wettextrasan och skurpulvret som hon haft med, tills plåten skiner som om hantverkarn satte den på plats för en timme sen, som ny om det inte vore för fogmassan – fast den skurar hon också. Morsan vänder sig, kastar ett öga på barnbarnet.

Ja, ja. Det ordnar sej.

Och som vanligt med morsan kommer ingenting mer över läpparna, ingen förklaring till vad det är som ska ordna sig, ja kanske en tunn suck också, mest av gammal vana, innan hon vrider ur trasan och hänger den över kranen.

Nä, om jag skulle ge mej hem nu.

Monika lyfter över Nathalie till andra bröstet, har fått upp tekniken på ammandet, skyler bröstet bakom blusen, lika blyg som när hon kröp ner under täcket i våningssängen med lampan släckt. Det slår mig att ingen musik snurrar i bakgrunden, Tandbergförstärkaren står avstängd, plattorna i bokstavsordning i läskbacken – tärnornas skrikande från hustaken mitt emot skär in genom den upphaspade balkongdörren.

Ska vi ta en promenad?

Nathalie får en klapp i ryggen när hon är mätt. Monika bäddar ner henne i vagnen som hon har stående nere i entrén, samma barnvagn som morsan en gång bäddade ner Monika i, och sen mig, från förrådet den också.

Solen står på. De första badarna hojtar dårskaper till varann med sundet upp till knäna. Ett äldre par ler i samförstånd mot oss, jag kan inte förstå varför, förrän... de tror att jag är farsa! Vi går längs med stranden ända ner till bågskytteklubben och tillbaka, vinden ligger på från väster, luften är hög och klar och Köpenhamns silhuett tydlig, vi sätter oss på en bänk i Öresundsparken. Jag böjer mig fram över vagnen.

Titta, som hon njuter! Får jag ta upp henne?

Tösen jollrar en stund och somnar sen i morbrors famn.

Fan, Johan, säger Monika, meningen med livet är att få ungar.

Det är nu jag ser det, eller ser att det har varit försvunnet och nu söker sig tillbaka, Monikas skratt – hon skrattar, nåja, ler. Hon ler, och det glimmar till längst inne i ögonens mörkaste vrår.

Du är lycklig, va? Ändå.

Lycklig? Ja, lyckligare än såhär blir jag nog aldrig.

Hon biter sig i läppen, kisar mot solen.

Tänk om jag tagit över Johannesgården...

Gör det nu i stället.

Med Nathalie? Sitta där uppe i skogen? Nä, aldrig.

Monika tar den lilla ur min famn och lägger henne i vagnen igen, drar upp filten, vrider vagnen så att solen värmer, står kvar lutad över den.

Nä, detta är det bästa jag gjort.

Tror du att morsan också tänker så?

Om oss? Så klart. Varför skulle hon inte?

Hon kan inte ha haft det så kul alltid.

Hur kul tror du hon hade haft *utan* oss då?

Men ingen farsa som var med och backade upp, du vet... ja, förlåt...

Det är okej. Frånvarande farsor – varför är det aldrig nån som säjer nåt om det fina med närvarande morsor?

Monika sjunker ner bredvid mig igen. Hon sätter på sig solglasögon.

Det är ändå alltid morsor som får dra lasset, oavsett om det finns en farsa.

Är det?

Ni är faktiskt inte oersättliga, ni killar.

Nathalie rör sig i sömnen, ger ifrån sig en svag pust.

Vaknar hon redan?

Hon drömmer nog.

Jag skulle kanske ha skaffat barn med Charlotte.

Du och hon? Vem är det som är korkad egentligen?

Ja, det är väl jag.

Lillebror är fortfarande minst, ett steg efter, det är han alltid. Men han har vant sig nu. Ja, det är nåt visst med syskon.

Juni. Monika är ute på långa promenader längs stranden med Nathalie. Medan jag går ut gymnasiet med betyg som – om inte direkt lysande – ska kunna ta mig nånstans. Morsan bjuder på lunch på Olgas i Pildammsparken. Vi sitter ute på träverandan som skjuter ut över dammen, och serveringspersonalen är framme och gullar med Nathalie, som morsan har i knät. Monika med färg på kinderna och liv i ögonen. Jag i min första kostym. Morsan beställer ett glas likör till kaffet. Solen gassar. Änder i dammen med ungarna i kölvattnet. Idyll. I morron drar jag på mig de gröna nylonbrallorna, kvitterar ut vaktmästarknippan och går på sommarskiftet.

Och en av oss kommer iväg på semester denna sommar.

NERIFRÅN GATAN VÄLLER DET dova ljudet av en baskagge i två fjärdedelstakt in genom den sommaruppslagna balkongdörren. Kungen är i stan. Leif gör en rundpall på vändplattan och bromsar in framför porten med sin nya Volvo 740. Ur 4 x 35 W-högtalarsystemet sprutar musiken. Lisbeth i passagerarsätet med rosabågade solglasögon och underarmen hängande ut. Det ger mig en utmärkt anledning att ta hissen upp till sjuttonde för att ta reda på vart paschan Lasse har tagit vägen med Stones och playboybrudarna – möts av hans morsas osentimentala besked att senast hon hörde från den olyckan hade han vräkts från ett kyffe på Ystadsgatan.

Thomas då, vet inte han var Lasse är?

Thomas!? Den, han ligger väl under en bunke rost och skruvar! Jag tar trappan ner.

Leif och Lisbeth har bokat på färjan till Dragør och vidare via Rødby-Puttgarden och därefter: kontinenten – och Lisbeth har bett morsan följa med! Morsan, med en nittonårig son, en tjugofyraårig dotter och ett barnbarn, som aldrig har varit utomlands på semester tidigare, som aldrig rest längre än till Köpenhamn för att handla bacon och fläskfärs på Irma, om vi bortser från några amorösa eskapader i Hamburg under tidig bronsålder som hon inte gärna vill ha upp på tapeten, morsan som aldrig sa nåt om att hon själv ville utomlands när Monika tågluffade, när jag planerade min luff, när jag berättade om Jerry Williams föräldrar vid Gardasjön, nu säger hon:

Jag vill ha sett mer än Sverige.

Morsan har lånat Monikas kamera och skaffat nytt pass, och i tevebilagan har hon prickat för vilka program hon vill ha bandade (sommarrepriser). Väskorna står packade i hallen. Leif lyfter dem prövande, känner efter så morsans minimala packning inte ska kippa ner bakaxeln så att de vinkas in till sidan i tullen, grimaserar, men det har mest med värken i lederna att göra, mustaschen är för övrigt avrakad, vilket får honom att se ut som... som Leif utan mustasch. Medan Lisbeth vill ha detaljerna kring Monikas förlossning och om Nathalie, döljer inte att hon är bra purken för att de inte får se den lilla, nåt som morsan tagit med i beräkningarna inför avfärden och därför tjatat på Monika att komma och visa upp dottern. Men Monika har äntligen sagt sitt hjärtas mening:

Hon har förtagit så mycket glädje för mej och Johan! Hon ska inte få komma i närheten av Nathalie!

Morsan som tittade på mig, sökte en medlare, men:

Lessen, morsan. Monika har rätt.

Lisbeth vecklar ut en inövad ursäkt för att de inte kunde komma ner till min studentskiva. Som om jag brydde mig.

Fick du bra betyg?

Jodå.

Johan hade verkligen fina betyg, intygar morsan. Han har huvud för siffror.

Vilket får Leif att slita fram nytagna foton på sina två yngel.

Här du. Här ska du få se en det går bra för!

Iförd flottans permissionsuniform och med nysnaggad crew cut stirrar Bernt trofast in i kameran. Med namn och nummer på skylt framför bröstet påminner det inte så lite om bilder från häktet. Till min glädje ser han ut som Pimples' Paradise i nyllet.

Leif:

Han ska ut med Carlskrona, det nya långresefartyget. Till Seychellerna och Indien och... vart var det mer?

På vägen ner har Kristina (tröjor i lager, magert ansikte, tjockt med kajal runt ögonen) skjutsats till Landvetter för vidare transport till en språkkurs i Brighton, med oförskämt tilltagen reskassa och föräldrarnas innerliga förhoppning om att veckorna i England ska rensa assyriern ur tankarna.

Har mor fått se dom? frågar morsan. Hon skulle bli så glad om ni skickade korten.

Leif stoppar ner fotona i kuvertet.

Har du hört nåt från henne?

Hon är sämre, mycket sämre, säger morsan.

Ännu sämre?

Sköterskorna säjer att hon bara är klar korta stunder.

Vad är det för gift dom proppar i henne? Morfin? Ja, då är hon inte mycket hjälpt av fotona.

Leif! Du måste ringa mor ibland. Förstår du inte vad det betyder för henne?

Och Lisbeth, med tuggummi:

Ja, det säjer jag också. Att du inte kan höra av dej till din egen mor! Ja ja, jag ska!

Men morsan ger sig inte. Hon känner till vad Leifs ord är värda. Lovar du? På hedersord?

Kan vi se till att komma iväg nu?

När vi kommer hem? Leif?

Leif, svara din syster, säger Lisbeth.

Ja! Jag ska ringa! När vi kommer hem.

Ja, då är jag klar, säger morsan.

Kan jag hjälpa dej med nåt, Bodil? erbjuder sig Lisbeth.

Vad skulle det vara?

Morsan kollar för elfte gången att passet ligger där hon la det i handväskan. Så ger hon mig en kram och tar en väska i vardera handen för att resa på sin första utlandssemester.

Jag ser dem kliva in i Volvon, morsan där bak, får Leif att genast sänka volymen. De taxar ut på Pildammsvägen och försvinner i riktning mot färjeläget. Och jag tittar ut över kvarteret från balkongen, jaha, sommaröde, det är likadant från köksfönstret, den enorma gräsmattan där aldrig nån vistas nuförtiden, ingen leker, ingen spelar fotboll, alldeles tomt på gården, inget gäng som står och hänger nere på hörnet vid papperskorgen som Rolle sparkade sned, ingen morsa som släpar matkassar från affärerna, inga barnfamiljer som flyttar hit nu, inga nya ungar i sikte som ska växa upp och få sitt liv format här, inte förrän min egen generation återvänder och gör samma runda i karusellen som våra föräldrar... vad säger det mig? ...vårt revir, vår tidiga värld, med barndomens koordinater: stadion och Mobilia, Allans korv och rondellen vid Pildammarna, alla platser, alla städer som man senare besöker ska pressas in i det koordinatsystemet för att mätas och bedömas.

Två veckor senare skockas semesterfirarna i hallen igen, solbrända och i resskrynkligt tillstånd, tröttögda och svultna efter att Leif tvingat upp morsan och Lisbeth mitt i den tyska natten för att knäcka 90 mil i ett svep och därmed trampa svensk mark ett dygn tidigare, och fulla av berättelser – plattan i mattan till Genua där de blinkade höger och rullade utmed franska rivieran och svägerskorna satt i baksätet och drack rom & cola, fem nätter på ett hotell vid en genomfartsled i Nice, och en tur inom taxfreeparadiset Andorra innan de vände kylargrillen norrut igen, och på hemvägen lyckades morsan övertyga dem om det nödvändiga i att stanna till på Mainau för att njuta av rosorna i slottsparken.

Under tröttheten finns den vanliga morsan, som har sett Europa och har rullen full av bilder. Lisbeth är lika upprymd bakom sina rosa solglasögon.

Det har varit så trevligt!

Hon ger morsan en systerlig puff i sidan:

Vi har inte pratat jobb en gång!

Tack och lov, kommer det från Leif, som ställer ifrån sig morsans väskor.

Morsan får fart på bryggaren. Hon känner i krukväxterna, jodå, sonen har skött växtligheten den här gången. Sen släpper hon den bomb som hon tjuvhållit på under en hel semestertripp i Volvons solplågade baksäte, hon har knipit om det hela raksträckan ner på autobahn, längs Medelhavet och upp genom Frankrike, medan landskapet de färdats genom skiftat karaktär och hon tvingats lyssna på Lisbeths och Leifs ändlösa gnabbande, frukostar, luncher, middagar, under all den tid de tillbringat tillsammans, och hon får det att låta som om hon precis dragit sig det till minnes:

Förresten, jag ska inte ha hand om butiksredovisningen längre.
Men vad säjer du?
Jag ska flytta upp en våning.
Lisbeth plockar av sig glasögonen. Morsan förtydligar:
Till marknadsavdelningen.
Men då får man gratulera! Det går bra för dej, syrran.
Det är Leif som överraskar.
Ja, verkligen, säger Lisbeth, torrare. Så kul för dej.
Morsan slår ifrån sig med armarna som om det saknar betydelse.
Nu tror jag kaffet är färdigt. Kan vi ta det i köket?

MORSAN, MONIKA OCH NATHALIE, och så jag, Johan. Som hade tänkt sluta den här familjeteckningen med att jag går som vaktmästare hela sommaren, byter flottörer och rensar toan hos fru Gröndahl fyra gånger inom loppet av tre veckor, klipper gräs och tar mig gott om tid att snacka kompostering med tanterna, och blir kvar över hösten, över den långa, sorgliga nordiska vintern som slår ner en i stövelskaften och över våren, till sommaren därpå då det blir dags att trä på sig gröna brallor av ett annat slag och checka in på ett regemente för ett så svart och dystert år att det egentligen inte förtjänar att omnämnas, inte med mer än att det är att börja om igen, grundkursen, att inte sticka ut blir återigen ett självändamål för att klara sig.

Men så gör sig en sak till påmind såhär när det är dags att runda av, så som man alltid kommer på det man skulle ha sagt när man lagt på eller när man börjat ta farväl. Och det smärtar mig naturligtvis att inte få avsluta på hemmaplan, fast det är *också* en av livets stora ironier, det icke-linjära slutet.

För här sitter vi sommaren -85 med öl på bordet på en uteservering i kuststaden där man inte ser havet, Göteborg alltså, det är jag och Jerry William och Persson som tagit tåget upp på morronen för att se Springsteen på Ullevi, och Bogdan, som av en slump sprang in i oss på perrongen i Malmö.

Va, Bogdan, ska du på konserten? Är det inte Lasse Berghagen för dej?

Nä, vadå, jag ska mest upp och checka in det, känna av vibbarna.

Jerry William slöläser i Kvällsposten, viker upp en artikel och läser, har ett slugt garv på lut, det garv som han beordrades plocka bort ur anletet under det gångna året, hade ändå ingen nytta av det:

krigsmakten har ingen förståelse för the hard facts of life, ekonomi och självständigt tänkande rekryter, och den bristande förståelsen höll på att driva Jerry William i konken, sena nätter på luckan med nekade permissionsansökningar och deadlines på uppdrag, det garv som han alltså kan hala fram igen nu:

Kolla! Det trodde jag aldrig!

Han håller fram uppslaget mot oss. Rubrik: "Friberg ny klippa". Och texten under det stora fotot: "Efter att ha varit en av stöttepelarna i reservlaget, tar Roland Friberg till hösten plats som ordinarie bredvid Ingemar Erlandsson i MFFs A-lag".

Att nån av oss skulle lyckas så, va? säger Jerry William, företagsledaren.

Nej då, värderingarna som grundlades hos Palin har vi inte vräkt över bord än – en fyra i gympa är bättre än en femma i matte.

Och vi förlorar oss i en diskussion om MFFs chanser att ta hem Allsvenskan igen. Medan Avenyn är ett tivoli, ett pågående vansinne, som en jättelik tältkaravan som satts i rörelse när en generation svenskar ska få sin största kollektiva upplevelse, ett minne att spika upp på väggen i första egna lägenheten som vi skaffat nu, en sjudande, sjungande gryta som dallrar av förväntningar, glädje och upphetsning i försommarvärmen. Stånd med merchandise, plattor, tröjor, halsdukar, vykort, posters, vad som helst som det går att trycka Springsteens nuna på, och ur på gatan utburna högtalare dunkar musiken, *born down in a dead man's town*, en av innerstans spårvagnstumult söndersamplad The Boss, *the first kick I took was when I hit the ground*.

Persson sätter upp fyra fingrar i luften till servitrisen – Stora stark! – och vi lutar oss tillbaka i de vita plaststolarna mer än nöjda, *you end up like a dog that's been beat too much*, skålar och läppjar på biran när den kommer, med skumkrona och så kall att glasen blir immiga med droppar på utsidan, *till you spend half your life just covering up*.

Persson som sitter i nyinförskaffad tröja med Bossen på bröstet och tourschemat på ryggen:

Tänk att få åka jorden runt och lira och bo på coola hotell.

Och Jerry William kontrar med att det stod i tidningen att Springsteen och Clarence Clemons var ute och promenerade på Avenyn i går.

Jag lovar att dom var ute efter ett par ragg, säger Persson.

Åt vilket Bogdan ler i mjugg, har en hel del ruskigheter om band på turné att dra upp, stories som cirklar runt bland musiker, om groupies, droger och demolerade hotellrum – gissar vi, för Bogdan har aldrig varit mycket för att inviga oss i hemligheter. Lite dämpad på sin kant, Bogdan, har inte varit ute och rört på sig med gänget på år och dar, och har väl inte stor lust att sitta här nu heller.

Persson ger sig inte:

Slappna av, Bogdan. Hur var det på daghemmet? Gungade ungarna dej i håret så du tappade talförmågan?

Bogdan dricker öl. Andra historier sätts i rullning, hämtade från lumpen naturligtvis. Jag tar en klunk och ser upp, cumulusmolnen i fina linjer, som revben över himlen, ett sportplan med reklambanderoll på släp, och det är underbart att vara fri igen, se tjejerna i shorts eller rosa joggingoveraller eller slitna jeans åtsnörpta om midjan med ett enkelt läderbälte, Vuarnet solglasögon i neongult senilsnöre om halsen, håret uppsatt i tofs – herregud! var har ni varit hela detta långa år då unga mänskor behöver varann som mest? Var har *vi* varit hela detta långa deprimerade år? I dårhuset!

Vi garvar. Vi skålar. Vi är lössläppta och lyckliga och känner oss vilda igen och det är en bra dag, det är gott att leva och det är ett gott liv med femtonhundra i muckarbidrag på fickan och en sommarsäsong i antågande då vad som helst kan hända och framtiden är ännu en vid öde slätt där man kan strosa i vilken riktning man behagar.

Solen bryter igenom, det är varmt på serveringen, och Jerry William är inom i baren och sätter fart på servitrisen så att vi får fyra nya kalla på bordet. Det är då Persson muttrar:

Kolla vilka spännbultar!

Ut från restaurangen stiger tre killar i sandfärgade slacks, klubbblazer och slips, och en av dem känner jag igen fastän jag inte har sett honom på flera år och helst vill slippa honom nu också, vrida mig åt ett annat håll och låtsas att han aldrig har funnits, men i samma stund får han syn på mig, vill så klart slippa han också, men våra blickar möts och det är oundvikligen så att han måste fram och hälsa. Säger nåt till kamraterna och banar sig väg mellan borden och jag reser mig och vi tar varann i hand, kallt, artigt, utan leenden, för föräldrars skull, old times' sake, och jag presenterar honom för de andra:

Det här är Bernt, min kusin.

Och honom frågar jag: Ska du också på konserten?

Springsteen? Knappast. Vi är ett halvdussin reservofficerare som rest ner över helgen för en kadettbal.

Och jag kan förstås inte låta bli:

Så du ska bli krigare?

Kan jag svårligen tänka mej. Du själv då?

Har precis muckat. Från P 2 i Hässleholm.

Dyngförbanden? Nära hem, antar jag.

Jag känner hur samtalet håller på att glida mig ur händerna, så jag säger:

Du kom inte till Johannesgården.

Tyvärr, jag kunde inte komma ifrån. Hur var det?

Ja, vad tror du? Hur brukar begravningar vara?

Nä nä. Jag vet. Det får bli nästa gång.

Han drar upp läpparna till ett skevt grin. Det är inte mycket kontakt morsan har med Uddevalla nu sen mormor dog och hon och Lisbeth inte behöver ha några dagliga telefonsamtal längre. Bara enstaka rapporter sipprar igenom, som att de går hos en ungdomsterapeut med Kristina, alla tre, eller:

Jag hörde om Leif. Hur går det för honom i skolbänken?

Bernt som genast blir stramare:

Det är inte enbart han. Det är hela varvet som lägger ner.

Han vänder sig bort, ser ut över serveringen, ut över Avenyn, rättar till slipsen, slipsklämman som det står YCDBSOYA på, och över

398

axeln på honom får jag en glimt av en pageklippt frisyr och en tand-
rad som haft tandställning och som jag inte sett på två år, sen är hon
försvunnen i myllret.

Vad ska du göra nu? frågar Bernt.

Jag har sökt till juristlinjen.

Jurist? Jag trodde att du alltid körde utanför regelboken.

Det skeva grinet kommer i repris.

Då får du ta av det där, säger han och menar ringen av guld jag
har i örat.

Själv börjar jag på Handels i Stockholm till hösten, fortsätter han.
Har man gått där, kan man ta vilket jobb som helst sen.

Jaha, så man kan ringa dej när det strular med varmvattnet?

Han ger mig sin mest försmädliga min:

Men du ska säkert läsa i Lund.

Jag har sökt dit, ja.

Kan tänka mej det. Och Monika, hur går det för henne?

Det är inte så lätt. Hon är ensamstående med Nathalie.

Jo, det var tråkigt, det där intermezzot. Jag antar att det handlar
om vilka ambitioner man har.

Vad menar du med det?

Ja, vad man vill helt enkelt. Vad man nöjer sej med.

Det rycker till i högerfoten, redo för en fint, suget i kroppen, adre-
nalinet som rusar till, och jag knyter näven. Men jag låter bli. I stäl-
let tar jag honom i hand igen och vi skickar med hälsningar till våra
familjer. Och jag sjunker ner i stolen och tar en behövlig klunk öl,
två välbehövliga klunkar, medan jag ser honom uppslukas av vim-
let, ser efter en som aldrig har fattat vad nånting handlar om, som
aldrig kommer att fatta det heller, en tolvåring som rycker i spa-
karna på sitt hockeyspel och tror att det betyder nåt vem som petar
in flest puckar. Jag tömmer glaset och ställer ner det med en dunk i
bordet.

Vem tar nästa runda?